Maggie Stiefvater

Grand Hotel Avalon

Roman

Aus dem amerikanischen Englisch
von Sabine Hübner

S. FISCHER

MIX
Papier | Fördert gute Waldnutzung
FSC® C083411

Erschienen bei S. FISCHER

Die Originalausgabe erschien 2025 unter dem Titel »The Listeners«
bei Viking, an imprint of Penguin Random House LLC, New York.

Hedderichstr. 114, 60596 Frankfurt am Main

Vignette: freepik.com
Satz: Dörlemann Satz, Lemförde
Druck und Bindung: CPI books GmbH, Leck
ISBN 978-3-10-397566-6

Kontaktadresse nach EU-Produktsicherheitsverordnung:
produktsicherheit@fischerverlage.de

Für Richard,
der vom Avalon träumte

Eines wird es in einem guten Hotel niemals geben – Streit.

The Hotel Monthly, Januar 1940

Jillian Pennybacker
Lodge 3
William & Mary Campus

7. Dezember 1961

Liebe Miss Pennybacker,

dies ist die Geschichte des Hotels, das ich auf der Party erwähnte, jenes prächtigen Gebäudes, unter dem das magische Wasser fließt. Ich dachte, Sie würden an der Rolle, die Ihr Vater darin gespielt hat, vielleicht Gefallen finden.

Deshalb, Kopf hoch! Es geschehen wirklich manchmal Wunder.

Herzlich,
Eric Parnell
U. S. State Department Washington, D. C., Januar 1942

Teil 1

Oben

Bestellung Zimmer 411, 31.01.1942:

New York Times
Vogue
Britannia and Eve
Modes & Travaux
2 Zitronen
2 Croissants
2 Meter senfgelbe Wolle (Muster anbei)
1 Meter bedruckter Baumwollstoff (Muster anbei)
Die Bucht des Franzosen, Daphne du Maurier
Die schwarze Sonne, Marguerite Steen
Windswept: Roman dreier Generationen, Mary Ellen Chase
Fettstift

Kapitel 1

Der Tag, der das Hotel für immer verändern sollte, begann wie jeder andere auch.

June Porter Hudson erwachte vor dem Morgengrauen in der Souterrainwohnung des kleinen Personal-Cottage, das den heißen Quellen am nächsten lag. Sie stand auf und verscheuchte die drei Hunde (zwei Langhaar- und einen Rauhaardackel), die vom Bett rutschten und ihr in höflichem Abstand folgten. Sie duckte sich unter der quer durch den Raum gespannten Wäscheleine hindurch, nahm Hemd und Unterwäsche ab und hängte die Steppdecke darüber, damit sie auslüften konnte.

Im Licht der Nachttischlampe warf sie sich in ihre übliche Montur: taillenhohe weite Hosen, ein Hemd mit ordentlich hochgekrempelten Ärmeln, eine zierliche Armbanduhr, ein Hauch Lippenstift. Sie trug einen dunklen Bob, den sie sich jetzt mit etwas Pomade elegant hinters Ohr strich. Ihre Erscheinung passte nicht zu den steifen Locken und Kleidern, denen man sonst im Hotel begegnete, aber schließlich erwarteten die Rockefellers und Roosevelts auch nicht, dass sie aussah wie sie; und vor allem *klang* sie nicht wie sie, mit ihrem Hinterwäldlerdialekt. Diese Gäste waren es gewohnt, dass ihre Hoteliers, wenn überhaupt, einen französischen Akzent hatten, doch Junes Französischkenntnisse beschränkten sich auf »Vive l'empereur!«, was einer ihrer Kellner jedes Mal leise vor sich hin zischte, wenn er des Küchenchefs ansichtig wurde. Und doch. Die Gäste liebten sie.

Nachdem sie in ihre Mary Janes mit den niedrigen Absätzen geschlüpft war, leerte June am einzigen Fenster der kleinen Küche lautlos zwei volle Gläser Heilwasser. Im Sommer bot das Fensterchen den grauen morgendlichen Blick auf Mulch und Sträucher rund um die Veranda, aber jetzt, im Winter, spiegelte das dunkle Glas nur ihr Gesicht (weit auseinanderliegende Augen, gewölbte Brauen, Lippen so schnörkellos wie ein Bleistift). Zwei Gläser Heilwasser. Süßwasser nannten es die Einheimischen, obwohl es nach einer aufgeplatzten Lippe und einem Mundvoll Staub schmeckte. Süßwasser hieß es nicht wegen seines Geschmacks – sondern wegen seiner Wirkung auf den Körper. Wovon wurde man geplagt? Rheumatismus, Verstopfung, Unfruchtbarkeit, Grippe? Dyspepsie, Malaria, Gallensteine, Krupp? Heimweh, Ekzeme, Gicht? Verdauungsstörungen, Entzündungen, Schlaganfall, Zweifel? Medizinische Fachzeitschriften und medizinisch ausgebildete Gäste diskutierten über die Heilkraft der Quellen, aber June dachte nicht viel darüber nach. Sie begann und beendete jeden Tag auf dieselbe Weise und versäumte es nie, ihre vier Gläser Wasser zu trinken. Jetzt leerte sie, nachdem sie fertig war, ein Glas in den Dackelnapf, fütterte die Hunde mit ein paar Fleischresten aus dem Kühlschrank und machte sich an die Arbeit.

Arbeit, Arbeit. Sie nahm kein Ende. June beaufsichtigte 450 Angestellte, 420 Zimmer, 418 Hektar Land, 212 Shropshire-Schafe, 110 Golden-Delicious-Apfelbäume, 60 Pferdeboxen, 21 Cottages, sieben Hütten, vier Badehäuser, drei Abfüllräume und zwei Mineralquellen. Jeden Tag musste sie das Personal organisieren, Vorräte inventarisieren, Veranstaltungen auf die Beine stellen, jeder mühsame Atemzug dieses kostenintensiven Monstrums musste auf den Cent genau abgerechnet werden, damit die Gilfoyles, denen das Hotel gehörte, Gewissheit hatten, dass kein Quäntchen ihres Reichtums sich ohne sie amüsierte. Das Geschäft mit dem Luxus: Junes erster Gedanke, wenn sie aufwachte, und ihr letzter, wenn sie zu Bett ging.

An diesem Tag, dem 25. Januar, veranstaltete das Avalon einen Tartan-Ball zu Ehren von Robert Burns, einem längst verstorbenen, aber immer noch hochgepriesenen schottischen Dichter. Ihre Dackel im Schlepptau, hatte June sich zu ihrem Personalchef Griff Clemons auf den Balkon des Ballsaals gestellt, um der Generalprobe der technischen Abläufe beizuwohnen. Der Ballsaal war beeindruckend. In seiner Mitte stand ein mit geschnitzten Rhododendronblüten verzierter Süßwasserbrunnen, der den Raum mit seinem lieblichen Duft nach Erde und Wildblumen erfüllte. Die hohe Decke schmückte ein prächtiges Gemälde von Susie M. Barstow, einer Malerin der Hudson River School, mit Szenen aus West Virginia. An der Nordwand befand sich eine riesige Bühne, auf der einst die glamouröse Geraldine Farrar noch einmal in ihrer Rolle als Madame Butterfly aufgetreten war, mit der sie an der MET brilliert hatte. Den Kamin an der Südwand hatte man Stein für Stein aus den Ruinen des Battlesden House erbaut, eine freundliche Gabe des Duke of Bedford. Während eines Aufenthalts des Präsidenten Coolidge hatte dessen Ehefrau Grace bei der Auswahl des Parkettbodens mitgewirkt. Erbinnen. Präsidenten. Mitglieder von Königshäusern. Das waren die Gäste des Avalon: Leute, so weit oben auf der sozialen Leiter, dass sie sich ducken mussten, wenn die Sonne über sie hinwegwandern wollte.

»Wie geht's Ihren Mädchen, Griff?«, fragte June.

»Ganz gut«, antwortete er.

»Klingt aber nicht so.«

Die Hoteldirektorin und der Personalchef des Avalon waren für ein Hotel diesen Ranges ein ungewöhnliches Duo – eine lächelnde Weiße aus den Bergen und ein sehbehinderter Schwarzer –, aber sie hatten sich beide auf ehrliche Weise von ganz unten hochgearbeitet. Weiter konnten sie beide nicht kommen, und keiner von ihnen lief Gefahr, auf einer künftigen Gästeliste jemanden wie sich selbst zu entdecken.

»Eins der Mädchen hat beschlossen, dass sie sich verliebt hat«, antwortete Griff. »Die andere sinnt auf Rache.«

Griffs Zwillingsmädchen waren gerade fünf Jahre alt geworden.

»Klingt nach schweren Zeiten für die Familie Clemons.«

»Mädchen sollten doch eigentlich sanft sein«, sagte Griff.

»Bin ich etwa sanft?«, fragte June.

Der Personalchef rieb sich nachdenklich ein Auge, eine gedankenlose Geste, die man im Gespräch oft an ihm beobachten konnte. Seine großen haselnussbraunen Glupschaugen würden ihn vor der Einberufung bewahren. Das linke war funktionstüchtig, aber das rechte nur noch Zierde, seit ihn im Alter von sechs Jahren ein störrisches Kalb ins Gesicht getreten hatte. June empfand Dankbarkeit. Der große, drahtige Personalchef war ihre rechte Hand, verantwortlich für alles, was außerhalb des Gästebereichs passierte. »Kein Kommentar, Hoss«, sagte Griff.

Von unten aus der Grotte war Klirren und Klappern zu hören, die Geräusche der Vorbereitung des Festmahls. Aus dem Orchestergraben ertönten Triller und Gestöhn. Während es sich bei Burns-Partys anderswo meist nur um bescheidene typisch schottische Ceilidhs handelte, wo man zur Musik von Fiedeln und Pfeifen tanzte und traditionelles Haggis schmauste, gab es hier im Avalon eine komplette Dudelsackkapelle aus New York, ein Fünf-Gänge-Menü und ein Meer von Alkohol. Es würde bis vier oder fünf Uhr morgens getanzt.

Normalerweise wäre das, für die Ansprüche des Avalon, ein schlichtes Event außerhalb der Saison gewesen. Aber dieses Jahr war alles anders. Es handelte sich nämlich um das erste Fest, seit Mr. Francis Gilfoyle, der Besitzer des Hotels und Junes Mentor, am 7. November auf der Aufzugsschwelle im vierten Stock zusammengebrochen und verstorben war. Und um das erste Fest, seit die Japaner am 7. Dezember Pearl Harbor angegriffen und Amerika damit in den Krieg gezwungen hatten. Deshalb war der Burns-Night-Ball mehr als nur ein Fest. Er war eine *Entscheidung*: Konnte es in diesen Zeiten noch Partys geben? *The Hotel Monthly*, eine Publikation von Hoteliers für Hoteliers hatte kürzlich eine sechsseitige Reportage veröffentlicht (»Amerikanischer Luxus – Versuch einer Definition«), in dem das Avalon als Vorbild präsentiert wurde, dem die anderen Hotels, auch wenn es für die meisten unerreichbar blieb, nacheifern sollten. Die Haltung des Avalon zu Festivitäten in Kriegszeiten würde man allgemein zur Kenntnis nehmen und imitieren.

Und June hatte Folgendes beschlossen: Jahrzehntelang hatten Präsidenten, ausländische Würdenträger, Trendsetter und Entscheidungsträger sich darauf verlassen, dass im Avalon Vergangenheit und Zukunft vergessen und durch eine zeit- und sorglose Gegenwart ersetzt wurden. Jedes Zögern hätte diesen Zauber für immer zerstört. Man würde weiterfeiern.

Jetzt ertönte von unten eine Stimme. »Hoss, sind Sie das da oben?«

»Ja!«, antwortete June. »Und da unten ist wer? Johnny?«

»Ja. Können Sie von dort, wo Sie stehen, die Befestigungspunkte sehen? Alle bündig, auf gleicher Höhe?«

Sie ahmte einen schottischen Akzent nach, Burns zu Ehren. »Aye, Laddie.«

Johnny ging auf das Spiel ein. »Aye, Lassie! Wir sind gleich fertig.«

In der Nacht zuvor, um drei Uhr morgens, als sie sich endlich in ihr bescheidenes Büro hinter der Rezeption davongestohlen hatte, um einen Happen zu essen (kaltes Hühnchen, glasierte Zitronenkartoffeln, Pilaw-Reste), hatte sie dreißigtausend Dollar für Betttücher, Nylonstrümpfe, Laken und Gummibänder genehmigt, alles Dinge, die wohl bald knapp werden würden, selbst wenn der Krieg im Sommer zu Ende ging, wie manche glaubten. Als June die Bestellungen abschloss, hatte sie das Gefühl, den Krieg mit ihrer Unterschrift offiziell heraufbeschworen zu haben. Sie hatte den Gedanken bis jetzt verdrängt: Sie konnte sich Sandy, den Jüngsten der Familie Gilfoyle nicht in Uniform vorstellen. Edgar David Gilfoyle, Mr. Francis' charmanter ältester Sohn und Erbe des Avalon, hatte June gesagt, er glaube nicht, dass das Hotel wirklich betroffen sein würde. Das war nur ein paar Tage nach Pearl Harbor und nur etwa einen Monat nach der Beerdigung seines Vaters gewesen. Er und June hatten zusammen im Bett gelegen – das war schon einmal passiert und hätte eigentlich kein zweites Mal geschehen sollen –, und Gilfoyle nahm gerade eine pink blühende Rose aus der Nachttischvase mit auf eine Reise, die an einem schweißnassen Punkt zwischen Junes Brüsten begann und an einem schweißnassen Punkt unterhalb ihres Bauchnabels endete. *Der Krieg wird das Avalon nicht erreichen,* hatte er zu ihr gesagt. *Wie sollte er uns denn finden?*

Und bis jetzt hatte er recht behalten. Der Krieg hatte die Berggegend nur leicht touchiert. Die 150. Infanterie der West Virginia National Guard war in die Panamakanalzone verlegt worden, und an einigen kohleverdreckten Hauptstraßen hatte man Einberufungsbüros eröffnet. Diese Tatsache veranlasste June dazu, ihr Personal nach neuen Kriterien zu bewerten. Zuvor unwichtige Eigenschaften verwandelten sich in Vorzüge. Ihr bester Schreiner hinkte, ihrem Schlosser fehlten ein paar Finger, ihr warmherziger Registrar litt glücklicherweise an einer alten Militärtuberkulose. Griff konnte nur auf einem Auge sehen. Lauter Glücksfälle.

»Los geht's«, rief Johnny (über vierzig, zu alt, um eingezogen zu werden). »Hoss, rufen Sie, falls sich irgendwo was lockert!«

»Aye.«

»Aye!«

June stützte sich mit den Ellbogen erwartungsvoll auf dem Balkon ab. Griff, der sich nie lässig gab, stellte sich neben sie, aufrecht, als hätte er ein Lineal verschluckt. Über ihnen erwachte die Decke zuckend zum Leben. Die Dackel zogen ängstlich den Kopf ein, als sich ein dumpfes Dröhnen erhob – es erinnerte eher an einen aufkommenden Sturm als an eine Maschine.

»Soll das so sein?«, fragte Griff.

»Die Dudelsäcke werden es übertönen«, erwiderte June.

Was war Luxus? Er war veränderlich, relativ. Bei Dürre war es ein Glas Wasser, bei Flut ein trockener Platz zum Stehen. Was auch immer den Luxus des Avalon im Vorjahr ausgemacht hatte, jetzt galt es nicht mehr. Für die Burns-Night hatte eine berühmte Designerin, zufällig auch der treueste Gast des Avalon, an der Entwicklung einer Überraschung mitgewirkt, die die Gäste daran erinnern sollte, dass es selbst in Kriegszeiten noch Luxus gab.

June war sehr dogmatisch, wenn es um Luxus ging, und zu einem früheren Zeitpunkt ihrer Karriere hatte Mr. Francis, der stolz auf seine der Arbeiterschicht entstammende Novizin war und sie stets in Schutz nahm, ihr immer wieder Gäste geschickt, die sie auf die Probe stellten. Zuletzt war ein Vertreter der Familie Delafield, die sich in der Immobilienbranche New Englands einen Namen gemacht hatte, in ihrem Büro erschienen, um sie in die Enge zu treiben.

Die Schlacht war schnell geschlagen:

Delafield: »Frank sagt, Sie hätten da so eine Art religiöse Theorie, dass Luxus und Reichtum nichts miteinander zu tun hätten.«

June: »Auch ich freue mich, Sie zu sehen, Mr. Delafield. Es ist doch ganz einfach, nicht wahr? Reichtum bedeutet nur Sicherheit. Luxus hingegen ein Leben ohne Sorgen.«

Delafield: »Ich habe keine Sorgen.«

June: »Natürlich nicht. Was wollen Sie von mir hören, Mr. Delafield? Eine Predigt? In Ordnung, dann predige ich eben: Der Reichtum kümmert sich nicht darum, wer Sie sind, tief in Ihrem Inneren, nachts, wenn Sie nicht schlafen können. Der Luxus hingegen kümmert sich um nichts anderes. Deshalb erraten wir, was Sie alle brauchen, bevor es Ihnen selbst bewusst ist. Ist Ihnen nicht aufgefallen, dass Sie diesmal ein anderes Zimmer bewohnen? Die Verwaltung hat dafür gesorgt, dass Sie den Aufzug nicht mit Miss Q teilen müssen; nichts zu danken, gern geschehen. Das Zimmermädchen hat Ihren Nachttisch umgestellt, damit Ihnen Ihre Brille nicht immer hinten runterfällt. Und die Stallburschen wissen, dass Commander Ihr Lieblingspferd ist – da er aber während Ihrer letzten Besuche ein bisschen frech war, haben sie ihn longiert, damit er sich diese Woche lammfromm benimmt. Können Sie sich erinnern, irgendetwas davon verlangt zu haben? Wohl kaum. Dem Avalon ist es eine Freude, all Ihre Wünsche vorauszusehen. Einerseits würde ich gern Ihre Meinung dazu hören, da ich für Verbesserungsvorschläge immer offen bin, andererseits weiß ich schon jetzt, dass Sie mir zustimmen werden. Denn Sie befinden sich hier bei uns an einem Ort des Luxus, statt in Connecticut, dem Ort Ihres Reichtums. Dafür, dass Reichtum und Luxus angeblich das Gleiche sind, haben Sie einen ziemlich weiten Weg auf sich genommen.«

Delafield: »…«

Delafield: »Schlafen Sie mit mir.«

June: »Dazu fehlt mir höchstwahrscheinlich die Zeit, Mr. Delafield, aber ich kann Ihnen ein paar gute Bücher empfehlen.«

Ihr war klar, dass er sich nicht etwa zu ihr hingezogen fühlte. Sie hatte ihn einfach nur überrascht. Einflussreiche Menschen vergessen, dass sie überrascht werden können. Das wusste June aus eigener Erfahrung, denn, oh Wunder, sie war selbst zu einer einflussreichen Person geworden. June Hudson, aus dem Bergtal, eine Frau, Direktorin des Grand Hotel Avalon. Es war ein Wunder, dass diese Worte nebeneinander existierten. Während ihrer ersten Hotelkonferenz, auf dem Cocktailempfang, als sie das erste Mal öffentlich gesprochen hatte, hatten die Männer neben ihr *gelacht*. Nicht aus Gemeinheit, sondern vor Schreck. Diese schmächtige Frau, dieser unmögliche Dialekt!

»Ach«, hatte einer gesagt. »Sie sind die Direktorin des Avalon!«

O Gott, sie hatte sich gefreut wie ein Schneekönig. Dreihundert Meilen entfernt, und sie hatten von ihr gehört! »Wie entwickeln Sie denn Ihre Strategien?«, wurde sie gefragt.

»Ach, wissen Sie, das Süßwasser steckt voller Ideen«, hatte sie geantwortet, denn schon damals hatte sie das eine oder andere über Legendenbildung gehört.

Jetzt, im Ballsaal des Avalon, ließen Junes Angestellte mit mehreren Handkurbeln ruckartig eine extra für diesen Anlass konstruierte Vorrichtung herab, die unterhalb des Deckengemäldes fixiert gewesen war. An den langen hölzernen Armen hingen Hunderte von Blättern, dickes Bristol-Papier, und auf jedem stand ein Gedicht von Robert Burns.

Den Hagelschlag, den Wintertag
All' ohne Sonnenschein …

»Sieht ja aus wie ein Hund, der im Regen bibbert!«, rief Johnny.

»Sachte!«

Die Vorrichtung wurde vorsichtiger abgesenkt. Jetzt sackten die

Blätter nicht mehr abwärts, sondern flatterten und schwebten nach unten. Sie schienen lebendig, organisch, wirbelten und tanzten.

Der Mechanismus verstummte. Die Gedichte bewegten sich jetzt direkt auf Augenhöhe mit June und erinnerten sie an ein Mobile in einem Kinderzimmer.

So sah Luxus jetzt aus, in diesem Moment, bevor er sich erneut verwandeln würde. Relativ.

June und Griff murmelten vor sich hin. June hatte ihre Zweifel gehabt, aber jetzt konnte sie die überraschten Ausrufe der Ballgäste beim Anblick des sich herabsenkenden Mobiles förmlich hören, sah, wie sie nach einem der flatternden Gedichte griffen, um es ihrer Begleitung vorzulesen, wie sie dann weitertanzten, durch papierne Wolken langsam verträumte Runden drehten. June wusste, wie es sich anfühlte, wenn sich das eigene Blut in prickelnden Champagner verwandelte, sie wusste, wie Erdbeeren schmeckten, wenn jemand sie einem auf diesen hellen Ledersofas in den Mund schob. Es gab Zeiten, da hätte man sie selbst für eine Ballbesucherin halten können. Sie drückte leicht die Finger zusammen, als wolle sie nach einem der Gedichte greifen. Sie konnte die Worte geradezu schmecken:

Einen Kuss noch, eh wir scheiden …

Oh! Sie hätte nach der Beerdigung nie wieder in Gilfoyles Zimmer gehen dürfen. Diese dumme *Hoffnung*. Sie wusste es besser. Sie hatte es schon seit Jahren besser gewusst. Die Seele erinnerte sich, der Körper vergaß.

»Achtung!«

Schrei und Aufprall in derselben Sekunde.

Von irgendwoher über Junes und Griffs Kopf war ein Gegenstand herabgefallen und hatte einen der Arbeiter nur knapp verfehlt. Das

Ding schlitterte über den Parkettboden und blieb vor Johnnys Füßen liegen.

»Um Himmels willen!«, rief June. Sie inspizierte das Kunstwerk in der Luft, schaute, ob irgendein Teil fehlte. »Was war das denn?«

Doch als Johnny das Corpus Delicti schwenkte, sah sie, dass es sich um eine hölzerne Sprosse aus dem Balkongeländer handelte.

»Hat der Apparat das abgerissen?«, fragte June.

Jemand, den man nicht sah, erwiderte: »Es wurde *geworfen*!«

»Was ist das da am unteren Ende?«, fragte June.

»Das Holz ist verfault, Hoss«, meinte Johnny.

Die Angestellten murmelten; niemand war zu sehen, der als Täter in Frage kam; jeder kannte die Gerüchte über den vierten Stock; hier war übernatürliche Bosheit am Werk.

»Wir sollten uns in nichts verrennen«, meinte June. So ein Nässeschaden war zwar rätselhaft, aber er erklärte immerhin, warum der Stab durch die Belastung so leicht hatte herausbrechen können. »Vorsicht, Griff, fallen Sie nicht auch noch runter!« Er lehnte sich über das Geländer und spähte zum oberen Stockwerk hinauf. Die vierte Etage war Langzeitgästen vorbehalten, die Lust hatten, das ganze Jahr im Avalon zu verbringen – und über das nötige Geld verfügten. June kannte sie gut – was größtenteils der Grund war, warum sie blieben –, aber keinem dieser Gäste war so eine Bosheit oder Tollpatschigkeit zuzutrauen.

Als June Griffs Miene bemerkte, seufzte sie: »Fangen Sie bitte nicht auch noch damit an!«

Griff rieb sich das blinde Auge. »Jetzt, wo Mr. Francis von uns gegangen ist, wäre es doch möglich …«

Sie unterbrach ihn: »Das Wasser hat damit nichts zu tun.«

Selbst wenn man die Schwimm- und Badebecken nie benutzte, kam man mit dem Süßwasser des Avalon unweigerlich in Berührung. Das unstete Wasser floss durch Rohre in den Wänden, füllte die Waschbecken und sprudelte in jedem Stockwerk aus den Springbrunnen. Aber es warf nicht mit Gegenständen aus dem vierten Stock.

Zumindest bisher nicht.

»Hoss?« Das war Griffs neuer Laufbursche, Theophilus Morse, ungefähr so alt wie June damals, als sie ins Avalon gekommen war. Elf, zwölf. Er hatte eine tragische Vorgeschichte, aber das war nun mal West Virginia, Tragödien gab es hier im Überfluss. Er bemühte sich nach Kräften, Griff nachzueifern, der stets Haltung bewahrte, aber jetzt keuchte der Junge angestrengt. Er war offenbar gerannt.

»Wo brennt's denn, Theo?«, erkundigte sich June.

»Mr. …« Er schnappte nach Luft. »Mr. Gilfoyle hat angerufen …«

Schon wenn sie seinen Namen hörte, wurde ihr warm. Sie hatte ihn seit jener Nacht nicht wiedergesehen. Ein Monat. Eine Ewigkeit, ein kurzer Moment. Sie spürte immer noch die Blütenblätter auf ihrer Haut.

»Reiß dich zusammen, Junge«, sagte Griff. Er stand kerzengerade. Theo stand kerzengerade. Gemeinsam atmeten sie ein und aus, wie Spiegelbilder.

Jetzt hatte Theo wieder genug Luft, um den Rest der Nachricht zu überbringen. »Mr. Gilfoyle hat angerufen!« Einatmen. »Er fliegt gerade aus New York ab, hierher zu einer Besprechung!« Einatmen. »Er hat uns die Liste der Teilnehmer besorgt.« Einatmen. »Er will, dass Sie bei der Besprechung dabei sind.«

Gilfoyle kam hierher, ins Avalon, zu ihr.

»Wer steht denn hinter dieser Besprechung?«, fragte sie.

»Das FBI, Hoss. Das State Department.« Griff verzog den Mund.

»Was will denn das FBI von uns?«, fragte June. Theo zögerte.

June wusste schon seit langem, dass die meisten Menschen schlechte Zuhörer sind; sie denken, *zuhören* sei das Gleiche wie *hören*. Aber das gesprochene Wort machte nur die Hälfte eines Gesprächs aus. Die wahren Bedürfnisse, Wünsche, Ängste und Hoffnungen verbargen sich in dem, was ungesagt blieb, und all dies bildete den Kern des Luxus. June war eine gute Zuhörerin geworden.

Und so hörte sie zwischen den Zeilen ein einziges unausgesprochenes Wort, das die Wahrheit mit Pulverdampf verschleierte und in ihre Herzen Schützengräben zog.

»Sie beschlagnahmen das Hotel«, sagte Theo.

Der Krieg.

Der sich *ihr* Hotel holte.

Der Krieg wird das Avalon nicht erreichen, hatte Gilfoyle ihr versprochen. *Wie sollte er uns denn finden?*

Offenbar musste er einfach nur den Berg herauffahren und die Eingangstür öffnen.

Kapitel 2

Special Agent Tucker Rye Minnick durfte das Hotel nicht durch die Eingangstür betreten.

Keiner der Agenten durfte das. Als sie am Avalon eintrafen, konnten sie gerade mal einen Blick auf die winterliche Fassade des Hotels werfen, perfekt wie ein Postkartenmotiv, bevor livrierte, behandschuhte Bedienstete ihren Wagen vom Eingang weglotsten. Diese Fahrt schien kein Ende zu nehmen. Sie waren von Washington aus mit vierzig Meilen pro Stunde hierhergeschlichen, dem Tempo, das Roosevelt wohl in Bälde allen empfehlen würde, um Kautschuk und Benzin zu sparen, und jetzt schien es, als wolle man sie noch tiefer in die grauen Berge schicken. Um ihre Fahrzeuge wirbelte Schnee, monoton, meditativ. Nebel stieg aus den Schluchten. Der Januar in West Virginia war rau, karg, objektiv betrachtet schön.

Tucker überlegte, warum sich Menschen so sehr von der Schönheit der Natur angezogen fühlten. Die existierte ja nicht *für* sie, hier war sie sogar eindeutig *gegen* den Menschen gerichtet. Alles, was die Schönheit dieser Berglandschaft ausmachte – ihre Abgelegenheit, die steilen Hänge, die rauschenden Stromschnellen –, war gefährlich. Und doch, wie die Maus vor der Schlange, wie das Wild vor dem Jäger, wie ein bestimmter sanfter Frauentyp vor bestimmten brutalen Männern, sehnte sich der Mensch schmerzlich nach diesem Anblick. Selbst ihn, Tucker, ergriff der Liebreiz dieser Gegend, seiner Ausbildung und aller Lebenserfahrung zum

Trotz. Alle Vernunft blieb auf der Strecke, der Rest: pures Entzücken.

Auch bei seinem letzten Posten war das so gewesen, wenngleich es sich um eine vollkommen andere Ästhetik gehandelt hatte. Albino Ridge, Texas, eine kleine Grenzstadt, die das Pech hatte, »Singing Joey« Puglisi, der Opium quer durch Mexiko bis nach New York schmuggelte, als Operationsbasis zu dienen. Die karge Landschaft außerhalb der Stadt war abweisend gewesen, dornig und giftig und konnte einen Menschen in ein bis zwei Tagen das Leben kosten … und doch hatte er in den ersten Monaten jeden Abend auf der Veranda gestanden, um den Sonnenuntergang zu bestaunen, der die Chisos Mountains erst in tiefes Rot, dann in Schwärze tauchte. Immer wieder hatte er sich in Erinnerung gerufen, wie lebensfeindlich dieser grausame Ort war, hatte sich dagegen gewehrt, dass seine Schönheit ihn so berührte. Aber stand er in Gedanken nicht auch jetzt noch allabendlich auf jener Veranda?

Der Weg um das Hotel herum führte endlich zu einem Personaleingang, wo ihn ein behandschuhter Portier in der grau-goldenen Avalon-Uniform erwartete.

»Hallo, hallo, hallo. Hallo, junger Mann, wir sind da.«

Mit diesen Worten betrat Mr. Benjamin Pennybacker, Vertreter des State Department, der die Mission leitete, das Hotel. Das State Department stand zwar nicht in Konkurrenz zu Tuckers FBI, aber es waren auch nicht gerade Lieblingskollegen. Eigentlich hätten die FBI-Männer von *Agent Pennybacker* sprechen sollen, oder, noch passender, von *Special Agent Pennybacker*, aber untereinander nannten ihn die drei in stillschweigender Übereinkunft Mr. Pennyback, wobei die erste Hälfte seines Namens schnell und in höherer Tonlage gesprochen, die zweite Hälfte energisch in den Dreck gepfeffert wurde. PennyBAAACK. *Give me my PennyBAAACK.* Jetzt also begrüßte Pennybacker den Portier und balancierte dabei auf einem Fuß, um ein paar Kieselsteinchen vom anderen Schuh zu schnipsen, während er übers Wetter, über Golf, über die hiesige Tierwelt, über das Problem klemmender Schreibmaschinentasten und über walisische Aufstände im fünfzehnten Jahrhundert plauderte; wobei er sich mit seinen Worten der Situation, in der sie alle sich gerade befanden, nicht annäherte, sondern die Beteiligten mit jedem dieser Themen immer weiter von dem wegführte, was eigentlich anstand.

Das State Department! Das waren doch keine Agenten. Sie waren Schuljungen, die nicht merkten, dass ihnen hinten das Hemd aus der Hose hing; sie wuchsen in einem Aktenschrank auf, während die FBI-Leute im praktischen Einsatz ausgebildet wurden. Tucker unterbrach ihn. »Mir wurde gesagt, dass die Besprechung im Hauptgebäude stattfindet.«

»Wir wurden gebeten«, sagte der Portier, »Ihre Wagen hier hinten zu parken, um die Gäste nicht zu beunruhigen.«

»Die Gäste sind noch hier?«

»Sir?«

Pennybacker warf erst dem Portier, dann Tucker einen flehenden Blick zu. Er schien sprachlos vor Enttäuschung; wie ein kleiner Junge, den ein anderes Kind verhauen hat, um ihm die Süßigkeiten zu klauen.

»Ist Mr. Gilfoyle noch da, um uns zu treffen?«, fragte Tucker den Portier.

»O ja, Sir.«

Na, dann klappt wenigstens das, dachte Tucker. Er drehte sich nach den beiden anderen FBI-Agenten um. »Macht eure Schuhe sauber, Jungs.«

Die Berge im Rücken betraten sie das Hotel und streiften sich den Januarmatsch von den Sohlen. Benjamin Pennybacker, der fest entschlossen war und optimistisch das Kinn vorreckte; Special Agent Hugh Calloway, graziös wie Astaire; Special Agent Pony Harris, grinsend wie ein Krokodil. Special Agent Tucker Minnick, stramm wie ein Kolben. Köpfe gesenkt, Hüte in der Hand. *Scharr, scharr, scharr.*

»Möchten Sie Ihre Mäntel ablegen?«, fragte der Portier. Pennybacker zog seinen sofort aus, darunter kam sein zerknittertes Hemd zum Vorschein. Die FBI-Männer aber blickten Tucker an. Sie alle trugen 38er-Colts unter ihren Jacketts.

»Wir legen nicht ab«, entschied Tucker.

Das Innere des Hotels glich einem vergoldeten Kaninchenbau mit einem Labyrinth aus Fluren. Treppen führten tunnelartig ins Dunkel, manche hatten nur sechs oder acht Stufen und sahen aus, als müssten sie noch wachsen. Überall Türen, deren Anordnung willkürlich schien. An den Wänden steinerne Bären und Pumas, Adler und Hirsche, die aus ihren dunkel gefärbten Mäulern Mineralwasser in Becken spien. Und immer noch plauderte Pennybacker munter weiter. Über Kreuzfahrtschiffe, Harfenwettbewerbe, das Färben von Wolle, Heilige in Amerika.

Tucker unterbrach ihn: »Haben Sie den Grundriss angefordert?«

»Gute Idee«, meinte Pennybacker. »Ausgezeichnete Idee. Geheimgänge. Männer, die aus Wandöffnungen springen. Frauen, die in der Nacht verschwinden. Dieser Ort regt die Phantasie an.«

Tucker winkte in Richtung eines FBI-Assistenten, der hinter ihm stand. »Kümmern Sie sich drum.«

»Ich werde mein Möglichstes tun, Sir«, antwortete der Assistent.

»Das reicht nicht«, sagte Tucker. »Kü-mmern Sie sich drum.«

»Jawohl, Sir.« Schon besser.

Im Gegensatz zu Tucker würde der Assistent nach dieser Besprechung frei wie ein Vogel nach Washington zurückkehren. Der Mann war noch jung, so jung, dass er vermutlich noch die Muskelzerrungen von seiner Ausbildung an der FBI-Academy spüren konnte. Ihn erwartete jetzt jahrelange Routinearbeit, bevor er irgendeinen Status erreicht haben würde, Arbeit, die Tucker damals nur allzu gern hinter sich gelassen hatte. Doch jetzt war er neidisch auf jene Tage der Sicherheit, der ehrgeizigen Träume, auf das Gefühl, dass es nur aufwärts gehen konnte. Hoover hatte Tucker als leitenden Special Agent mit zwei Untergebenen hierhergeschickt – auf dem Papier ein seitlicher Schritt auf der Karriereleiter, wenn nicht einer nach oben –, aber er und Hoover wussten, dass es Exil bedeutete, und das hatte er sich verdient.

Die Agenten sahen die Bediensteten kommen und gehen, Türen öffnen und schließen; sie wirkten weniger wie Angestellte als vielmehr wie eine Erweiterung des Hotels, Helfer, jederzeit bereit, Zaudernden beizuspringen. Verwirrend war das alles, ja, auch für Tucker, aber nicht so verwirrend wie die komplexen Gerüche des Hotels: Parfüm, Blut, Früchte, Schmutz, Höhlen, Blüten. Der Duft der Mineralquellen.

Er erinnerte sich gut an diesen Geruch.

Du wirst hier nicht lange bleiben, dachte Tucker. *Bring's einfach hinter dich.*

Das Hotelpersonal beobachtete Hugh diskret. Er war nicht der einzige Schwarze hier, aber der einzige, den man sah; denn alle Angestellten im Gästebereich waren weiß. Vielleicht waren die Bediensteten einfach nur neugierig; schon ein FBI-Mann war ungewöhnlich hier, noch dazu ein Schwarzer. Vielleicht gab es aber auch dunklere Gründe für ihre Aufmerksamkeit, in hübschen Uniformen konnte sich bekanntlich allerlei Hässliches verbergen.

»Hat Ihnen Ihr Dad nicht beigebracht, wie man blinzelt?«, fragte Pony einen starrenden Bediensteten, der schnell den Kopf einzog.

»Du bist ja nur neidisch auf meinen Verehrer«, meinte Hugh zu Pony.

Pony salutierte knapp vor einem weiteren Gaffer und bleckte die Zähne.

»Hey«, mahnte Tucker. »Reißt euch zusammen.«

Derart verwarnt schlichen die beiden Untergebenen in die Bibliothek und ließen Tucker mit einem noch unbehaglicheren Gefühl zurück. Dass er gegenüber dem so viel jüngeren Assistenten autoritär auftrat, ging für ihn völlig in Ordnung, aber er war unsicher, wie er mit seinen Kollegen Hugh und Pony umgehen sollte. Hugh hätte diese Mission ja selbst leiten können, aber Hoover hätte einem Schwarzen niemals so viel Verantwortung übertragen. Und Pony … als sie sich kennenlernten, hatte ihm der junge Pete erzählt, er verdanke seinen Spitznamen einem Gläschen Whiskey, *a pony of whiskey*; als ob Tucker diese autobiographische Notiz beeindruckt hätte. Pony war ein heißblütiger junger Mann, was Tucker nie gewesen war, und die einzige Rolle, die Tucker ihm gegenüber spielen konnte, war die des enttäuschten Vaters. Keiner von ihnen war für das FBI wie geschaffen, vielmehr lag es nahe, dass die beiden anderen Agenten Tucker ins Exil folgen sollten – oder er ihnen.

Tucker griff nach Pennybackers Arm, um ihn in der Tür aufzuhalten, und sagte: »Wir werden uns nicht noch einmal so hemdsärmelig benehmen. Wir vom FBI, meine ich.«

Pennybacker richtete nervös seine Fliege, als hätte der Tadel ihm gegolten. »Ach, schon in Ordnung, ist doch bloß ein ganz normales Hotel.«

»Wenn es das wäre«, erwiderte Tucker, »wären wir nicht hier.«

In der Smith Library – nach Meinung des Personals die gemütlichste der drei Bibliotheken des Avalon, trotz Tausender Bände mit steifen Schutzumschlägen – begann die Besprechung. Neben dem FBI und dem State Department waren auch Vertreter der örtlichen Polizei, ein Bürgermeister, zwei Einwanderungsbeamte und Edgar David Gilfoyle anwesend, ein Society-Playboy, der am Kopfende des großen Tischs thronte. Er sah professioneller aus, als es sein Ruf vermuten ließ. Sein gelbbraunes Haar war gepflegt frisiert, die lange Nase zeugte von seiner vornehmen Herkunft. Das harte Winterlicht warf einen scharfkantigen Schatten hinter ihn – hinter eigentlich alles hier. Die dicht um den Tisch gedrängten grünen Ledersessel, die Stehlampen mit den Messingschirmen, die Windhundstatuetten aus Messing, die Agenten, die sich jetzt auf ihre Stühle niederließen: Alles hatte seine dunkle gespiegelte Schattenversion.

Während Gilfoyle und Pennybacker die Art elliptischen Smalltalks führten, mit dem sich mächtige Männer gegenseitig diskret umkreisen, wurde Tucker ein makelloses Törtchen mit Erdbeerglasur serviert, ein Feengeschenk. Er runzelte misstrauisch die Stirn.

Neben seinem Ellbogen erschien wie aus dem Nichts ein Kellner.

»Agent Minnick, was möchten Sie trinken?«

Was für ein Zaubertrick! *Agent Minnick*. Absurd, dass das Hotel offenbar Tuckers Namen kannte und doch die wichtigste Voraussetzung für diese Besprechung nicht erfüllt hatte: die Gäste wegzuschicken.

»Was haben Sie denn außer Wasser?«, fragte er.

»Kaffee, Tee, Limonade, Saft, Coca-Cola.«

Kaffee, aufgebrüht mit Wasser, Tee, der mit Wasser übergossen wurde, Limonade, zubereitet mit Wasser – er konnte dem Süßwasser nicht für immer ausweichen.

»Eine Cola wäre okay«, sagte Tucker.

Aber für den Moment noch.

»Sehr wohl«, erwiderte der Kellner, und Tucker fand das interessant – nicht dass dieser Mann wie auf Augenhöhe wirkte, immerhin nahm er ja seine Bestellung auf, sondern welche Würde er dabei ausstrahlte. Die Kellner wirkten alle gut gelaunt, als hätte nur eine zufällige Wendung der Ereignisse dazu geführt, dass diese eleganten Männer das Essen servierten, statt ihrerseits bedient zu werden, und als haderten sie keineswegs mit ihrem Schicksal. In diesem Leben bedienten sie, im nächsten Leben war es vielleicht umgekehrt. Es herrschte keine unterwürfige Atmosphäre, alle waren eingeladen, dieses unschuldige Spiel des Luxus gemeinsam zu genießen.

Gilfoyle erhob die Stimme. »Ah, da ist sie ja!«

Die Nachzüglerin war die erste Frau, die die Männer seit ihrer Ankunft hier im Hotel zu Gesicht bekamen. Sie wirkte recht unkonventionell – Hose, Wolljacke, kurzes dunkles Haar, glatt nach hinten gekämmt –, und sie hatte drei Dackel im Schlepptau, die sich, als sie den Finger hob, an die Wand setzten, ebenso gehorsam wie das Personal. Sie wirkte nicht überheblich, aber selbstbewusst – in diesem Raum schienen beide Begriffe identisch. Man starrte sie unwillkürlich an.

Oder vielleicht tat das nur Tucker.

»Wie schmecken Ihnen die Törtchen, meine Herren? Die Drinks? Haben Sie alles, was Sie brauchen?«

Ihr Hinterwäldlerdialekt fiel hier ebenso aus dem Rahmen wie ihre ganze Erscheinung, ihre Weiblichkeit. Sie sprach mit hoher Stimme, kurze Vokale, verknappte Verben. Keine Hauskatze wie Edgar Gilfoyle, sondern eine Berglöwin.

»Das ist June Hudson«, erklärte Gilfoyle. »Unsere Hoteldirektorin.«

Im Raum entstand Unruhe.

Man sah June Hudsons Miene an, dass sie es gewohnt war, Aufsehen zu erregen.

»Schmeckt alles sehr … äh … sehr gut!« Mr. Pennybacker brach das Schweigen als Erster. Er stupste sein Törtchen mit der Gabel an. »Wirklich prima. Ich werde solche Leckereien vermissen, wenn die Rationierung kommt!«

»Möchten Sie wissen, wie diese süßen kleinen Törtchen zubereitet werden?«, fragte June Hudson. »Ich habe eine ganze Schar junger Frauen, die schwärmen durchs Hotel und durch die Stadt und sammeln Marmeladengläser ein, von denen die Leute glauben, sie seien schon leer. Dann werden sie hier in der Küche ausgekocht. Nicht die Frauen, die Gläser. In einem großen Bottich geben all diese Gläser den winzigen Rest Marmelade ab, der noch am Boden klebt. Dann holt eine Gruppe junger Männer die Gläser aus dem Bottich, und dann wird das Wasser eingekocht, bis auf diese Glasur. Kein Gramm extra Zucker ist in diesen Törtchen, nur Süße, die andere übrig gelassen haben. Wir mögen ein Luxushotel sein, haben aber in den letzten zehn Jahren auch das eine oder andere dazugelernt.«

Sie lächelte. Es war das Lächeln eines Cowboys, Lachfältchen um die Augen, ein Zucken der Lippen. Tucker kam sich wieder vor, als stünde er auf der Veranda einer texanischen Hütte und betrachte die Sonne, die die tödliche Landschaft golden auflodern ließ. Aber er konnte es sich nicht leisten, fasziniert zu sein. Den Job erledigen. Und dann weg hier.

»Das ist einfach toll, Miss Hudson!«, rief Pennybacker begeistert. »Genau die Art von Innovation, die mir so gefällt, und deshalb ist das Avalon die perfekte Wahl, um unserem großartigen Land zu dienen!«

In Junes Stimme schlich sich Januarkälte. »Mr. Gilfoyle hat uns erst gestern Abend davon in Kenntnis gesetzt, dass sich unser großartiges Land für das Avalon interessiert.«

Gilfoyle starrte in den Kamin.

Eine merkwürdige Spannung erfüllte den Raum, intensiv wie der Geruch des Mineralwassers.

Plötzlich wurde Tucker klar, warum das Personal nichts von der Mission gewusst hatte.

Gilfoyle wollte, dass das FBI diese Nachricht überbrachte. So, wie man einen Informanten auf einem öffentlichen Platz trifft. In aller Öffentlichkeit wird man selten erschossen.

»Ach so, ja. Da muss es hinsichtlich der Sicherheitsvorkehrungen wohl ein Missverständnis gegeben haben!« Pennybacker glich einem Kind, das sich zwischen seine streitenden Eltern drängt. »So haben wir zwar ein bisschen Zeit verloren, aber wir wissen seine Diskretion zu schätzen!«

Benjamin Pennybacker, State Department, schob eine Akte über den Tisch.

June Hudson, Hoteldirektorin, rührte sie nicht an. Sie betrachtete die Schlipsträger ringsum.

»Nein«, sagte sie.

Es war ein Nein, das es in sich hatte, ein handfestes Nein. Die Anwesenden verstummten, um die Bedeutung dieses entschiedenen Neins zu würdigen.

»Nein?«, wiederholte Pennybacker. »Sie haben ja noch nicht mal reingeschaut.«

»Nein«, bekräftigte sie. »Das Avalon ist im Moment nicht dafür ausgestattet, Sonderwünsche zu erfüllen, aber es gibt zwischen hier und Washington mehrere Hotels, die Ihnen sicher gerne behilflich sein werden. Mir ist so mancher einen Gefallen schuldig; ich kann ein paar Anrufe tätigen.«

Es knackte im Kamin. Eine Rohrleitung ächzte in der Wand. Draußen auf dem Flur vor der geschlossenen Tür klackerten die Absätze einer Hotelangestellten. Pennybacker räusperte sich dreimal, beinahe ein viertes Mal. Ihm saß immer noch ein Frosch im Hals. Tucker hatte nichts getrunken, nicht einmal die Cola, und doch spürte er den eklig brackigen Geschmack des Süßwassers hinten auf der Zunge.

»So verhält es sich nicht, Miss Hudson«, sagte Gilfoyle.

Gott bewahre uns vor solchen Männern!, dachte Tucker. Es gab immer jemanden wie ihn, der bereit war, West Virginia seinen staubfreien Schuh in den Nacken zu drücken. Gut informierte Männer mit weichen, gepflegten Händen und makellosen Knöcheln, Männer, die mit verständnisvoller Stimme herumstotterten und einer erbitterten, fähigen Frau wie dieser hier sagen wollten, wo's langging. So war Tuckers Job nicht gedacht gewesen.

Dieser Staat, dieses Hotel, ihr Dialekt, seine Vergangenheit, diese Leute …

»Wie verhält es sich nicht?«, fragte June.

Nur noch dieser eine Einsatz, dachte Tucker. Hol dir dein Leben zurück. Aber …

Pennybacker reckte den Hals. »Agent Minnick, Sie sind aufgestanden? Wollten Sie etwas sagen?«

Tucker sah sich selbst wie von außen, die Arme verschränkt, die Finger in die Riemen seines Achselholsters gehakt. Er merkte, dass June ihn anstarrte – oder genauer gesagt, seinen Hals. Ihr Blick hatte einen Fleck entdeckt, ein fast vom Hemdkragen verborgenes Mal, das die meisten Leute gar nicht bemerkten, und wenn sie es bemerkten, nicht einordnen konnten: eine Kohletätowierung. Kinder, die in Häusern voller Kohlenstaub spielten, Bergleute, die Tunneleinstürze überlebten, bekamen so ein Mal, wenn sich Kohlenstaub dauerhaft in ihren Wunden festsetzte. Schon jetzt bezweifelte er, dass es richtig war, zu sprechen, während er hier stand; er fand das unausgesprochene Wort weitaus wertvoller als das gesprochene. Aber ihr Blick auf seine Kohletätowierung hielt ihn auf den Beinen, wie eine Marionette.

June sah, dass der FBI-Mann tatsächlich etwas sagen wollte. Es war der dunkelhaarige Agent, der June bei ihrer Ankunft gleich aufgefallen war. Wäre sie gefragt worden, hätte sie vielleicht gesagt, dass ihr das Kohletattoo aufgefallen sei, aber das stimmte nicht; sie hatte es erst gesehen, als er da stand. Es war sein Gesicht gewesen, das sie in Bann gezogen hatte. Es gab eine Stelle auf dem Grundstück, an der die heißen und die kalten Quellen so nah beieinanderlagen, dass man, wenn man auf dem Moos dazwischenlag, beide berühren konnte, erstaunt über den Kontrast. Genau so sah das Gesicht dieses Agenten aus: harte Brauen, weiche Augen, harte Züge, weicher Mund. Federal Agent. Kohletätowierung. Er sagte: »Ich bin Agent Tucker Rye Minnick vom Federal Bureau of Investigation. Miss Hudson, ich denke, es steht fest, dass Ihnen und Ihren Angestellten niemand offen gesagt hat, worum es geht. Sie sind mit der aktuellen Situation nicht glücklich; lassen Sie mich Ihnen versichern, dass das FBI ebenfalls nicht glücklich damit ist. Sie wünschen sich, dass bei dieser Besprechung Entscheidungen diskutiert werden, aber das wird nicht passieren. Der einzige Zweck dieser Zusammenkunft ist der, Ihnen mitzuteilen, was zu tun ist, und alles, was daraus folgt, dann ganz allein Ihnen zu überlassen.«

»Na, das ist doch ein wenig übertrieben. Ich glaube nicht, dass dies der einzige Zweck ist …«, begann Pennybacker.

Doch Agent Minnick fuhr fort, als hätte der Mann vom State Department nichts gesagt, und zählte die Punkte an seinen Fingern ab.

»Erstens. Die derzeitigen Gäste werden das Hotel verlassen müssen, umgehend. Hier dürfen sich nur Hotelangestellte, FBI-Leute und die in der Akte gelisteten Personen aufhalten.

Zweitens. Vierzig Grenzschutzbeamte werden zwecks Außensicherung provisorische Wachtürme errichten.

Drittens. Zwei Schweizer Verbindungsmänner werden als neutrale Vermittler zwischen den Regierungen agieren.

Viertens. Agent Pennybacker und ich brauchen aktualisierte Listen sämtlicher derzeitiger Angestellter. Wir werden sie alle befragen und strenge Hintergrundchecks durchführen. Das Personal muss darauf hingewiesen werden, dass mangelnde Kooperation die Beendigung des Arbeitsverhältnisses zur Folge hat.

Fünftens. Am Mittwoch werden dreihundert ausländische Staatsangehörige am Bahnhof eintreffen und so lange bleiben, bis das State Department die Rückkehr in ihre Heimatländer ausgehandelt hat, das geschieht voraussichtlich am einundzwanzigsten April.

Sechstens. Agent Calloway zu meiner Rechten, Agent Harris zu meiner Linken und ich werden aus dem Gästebereich sämtliche Telefone, Radios und Zeitungen entfernen und im Auftrag des FBI die gesamte Kommunikation über die Telefonvermittlung und die Poststelle überwachen.«

Gilfoyle wirkte etwas verärgert; Pennybacker geradezu verzweifelt. »Agent Minnick«, zischte er, »ich glaube wirklich, Sie vermitteln Miss Hudson das Gefühl –«

Agent Minnick hob die Hand. »Die betreffenden Personen sind auf dem Weg hierher; die Uhr tickt; sie hat schon zu ticken begonnen, bevor wir hier eingetroffen sind. Sie können nicht ablehnen, Miss Hudson, weil niemand Sie nach Ihrer Meinung gefragt hat. Es wurde bereits von höherer Stelle entschieden.«

Er lehnte sich über den Tisch und schlug das erste Dokument auf. Schweigend wartete er ab, bis June es überflogen hatte, die ganze Seite bis zur Unterschrift des Präsidenten.

Einige Jahre zuvor hatte June Mr. Francis einmal zu einem Treffen mit den Honoratioren von Constancy, der nächstgelegenen Kleinstadt, begleitet, um eine Vereinbarung zu besprechen, die das Avalon und die Bahn zur Verbesserung der lokalen Infrastruktur getroffen hatten. June war damals noch jung und unerfahren gewesen und hatte die Rahmenbedingungen dieses Projekts ähnlich umrissen wie Agent Minnick jetzt. Punkt für Punkt. Alle Erfordernisse. Am Ende hatte damals unbehagliche Stille im Raum geherrscht. Mr. Francis hatte sie souverän gerettet. Er hatte das Ganze so gedreht, als sei die Liste im Wesentlichen die Idee der Honoratioren gewesen und damit gekränkte Egos beruhigt. Inzwischen wusste June es besser, und im Gegensatz zu den anderen erkannte sie deshalb, dass Agent Minnick nicht grausam war. Er kochte nur ein Marmeladenglas bis auf den Bodensatz ein.

»Blättern Sie um«, mahnte er jetzt.

Sie blätterte um. Das nächste Dokument verriet alles, was Agent Minnick nicht gesagt hatte. Er hatte von ausländischen Staatsangehörigen gesprochen, aber das waren keine gewöhnlichen Ausländer. Es waren Diplomaten.

Nazis.

Na ja, nicht alle.

Die nächste Seite offenbarte eine Liste mit japanischen Namen. Dann kamen Italiener, Ungarn, Bulgaren. Viele Sprachen und ein unausgesprochenes Wort: der Feind. Und diese Akte enthielt noch viele unausgesprochene Worte mehr. Eines zum Beispiel wurde nie benutzt: Internierung. Stattdessen sollte das Hotel ein »Sammelplatz« für Diplomaten der Achsenmächte und ihrer Familien sein. Die ausländischen Staatsangehörigen wurden in Gewahrsam genommen, unter Kontrolle gehalten und geschützt. Man würde Grenzschutzbeamte zur Verfügung stellen, ungefähr so, wie man Handtücher und Bademäntel zur Verfügung stellte. Die Kommunikation würde zivilisiert ablaufen, wie bei einer Cocktailparty. Diplomatie beruhend auf Gegenseitigkeit: Ihr serviert ihnen auf der einen Seite des Ozeans Kaviar, wir auf der anderen.

June hörte förmlich Sandy Gilfoyles freundlich-spöttische Stimme: O Mann, willkommen in der dünnen, exklusiven Luft des hohen internationalen Rechts …

Sie hätte am liebsten protestiert. Der Sohn der Ersten Hausdame war kürzlich in Pearl Harbor getötet worden. Ihr fielen spontan mindestens drei polnische Jüdinnen und Juden ein, die zum Servicepersonal gehörten. Die Einberufung würde Brüder, Ehemänner, Söhne das Leben kosten. Wie grotesk, so etwas von ihnen zu verlangen!

Der junge Sandy trug jetzt Uniform, und June hatte seit Wochen nichts mehr von ihm gehört.

Wie grotesk, so etwas von ihr zu verlangen.

Aber Agent Minnick hatte gesagt, dies sei keine Besprechung, bei der Entscheidungen diskutiert würden.

June las den Namen Takeo Nishimura. Er war der japanische Gesandte, häufig in Begleitung von Saburo Kurusu und Botschafter Nomura zu sehen, der bis Pearl Harbor friedliche Lösungen versprochen hatte. Dann Friedrich Wolf, Kulturattaché Nazi-Deutschlands.

Schließlich Erich von Limburg-Stirum, ein so berühmter Kunstflieger, dass sogar sie seinen Namen kannte. Also nicht nur Diplomaten. Auch Journalisten. Geschäftsleute. Kunstflugpiloten.

»Diese Burschen werden also alle aus Washington verjagt?«

»Verjagt«, wiederholte Pennybacker und lachte leise, um die Wirkung des Worts zu entschärfen. »Es geht um den Schutz vor einer überreizten amerikanischen Öffentlichkeit. Jedes negative Ereignis würde, wie Sie sich denken können, internationales Aufsehen erregen. Wichtig ist die – wie soll ich sagen – moralische Überlegenheit. Wir sprechen hier von diplomatischer Reziprozität. Präzedenzfall. Exzellenz. Das Avalon ist eines der bekanntesten Luxusresorts in Reichweite von Washington. Hören Sie, Miss Hudson, das Greenbrier hat bereits kurz vor Weihnachten eine erste Gruppe aufgenommen, und wenn die mitmachen, dann …«

Das Greenbrier! Hatte sie deshalb nichts mehr von Loren, dem Direktor des Greenbrier, gehört? Seltsame Vorstellung, dass offenbar auch ihr einziger ernsthafter Konkurrent mit diesen ethischen Fragen gerungen hatte. »Wie viele haben sie denn aufgenommen?«, fragte June.

Pennybacker schüttelte bedauernd den Kopf, als hätte er sie dabei ertappt, ihn austricksen zu wollen.

»Wir geben keine Details aus den anderen Hotels preis.«

Hotels, Plural. Gilfoyle musste es schon seit Tagen, vielleicht sogar Wochen gewusst haben. Er hatte ihr ihren wertvollsten Vorteil geraubt, einen Zeitvorsprung, obwohl ihm vielleicht gar nicht bewusst gewesen war, welch unerhörten Diebstahl er da begangen hatte. Jahrelang hatte er in den Häusern anderer Leute gewohnt, war von Freund zu Freund, von Party zu Party gezogen und hatte strahlend die Klatschspalten dreier Länder belebt. Smoking und Champagner, Frauen und Nachtleben; für Gilfoyle waren es noch immer die goldenen Zwanziger Jahre. Was war das Avalon für ihn? Nur ein Gebäude.

»Mr. Pennybacker, ich bekomme es so oder so heraus. Um welche weiteren Hotels handelt es sich?«

»Das Homestead«, erwiderte er.

Das Greenbrier und das Homestead waren große Häuser, die Hunderte von Gästen beherbergen konnten. Nun betrachtete June die Liste mit anderen Augen. Sie war ihr endlos lang vorgekommen, aber jetzt begriff sie, dass es sich nur um eine unvollständige, gekürzte Fassung handelte. Diese Aufzählung war exakt auf das Avalon zugeschnitten, um es fast bis aufs letzte Zimmer zu belegen, und war Teil einer viel längeren, in hotelgroße Teile gestückelten Liste. Zum allerersten Mal glaubte June wirklich, dass das Land einen Monat zuvor in den Krieg eingetreten war.

Sie erhob sich. Die Dackel erhoben sich. Agent Minnick nickte, irgendwie zufrieden.

Edgar Gilfoyle wirkte sehr angespannt und riss erschrocken die Augen auf. »Miss Hudson«, sagte er, »Sie wollen doch nicht schon gehen?«

Natürlich ging sie. Er hatte sie in eine Aufzugskabine gesperrt und die Kabel zerschnitten. Mr. Francis hatte June vergessen lassen, dass es eigentlich gar nicht ihr Hotel war. Jede Entscheidung war ihre Entscheidung gewesen. Jetzt aber gehörte das Hotel Gilfoyle, und das hieß, dass er Ja sagen konnte, wo sie Nein gesagt hätte, ohne vorher mit ihr zu sprechen. Falls sie auf ein Zeichen gewartet hatte, ob ihm ihre gemeinsame Zeit etwas bedeutete, hier war es. Der Aufzug stürzte ab.

»Wie Sie soeben hörten, Mr. Gilfoyle«, sagte June, »gibt es jede Menge zu tun.«

Kapitel 3

Wenigstens kam die Dekoration für die Burns-Night doch noch zu ihren Ehren.

Weil so viele Gäste gleichzeitig abreisten, fand der Checkout im Ballsaal statt. Die Gedichtblätter wurden aufgewirbelt, als June die Schlange entlang hin- und hereilte und sich bei allen Gästen persönlich entschuldigte. Die Kellner, immer noch mit Schottenkaroschärpen, versorgten die Gäste mit Reiseproviant, der aus Häppchen des geplanten Festmahls bestand. Hier und da streckten Gäste die Hand nach den schwebenden Blättern aus, um ein Gedicht zu lesen, so wie June es sich ein paar Stunden früher vorgestellt hatte. Es war eine denkwürdige Szene. Eine verstörende Szene. Diese Leute Schlange stehen zu sehen, um an ihre Mäntel und Autos zu gelangen! Diese Leute standen nicht an. Diese Leute hatten andere Leute, um für sie anzustehen.

Mit manchem Schwur und manchem Kuß / Sind zärtlich wir geschieden / Mit manchem Schwur, zu sehen uns / Recht häufig noch hienieden. Mr. Astor (der Mr. Astor, an den die meisten Leute dachten, wenn von »Mr. Astor« die Rede war, dem engen Freund Roosevelts (des Roosevelts, an den die meisten Leute dachten, wenn es um Roosevelt ging)) war einer der letzten Gäste in der Reihe. Er war heute ausnahmsweise einmal nicht gereizt, sondern in freundlicher Stimmung.

»Mr. Astor, es tut mir so leid, dass Sie uns verlassen müssen«, sagte June. »Haben Sie vielleicht noch einen Rat für mich?«

Er ließ das Gedicht los und blickte June unter seinen buschigen Augenbrauen hervor an. »Meiden Sie Schiffe.«

»Meine Liebe!«, platzte der letzte Gast in der Reihe dazwischen. »Was für ein Abenteuer!«

Beim letzten Gast handelte es sich eigentlich um vier Gäste: die Familie Morgan. Seit June das Hotel leitete, hatten sie jede letzte Januarwoche im Avalon verbracht. Das Avalon hatte die Ehe einer Morgan-Generation gerettet, ein Zerwürfnis zwischen Brüdern gekittet, eine Großmutter beerdigt und die jüngste Generation glücklich verheiratet erlebt. Ein Jahrzehnt im Leben einer ganzen Familie.

Die beiden Söhne der Morgans (die June auf bewegende Weise an Sandy erinnerten) streichelten die Dackel und umarmten June schüchtern, eine höchst ungewöhnliche Geste der Zuneigung, die nur möglich war, weil June die beiden schon von Kindesbeinen an kannte. Die sonst übliche Zurückhaltung war das Zeichen der Oberschicht; das hatte Mr. Francis ihr zu vermitteln versucht. Bedenken Sie, was es heißt, die eigene Schicht hinter sich zu lassen. Direktheit, Besitz, Lust, Hunger, das Naheliegende – das ist die Sprache der Unterschicht. Und das ist die Sprache der herrschenden Klasse: Tradition, Humor, Geschick, Großzügigkeit, Finesse. Wenn Sie wollen, dass man Sie behandelt, als gehörten Sie dazu, muss das meiste unausgesprochen bleiben. Wer es ausspricht, beweist seine Primitivität. Eine June Hudson ist nicht primitiv. Ich bin nicht primitiv, Mr. Francis. Eine June Hudson ist zu Großem bestimmt. Das können Sie sagen, nicht ich; sind halt die Regeln, wie? Ha. Das sind die Regeln, June.

»Liebste Miss Hudson«, sagte Mutter Morgan (Weckruf 9.50 Uhr, beim Einchecken einen Roman-Punch-Cocktail auf dem Balkon bereitstellen, drei Spa-Anwendungen pro Woche). Es hieß, außerhalb des Hotels sei sie völlig skrupellos, aber hier war sie eine Seele von Mensch. »An der Rezeption liegt ein Geschenk für Sie.« Die Gäste schenkten June oft Keramik, Schmuck, Bücher und Kunst. Eigentlich Geschenke für eine Dame der Gesellschaft, nicht für die hart arbeitende Direktorin eines Hotels. Unvergessen, als ihr einmal eine frisch geschiedene Erbin edelste italienische Bienen von Sears and Roebuck's geschenkt hatte. In der einen Schachtel kamen die Arbeiterinnen, in der anderen saß die Königin, die als Nahrung nur einen Klecks Gelée royale bei sich hatte.

June hatte die schreckliche Vergangenheit ebenso beiseitegeschoben wie die hoffnungslose Zukunft und das Avalon in den Stand versetzt, seinen Gästen eine herrliche Gegenwart zu bieten. Wertloses Geld floss schneller von den Bankkonten der Gilfoyles als das Süßwasser aus den Felsen. Bist du wirklich ganz sicher, June?, hatte Mr. Francis gefragt, nachdem ihn in New York die Nachricht von einer besonders halsbrecherischen Ausgabe erreicht hatte – sie musste halsbrecherisch gewesen sein, wenn Mr. Francis nervös wurde. Wir müssen furchtlos wirken, hatte June entgegnet. Die Rechnungen zahlen und für Regen beten. Eine gewagte Strategie für eine unerfahrene junge Direktorin. Aber erfolgreich. War das Hotel zu Beginn der Depression eine Institution gewesen, ging es als Legende aus ihr hervor. Und jetzt waren die kultivierten Stammgäste dieser Hotellegende, ihr Lebenselixier, einfach an die Luft gesetzt worden.

Alle, bis auf einen verbliebenen Gast.

»Hoss, 411 …«, sagte Griff und rieb sich sein Auge.

»Ich weiß, ich weiß.«

June fuhr in den vierten Stock hinauf; sie hatte den Aufzug ganz für sich allein. Alle anderen Gästeaufzüge waren mit einer gut ausgebildeten Fahrstuhlführerin besetzt, nur dieser eine nicht. Mr. Francis war bei weitem nicht der Erste gewesen, der in diesem Haus gestorben war. Wie viele ältere, gut betuchte Gäste hatte June, in Bettzeug gewickelt, auf dem untersten Bord zweier zusammengebundener

Servierwagen aus dem Hotel schmuggeln müssen? – aber Mr. Francis war eine Institution in der Institution gewesen. Die Gilfoyles besaßen riesige Liegenschaften, die meisten davon in New York State und Massachusetts, und die meisten Leute in ihrer Position hätten sich für einen anderen Geschäftsführer entschieden, um ihren Reichtum nach eigenem Gutdünken genießen zu können. Doch Mr. Francis hielt zu seinen Angestellten, zog seine Kinder auf dem Hotelgelände groß und verließ es niemals für längere Zeit, bis June seine Nachfolgerin wurde. Obwohl inzwischen zehn Jahre seit seinem Tod vergangen waren, war er immer noch eine Legende. Aber June fürchtete sich nicht vor Geistern. Ach, hätte Mr. Francis doch in diesem Aufzug gespukt!

Oben im vierten Stock kroch der Teppich im Halbdunkel den Korridor entlang, vorbei an dem dämmrigen Blattwerk der Tapeten, den mitternachtsblauen Ranken unter den mit Tierköpfen dekorierten Süßwasserbrunnen. Die dunkle Holzvertäfelung absorbierte das Licht der verschnörkelten Wandleuchten. Die endlose Zahl gleichaussehender Türen wirkte einschüchternd. Früher hatten die Dienstmädchen Angst gehabt, die Türen könnten auffliegen und dahinter wartende Geister freigeben. June hingegen stellte sich vor, die Türen flögen auf, und in den Zimmern warteten die Lebenden, alle mit dringenden, unerwarteten Anliegen. Das alltägliche Grauen.

June pochte an die Tür von Zimmer 411. Leise, aber hörbar, so wie man es ihr in der Ausbildung beigebracht hatte.

Trotziges Gepolter.

Von drinnen ertönte eine Stimme: »Das war ein Beistelltisch. Mit geschnitzten Lilienfüßen. Na, zufrieden? Los, klopfen Sie noch mal, es gibt noch viel zu …«

June unterbrach: »411!«

Die Tür ging auf. Gerade weit genug, dass man ein leuchtend grünes Auge herausspähen sah.

»Direktorin Hudson«, sagte 411. »Ich hatte Sie früher erwartet.«

Die meisten Gäste mochten es, wenn man sie mit Namen ansprach, doch dies galt nicht für 411. Sie war hier schon so lange Gast, wie June im Avalon arbeitete, und hatte ihre Suite in dieser Zeit, soweit bekannt, niemals verlassen. Mahlzeiten, Bücher und andere Annehmlichkeiten des täglichen Lebens wurden ihr nach oben gebracht. Einmal wöchentlich schloss sie sich im Bad ein und erlaubte einer einzigen Angestellten, ihre Räume zu putzen, einem ehemaligen Zimmermädchen, das längst zur Ersten Hausdame befördert worden war und eigentlich über solchen Aufgaben stand. Man erzählte sich seit Jahren, 411 sei während des präsidialen Besuchs von Franklin D. Roosevelt auf ihrem Balkon gesehen worden, aber welcher Angestellte sie damals gesehen hatte, war nicht bekannt.

Was June über 411 wusste: Sie war eine bekannte Designerin gewesen, geschieden, verfügte über einen hinterhältigen Humor und hatte sich die wunderbare Vorrichtung mit den Gedichten für die Burns-Night ausgedacht.

»Ziemlich laut hier oben, 411.«

»Ich werde Ihnen sagen, wer laut war: Mr. Beekhof gestern Abend«, erwiderte 411. »Es klang, als hätte er in seinem Zimmer ein Schwein freigelassen.«

»Mr. Beekhof hat ausgecheckt.«

»So ein Feigling! Wir hatten unseren Streit doch noch gar nicht beendet. Ihre nächsten Worte wählen Sie besser mit Bedacht! Ich möchte hier ungern noch größeres Chaos anrichten.«

In ihrer theatralischen Art hatte 411 dem Personal angedroht, jedes Mal, wenn jemand sie zum Auschecken überreden wollte, Teile des Mobiliars aus dem Fenster zu werfen. Wie viele kleine Nationalstaaten, die stark von Importen abhängig sind, neigte sie bei Machtdemonstrationen zu Gerissenheit und Manipulation. Guerilla. Schattenbataillone. Und so weiter. Was würde aus ihr werden, wenn man sie rauswarf? Hier hatte sie alles, was sie brauchte, und blieb von allem übrigen verschont. Fraglich, ob sie überhaupt noch imstande war, woanders zu leben.

»Ich bin kein bibberndes Zimmermädchen, 411!«, erklärte June. »Es braucht schon mehr als ein paar Poltergeistpossen, um mich von Ihrer Tür zu vertreiben.«

»Sie wissen doch, wessen Telefonnummer immer noch auf meiner Karteikarte steht, oder? Ich kann nirgends hin.«

»Hier hat jetzt das State Department das Sagen, nicht ich. Und was kümmert diese Leute Francis Gilfoyles Nummer auf Ihrer Karteikarte?«

411 lachte. Ein Lachen wie Buttercreme: süß, üppig und in größeren Mengen unbekömmlich. »June Hudson, Sie Opossumzüchterin! Sie verstehen Status nur so, wie er in diesem Hotel funktioniert, nicht wahr? Frank war nicht einfach nur der Besitzer des Avalon. Haben Sie nicht seine Freunde in der Lobby gesehen? Stellen Sie mich ein. Der letzte fliegende Affe, der vor Ihnen hier oben war, hat mir verraten, dass nur Bundesagenten und Angestellte bleiben dürfen. Also denken Sie sich eine schlaue Stellenbeschreibung für mich aus.« June überlegte, ob sie sie rausschmeißen sollte, unsanft, per Gerichtsbeschluss, nur um ihr, was längst überfällig war, ein bisschen Demut beizubringen. Dann aber dachte sie an jene Nacht, über die sie nie sprachen, die Nacht, in der June aus New York zurückgekehrt war. June wusste, dass 411, so grässlich sie auch sein mochte, hier im Hotel ihre beste Freundin war. Nein, sie würde sie nicht rausschmeißen.

»Sie entwickeln sich zu einem der größten Probleme in meinem Leben«, sagte June zu ihr.

»Wenn das stimmt, Schätzchen«, meinte 411, »dann ist Ihr Leben doch gar nicht so schlecht.«

Die Tür ging zu; 411 nahm an, dass sie gewonnen hatte. Und war es nicht auch so? Denn schon gab June dem Personal ein Zeichen, und einer der Angestellten galoppierte davon, um Junes Pläne festzuhalten.

»›Beraterin!‹«, rief June noch, kurz bevor sich der Dienstboteneingang schloss. »Den Einstellungstag um einen Monat zurückdatieren! Und bringt die Reste ihres Beistelltischs wieder herauf!«

»Klar, Hoss.«

Kapitel 4

An diesem Abend wurden die Vorbereitungen für den Burns-Night-Ball fortgesetzt. Nutznießer waren vierzig Grenzschutzbeamte, die in den Magnolia Dining Room drängten und sich auf das Festmahl stürzten, das eigentlich für die vorherigen Gäste gedacht gewesen war. Danach würde man sie ins Personalgebäude verbannen, aber jetzt, an diesem ersten Abend nach der langen Reise, wurden sie verwöhnt. Der größte und festlichste Speisesaal des Hotels war kostbar ausgestattet: üppige Stuckleisten, getäfelte Decke, Brokattapete, Schachbrettboden aus italienischem Carrara-Marmor. June bewahrte immer noch die Briefe auf, die sie damals von Kollegen (Kollegen!) bekommen hatte – Männern mit einem Abschlussdiplom der Cornell School of Hospitality! –, die ihr zu ihrer Entscheidung gratulierten, das Hotel trotz der Wirtschaftskrise zu renovieren.

Wie immer hatte ein Schwarm von Bediensteten den Speisesaal vorbereitet, die Tische abgewischt, die Tafelaufsätze befüllt und mit speziell zugeschnittenen Stäben dafür gesorgt, dass jedes Gedeck genau den gleichen Abstand zum nächsten und zur Tischkante einnahm. Jetzt hörte man die Grenzschutzbeamten dröhnend lachen, sie trampelten und lärmten und übertönten die Musik des Quartetts. Schuljungs oder Vieh, beide Metaphern passten, jedenfalls kein Vergleich zu den eigentlichen, kultivierten Gästen des Avalon. Sie hatten schmutzige Hände, schmutzige Knie und staubige Bärte. Diese

Männer, abgezogen von ihren Einsätzen in der texanischen Wildnis und abgelegenen kanadischen Grenzgebieten, dachten erst daran, ihre überdimensionalen Cowboyhüte abzunehmen, als die Gastgeberin an der Tür des Speisesaals murmelte: »Meine Herren, im Magnolia Dining Room gibt es einen Dresscode.«

Sie rückten ihre klobigen, wildnistauglichen Revolver zurecht, um an den Tischen Platz zu nehmen, verstauten ihre Hüte unter den Polsterstühlen und hockten breitbeinig da. Diskret wiesen die Kellner sie darauf hin, welche Gabel man für welchen Gang benutzte.

June verharrte in der Tür und beobachtete den Saal, der Saal starrte zurück. Anders als die Männer beim ersten Treffen in der Smith Library, gaben sich diese Burschen keine Mühe, ihre Neugier zu verbergen. June erwiderte jeden Blick mit ihrem üblichen kleinen Lächeln und sah den Männern so lange in die Augen, bis sie zurücklächelten.

Als die drei FBI-Mitarbeiter den Raum betraten, ernteten sie Pfiffe und Gejohle. Schwer zu sagen, warum, ob wegen ihrer sauberen Rasur oder der Hautfarbe Agent Calloways oder einfach nur wegen ihrer im Vergleich zu den Grenzschutzbeamten so seriösen Erscheinung. Agent Pony Harris grinste irgendwie verständnisvoll und zeigte den lärmenden Grenzschützern sein Krokodilsgebiss; Agent Hugh Calloway lächelte schmallippig angespannt; Agent Tucker Rye Minnick zischte einer Tischrunde in seiner Nähe etwas zu, worauf die Männer finster dreinblickend verstummten.

Anders als die Grenzschützer genossen die FBI-Leute ein gewisses Ansehen und hatten Zimmer im Hauptgebäude des Avalon zugewiesen bekommen. Für den Papierkram hatte man ihnen Gilfoyles schönes Arbeitszimmer im Obergeschoss überlassen, für die Unterredungen das Glass Studio. Sie hatten sich im Anschluss an die Sitzung sofort an die Arbeit gemacht. Agent Calloway hatte mit der Befragung der Angestellten begonnen, Agent Harris ein

Postsortiersystem eingerichtet, Agent Minnick im ganzen Hotel Radios eingesammelt. Möglicherweise hatten sie auch noch andere Dinge erledigt, in die June nicht eingeweiht war. Normalerweise tat das Hotel keinen Mucks ohne ihr Wissen, doch die FBI-Männer machten sich breit wie Eindringlinge, Flöhe. Gut aussehende Flöhe. Während Agent Minnick sich mit gerunzelter Stirn einem leeren Tisch näherte, entdeckte er June, die mit den Händen in den Taschen am Türpfosten lehnte. Sie schenkte ihm ihr kleines Lächeln, aber er erwiderte es nicht so bereitwillig wie die Grenzschutzbeamten.

»Hallo, hallo, hallo Miss Hudson!« Benjamin Pennybacker, der Vertreter des State Department, gesellte sich zu June, mit schief sitzender Fliege und zerknitterten Mantelschultern.

»Hallo, hallo, Mr. Pennybacker.«

Im Gegensatz zu den Grenzschützern und FBI-Männern war Pennybacker ohne Kollegen hier und schien nicht so recht zu wissen, was er mit sich anfangen sollte. Er *schien* unbeholfen, und June war klar, dass genau dies seine Kompetenz ausmachte. Er wirkte wie ein nachgiebiger, jovialer Mann, bei dem man jederzeit ein offenes Ohr fand und den man dann einfach beiseiteschieben konnte. Ein Lakai. Da er bei dieser speziellen Mission rangmäßig jedoch über allen anderen stand, vermutete June, dass seine weiche Erscheinung immense Macht kaschierte oder durch diese Macht erst ermöglicht wurde. Er hatte mit dem typischen Avalon-Gast vermutlich mehr gemein als all die anderen Männer hier.

»Bekommen die wirklich Kaviar?«, fragte ihn June. »Unsere Diplomaten, die in Übersee festgehalten werden, meine ich? Geht es wirklich darum?«

»Der Krieg ist nicht mehr das, was er mal war. Es ist ein hässlicher Krieg.« Pennybacker versuchte, einen der Dackel zu streicheln, aber der entzog sich widerwillig; vielleicht dachte Pennybacker, wie June, dass auch der letzte Krieg unschön gewesen sei. »Es gibt Regeln im Krieg, Gesetze des menschlichen Anstands, und wir möchten die Achsenmächte beschämen, in der Hoffnung, dass sie sich wieder auf diese Regeln besinnen. Von mir haben Sie das nicht, aber es gibt Kriegsgefangene, die in diesem Moment verhungern. Frauen. Kinder.«

»Meinetwegen brauchen Sie nicht plakativ werden.«

»Gut, dann eben auch Männer«, sagte Pennybacker. »Auch Männer verhungern. Hässliche Männer, die beim Kartenspiel betrügen, Gesichter, die sich nicht für die Propaganda eignen.«

Sie hatte Mitleid mit ihm und stupste einen der freundlicheren Langhaardackel in seine Richtung. »Jetzt kommen wir voran. Wie viel, sagten Sie, zahlt die Regierung dafür?«

»Zehn Dollar pro Tag für jeden Erwachsenen! Zehn Dollar für jeden hässlichen Mann. Fünf Dollar für jedes Kind. Klingt das fair?« Die Kronleuchter hingen von der Decke. Rostbraten lappten über Tellerränder. Kristallgläser funkelten. Der Magnolia Dining Room war nicht nur nach den Maßstäben gehobener Hotels luxuriös; er hätte es leicht mit einem Palast aufnehmen können.

»Sehen Sie sich doch mal um und fragen Sie sich: Ist das fair?«

»Sie werden Ihre Meinung ändern, wenn erst mal Diplomaten an diesen Tischen sitzen, Miss Hudson. Sie werden sehen. Das wird dann dem ähneln, was Sie gewohnt sind«, meinte Pennybacker.

»Aber zu etwas anderem – was höre ich da über Badehäuser und Geister? Die Angestellten haben mir erzählt, dass in den Badehäusern Dämonen spuken und Sie die Einzige sind, die ihre Sprache versteht. Man sagte mir, ich sei vermutlich in Gefahr. Ich liebe ja diese Gebirgssagen.«

»Es ist keine Sage«, widersprach June. »Und es gibt auch keine Dämonen. Es gibt nur das Wasser.«

»Vielleicht könnte ich mal kurz reinspringen. Etwas Magie könnte ich ganz gut gebrauchen. Das sind übrigens sehr nette Hundchen. Wie heißen sie?«

»Ich weiß es nicht. Ein Gast hat sie zurückgelassen.«

Die Gäste ließen alles mögliche zurück. Bücher, Pullover, halb volle Pralinenschachteln, Schreibmaschinen, Brettspiele, Golf- und Winnet-Schläger, Verlobte, Hunde. Es oblag dann dem Hotel – taktvoll – festzustellen, ob das betreffende Objekt versehentlich oder absichtlich zurückgelassen worden war und gegebenenfalls für seine Rückgabe zu sorgen. Zum Beispiel konnte man nicht einfach zu Hause anrufen und die Ehefrau zu einem gefundenen Ring befragen, nur um zu erfahren, dass er einer anderen Dame gehörte. Endgültig zurückgelassene Gegenstände landeten in einem Topf für *Vorbildliches Verhalten* und wurden bei der Personalfeier am Jahresende (die dieses Jahr wegen Pearl Harbor ausgefallen war, der Topf musste also prall gefüllt sein) von Griff Clemons an vorbildliche Mitarbeiterinnen und Mitarbeiter verteilt. Die Dackel jedoch hatte niemand haben wollen, auch ihr alter Besitzer nicht, der nicht mehr so recht mit ihnen fertiggeworden war. June fand sie nicht schwierig. Sie hatten ihrem früheren Besitzer nur misstraut, das war alles.

»Wie rufen Sie sie denn?«

»So.« Sie schnippte mit den Fingern; die drei Dackel sahen sie aufmerksam an. »Das Personal nennt sie Pinta, Niña und Santa María.« Dankbar kraulte er den Kopf des Dackels, den sie ihm zugeschoben hatte.

»Ist das Santa María?«

»Nein.«

June und Pennybacker beobachteten Sebastian Hepp, Junes besten Kellner, der soeben auf sie zuglitt. Selbst wenn er schwer beladene Tabletts balancierte, bewahrte er Haltung. Er trug den Kopf stolz wie ein Schwan. Sebastian gehörte zu den Allerbesten; problematisch war nur, dass June und die örtliche Einberufungsbehörde dies vermutlich ähnlich sahen. Ein guter Soldat absolvierte erfolgreich die Ausbildung, wurde ein guter Schütze, achtete auf Sauberkeit und Gesundheit und befolgte Befehle. Ein toller Soldat tat dies alles mit einem so pragmatischen Optimismus, dass andere ihm in die Dunkelheit folgen würden. Und ein ganz toller Soldat tat all dies zwar auch, erkannte aber darüber hinaus, dass das schreckliche Spiel des Krieges sich ständig ändert, und verbrachte seine Zeit nicht damit, zu überleben, sondern innovativ zu sein. Und all dies galt auch für Kellner. June fürchtete den Tag, an dem Sebastian einberufen würde.

Die Dackel hatten sich rund um ihn herum auf die Hinterbeine gestellt und bettelten. Sein Tablett kam nicht ins Wanken, als er sie streichelte. Mit seinem leicht deutschen Akzent sagte er: »Hoss, der Küchenchef.«

Pennybacker merkte, dass June ihn gleich sich selbst überlassen würde, und blickte unglücklich auf die FBI-Männer. Auf dem Papier hatten sie zwar jede Menge Gemeinsamkeiten, aber in der Realität wirkten die hageren G-Men so, als müssten sie ihr Abendessen selbst erlegen. Und Pennybacker wirkte eher wie ihre potenzielle Beute.

»Wir können Ihnen das Essen aufs Zimmer bringen lassen, wenn Sie zu arbeiten haben.«

Seine Miene hellte sich auf. »Sehr gute Idee, Miss Hudson.«

»Ich habe nur gute Ideen.« Sie dachte an Gilfoyle, der ins Familienappartment im Nordflügel entschwunden war. Auch er würde sich das Abendessen aufs Zimmer bringen lassen. Vorhin hatte sie sich gewünscht, er würde nach ihr schicken, damit sie seine Bitte ablehnen konnte. Jetzt wünschte sie sich, er würde nach ihr schicken, damit sie Klarheit hatte, ob sie nachgeben und hingehen würde.

»Sie sind sehr witzig, Miss Hudson.«

»Sie sind nicht der Erste, dem das auffällt.«

»Ha!«

»Ha.«

June eilte zum Küchenchef, allein, wie sie zuvor im Aufzug in den vierten Stock gefahren war. Aber nicht, weil die Küche, sondern weil der Küchenchef selbst von Dämonen heimgesucht wurde. Sie war sehr stolz darauf gewesen, Chefkoch Maurice Fortéscue für ihr Hotel gewonnen zu haben. Es war schwer, hochqualifiziertes Personal in diese Wildnis zu locken. Meist begnügte June sich mit Exilanten (problembeladenen, entrechteten, in Ungnade gefallenen Menschen), Träumern (jungen Leuten, frisch gebrochenen Herzen, angehenden Romanautoren) oder Exzentrikern (Spinnern, Dichtern, Zuhörern). Ihr Koch Maurice Fortéscue hatte von allen ein bisschen. Die meisten Küchenchefs waren ja für ihr Temperament bekannt – jedes Mitglied einer Küchenbrigade, vom einfachen *plongeur* über den *rôtisseur* bis hin zum *commis* hat seine eigenen Erfahrungen mit apoplektischen Köchen –, aber Fortéscue war nicht jähzornig. Er war schwermütig.

Vor der Grotte sagte June zum Küchenpersonal, das sich im Korridor zusammendrängte: »Macht mal eine Zigarettenpause, ihr Lieben.«

Die Lieben gehörten beiden Geschlechtern und verschiedenen Nationen an, eine Mischung aus importiertem europäischem Personal und Einheimischen, im Gegensatz zu den rein französischen, männlichen Küchenbrigaden der meisten Luxushotels. Während ihrer Zeit als Hoteldirektorin hatte June die klaustrophobische Grotte radikal umgebaut. Zimmerleute hatten Wände herausgerissen, um die ursprünglichen Steinbögen freizulegen, Bauingenieure hatten durchs Felsgestein gebohrt, um Fenster einsetzen zu können. June persönlich hatte die drei Küchenbrigaden des Hotels neu aufgestellt. Fortéscues war schwierig, aber unentbehrlich; der Rest der Grotte musste im Gleichgewicht sein.

Als June mit dem Chefkoch allein war, schlenderte sie in der Küche umher, guckte in Töpfe und Öfen und inspizierte die Schneidestationen. Fortéscue schwieg; er starrte in den Dampf, der aus einem der Töpfe aufstieg, als lasse sich darin die Zukunft lesen.

»Was ist das?«, fragte June. »Und das?«

Der Chefkoch sprach mit matter Stimme. »Das werden kandierte Süßkartoffeln. Und frittierter Mais.«

»Und das?«

»Gebratene Austern mit Remoulade.«

»Mmm. Und das?«

»Gefüllte Paprika. Und geschmorter Sellerie.«

Fortéscue hatte hier als arbeitsunfähiger Alkoholiker begonnen; sie hatte ihn ganz bewusst so übernommen. Schon nach kurzer Zeit hatte er Schichten verpennt, genau wie zuvor im Royal-Montague.

Zusammen mit Griff Clemons und fünf Zimmerkellnern hatte June sich, ohne anzuklopfen, Zugang zum Goldenrod Cottage verschafft. Drinnen erwarteten sie Essensreste, die von Ameisen wimmelten, Kisten, die seit ihrer Reise von Saint-Julien-lès-Metz nach London, New York und West Virginia unausgepackt herumstanden, leere Flaschen (unter den Schränken versteckt, als gebe es außer dem schwankenden Küchenchef hier noch jemanden, der sie sehen könnte), und Fortéscue selbst, halb ohnmächtig auf dem Küchenboden. Auf Junes Nicken hin schleiften Griff und ein Kellner Fortéscue ins Bad und stellten ihn unter die kalte Dusche. Zwei weitere Kellner schleppten den Müll die Treppe hinunter. Einer bezog das völlig verwahrloste Bett, ein anderer klappte im Flur ein Feldbett auf. June übernahm das Putzen, hängte die Kleidungsstücke ordentlich auf Bügel, stellte die französischen Romane ins Regal, platzierte die sorgfältig verpackten Modellflugzeuge auf dem Kaminsims und pinnte die Plakate von Flugveranstaltungen und Flugzeugen an die Zimmerwände. Bei all dem hatten June und die anderen kein Wort gesprochen und ihn dann einfach sich selbst überlassen – nur ein Aufpasser blieb zurück und schlief sechs Wochen lang jede Nacht auf der Pritsche, bis Fortéscue trocken war.

June deutete auf einen Topf. »Was ist da drin?«

»Rotwein und Marksauce.«

»Und hier?«

»Gebackene Tomaten für das Filet und Herzoginkartoffeln.«

Im Speisesaal riefen die Grenzschützer durcheinander, Stühle scharrten, Gläser klirrten. Es war schon lange her, dass im Avalon ein Essen mit so großer Verspätung serviert wurde.

Aber June hatte es nicht eilig. »Und was wird das?«

»Mit Milch gefüttertes Huhn und grüne Erbsen.«

»Und das hier?«

Statt die Frage zu beantworten, sagte Fortéscue: »Meine Schwestern haben mir einen Brief aus meinem Dorf geschrieben. Es ist ein sehr langweiliges Dorf, da ändert sich nie etwas. Aber jetzt schrieben sie, neulich auf dem Markt habe sich eine Menschenmenge um ein junges Mädchen versammelt, fünfzehn oder sechzehn Jahre alt. Ihr Kopf war bis auf den Schädelknochen kahlgeschoren, und sie trug ein Schild um den Hals. Darauf stand, sie sei bei einem Verbrechen erwischt worden, und das Verbrechen bestand darin, dass sie ihren jüdischen Geliebten geküsst hatte. Die Leute spuckten sie an. Wahrscheinlich kenne ich ihre Mutter, so klein ist das Dorf, und die Leute, die sie bespuckt haben, kennen die Mutter wahrscheinlich auch. Meine Schwestern und Aubert und Pourciau schrieben, sie hätten ihnen die Hölle heißgemacht, und das glaube ich ihnen sogar, aber es ändert nichts daran, dass ich hier bin und sie dort, wo man junge Mädchen dafür bespuckt, wen sie lieben.«

Und damit meinte er: Diesen Leuten will ich nicht zu Diensten sein.

»Ist doch nur für kurze Zeit, Chef«, sagte June.

»Wie soll ich das schaffen, Hoss?«, fragte er leise.

June packte rasende Wut, nicht auf Fortéscue, sondern auf Gilfoyle. Sie wusste, ihre Angestellten würden der Situation gewachsen sein. Nicht, weil sie selber das wollten, sondern weil sie, June Hudson, Hoss, sie darum bat, und weil sie sie alle irgendwann einmal heil gemacht hatte. Weil sie ihr vertrauten. Aber diesmal vertrauten sie nicht Junes Entscheidung. Sondern der Gilfoyles.

»Vierzehnhundertvierzig Eier«, sagte June. »Zwölfhundert Brötchen, 800 Pfund Fleisch, 600 Pfund Kartoffeln, 120 Pfund Gemüse, 92 Pfund Fisch, 80 Brotlaibe, 72 Pfund Butter, 50 Pfund Kaffee, 40 Torten und Kuchen, 24 Kisten Obst und 70 Liter Eiscreme. Dann gehen Sie schlafen, und am nächsten Tag das Ganze von vorn.«

Und damit meinte sie: Ich weiß, dass ich sehr viel von Ihnen verlange.

Als sich Fortéscue mit der Hand durchs Haar fuhr, machte sie es ihm leichter.

»Erich von Limburg-Stirum kommt«, sagte sie.

»Erich von Limburg-Stirum?«, wiederholte Fortéscue.

In seinem Blick sah sie Loopings, Flugzeuge, deren Tragflächen die Wolken streiften und über Baumkronen strichen. Erich von Limburg-Stirum, meine Damen und Herren. Herrscher der Lüfte! Ertappt fragte er: »Ist er ein Nazi?«

»Dem FBI gehen alle möglichen Fische ins Netz, Chef«, meinte sie. »Es ist nicht unsere Aufgabe, das alles zu entwirren, wir sollen sie einfach nur verköstigen.«

Fortéscues Blick ging zum Süßwasserbrunnen an der Wand. Eine kunstvolle Steinarbeit, zwei Vögel, die beim Zwitschern Wasser in eine Schale spieen.

»Überlassen Sie das Wasser mir«, meinte June.

»Die sagen, es schlägt um.«

»Es schlägt nicht um.«

»Der vierte Stock …«

»Schreibe ich Ihnen vor, wie man Remoulade macht?«

»Das Wort klingt lächerlich, wenn Sie es aussprechen«, sagte Fortéscue.

»So klingen Sie, wenn Sie übers Wasser sprechen.« Die beiden blickten sich an.

»Also, was sagen Sie?«, fragte June.

Seufzend zog Fortéscue seine Schürzenbänder straff. »Ich sage viva l'Avalon, Hoss.«

Kapitel 5

Aber sie ging trotzdem los, um nach dem Wasser zu schauen. Nachdem man die Grenzschützer auf die Personalunterkünfte verteilt hatte, wo sie sich in den Fluren einquartieren sollten, ließ June die Dackel an der Rezeption zurück *(ich schaue mal nach dem Wasser, die Hunde sollen nicht raus)*, zog ihren Pelzmantel an (ein Geschenk, wie die Bienen) und trat hinaus in die eisige Januarnacht. Die Landschaft draußen rund um das Avalon wirkte im Licht der eilig installierten Strahler fremd und erhaben. Die langen, scharf umrissenen Schatten der Bleistiftsträucher marmorierten die gefrorenen Rasenflächen. Die Wachen murmelten Junes Namen, als sie unterhalb der provisorischen Wachtürme vorbeiging. Zu spät fiel ihr ein, dass Griff eine ID-Karte auf ihrem Schreibtisch erwähnt hatte. Etwas Lebendiges flatterte über ihr durch die Luft (eine Fledermaus? Es war zu kalt für Fledermäuse). Oh, war das eisig. Die Luft kratzte beim Einatmen in der Kehle und benetzte beim Ausatmen ihren Schal. June bewegte sich schon außerhalb der Reichweite der Scheinwerfer, aber das spielte keine Rolle. Sie kannte das gesamte Anwesen wie ihre Westentasche.

Sie erinnerte sich an das erste Mal, als sie, lang nach dem Tod ihrer Mutter, die Auffahrt zum Avalon hinaufgegangen war, nichts bei sich außer einer Tüte Walnüsse. Die Fensterleisten und Dächer der Badehäuser hatten sich weiß leuchtend von der dunkelgrünen Bergfinsternis abgehoben. Jenseits davon schien das hundertjährige Hotel aus den Bergen zu wachsen, aus demselben Stein gebaut, auf dem man es errichtet hatte. Die Dächer waren so steil wie die umliegenden Berggipfel, in alle Richtungen geneigt. Nichts war symmetrisch. Architektonisch ergab das Hotelgebäude keinen Sinn, aber wenn man es als lebendiges Wesen betrachtete …? Die Mauern kletterten so organisch und biegsam aus den samtenen Rasenflächen empor wie Geißblattranken. Gebäudeflügel, Gewächshäuser, vorgebaute Wintergärten, Veranden und Türmchen ragten überall dort empor, wo die Landschaft sanft genug schien, Wachstum zu ermöglichen. Instinktiv hatte June gespürt, dass dies ein Ort war, um den man kämpfen musste.

Er rief sie, und sie lauschte.

Die sagen, es schlägt um.

Mit Hilfe ihres riesigen Schlüsselbunds betrat June das erste Badehaus. Das Avalon besaß vier dieser Badehäuser: Avalon I, Avalon II, Avalon III und Avalon IV, jeweils benannt nach ihrem Abstand zum Hotel, nicht nach der Entstehungszeit. In der Broschüre wurden die medizinischen Leistungen und Annehmlichkeiten angepriesen:

Hausarzt
Krankenschwestern rund um die Uhr
Live-Musik
Schlammbäder
Mineraltherapie
Glühlichtkästen
Entgiftung
Entschlackung
Hilfe bei Suchtkrankheiten

Das Innere des Avalon I duftete sowohl metallisch als auch medizinisch, Letzteres wegen der Glühlichtkästen – ein bleichmitteläh nlicher Geruch, der die sterile Funktionalität eines Operationssaals beschwor, denn anders als die übrigen Badehäuser war das hier ein klinischer Ort. Man kam zu Anwendungen hierher. Für Therapien. Das Avalon I war der Wissenschaft vorbehalten, nicht der Magie; es reduzierte das Süßwasser auf etwas Logisches.

Man hatte June dazu erzogen, das Süßwasser zu respektieren und zu fürchten. Fürchten war vielleicht zu eng gefasst. Aberglaube. Das war das richtige Wort. Wie viele der Kinder im Bergtal hatte auch June eine Reihe von Glaubenssätzen über das Süßwasser verinnerlicht. Das Wasser würde einem guttun, wenn man selber ihm Gutes tat, und es würde einem schaden, wenn man ihm Schaden zufügte. Das Wasser mochte manche Menschen und hasste andere, aber meistens blieb es für sich. Wenn das Wasser umschlug, war ein Ort für Jahre ruiniert, jeder kannte einen solchen zerstörten Ort. In ihrer Jugend hatte June sich immer vorgestellt, dass im Süßwasser Wesen in Menschengestalt hausten. Nixen. Nymphen. Wenn ihre Mutter gerade nicht hinsah, blickte June auf die Wasseroberfläche und flüsterte sanft schmeichelnd: Zeigt euch doch, bitte! Inzwischen wusste sie es besser. Nur Kinder und Pedanten versuchten, dem Unbeschreiblichen ein menschliches Gesicht zu verleihen.

Hätte sich ihre Mutter träumen lassen, dass June eines Tages Hoss sein würde, vor allem wegen des Süßwassers? Sicherlich nicht. Blickte June auf sich selbst zurück, erinnerte sie sich an eine blasse Person, einen leeren Spiegel. Andere Kinder erkundeten lautstark die Welt, um zu entdecken, wer sie sein wollten, June jedoch war so still und eigenschaftslos gewesen wie die Oberfläche eines spiegelglatten Bergsees. Sie hatte einfach nur gelauscht.

Im trüben Licht sahen die beiden riesigen Glühlichtkästen des Avalon I jetzt wie Särge aus. Ein Schild an der Wand mahnte zur Vorsicht bei nassem Boden; ein anderes bat die Badegäste, sich gründlich abzutrocknen, bevor sie sich unter die hellen Lampen legten.

June hielt die gespreizte Hand über die spiegelnde Oberfläche des Tauchbeckens. Während im Dachgebälk des Avalon I der Wind rumorte, sandte das murmelnde Wasser flüchtige Eindrücke auf ihre Haut. Angestellte, die Tischtücher ausschüttelten. Gärtner, die winterlich kahle Äste stutzten. Ein Konvoi dunkler Limousinen, der die Auffahrt hinaufglitt. Dudelsackspieler, die, bevor sie sich auf den Rückweg nach New York machten, ein einziges Mal *Amazing Grace* anstimmten, um June das Gefühl zu geben, etwas für ihr Geld bekommen zu haben. Schwer zu sagen, welches ihre eigenen Gedanken waren und welche zu den Wesen im Wasser gehörten; sie waren genau gleich geformt.

June hörte nichts, was auf Probleme hingedeutet hätte. Weiter.

Das Avalon II war das zweitälteste Badehaus, fußläufig nur eine Minute vom Avalon I entfernt. Von außen wirkte das kleine zierliche Gebäude charmant wie ein Cottage, innen jedoch war es ein intimer tropischer Traum in den Appalachen. Topffarne und beerenfarbene marokkanische Fliesen säumten zwei runde Becken. Das dampfende Becken wurde Simmerbecken genannt, das zweite, das die Temperatur der kalten Quelle hatte, Tauchbecken. Die Gäste wurden ermutigt, vom Simmerbecken zum Tauchbecken zu wechseln, denn es konnte eine lebensverändernde Wirkung entfalten, wenn man den Kontrast zwischen zwei gegensätzlichen Extremen bewältigte, statt sich nur das eine zuzumuten – wie dies im Leben ja oft der Fall ist. June liebte das Avalon II. Wie viele Male war sie nach Feierabend an diese Becken gekommen, hatte mit den Beinen im Wasser geplantscht, mit den Gilfoyle-Geschwistern Poker gespielt, mit Karten, die im Dampf zusammenklebten?

Draußen fiel jetzt eisiger Niederschlag – nicht Schnee, sondern etwas, das ein bisschen ärmlicher, ein bisschen rauer war. Als sie ihre Finger ins Simmerbecken tauchte, dachte sie plötzlich wieder an Mr. Francis' Tod; diese Tatsache geriet ihr immer wieder aus dem

Blick und kam ihr dann wieder zu Bewusstsein, wie etwas, das dicht unter der bewegten Wasseroberfläche schwamm. Er hatte das wunderbarste Lachen gehabt, ein herzliches, umarmendes Lachen, das immer eher so klang, als lache er *für* einen als *über* einen. Gleich als sie es zum ersten Mal gehört hatte, wusste sie, dass sie sich so ihr eigenes Lachen wünschte. June hatte ihn bei einem seiner Mittagessen in der Kantine kennengelernt, ein alle zwei Wochen stattfindendes Ritual, durch das er sich von »Mr. Gilfoyle« in »Mr. Francis« verwandelt hatte.

Als er sich zu ihnen an den Hausdamentisch gesetzt hatte, hatte sich das angefühlt, als wäre Gott persönlich herabgestiegen, um mit seinen Mägden und Dienern zu plaudern. Beiläufig hatte Mr. Francis erwähnt, wie wichtig die Hausdamenabteilung für das Avalon sei – dürfte ich Sie um das Salz bitten, Miss Hudson –, und sie war von dem innigen Gefühl beseelt gewesen, Teil von etwas zu sein, das größer war als sie selbst.

(Später gestand Mr. Francis, dass er sich nicht an dieses Treffen entsann. Im Gegensatz zu June, die sich an sämtliche Angestellten erinnern konnte, musste Mr. Francis sich die Namen der Beteiligten kurz vor jedem Essen in aller Eile einprägen. *June Hudson* hatte er sich vielleicht vorher überlegt, *Hudson wie der Fluss, June, nicht Jane.*)

Ihr Personal dachte, er geistere hier noch immer herum. Aber warum auch nicht? Glaube war ansteckend. Wenn man an *eine* unfassbare Sache glaubte, warum nicht auch an eine zweite und dritte. Wenn an Gott, warum nicht auch an die Lauschenden im Wasser, wenn an die Lauschenden im Wasser, warum dann nicht auch an Geister, wenn an Geister, warum nicht auch an Einhörner –

Seufzend schüttelte sie das stille Wasser von ihrer Hand. Zeit zu gehen.

Das Avalon III befand sich in einem Wäldchen mit kokett drapierten Trauerweiden. Es war das verwegenste der vier Badehäuser.

Das romantischste. Das sinnlichste. Wie hätten Sie's denn gern, was wünschen Sie sich von Ihrem Schatz? Für die richtige Summe konnte man sowohl die erregende Umarmung der kalten Quelle als auch die einer spärlich bekleideten Geliebten genießen, eine prickelnde Begegnung, abgeschirmt durch einen Vorhang aus Tausenden Blüten, die in Kaskaden aus Pflanzgefäßen und Vasen quollen.

Hier zeigte das Wasser June eine gekräuselte Erinnerung, verschwommen reflektiert.

Erste Hausdame: *June Hudson, Sie halten sich wohl für eine Rockefeller? Warum erwische ich Sie ständig im Gästebereich?*

June: *Das Wasser hat es mir befohlen, Ma'am.*

Erste Hausdame: *Das Wasser, ja? Ich wusste doch, dass Sie an Mr. Francis Gefallen finden.*

June: *Ma'am?*

Erste Hausdame: *Schon gut. Wenn Sie so erpicht darauf sind, von den Gästen gesehen zu werden, gehen Sie zu Slater und bitten Sie ihn recht schön.*

Slater setzte die Fahrstuhlführerinnen ein, und June war zu ihm gegangen, einmal, zweimal, dreimal. Jedes Mal, wenn er ihren Dialekt hörte, sagte er nein, sie würde nie im Gästebereich arbeiten, ob sie verstanden habe? Ja, June hatte gehört, was er sagte; aber noch deutlicher hörte sie das Wasser. Sie hatte sich nicht weiter an Slater abgemüht, sondern sich unter dem Deckmantel eines der berüchtigten Napkin Raids eine Uniform geklaut und dann vor und nach ihren Putzschichten die Aufzüge bedient. Monatelang hatte sie die

Stammgäste begleitet. Die älteren Fahrstuhlführer, die man noch vor dem Ersten Weltkrieg eingestellt hatte, waren alles Männer gewesen; nach deren Einberufung stellte man Frauen ein. Slater war wohl ziemlich schnell hinter Junes Alleingänge gekommen, mischte sich aber nicht ein. Nach dem Vorfall mit Sandy hatte sich herumgesprochen, dass das Wasser eins der jungen Dienstmädchen liebgewonnen habe. Niemand stellte sich zwischen das Wasser und das Hotel.

Während der Schneeregen unruhig gegen die Fenster trommelte, zog June ihre Finger aus dem seidigen Wasser des Avalon III. Jetzt blieb nur noch das Avalon IV, das von den Fenstern des Avalon III aus kaum zu sehen war, und das man nur fand, wenn man genau wusste, wonach man suchte. Vor ihr lag ein kalter Spaziergang zu einem unwirtlichen Ziel. Im Gegensatz zu den anderen Badehäusern war das Avalon IV ein grob gezimmertes dunkelgrünes Hüttchen von der Größe einer Speisekammer. Der einzige Hinweis auf das, was es barg, war ein nahegelegener Felsblock, der mit schneckenförmigen Spiralen bedeckt war; diese Fräsarbeiten waren älter als das Hotel selbst. Das Innere der Hütte war rustikal, schmucklos, unbeheizt. Das Becken war als kleine quadratische Öffnung in den Holzboden eingelassen. Wenn June sich, Füße voraus, da hineinbegab, lag nur noch eine Handbreit zwischen ihrem Körper und den senkrechten Wänden. Hätte sie in der warmen Wassersäule gestrampelt (was ihr nie in den Sinn gekommen wäre), hätte sie gespürt, dass sich die Wände nach 1,20 bis 1,50 Metern öffneten, aber wer wusste schon, wie weit. Hätte jemand mit eigenen Augen erblickt, wie es dort unten aussah, er hätte es nicht so schnell erzählen können. Nach dem Vorfall mit Sandy veränderte sich Junes Beziehung zum Avalon IV genauso, wie sich ihre Beziehung zum Hotelbetrieb veränderte: Sie hatte die Fahrstuhlführerinnen beobachtet und rasch gelernt, dass die nicht einfach fragten »Welche Etage, Sir?«. Vielmehr erspürten sie, was der Gast sich wünschte – ob die Stille gewahrt oder gebrochen, die Kluft zwischen den sozialen Schichten betont oder verwischt werden sollte. Wie natürlich ihr Geplauder wirkte! Und doch bemerkte June, dass die Mädchen Versatzstücke der Gespräche wiederholten, hier eine Phrase, dort ein Thema wählten, das besonders gut zu ihrem jeweiligen Fahrgast zu passen schien. Eine Art Drehbuch für das Theaterstück des Lebens. Das war also erlaubt? Jede Fahrt mit dem Aufzug hinterließ Worte auf der unbeschriebenen stillen June. Man ließ sie ihre Stimme ausprobieren, und sie merkte: Wenn sie ihren Dialekt betonte, störte es die Gäste nicht im Geringsten, dass sie aus einem Bergtal kam; im Gegenteil, die Gäste fanden es plausibel, dass ein Mensch wie June Menschen wie sie bediente. Sie entwickelte sich weiter; den Gästen gefiel es, ihren Anteil daran zu haben.

(Damals war ihr noch nicht klar, dass sowohl die Erste Hausdame als auch das Wasser gehofft haben mochten, sie werde genau diese Lektion hier lernen, es musste erst viel Zeit vergehen, bis sie das begriff.) Slater bot ihr damals einen offiziellen Posten als Fahrstuhlführerin an, aber es war zu spät. Das Hotel rief sie; sie folgte diesem Ruf.

Jetzt, in der dunklen, bitteren Kälte auf dem Weg zum Avalon IV, zögerte June. Noch bevor sie sich entschieden hatte, die Tür zu öffnen, leuchteten oben auf dem Hügel Autoscheinwerfer auf.

Jeder hätte in dem Fahrzeug sitzen können, aber June wusste, dass es Gilfoyle war. Seine Scheinwerfer erhellten die tiefhängende dunkle Wolkendecke, als er den steilen Abschnitt der Auffahrt zum Haupteingang erreichte, die die Gilfoyle-Kinder immer »Witwenmacher« genannt hatten, wenn sie ihn zu Fuß hinaufgekeucht waren. Gilfoyle verließ also den Familienflügel im Schutz der Dunkelheit, ohne ihr etwas zu sagen.

June zögerte keine Sekunde; sie schürzte ihren Pelzmantel wie ein Kleid und rannte los. Das Adrenalin verlieh ihren Schritten Schwung, und sie erreichte die gewundene Einfahrt genau in dem

Moment, als Gilfoyle's stattlicher Auburn um die letzte Kurve bog. Es war ein beeindruckender Wagen; Meter um Meter Cremeweiß und Chrom, glitt er durchs grelle Licht der neuen Flutlichtanlage wie ein Postkartenmotiv des Lebens auf großem Fuß. Einen Moment lang dachte June, Gilfoyle sehe nicht, wie sie die Hand hob, im nächsten Moment dachte sie, er habe es gesehen, fahre aber trotzdem weiter, doch plötzlich hielt er an.

Gilfoyle kurbelte das Fenster herunter. Im gleißenden Licht glich er einer steinernen Version seiner selbst, attraktiv und zeitlos, die Playboyfrisur modelliert, die hohlen Wangen kantig gemeißelt. Die Luft, die aus dem Inneren des Wagens drang, roch nach dem würzigen Dunhill, das er oft benutzte, intensiver als sein eigener Geruch, als speichere er die Essenz seiner selbst in einem Raum, der ihm allein vorbehalten war.

Er sagte: »Sei nicht wütend.«

Sie war außer Atem, wie damals als Kind, wenn sie Fangen gespielt hatten.

»Ich bin nicht wütend. Ich bin platt wie ein Rudel Jagdhunde nach einer Acht-Tage-Woche. Du fährst? Nicht mal ein Abschiedsgruß?«

»Das klingt *doch* wütend.«

»Lassen Sie mir eine Sekunde Zeit, um wirklich wütend zu werden, Mr. Gilfoyle, dann merken Sie sofort den Unterschied.«

Die förmliche Anrede in diesem Kontext ließ ihn zusammenzucken.

»Hör zu«, sagte er. »Hör zu. Setz dich ins Auto, es graupelt.«

»Hab keine Zeit.«

»Eine Minute bestimmt.«

»Das weißt *du* doch nicht!«

»Verdammt nochmal, klar hast du eine Minute Zeit!«

Sie sparte sich den Blick zum Hotel. Gewisse Angestellte würden sich auf jeden Fall ins Fäustchen lachen.

Sie lief an den Autoscheinwerfern vorbei und öffnete die Beifahrertür. Drinnen war es feucht, wärmer, enger. Wie seltsam, dass Gilfoyle, der Junge, nun zu Gilfoyle, dem Mann herangewachsen, und sie von der kleinen June zur Frau geworden waren. Die Zeit, seit sie ins Avalon gekommen war, fühlte sich verdichtet an, zusammengefaltet wie eine Einladungskarte. Es war eine Ewigkeit her, dass sie ihn gesehen hatte; und doch war keine Sekunde vergangen. Wie abscheulich er war; wie sehr sie ihn vermisste, wie sehr sie sie alle vermisste. Es hatte eine Phase in ihrem Leben gegeben, da war sie täglich von morgens bis abends mit den Gilfoyles zusammen gewesen, hatte dazugehört. Wie viel Zeit hatte es gebraucht, dieses komplexe Gefühl zu etwas zu zerquetschen, das klein genug war, um es morgens mit zwei Gläsern Süßwasser hinunterzuspülen?

»Siehst du, du zitterst ja«, sagte Gilfoyle. »Ich habe dir etwas mitgebracht.«

»Musste ich erst dem Wagen hinterherrennen, um es zu bekommen?«

»Ich wollte warten, bis du wieder gute Laune hast. Schau, da ist es. Du hast es beim Einsteigen vom Sitz gefegt.«

»Was ist das? Sag nicht, es sei für mich, wenn du es in Wirklichkeit für eine andere gekauft hast.«

Er wirkte gekränkt, aber June glaubte keine Sekunde lang, dass dieses große, leichte Päckchen für sie bestimmt gewesen war. Er hatte sich ja bereits auf den Weg gemacht, woandershin – zu einer anderen. Sie wusste, wer Gilfoyle außerhalb dieses Hotels war. Sie kam sich vor wie eine Närrin, als sie das Päckchen öffnete und die Scharade mitspielte, und doch tat sie es, entfernte vorsichtig das Papier und verstaute es im Fußraum.

»Oh«, sagte sie.

»Du hast Größe sieben, stimmt's?«, fragte er.

»Ja.«

»Das ist Nerz.«

»Wirklich?«

»Und sie sind aus samtweichem Gummi. Anscheinend gibt's das jetzt gar nicht mehr, wegen der Rationierung.«

»Vermutlich nicht.«

»Das sind Überziehstiefel«, sagte er. »Für den Weg ins Hotel jeden Tag …«

»Ist mir schon klar.«

»Gefallen sie dir?«

Sie waren so konzipiert, dass man sie über den ganzen Schuh zog, um ihn vor Schmutz zu schützen. Dieses Paar hier war wunderbar elastisch. Anders als das transparente Plastik oder das hässliche Gummi vergleichbarer Produkte, waren diese Schuhe fabelhaft verarbeitet und wirkten, als seien sie aus Wildleder. Sie waren nicht mit Kunstpelz besetzt, sondern mit glattem schwarzem Nerz. Praktisch. Und wunderschön.

»Ich probiere sie mal an«, sagte sie.

»Höchste Zeit«, meinte er.

Die Stiefel schmiegten sich so perfekt um ihre Mary Janes, dass er wohl nicht nur ihre Schuhgröße bedacht hatte, sondern auch die Art der Schuhe, die sie immer trug. Weich, zart und warm lag der Nerz um ihre kalten Knöchel. Sie konnte sich schon vorstellen, wie sie täglich mit diesen Schuhen von ihrer Wohnung ins Hotel und zurück lief; sie dachte an die Silhouette dieser Überziehschuhe, so viel schöner als die Brotbeutel, die einige ihrer Angestellten benutzten, oder ihre eigenen abgenutzten plumpen Plastikgaloschen. Sie war es nicht gewohnt, Geschenke zu bekommen, die ihr wirklich gefielen.

Sie hatte sich so sehr eingeredet, dass jene Nacht ihm nichts bedeutet hatte.

»Wie ein Handschuh!«, sagte er.

»Wie ein Stiefel.«

»Als ich die sah, musste ich gleich an dich denken«, meinte Gilfoyle.

»Warum hast du mich nicht angerufen?«

»Warum hast *du* mich nicht angerufen?«

»Um bei den Mädchen in der Telefonzentrale zu landen? Stellen Sie mich zu Miss Hudson durch. Ich möchte ihr ins Ohr flüstern, was für einen wundervollen Körper sie hat.«

Junes wundervoller Körper erwärmte sich. Aus der Ferne besaß Gilfoyle keine besondere Anziehungskraft, aber aus der Nähe hatte er eine gewisse kultivierte Erotik, die ihre Wirkung auf die meisten Frauen nicht verfehlte. Etwas in der Intensität seines Blickes, den graziösen Bewegungen seiner Hände – all das versprach die unbewusste Verheißung einer weltmännischen, gediegenen körperlichen Erfahrung. Für June war sie allerdings keine bloße Verheißung; sie war Erinnerung. Jener törichte, wunderbare Moment nach der Beerdigung, als die anderen alle irgendwann müde zu Bett gegangen waren, sie und Gilfoyle aber in der Bar weitergeplaudert hatten; als Gilfoyle seinen Daumen leicht in die Mitte ihrer Handfläche gepresst hatte; als sie gefragt hatte *Was passiert jetzt mit uns?* und Gilfoyle erwidert hatte *Gott sei Dank, dass es dich gibt, June,* und sie dann zu Bett gegangen waren, mit einem Gefühl der Unausweichlichkeit, der Wiederkehr. Es spielte keine Rolle, wie lange das her war. Der Kopf vergaß; der Körper nicht.

»Du wärst gegangen, ohne mir diese Stiefel zu schenken«, sagte sie, »wenn ich nicht sowieso schon durch den Regen gelaufen wäre.«

»Ich dachte, du sprichst nicht mehr mit mir.«

»Natürlich hätte ich mit dir gesprochen. Wir haben noch was zu klären, meinst du nicht?«

Gilfoyle streckte die Hand nach ihr aus.

»… nicht vor den Kindern«, sagte sie und blickte hoch Richtung Hotel, obwohl ihre Haut vor Erregung prickelte. »Ich bin nicht bereit, dir zu verzeihen. Und ich muss ihnen morgen gegenübertreten. Ihnen und ein paar hundert Deutschen, wie es scheint.«

»Und ein paar Italienern«, fügte er hinzu.

»Ich bin auch nicht bereit, über deine Witze zu lachen«, erwiderte sie. »Für dich mag das Hotel ein Spielzeug sein, für mich ist es mein Leben.«

Er wurde ernst. Als er wieder sprach, klang seine Stimme anders als zuvor.

»Ich bin zu alt, um mich erschießen zu lassen, June.«

»Worüber machst du dir Sorgen? Die Einberufung? Dich holen sie doch nicht.«

»Doch. Das wird kommen. Ich rede ja mit den Leuten. Es wird nicht so einfach, wie die behaupten.«

»Wer sind die?« Aber June wusste schon wer. Alle. Das Radio, das Küchengeschwätz, das Gerede unten in Constancy. Der Krieg hatte sich jahrelang hingezogen, aber jetzt, da Amerika involviert war, dachten alle, der ganze Spuk wäre bis zum St. Patrick's Day vorbei.

»Ich kenne mich«, sagte Gilfoyle. Er war jetzt todernst, ungewöhnlich für ihn. »Ich wusste, dass ich das nicht schaffe. Vater wusste es auch. Ich habe getan, was ich tun musste.«

Noch bevor er den Satz beendet hatte, war June alles klar; laut dröhnten die unausgesprochenen Worte zwischen den ausgesprochenen. Ein Deal. Das Hotel und alle Menschen darin, um ihn aus dem Krieg herauszuhalten. Sie erinnerte sich plötzlich, dass 411 absolut überzeugt behauptet hatte, ein Mann wie Francis Gilfoyle sei für das State Department interessant.

»Du hast das Avalon geopfert, willst du das damit sagen? Du hast es ihnen angeboten? Ich fasse es nicht! Tun wir das alles nur, um deine Haut zu retten? Du bist ein Verräter!« Irgendwo befand sich Sandy, sein kleiner Bruder, der lange vor Pearl Harbor zur Marine gegangen war, schon mitten im Krieg. Mr. Francis hatte June damals versichert, dass Sandy zumindest einen Rang haben würde, was sicherer war, als wenn man ihn einfach ohne Ausbildung eingezogen hätte. Als Sandy ihn das sagen hörte, meinte er verächtlich: »Darum geht es doch nicht!« Dann hatte er etwas auf Griechisch bemerkt, was Mr. Francis nicht verstand, dann etwas auf Französisch, was Mr. Francis verstand, und es hatte wieder einmal Streit gegeben.

»Jetzt übertreib mal nicht. Ich weiß doch, was du kannst.«

»Du brauchst nicht so zu tun, als würdest du meine Fähigkeiten kennen. Jetzt ist nicht der Zeitpunkt dafür.« Gilfoyle hatte das Hotel nie verstanden, geschweige denn das Wasser. Anders als sein Vater, anders als June. Er wusste nicht, wie fragil das Avalon wirklich war.

»Wieso hast du mich nicht eingeweiht? Mir Zeit gegeben, mich auf dieses Treffen vorzubereiten? Bei dieser Überraschungsparty mit dem State Department komme ich mir wie eine Hilfskraft vor.«

Er zuckte zusammen. Körperlich. Sein Kinn ruckte zur rechten Schulter. Das war bei ihm schon als Kind so gewesen. Wenn Mr. Francis oder Madeline ihn dafür rügten, dass er seine Kekse auf dem Nachttisch vergessen hatte und sich die Ameisen darüber hermachten, oder wenn er seine Hausaufgaben schlampig erledigt hatte, immer dieses für ihn typische Zucken.

»Du bist doch keine Hilfskraft!«

Was bin ich dann?, hätte June gern gefragt. Warb er um sie? Sollte sie weglaufen, ihm hinterherrennen? Sie wollte nicht naiv sein, aber die Stiefel passten ihr und wirklich nur ihr. Drüben leuchteten die zahllosen gelben Fenster des Avalon in gespannter Erwartung. Das Hotel damals zu bestaunen, als kleines Findelkind aus dem Gebirgstal, voller Ehrfurcht vor allem, wofür es stand – das war das eine gewesen. Etwas ganz anderes aber war es, wenn sie dieses Hotel heute betrachtete, als die Frau, die es zu dem gemacht hatte, was es war. Sie dachte daran, wie ihr ein Gast, nachdem sie ihn eine Zeitlang im Fahrstuhl begleitet hatte, ein Wirtschaftsbuch geschenkt hatte, eine grau eingebundene Kladde mit der handschriftlichen Widmung: *Eines Tages werden Sie dieses Haus leiten. – E. R. Norvell.*

Und genau so war es gekommen.

»Nächstes Mal würde ich es anders machen. Was die Sache mit dem State Department betrifft«, meinte Gilfoyle. Er zupfte nervös an seiner Hand herum. Vielleicht war es richtig, dass er sich der Einberufung entzog, dachte sie; man konnte sich ihn unmöglich an der Front vorstellen, er taugte so wenig zum Leiden. Hatte er nicht das tote Streifenhörnchen beerdigt, das sie als Kinder gefunden hatten? Mit feuchten Augen hatte er Rosen auf das kleine Grab gelegt. Was würde er tun, wenn da statt eines Streifenhörnchens ein Mann, zehn Männer, hundert Männer lägen? Güte war eine Tugend, aber an schlimmen Orten wurde man für Empathie bestraft. Edgar David Gilfoyle wäre wie ein Schneeball zu Pulver zerstäubt, hätte man ihm eine Waffe aufgezwungen, der Krieg hätte ihn für immer zerstört. »Ich weiß nicht, wie ich es meinem Vater nachmachen soll. Bei euch beiden hat alles immer so einfach ausgesehen, eure Zusammenarbeit.«

»Ich muss nicht gemanagt werden, Goyle.«

Ein Ausdruck der Erleichterung huschte über sein Gesicht, als sie den Namen benutzte, bei dem Sandy ihn früher gerufen hatte. »Ich wüsste nicht, wie ich dich managen sollte«, erwiderte er.

Jetzt schenkte sie ihm endlich ein Lächeln.

»Ah, Junebug!« Gilfoyle klopfte ihr jungenhaft auf den Oberschenkel. Das Gespräch war kein Gefängnis mehr, er musste nicht mehr mit Nadeln im Schloss herumstochern, in der Hoffnung, dass es aufspringen würde. »Wenn das hier vorbei ist … dann lass uns … «

Die Pause zog sich in die Länge; sie widerstand der Versuchung, sie zu füllen.

»… nächstes Mal, wenn ich hier bin, etwas zusammen trinken«, beendete er den Satz. »Oder du kommst zu mir. Weg vom Hotel. Hier können wir nicht richtig reden.«

Sie spürte ihren Herzschlag in den Handgelenken, in der Kehle, sagte aber ganz ruhig: »Nicht vor den Kindern.«

»Nicht vor den Kindern«, stimmte er zu.

Nach der Beerdigung hatten sie sich auf neutralem Boden getroffen, im kleinen, aber feinen New Yorker Gallimore Hotel, zwei Trauernde, ein Mann und eine Frau, Edgar Gilfoyle und June Hudson. Hier, im Avalon, ließ sich nur sehr schwer vergessen, dass sie zwei Bergen glichen, die kein Weg verband.

Zumindest hatte sie das gedacht. Aber heute Abend, geschützt vor neugierigen Blicken, griff er nach ihrem Handgelenk und fuhr schlicht, quälend, mit dem Finger am Rand ihres Uhrenarmbands entlang, ein raffinierter Anklang an gefährlichere Grenzlinien. Vielleicht fand sich ja doch ein Weg.

Gilfoyle sah blinzelnd auf. »Sind das deine Hunde? Die sind ja richtig gruselig.«

Die Dackel hatten sie gefunden. Sie drängten sich im Licht der Autoscheinwerfer, mit Augen wie schimmernde Scheiben. Auf June wirkten sie keineswegs gruselig. Sie sahen einfach nur wie drei zitternde kleine Hunde aus. Sie erinnerten June daran, dass die Zeit verging; an der Rezeption hatte die Nachtschicht begonnen.

Sie wollte nicht gehen. Aber nichts, was in diesem Wagen geschehen war, änderte etwas an der Tatsache, dass im Hotel dreihundert Diplomaten der Achsenmächte logieren würden.

Sie öffnete die Tür. Gilfoyle schob beflissen die leere Schuhschachtel beiseite.

»Die werfe ich später weg«, meinte er. Er wusste so gut wie sie, dass es für wochenlangen Tratsch sorgen würde, wenn sie den Wagen weithin sichtbar mit einem Geschenk verließ.

»Das sind sehr schöne Stiefel, Ed«, gab sie zu. »Gut gemacht. Mich stellt man nicht so leicht zufrieden.«

Fast wäre er erneut zusammengezuckt; echte Komplimente erschreckten ihn fast ebenso heftig wie Kritik, aber er hatte während seiner College-Jahre hart daran gearbeitet, diesen Impuls zu unterdrücken. Nur June, die ihn so gut kannte, sah, wie sich sein Kiefer anspannte.

»Ich weiß«, antwortete er.

Sie erinnerte sich an jenes lang zurückliegende Geschenk, die graue Kladde. Am Anfang hatte sie nicht gewusst, was sie auf die leere erste Seite schreiben sollte. Irgendwann hatte sie ein kleines Gedicht verfasst, das sogar ihr selbst ein Rätsel war:

Oben
Unten
Drinnen
Draußen

Damals war sie noch nicht Hoss gewesen – das lag noch viele Jahre in der Zukunft –, aber sie war auf dem Weg dorthin gewesen.

»Du weißt, June«, sagte Gilfoyle, »dass ich große Stücke auf dich halte.«

Kapitel 6

In der ersten Nacht schlief Tucker Rye Minnick schlecht. Es lag nicht an seinem Zimmer – daran gab es nichts auszusetzen: wuchtige Sessel, elegante Vorhänge, Plüschteppich, maßgefertigte Matratze. Im Badezimmer Seifen und ein flauschiger Bademantel. Aber er konnte dem Geruch des Wassers einfach nicht entrinnen; in jedem Stockwerk des Hotels gab es einen Brunnen, und der im vierten Stock befand sich ausgerechnet vor seiner Zimmertür. Die Berge spähten durchs Fenster zu ihm herein. Jedes Mal, wenn er die Augen schloss, träumte er von einem Mann, der im hohen Singsang des Dialekts der Bergbewohner unablässig wiederholte: Böse Wetter töten dich langsam. Schlagwetter tötet dich schnell. Grubengas stinkt nach faulen Eiern und bedeutet, in drei Stunden ist es aus mit dir. Nachschwaden, da merkst du nicht mal, dass du tot bist!

Er wachte auf, hustend, ertrinkend, in den Lungen die Gase, die in den Minen West Virginias lauerten.

Er war nur halb wach und dachte in diesem Zustand, er könnte den Dienstwagen nehmen, nach Charlottesville fahren – das würde er bis Mitternacht schaffen – und dort auf dem Parkplatz eines Motels schlafen, das er kannte; dort hatte er früher mal mit Bettwanzen gekämpft, weil es die einzige Übernachtungsmöglichkeit gewesen war, die er sich mit seinem FBI-Tagesspesensatz hatte leisten können. Er würde ein Telefon finden, um seinen SAC anzurufen. Er würde sagen, das hatte er sich fest vorgenommen, *ich kann nicht bleiben.*

Aber natürlich würde er bleiben. Es ging ja nicht anders; er musste sich profilieren. Seine Memos mussten so ausführlich und zahlreich sein, dass sich um seinen SAC in Washington meterhoch Kisten mit Papierkram stapeln würden.

Seine Lösungsvorschläge für das löchrige Kommunikationssystem des Avalon mussten so einfallsreich sein, dass man sie in der Academy als Beispiel für kreative Agententätigkeit in den Lehrplan aufnehmen würde. Er musste mehrere Mitarbeiter und Diplomaten zu Informanten machen, um Hoover persönlich zu zeigen, warum es gute Gründe gab, einen Agenten mit zehnjähriger Erfahrung zu beschäftigen. Falls sich unter den Diplomaten ein Spion befände, umso besser. Das FBI hatte gerade einen deutschen Spionagering mit dreißig Männern auffliegen lassen, geschult im Umgang mit unsichtbarer Tinte und Sprengstoff; sie erwarteten ihre Hinrichtungen auf dem elektrischen Stuhl, den die Einheimischen Sparky nannten, und es hatte dem Ruf des FBI sehr gutgetan, dass die Öffentlichkeit endlich einmal sah, welch hervorragende Arbeit hier geleistet wurde. Nur gefürchtet und beargwöhnt zu werden reichte eben nicht. Öffentliche Verhaftungen ausgemachter Schurken waren da sehr hilfreich. Und wenn er Hoover einen Spion liefern konnte, würde ihm verziehen werden, ganz bestimmt.

Es war noch stockfinster, als Tucker den Versuch einzuschlafen endgültig aufgab. Er richtete seine Aufmerksamkeit auf die kleinen, taktilen Details des Ankleidens: das Auffalten der Hose, das Knöpfen des Hemds, das Binden der Krawatte, darauf achten, nicht mit dem großen Zeh durch seine fadenscheinigen Socken zu stoßen. Es war wichtig, sich auf das Wirkliche zu konzentrieren, an diesem unwirklichen Ort, wo es ihm beim Verlassen des Zimmers angesichts des ewig langen Flurs und des unsichtbar plätschernden Wassers vorkam, als befinde er sich in einem Schiffskorridor, einem Zugwaggon, einem Minenschacht, von Laternen beleuchtet.

Eine der Türen öffnete sich knarzend, als er vorbeiging. Nur ein Spalt. Zimmer 411.

»Agent Minnick.«

Er erkannte diese Zimmernummer. Gestern hatten sich die Agenten an die Herkulesaufgabe gemacht, über vierhundert Angestellte zu befragen und das Hotel auf Sicherheitsrisiken hin zu überprüfen. Eine aktuelle Änderung der Mitarbeiterliste war Tucker aufgefallen, als er sich Hughs Notizen durchsah. Beraterin. 411.

Tucker blieb stehen. »Ma'am, wir müssen uns unterhalten.«

»Eine Aussage, die offenkundig jeder Grundlage entbehrt«, erwiderte 411. Sie war unsichtbar wie das Wasser, das in die Brunnenbecken rann. Ihre Stimme klang so, wie sich Brandy im Hals anfühlt, rau und kratzig. »Es ist mitten in der Nacht.«

»*Sie* haben doch die Tür geöffnet«, meinte Tucker. Da wurde sie ihm vor der Nase zugeschlagen.

Dieser Ort, dachte er.

Jemand hatte einen Stuhl vor die nächstgelegene Aufzugstür im vierten Stock gestellt, das hieß, man sollte den Aufzug nicht benutzen, also ging Tucker durchs Treppenhaus des Personaltrakts nach unten; die Wände waren kahl, bis auf ein schlichtes Graffito: LISTEN, TOM! Der muffige Geruch erinnerte ihn stark an das erste Mal, als ihn sein Job fast das Leben gekostet hätte. Einem dünnen Hinweis folgend, war er an der Tür einer verfallenen Villa von einer Schar verstörend junger Mädchen empfangen worden, einige sichtlich zugedröhnt, mit Substanzen, von denen Tucker erst kurz zuvor an der FBI-Academy gehört hatte. Flüsternd vertrauten sie ihm an, ihr Entführer schlafe, sie hätten ihn unter Drogen gesetzt, und fragten, ob er, Tucker, ihn verhaften könne. Klar, hatte Tucker erwidert. Aber alles ging schief. Der Entführer war ein Hüne; die Mädchen hatten ihm keine Drogen, sondern schwarz gebrannten Schnaps eingeflößt; sie rechneten keinen Moment damit, dass Tucker Erfolg haben würde, sondern hofften vielmehr, das Verschwinden eines FBI-Agenten werde weitere Agenten auf den Plan rufen. Das Haus bestand nur aus Treppen; Tucker war die Beute, nicht der Jäger. Tut uns leid, flüsterten die Mädchen von den Türen aus, als er von Raum zu Raum schlich. Lauf, flüsterten die Mädchen und halfen ihm, diesem übermenschlichen Koloss jeweils knapp zu entkommen. Aber der Zuhälter lachte nur die ganze Zeit. Er wusste, dass die Mädchen auch ohne Mauern Gefangene waren, und fürchtete sich nicht vor einem jungen FBI-Mann. Ein atemloser Galopp durch ein Treppenhaus, das dem des Avalon ähnelte. Drei, vier Stufen auf einmal. Verschätzt. Als Tucker stürzte, glitt ihm seine Dienstpistole aus der Hand; er verlor einen Zahn. Er sah rot. Sein Fehler war tödlich, das sagte ihm das Lachen am oberen Ende der Treppe. Das unverwechselbare Krachen von Pistolenschüssen. Sechsmal. So also fühlte es sich an, wenn man sterben musste.

Manchmal träumte er von diesem sechsfachen rhythmischen Knallen. Wieder und wieder. Ein Pistolenschuss ist das lauteste und leiseste Geräusch, das es gibt.

Im Treppenhaus des Avalon befand Tucker sich jetzt in einem Servicegang, in dem die süßlichen Streicherklänge von Xavier Cugats *Perfidia* ertönten. Die Musik drang aus einem Raum, in dem schon ein halbes Dutzend Küchenangestellte emsig dabei waren, Gemüse zu zerkleinern, Obst in Würfel zu schneiden, Pastetenteig auszurollen. Das sah nicht nach einer kommerziellen Hotelküche aus. Die schwelende Düsternis wurde hie und da durch gleißende Lücken erhellt, als hätte Gottes Faust den Felsen gespalten, um das Höllenfeuer zu enthüllen. Die Angestellten waren vergoldete Silhouetten, jeder ein Teil des Hotels, zu einem besonderen Körper geformt.

Hinter einem Arbeitstisch voll roher Fleischbatzen befand sich ein Süßwasserbrunnen; steinerne Singvögel spien Wasser in eine Schale. Eine Frau flüsterte der Wasseroberfläche etwas zu, die Hände trichterförmig um den Mund gelegt, ein Bühnengeheimnis. Eine andere Frau tat das Gleiche. Dann ein Mann, der dabei gluckste. Ein weiterer Mann, der fluchte und wegging. Er kassierte einen Klaps, kam zurück und flüsterte irgendetwas, das die anderen besänftigte. Tucker wusste nicht genau, ob es sich wirklich um ein Ritual der Angestellten handelte, oder ob es an seinen eigenen Gefühlen bezüglich des Süßwassers lag, dass er es als Ritual deutete. Vielleicht standen diese Leute ja gar nicht Schlange, vielleicht tuschelten sie ja gar nicht mit dem Wasser, vielleicht scharten sie sich einfach nur um einen Brunnen, um zu trinken und besser mit der Hitze der Öfen und Herdplatten fertigzuwerden. Die Morgendämmerung würde diese Konfusion beenden, aber die Morgendämmerung schien noch weit entfernt.

Jedenfalls war Tucker nicht unbemerkt geblieben; einer der Männer trat jetzt auf ihn zu. René Durand. Tucker kannte ihn aus Hughs Gesprächsnotizen; Durand hatte ein rotes Muttermal unterm Kinn. Er war aus der Küche des Waldorf-Astoria hierhergekommen, nach einem Streit mit einem Kollegen. Man sprach von einer Leihkraft. Das Waldorf-Astoria hatte ihn an Hoss ausgeliehen, damit er wieder festen Boden unter die Füße bekam. Nun arbeitete er schon seit drei Jahren im Avalon und dachte nicht daran zu gehen; und Hoss gab ihm zu verstehen, dass er das auch nicht musste.

Durand trat so dicht an ihn heran, dass Tucker die Kräuter roch, die er soeben kleingehackt hatte.

»Was suchst du, G-Man?«, fragte er. Das klang lustig, mit seinem französischen Akzent. Es war amerikanischer Slang, aber Durand betonte die Worte spöttisch selbstbewusst wie ein Einheimischer.

»Kaffee«, erwiderte Tucker.

»Oben«, sagte Durand. Und wieder wurde Tucker die Tür vor der Nase zugeschlagen, schon das zweite Mal innerhalb einer Stunde.

Niemand mochte FBI-Männer, bis man sie einmal selber brauchte.

Tucker fragte sich, wie die Mädchen in dem Bordell, damals vor langer Zeit, sich wohl an ihn erinnerten. Denn natürlich war er am Ende der Verfolgungsjagd nicht gestorben; er war nicht einmal getroffen worden. Eines der Mädchen hatte Tuckers Waffe vom Boden aufgehoben und damit auf ihren Kidnapper geschossen. Sechsmal. Peng-peng-peng-peng-peng-peng. Als der Zuhälter die Treppe hinunterstürzte und direkt auf Tucker landete – sie lagen Mund an Mund, wie ein Liebespaar –, war der Mistkerl tot, und seine Miene wirkte überrascht.

Die junge Killerin musste sich übergeben und begann zu schluchzen – hauptsächlich vor Angst, aber auch vor Kummer und Schuldgefühlen. Nachdem er die Leiche von sich weggerollt hatte, hatte Tucker sie beruhigt und sich von ihr zeigen lassen, wo die Putzmittel standen; er hatte ihre Fingerabdrücke von der Waffe gewischt, ihr die Schmauchspuren von Händen und Gesicht entfernt, ihre Kleidung verbrannt und ihr folgende Geschichte eingeschärft: Sie habe Tucker auf der Treppe stolpern sehen und ihn verloren geglaubt, aber dann habe er sich auf den Rücken gerollt und sechsmal auf den Zuhälter geschossen. Eine glückliche Wendung. So blieben dem Mädchen eine Gerichtsverhandlung und ein Verhör zu ihren komplexen Empfindungen und Motiven erspart, und Tucker erhielt eine Belobigung. Jetzt fragte er sich, was wohl aus ihr geworden war. Da sie sich damals nicht an ihren Nachnamen erinnern konnte, gab es keine Möglichkeit, nach ihr zu suchen. Mary. Mary wer? Es gab Tausende von Marys. Und wer war er für sie? Ein Mann im Anzug. Auch einer von Tausenden.

Bei Tagesanbruch setzte Tucker die Personalgespräche im lichtdurchfluteten Glass Studio fort. Der Bürobereich wirkte nüchtern-administrativ, doch die angrenzende Werkstatt quoll über von seltsamen Formen und technischen Objekten: Öfen, Brennern, Drehbänken, Rohren, Zangen, Elektromagneten, Springbrunnen.

Hier stellten sie die Glasschnecken her, die Tucker überall im Hotel gesehen hatte. Die Schnecken waren gerade so groß, dass sie in eine fast geschlossene Kinderfaust passten; die Fühler wiesen nach hinten und lagen am Schneckenhaus an, damit ungeschickte Hände sie nicht abbrechen konnten.

»Bitte nennen Sie mir Ihren vollständigen Namen und Ihre Position.«

Ihm gegenüber saß eine Frau mittleren Alters mit üppigen Formen und ebenso üppigen Locken, wobei sich erstere weitgehend hinter der Schürze ihrer Uniform verbargen, und letztere nur knapp vom Hausdamenhäubchen verdeckt wurden; Tucker hatte noch nie ein so forsch positioniertes Häubchen gesehen. Die Frau *saß* nicht auf ihrem Stuhl, sondern *beherrschte* ihn, zurückgelehnt, die Arme vor dem schürzenbedeckten Busen verschränkt. Der Stuhl würde den Raum nicht ohne ihre Erlaubnis verlassen, so viel stand fest.

»Toad Blankenship. Erste Hausdame.«

Tuckers Stift, bereit für ein flüchtiges Häkchen, hielt inne. »In meinen Unterlagen steht ›Gladys Vance‹.«

Die Erste Hausdame warf ihm einen mitleidigen Blick zu, als sei er schwer von Begriff. »Vance ist mein Ehename.«

»Ma'am, das FBI braucht für seine Unterlagen Ihren aktuellen gesetzlichen Namen.«

»So gut wie gesetzlich«, brummte sie.

»Läuft denn ein Scheidungsverfahren?«

»Wieso, hätten Sie Interesse?«

»Ma'am«, sagte er, »ich versuche einfach nur, die Namensabweichung zu klären.«

»Unser Sohn Norm«, begann die Erste Hausdame, »kam auf der Houston ums Leben. Und um seinen Tod zu rächen und im Pazifik zu kämpfen, hat sich mein Mann jetzt registrieren lassen. In der Zeitung in Charleston kam ein Bericht über ihn. Er ist siebenundvierzig. So weit wegzugehen, auf diese gelben Inseln? Ich denke mal, er wird auch getötet, und das macht mich dann wieder zu einer Blankenship. Am besten gewöhne ich mich jetzt schon dran; das hab ich meinem Mann gesagt, und jetzt sag ich es Ihnen.«

Pearl Harbor beherrschte momentan alle Gespräche. Die Nachricht war eingetroffen, als gerade fünfundzwanzigtausend Menschen den Redskins beim Verlieren zusahen; stirnrunzelnde Journalisten verließen einer nach dem anderen schweigend die Tribüne, und zunächst glaubten alle, es handle sich um eine Falschmeldung. Erst kürzlich hatte Orson Welles in einer beliebten Radiosendung einen Science-Fiction-Krieg zwischen den Welten dramatisiert, und genauso fiktiv wirkten die ersten Nachrichten von Pearl Harbor. Der japanische Angriff war ebenso kühn wie erfolgreich gewesen, zwei Adjektive, auf die eigentlich die Amerikaner das Monopol zu besitzen glaubten. Tucker erinnerte sich noch ganz genau, wo er an diesem Tag gewesen war: in der Innenstadt von San Francisco, um sich auf die beschwerliche Suche nach einer Wohnung für seinen neuen Posten zu machen. Er hatte einen elegant gekleideten Japaner bemerkt, der auf dem sonnigen Gehweg stand und hemmungslos weinte. Brauchen Sie Hilfe? In den Wimpern des Mannes hingen Tränen. *Sie haben alles zerstört.*

Die CIA hatte seit Monaten auf etwas gewartet, deshalb erinnerte Tucker sich an seinen ersten Gedanken: endlich.

»Das mit Ihrem Jungen tut mir sehr leid«, sagte er jetzt zur Ersten Hausdame. Eigentlich wollte er noch Mrs. hinzufügen, konnte sich aber nicht zwischen Vance und Blankenship entscheiden. »Wissen Sie was? Ich werde beide Nachnamen in unsere Akte aufnehmen. Aber was hat es denn mit Toad – Kröte – auf sich?«

Toad Blankenship lehnte sich in ihrem Stuhl zurück, verschränkte die Arme über ihrer Körpermasse, legte den Kopf in den Nacken und starrte Tucker stirnrunzelnd an. Jetzt glich sie so verblüffend einer

Kröte, dass er sich nicht sicher war, ob sie ihm gerade den Ursprung ihres Spitznamens demonstrierte; aber es schien zu riskant, ihr so viel Humor und Selbsterkenntnis zu unterstellen.

»Sie kommen mir bekannt vor«, entgegnete sie.

»Ich habe eben ein Allerweltsgesicht«, meinte Tucker.

»Nein«, widersprach sie, »haben Sie nicht.«

»Wie lange sind Sie denn hier schon Erste Hausdame?«

Sie schien damit gerechnet zu haben, dass er das Thema wechseln würde. »Hoss hat mir gerade diese goldene Brosche für fünfundzwanzig Jahre treue Dienste geschenkt; so lange ist es her, dass Mr. Francis meine Mama in den Ruhestand geschickt und mich an ihre Stelle gesetzt hat. Hoss hat gesagt, sie will mich in fünf Jahren in den Ruhestand schicken und meine Tochter an meine Stelle setzen; da kann ich ihr ja nur Glück wünschen, das Mädchen ist nicht gerade arbeitswütig.«

Sie drückte ihm ihre goldene apfelförmige Brosche in die Hand. Stimmt, er war wieder zurück in West Virginia, der Heimat des Golden-Delicious-Apfels. Es hatte lange gedauert, bis er in einen gelben Apfel beißen konnte, ohne an jenen Tag zu denken: als er die geschenkten neuen Schuhe angenommen, seine Sachen in einen Rucksack gestopft und einen Kloß im Hals gespürt hatte, während er schließlich das Geld zusammen mit seinen Schulheften verstaute, auf denen TUCKER RYE MINNICK stand, dem einzigen Beweis für seine Identität (erst als Tucker bereits sechs oder sieben Jahre alt war, hatte man in West Virginia begonnen, regelmäßig Personenstandsurkunden auszustellen).

Er kam beiläufig zu seiner Bitte. »Eine beeindruckende Zahl von Dienstjahren! Natürlich brauche ich Sie als Erste Hausdame, damit Sie uns verdächtige Objekte oder Aktivitäten in den Gästezimmern melden.«

»Nein«, sagte Toad.

»Haben Sie eben Nein gesagt?«

»Hier im Avalon schnüffeln wir nicht in den Sachen unserer Gäste rum, Söhnchen.«

Es war viele Jahre her, dass jemand es gewagt hatte, Tucker Rye Minnick Söhnchen zu nennen. Doch er lernte gerade, wie Macht hier im Avalon funktionierte. Edgar Gilfoyle an der Spitze. Dann June Hudson: Hoss. Dann die Herrscherinnen und Herrscher der kleineren Königreiche. Toad, dieser Dragoner, Kronprinzessin der Hausdamenabteilung. Küchenchef Fortéscue, Herzog der Grotte. Griff Clemons, König des Personals. Herrscher ließen sich nicht einschüchtern. Man würde sie als gleichrangige Gegner behandeln müssen, mit Respekt, nicht mit roher Gewalt.

»Ich möchte die Gelegenheit nutzen«, sagte Tucker, »Sie daran zu erinnern, dass nicht nur Ihr Mann die Möglichkeit hat, seinem Land zu dienen.«

Jetzt presste Toad ihren Hals so fest zusammen, dass sich die zwei Krötenkinne in drei verwandelten. »Es gibt einen großen Unterschied zwischen meinem Mann und mir, Agent Minnick.«

Offenbar wollte sie, dass er nachfragte, also tat er ihr den Gefallen. »Und der wäre?«

»Er ist ein Idiot. Gäste sind Gäste, wie Hoss zu sagen pflegt.«

Wie June Hudson es geschafft hatte, ein ganzes Hotel voller Menschen aus der Arbeiterschicht – Leute aus West Virginia und kürzlich eingewanderte Immigranten – davon zu überzeugen, dass das Glück ihrer reichen Gäste heilig und unantastbar war, überstieg Tuckers Vorstellungskraft. »Und Miss Hudson hat immer recht?«

Toad warf ihm einen wissenden Krötenblick zu. »Wo wurden Sie geboren, Söhnchen? Meine Marlene hat gesagt, Minnick sei ein Name aus West Virginia.«

»Wenn Sie etwas mehr Neugier auf die Habseligkeiten Ihrer Gäste entwickeln, erzähle ich es Ihnen vielleicht«, sagte Tucker.

»Craigsville«, vermutete Kröte. »Beckley. Welch. Pennington Gap.«
Tucker starrte sie an, ohne zu lächeln.

»Wie viel verdienen Sie im Jahr? Die Mädchen haben eine Wette laufen. Dreitausendachthundert? Viertausend? Junggesellen wie Sie und dieser andere G-Man, der mit dem breiten Grinsen, die könnten den Laden hier im Sturm erobern. Bradshaw? Logan?«

»Wie war er denn, Ihr Sohn?«, fragte Tucker. Sie verstummte.

Man fragte nicht nach den Toten. Nur nach den Lebenden. Wie geht's deiner Mutter, wie geht's deiner Schwester, wie geht's deinem Cousin? Wenn jemand nicht gerade Ruhm erwarb oder Schande auf sich häufte, hörte auch seine Geschichte mit dem letzten Herzschlag auf. Wie ging's deiner Mutter, wie ging's deiner Schwester, wie ging's deinem Cousin? Erzähl mir mal was Lustiges von ihnen. Nein, die Leute fürchteten die Toten anderer Menschen. Deshalb erzählte Tucker immer, seine ganze Familie sei verstorben; das erstickte alle Fragen im Keim. Allerdings bedeutete es, dass für die Lebenden das Erinnern nur im Land der Schlaflosigkeit und der Albträume möglich war. Oft war es eine freundliche Geste, nach den Toten zu fragen, die Leute weinen zu lassen.

Tucker war nicht freundlich.

»Er war ein wildes Kerlchen«, sagte Toad.

Sie setzte zur Beschreibung eines jungen Mannes an, der unablässig Ärger machte, ein richtiger Rabauke. Kein Tag ohne Kummer mit ihm. Sie hatte Norm am Tag vor dem Training geohrfeigt. Sie habe ihn oft geohrfeigt, sagte sie, aber an diese eine Ohrfeige erinnere sie sich jeden Abend vor dem Einschlafen, jeden Morgen, wenn sie bei Tagesanbruch aufstand und sich in der Morgendämmerung auf den kalten Weg hinauf zum Avalon machte. Sie konnte sich nicht mehr erinnern, warum sie ihn geohrfeigt hatte, ganz sicher hatte er es verdient gehabt, aber das Gefühl ließ sie nicht los. Sie fand es nicht fair, von einer völlig angemessenen Geste so heimgesucht zu werden.

Toad zeigte Tucker ein Foto.

»Er sieht Ihnen gar nicht ähnlich«, meinte er.

»Er hatte meine Füße.«

»Meinen Sie, er würde denken, dass es das wert war?«

Toad warf ihm einen eigentümlichen Blick zu. Sie war schlauer, als sie auf den ersten Blick wirkte, diese Kröte. »Wir durchwühlen für Sie nicht die Zimmer, G-Man.«

In den Trainingsgesprächen streiften die Ausbilder an der Academy gern peinliche Details aus der Vergangenheit der Möchtegernagenten und beobachteten, wie sie sich krümmten. Tucker, allerdings … Tucker hatte sie beeindruckt. Ganz gleich, was sie aus Tucker Rye Minnicks Vergangenheit verwendeten, ihn brachte nichts aus der Ruhe. Was natürlich ganz einfach ist, wenn die eigene Akte die Vergangenheit eines anderen Menschen enthält. Die Erste Hausdame des Avalon hätte die Ausbilder vermutlich auch beeindruckt.

»Wir sprechen uns wieder«, sagte er zur Kröte.

»Wenn's unbedingt sein muss«, erwiderte sie.

Noch lange nachdem er das Glass Studio verlassen hatte, dachte er an Toad Blankenship; sie erinnerte ihn an eine Mutter. Nicht seine Mutter, an die er sich zu seiner dumpfen Enttäuschung gar nicht so recht entsinnen konnte, sondern eher an *die* Mutter, die typische West-Virginia-Mutter, die ihn und alle seine Jugendfreunde großgezogen hatte, hart-wie-Stahl-weich-wie-Leder, ein Frauentyp, der in den Bergen nicht nur überlebte, sondern in ihnen gedieh und selbst aus Blaustein noch Gemeinschaft meißelte. Toad Blankenship repräsentierte diese Art von Frau, ein Frauentyp, der sich früher gut mit ihm verstanden hatte, jetzt aber war das vorbei. Tucker hatte es nicht nötig, gemocht zu werden, vor langer Zeit allerdings hatte man ihn mal gemocht – so sehr sogar, dass mehrere Menschen ihren Kopf für ihn hingehalten hatten. Freunde, Schwestern, Fremde.

Heute aber stand er außerhalb der Herde, um sie zu beschützen, während die Herde ihn missgünstig beäugte. Das war der Job. Der Anzug. Das FBI. Das hatte er schon vor dem Abgang von der Academy gewusst, und letztlich war es auch diese Distanz gewesen, die ihn an dem Beruf gereizt hatte.

Gegen Mittag wurde Tucker in die Telefonzentrale gerufen, wo er deren Leiterin, Ulcie Leta Crites, antraf, eine Frau, die über den Körper und den Charme eines Spazierstocks verfügte. Anders als ihre Schützlinge, bei denen es sich – traditionell – um unverheiratete junge Frauen handelte, war Ulcie eine hochgewachsene Person Mitte vierzig, ohne Lippenstift und Humor. Sie stellte ihm ihr Reich so routinemäßig vor, wie man vielleicht einen Kartoffelkeller oder ein Schlachthaus beschreiben würde. Tucker war dennoch beeindruckt. Die Anrufe von draußen kamen über fünfundzwanzig Hauptleitungen an, bevor sie an eine der über vierhundert Nebenstellen weitergeleitet wurden. Die Anzahl der Telefonleitungen im nahe gelegenen Ort Constancy betrug wahrscheinlich nur ein Zwanzigstel davon.

Die Schalttafel bestand aus einer neun Meter langen monotonen Fläche voll dunkler Kabel und farblich kodierter Stecker, bedient von über einem Dutzend Telefonistinnen, die mit sanfter Stimme flöteten: Grand Hotel Avalon und Spa, mit wem darf ich Sie verbinden? Bitte bleiben Sie in der Leitung.

In der Telefonzentrale lauschte Tucker mit professionell neutraler Miene, während Ulcie Leta Crites ihm ausführlich die Meinung geigte. Hugh Calloway saß mit gesenktem Kopf an seinem Schreibtisch und kümmerte sich eifrig um die Gesprächsprotokolle. Hin und wieder murmelte Tucker: »Das FBI hat zum jetzigen Zeitpunkt keine Verwendung für Sie«, worauf Ulcie die nächste Tirade vom Stapel ließ. Wer weiß, wie lange das noch so weitergegangen wäre, wenn nicht June Hudson mit den Dackeln erschienen wäre; die Hunde folgten ihr dicht auf den Fersen und stolperten vor Eifer, weil ihr jeder am nächsten sein wollte. Zwei Telefonistinnen, an denen sie vorbeikam, streckten ihr die Hände entgegen. June klopfte ihnen leicht auf die Finger, eine Art wortloser Gruß.

Hoss. Wie oft hatte man sich an diesem Morgen bei den Befragungen auf sie berufen? Dutzende Male.

June spürte die Spannung zwischen Hugh und Ulcie Leta Krites.

»Wer von Ihnen will mir sagen, was passiert ist?«, fragte sie.

»Es ist nichts passiert«, antwortete Tucker. »Agent Calloway ist ein untadeliger Profi. Mrs. Crites Beschwerde betrifft nicht sein Verhalten.«

Ulcie warf ihm einen vernichtenden Blick zu. »Man kann von einem Yankee nicht erwarten, dass er die harte Wahrheit über einen Wolf unter Lämmern ausspricht. Meine Mädchen sind zuverlässig und loyal, echte Amerikanerinnen. Sollten diese G-Men nicht lieber draußen am Tor mit ihren Pistolen rumfuchteln?«

Yankee, dachte Tucker. Er hatte seinen Akzent offenbar wirklich verloren. »Das ist Sache der Grenzschützer, Ma'am. Das FBI ist nur hier, um die Kommunikation zu überwachen.«

June Hudson beäugte die Lämmer: ein Dutzend junger Frauen in adretten Bleistiftröcken und karierten Blusen. Und dann beäugte sie den Wolf: Agent Hugh Calloway. Er war ebenso adrett gekleidet wie sie. Im Gegensatz zu ihnen war er aber schwarz. Ein Schatten glitt über Junes Gesicht. »Agent Minnick, lassen Sie uns kurz nach nebenan gehen und die Sache klären. Mrs. Crites, eine Minute bitte.« Das Gespräch verlagerte sich in den angrenzenden Raum, eine Schallschutzkabine, deren Glasfenster den Blick auf die komplette Schalttafel freigab. Tapete, Schreibtisch und Stühle waren in Rot, Gold und dunklem Walnussbraun gehalten. Als sich die Tür hinter ihnen schloss, zückte June ein Taschentuch, um Verstärker und Mikrophon abzustauben. Sie tat das ganz automatisch, und Tucker sah einen Moment lang das frühere Zimmermädchen in ihr.

»Piekfein, nicht wahr? Das Waldorf-Astoria hat eine Funkzentrale, die zweihunderttausend Dollar gekostet hat; die nutzen sie für Radiosendungen innerhalb des Hotels und in den umliegenden New Yorker Bezirken. Mr. Francis wollte mit dieser Anlage wohl einem seiner Kinder eine Freude machen. Eigentlich neigte er nämlich nicht zur Verschwendung.«

Es war klar, dass sie versuchte, das Eis zu brechen. Doch Tucker blieb kühl.

»Kann Agent Calloway den Platz mit dem Agenten in der Postverteilstelle tauschen?«

»Das würde ich nicht empfehlen.«

»Aus Prinzip, oder gibt es einen anderen Grund?«

»Prinzip reicht also nicht?«

Sie schenkte ihm ihr freundliches Lächeln.

»Ich habe die Posten so mit meinen Männern besetzt, wie es mir am effektivsten schien«, fuhr er fort. »Agent Calloway ist ein hervorragender Mitarbeiter und passt sehr gut in einen Raum voll junger Frauen.«

»Hm. Können wir nicht einfach offen miteinander reden, Agent Minnick?«

Einer der Dackel stützte sich mit den Vorderbeinen auf Tuckers Knie und reckte sich nach seiner Hand. Tucker ließ ihn gewähren. »Pony ist ein fürchterlicher Frauenheld«, sagte er. »Bis zum Ende des Monats hat er diesen Raum zweimal durch.«

»Wird die Arbeit darunter leiden?«

»Wie meinen Sie das?«

»In diesem Hotel trifft man an jeder Ecke auf falsche Entscheidungen. Für mich arbeiten vierhundert Männer und Frauen, und es gibt massenweise Babys und streunende Ehefrauen, Glücksspiel, Alkohol und Zigaretten, Cousins, die sich lieben, und Brüder, die sich hassen, und vieles wollen Sie gar nicht wissen. Mein Job ist es, den Betrieb hier am Laufen zu halten und nicht ständig für jeden die Mama zu spielen. Haben Sie Sorge, die Mädchen könnten falsche Entscheidungen treffen, was Ihren gut gebauten Agenten betrifft? Dann frage ich nur: Wird die Arbeit darunter leiden? Wenn nicht, hab ich nichts dazu zu sagen. Einmischung und Moralpredigten sind nicht mein Job. Ich leite ein Unternehmen, keine Kirche.«

»Ein Unternehmen, in dem die Leiterin der Telefonzentrale Entscheidungen für Sie trifft?«

»Ich will Ulcie Leta Crites schon seit zehn Jahren entlassen. Was sage ich, seit über zehn Jahren. Ich wollte schon, dass Mr. Francis sie feuert, bevor ich überhaupt Hoteldirektorin wurde. Ich hab sie aus dem Crystal Room geholt und mit der Gästekartei betraut und schließlich hierher versetzt, wo sie niemanden sehen muss, der nicht aussieht wie sie, nicht mal Mr. Clemons, sofern es keine technischen Probleme gibt. Ihre Tochter ist Fahrstuhlführerin. Ihr Sohn arbeitet als Schildermaler. Mr. Francis sagt – sagte –, ihre Entlassung würde zu viel Aufsehen erregen, als dass es das wert wäre. Keine Ahnung, ob er recht hatte, aber ich weiß, dass es in Unternehmen – im Gegensatz zu Kirchen – ständig Kompromisse geben muss. Und auch das FBI kann Kompromisse eingehen.«

Tucker wischte diese Überlegung mit einer Handbewegung beiseite. »Miss Hudson, das Avalon ist jetzt eine Regierungseinrichtung, und es wird höchste Zeit, dass Sie sich an den Kriegsanstrengungen beteiligen.«

»Näher an den Kriegsanstrengungen kann man doch gar nicht mehr sein«, erwiderte June.

Durch das Glas der Schallschutzkabine sahen sie, wie Ulcie an Hughs Schreibtisch vorbeistolzierte. Sie behandelte ihn wie Luft und plusterte sich zwischen ihren Telefonistinnen auf, hochzufrieden, weil sie June auf ihrer Seite wusste.

Die ganze Situation machte Tucker plötzlich wütend. Das FBI

musste für Ulcie Leta Crites nichts tun. Das FBI würde für Ulcie Leta Crites nichts tun.

»Nichts hindert Sie daran, hier irgendjemanden zu feuern«, sagte Tucker. »Francis Gilfoyle ist tot.«

Loyalität und Wut, Schuldgefühle und Trauer zuckten über Junes Gesicht; er hatte sie auf ein komplexes, in ihrem Herzen noch unkartiertes Gebiet gedrängt und sich mit seiner Offensive zu weit vorgewagt.

Er trat den Rückzug an: »Es wird Ihnen nicht gefallen, wenn Agent Harris hier runterkommt.«

Dann verließ er die Kabine. Seine Muskeln zuckten vor Wut und Besorgnis. Er ging direkt zu Hugh, der schon seine Papiere zusammenkramte, weil er den Ausgang des Gesprächs vorausgeahnt hatte.

»Reißen wir uns zusammen«, meinte Hugh, so ähnlich wie Tucker am ersten Tag.

Die beiden Agenten sahen Ulcie mit offener Verachtung an, dann warf Tucker einen letzten Blick auf June Hudson, die immer noch hinter der Glasscheibe der Kabine stand, die Finger an den Lippen, die Augen geschlossen. Egal; er hatte es nicht nötig, gemocht zu werden. Was würde dieser Ort in einem Jahr, in fünf Jahren für ihn bedeuten? Einen erfolgreich erledigten Job. Und er, Tucker, was würde er in einem Jahr, in fünf Jahren für diese Menschen sein? Vergessen.

Kapitel 7

An diesem Abend, als staubige Schneeflocken vor dem dunklen Himmel hell bewegte Muster bildeten, fuhren June und Griff Clemons mit Pennybacker zu einer Bürgerversammlung, der letzten Aufgabe, die es vor der Ankunft der Diplomaten am nächsten Tag zu bewältigen gab. Lewis B. (zu alt, um eingezogen zu werden) brachte sie in einem der drei Cadillacs des Avalon dorthin. Griff nahm die Zeitung vom Beifahrersitz und setzte sich zu Lewis nach vorn. June und Pennybacker thronten wie Würdenträger auf dem Rücksitz.

Sie fuhren hinunter nach Constancy, eines dank des Geldes, das vom Avalon bergab floss, hübschen, behaglichen Bergstädtchens.

Es gab in diesem Bundesstaat viele solcher Orte, die nur dank eines ansässigen Unternehmens florierten, aber das Avalon zählte mit Abstand zu den freundlicheren Unternehmen. Pennybacker kramte nervös in seinen Papieren und fühlte sich sichtlich unwohl. Nicht weil er gefahren wurde – June hatte ihn ganz richtig eingeschätzt, er war tatsächlich an Macht und an einen Chauffeur gewöhnt –, sondern wegen der bevorstehenden Ansprache an die einheimische Bevölkerung.

»Mr. Pennybacker«, sagte June, »Sie machen mich noch ganz nervös. Was soll das Gezappel? Sie sind doch kein unerfahrener Redner.« Der Cadillac schob sich durch die Menschenmenge vor dem Rathaus; Pennybacker zerrte an seiner schief sitzenden Fliege, wodurch sie nur noch mehr in Schieflage geriet.

»Es gab Krach mit den Einheimischen, als ich diese Versammlung organisiert habe. Wir kamen nicht klar miteinander.«

Wie auch? Solange die Leute denken konnten, hatten sich reiche Eindringlinge hier in West Virginia eingemischt, Pennybacker verkörperte diesen Typus par excellence. Der Mann aus Washington, der gegen zehn Dollar pro Kopf und Tag seinen Willen durchsetzte. Als Lewis B. sich gegen den rauen Bergwind duckte, um Pennybacker die Tür zu öffnen, riet June: »Nehmen Sie's nicht persönlich. Ich mochte Sie anfangs auch nicht.«

Griff lachte.

Drinnen, auf dem Podium, hielt Pennybacker eine Rede, die andere Pennybackers gewiss aufgerüttelt hätte. Gesunde, diplomatische Beziehungen, deklamierte er, bedeuten, dass die beteiligten Länder die Absicht haben, Lösungen durch Kommunikation herbeizuführen, statt mit Gewalt. Man müsse die Einhaltung internationaler Regeln der Kriegsführung befolgen und eine immer zivilisiertere und friedlichere Welt anstreben. Da June den Entwurf dieser Rede schon kannte, schweiften ihre Gedanken jetzt ab und beschäftigten sich mit Ulcie Leta Crites. Wie ärgerlich war es gewesen, die Rollen in der Schallschutzkabine vertauscht zu finden. Agent Minnick fühlte sich wie ein Champion, den man hierhergeschickt hatte, um sie herauszufordern, genau wie Mr. Delafield, nur, dass es ihr dieses Mal nicht gelungen war, ihm die elementarsten Wahrheiten zu vermitteln:

Was June glaubte und was getan werden musste, war nicht immer das Gleiche.

Was sie wollte und was das Hotel brauchte, war nicht immer das Gleiche.

Wer sie war und wer sie sein musste, war nicht immer das Gleiche.

Sie trank täglich vier Gläser dieser Diskrepanz und schluckte sie hinunter.

Konnte sie Ulcie feuern? Francis Gilfoyle war gefühlt erst vor kurzem verstorben; es fühlte sich nicht richtig an, jetzt schon zu demontieren, was er aufgebaut hatte. Sie wartete immer noch darauf, dass die Telefonzentrale einen Anruf durchstellen und sie die vertraute Stimme hören würde: *Meine wundervolle June, wie geht's dem Hotel?* Sie war sich nicht einmal sicher, was sie überhaupt demontieren konnte. Leider hatte sie versäumt, ihn zu fragen, welche seiner Maßnahmen er den Gästen zuliebe ergriffen hatte, welche dem Personal und welche dem Wasser zuliebe.

»Keine Chance, Mister!«

Pennybackers Rede an das Volk ging gründlich schief. Hart, loyal, starrköpfig, misstrauisch, unsentimental brachten diese Bergbewohner weder Geduld noch Sympathie für die behüteten Gäste des Avalon auf, auch wenn es sich nicht um feindliche Ausländer handelte. Die Einheimischen waren Überlebenskünstler. Sie überlebten nicht nur die harten Bedingungen hier, sondern auch die Art von Menschen, die im Avalon residierten oder nach West Virginia kamen, um hier Fabriken zu bauen und Minen anzulegen. Oder Diplomaten der Achsenmächte herschickten.

Mit erhobener Stimme, damit auch alle anderen es hörten, verkündete der Mann jetzt: »Ich liefere keine Lebensmittel für Krauts oder Japaner!«

Er war nicht der Einzige hier, der so dachte, nur der Erste, der es aussprach. Alle riefen jetzt laut durcheinander. Pennybacker wandte sich hierhin und dorthin, humorvoll, liebenswürdig und schließlich mit einem kläglichen Lächeln. Aber seine Umgangsformen behinderten ihn nur; jede Freundlichkeit wurde ihm als Schwäche ausgelegt. Seine Prinzipien gehörten zu einem Amerika, das dieses Publikum nie zu Gesicht bekommen würde, einem Amerika, in dem die Menschen seltener an Hunger starben.

»Werden Sie ihn retten, Hoss?«, flüsterte Griff June zu.

Seit June den Posten der Hoteldirektorin übernommen hatte, waren die Beziehungen zu Constancy und zu den Bewohnern der versteckten Bergtäler ringsum produktiver, aber auch komplizierter geworden. Mr. Francis, ein wohlhabender Eindringling, dem einheimische Traditionen gleichgültig waren, hatte eine unschöne, aber bekannte Dynamik beherrscht: ein Strom von Luxus und Macht, der nur in eine Richtung floss. Die Einheimischen hätten sich das nicht ausgesucht, aber sie wussten, wie es lief. June Hudson wiederum verstand sie auf eine Weise, wie es Mr. Francis nie möglich gewesen wäre; sie konnte sich in sie hineinversetzen. Die Vereinbarungen, die sie zwischen Stadt und Hotel aushandelte, waren differenzierter und fairer. Wurden dann doch einmal Gefühle verletzt, ging die Verletzung tiefer. Wenn den Einheimischen durch die Umstände in Erinnerung gerufen wurde, dass sich die Machtverhältnisse keineswegs umgekehrt hatten, bedeutete das stets einen Verrat. Egal, wie June klingen mochte, sie gehörte in erster Linie zum Avalon und dann erst zu den Bergen.

»Soll ich?«, fragte June.

»Ich nehme Ihren Mantel«, erwiderte Griff.

Also Abendessen und Auftritt.

(In jeder gesellschaftlichen Situation fallen gesellschaftliche Kosten an, June. Bei einem guten Austausch zahlt mal der, mal der. Bei einem schlechten Austausch müssen ein oder zwei Pechvögel immer weiterzahlen, während sich alle übrigen kostenlos amüsieren. Wer, glaubst du, zahlt die gesellschaftliche Zeche im Avalon?

Wir, Mr. Francis.

Ja. Jede Party muss die beste sein, die die Gäste je erlebt haben. Wenn du siehst, dass jemand gezwungen wird, die Zeche zu bezahlen, rette ihn, egal wie.)

Ohne Vorwarnung kletterte June auf den Tisch, an dem sich der Stadtrat versammelt hatte. Ein Fuß stand gefährlich nah neben einer

Kaffeetasse, der andere nur wenige Zentimeter von einem Dokumentenstapel entfernt. John Stackpole, der Beerdigungsunternehmer, blickte zu ihr auf; sie schenkte ihm ihr kleines Lächeln.

Alle Augen waren jetzt auf sie gerichtet.

In den stillen Saal hinein sagte June: »Das Avalon ist das beste Hotel Amerikas.«

Klack, klack, klack, klack machten ihre Mary Janes, als June den ganzen Tisch entlang auf den Bürgermeister zuschritt. »Gary«, fragte sie ihn, »hat denn Ihre Tochter ihr Baby schon bekommen?« Gary Foglesong sah zu ihr hoch. »Letzte Nacht. Ein Junge.«

»Und wie heißt er?«

»Gene Ray.«

June wandte sich ans Publikum: »Gene Ray!«

Der Saal brodelte, es ertönten Glückwünsche, einige riefen *Hipp, hipp, hurra!*, andere sangen *For he's a jolly good fellow.*

Man klopfte Gary Foglesong auf den Rücken. Gene Ray! Leichtfüßig sprang June von diesem ersten Tisch. Ein, zwei, drei Schritte, dann stand sie auf einem Tisch an der Wand; die Leute klopften im Takt ihrer Schritte auf die Tischplatte. Auf dieser neuen Bühne überragte sie Männer, deren Söhne, Brüder und Väter in ihrem Hotel arbeiteten, Männer, die die Ideale des Avalon zwar nicht anerkannten, aber dennoch Teil seiner Geschichte waren. June stand so kerzengerade wie Griff, als täten ihr nach zwei Tagen, die sie ununterbrochen auf den Beinen gewesen war, nicht die Knie weh, und sie lächelte entspannt, als sehnte sie sich nicht nach Schlaf.

Pennybacker, nun unsichtbar, sank erschöpft gegen das Podium, weil er so lange die Last der Aufmerksamkeit getragen hatte.

Nun trug June sie allein.

»Wir sind die Besten!«, sagte sie. »Und wir sind Amerikaner.« Ein Pfiff vom Ende des Saals. Jemand rief: »SO ZIEMLICH DASSELBE!«

June nickte. Sie trat an die Tischkante, wo wie von Geisterhand ein leerer Stuhl erschien, auf den sie steigen konnte, daneben noch einer und noch einer. Als die leeren Stühle ausgingen, erhoben sich einige Leute, um June Platz zu machen, so durchquerte sie den ganzen Saal, ohne ein einziges Mal den Boden zu berühren.

Es war nicht das erste Mal, dass sie so zu den Leuten sprach. Sie hatte auch schon in alltäglicheren Situationen das Wort ergriffen, wenn sie mit dem Stadtrat zusammengesessen und ihr Stift über irgendwelchen Verträgen geschwebt hatte. Aber die Leute wussten: Wenn sie auf einen Tisch stieg, war das ein bühnenreifer Theaterauftritt. In diesem Moment war sie nicht June Hudson; sie war Hoss, etwas Größeres als June Hudson. Und die Leute selbst fungierten nicht einfach nur als passive Zuhörer; sie waren Büßer, bereit, ausgepeitscht oder erhöht zu werden. Sie wirkten alle gemeinsam an der Aufführung mit. Es gab eine direkte Verbindung zwischen Junes Anfangszeit im Avalon und ihrem Auftritt heute Abend. Das hier war wie früher im Fahrstuhl, nur größer, und die Fahrt zwischen den Etagen dauerte etwas länger.

»Als Amerikaner«, fuhr June fort, »haben wir mit Blut und Schmutz gelebt, um die Besten zu werden, mit Hunger und Kälte und mit den Teufeln, die in den Bergen leben. Wenn ihr mir zustimmt, ruft alle Ja!«

Und alle riefen lauthals »Ja, zeig's uns, Hoss!« Sie johlten, sie brüllten. Pennybacker konnte nichts dafür, dass er noch nie bei einer Bergmesse gewesen war, noch nie ein Kind verloren, noch nie länger als einen Tag gehungert hatte. Er konnte nichts dafür, dass er für all das hier zu weich war. Als er gegen das Podium sackte, spiegelten sich in seiner Miene Verwunderung und Dankbarkeit. Es gab kein Ego. Das war ein weiterer Grund, warum er das Gegenteil dieser Leute war; Demut kostete ihn nichts. Diese Leute wiederum hatten nur ihren Stolz.

»Und jetzt will ich, dass ihr alles vergesst, was dieser Kerl vom

State Department gerade verzapft hat. Hört mir zu! Ich weiß, ihr wollt diese Leute hier nicht haben, aber schaut sie euch an, wenn sie kommen, und denkt: Die Besten, das sind wir!«

Sie sprang auf einen Tisch an der Westwand und fegte einen Stapel Flugblätter herunter. Die Leute johlten. Damals, als sie Hoteldirektorin des Avalon geworden war, hatte sie zu ihrem Personal genauso gesprochen. Jetzt war das nicht mehr nötig. Es braucht kein Theater, wenn man das Vertrauen der Menschen gewonnen hat. Die Einheimischen aber vertrauten ihr nicht, und das zu Recht. June liebte ihre Angestellten. Die Einheimischen respektierte sie. Alle Beteiligten wussten um den Unterschied.

»Ich möchte, dass ihr mitüberlegt«, fuhr June fort, »wie wir diesen Typen dort oben im Avalon die beste Zeit ihres Lebens bereiten können. Das beste Essen. Die besten Getränke. Die beste Musik. Die besten Betten. Das Beste von allem. Wir Amerikaner sind die Besten, und das Avalon ist das beste Hotel Amerikas. Wir stürzen sie mit dem Besten ins Unglück, hört ihr? Weil sie uns nämlich vermissen werden. Sie werden für den Rest ihres Lebens vom besten Hotel der Welt träumen, einem amerikanischen Hotel, das sie nie wiedersehen werden. Wo lebt es sich am besten?, wird man sie fragen. In Amerika. Denkt mal drüber nach.«

Die Erste Hausdame hatte die Dienstmädchen einmal in einen Zirkus nach Lewisburg mitgenommen (ich halte meinen Kopf für euch hin, Mädels, lasst euch bloß nicht schwängern), und June war fasziniert gewesen. Nicht von den Akrobaten – sondern von den Zuschauern. Denn es waren nicht etwa die gefährlichsten oder schwierigsten Darbietungen, die die Zuschauer am meisten beeindruckten, sondern die am geschicktesten verpackten – eine Lektion, die June nie vergessen hatte.

Jetzt sprang sie von der letzten Stuhlreihe auf einen breiten Fenstersims; ihr war bewusst, dass ihre Silhouette sich gegen den straßenlampenhellen Schnee dort draußen abzeichnete. Sie erhob ein letztes Mal die Stimme. »Wir haben nicht in der Hand, wer die sind – aber wir haben in der Hand, wer wir sind! Wir sind die Besten, und wir sind … los, sagt mir, was ihr seid. Ihr seid …!«

»AMERIKANER!«

Alle unisono. June schwang innerlich mit, ein perfekt angeschlagener Akkord. Als die Einheimischen davon zu schwadronieren begannen, was jetzt alles auf sie zukam, sagte June zu Griff: »Bringen Sie Pennybacker zum Wagen, bevor er irgendwas Blödes sagt und alles versaut.«

Hinter Griff stand Gary Foglesong, der Bürgermeister; er trat auf June zu und schüttelte ihr die Hand. Einen Moment lang sprachen sie über seinen neugeborenen Enkel, über die Reifenrationierung und das Wetter, aber in Wirklichkeit ging es um das, was sie gerade gesagt hatte, Unausgesprochenes, zwischen die gesprochenen Worte geklemmt. Schließlich meinte Foglesong: »Werden Sie nicht übermütig, Hoss.«

June wusste genau, sie würde die Einwohner von Constancy wieder und wieder beschwichtigen müssen, eine immer größere Herausforderung, je länger der Krieg dauern würde. Diese Bergbewohner würden einem guttun, wenn man ihnen Gutes tat, und sie würden einem schaden, wenn man ihnen Schaden zufügte. Sie mochten manche Leute und hassten andere, doch meistens blieben sie unter sich. Wenn ihre Stimmung umschlug, war ein Ort für Jahre ruiniert.

Nein, sie würde nicht übermütig werden.

»Denken Sie an 1937«, mahnte der Bürgermeister. Seine Äuglein funkelten. »1922.«

Er sprach von den großen Überschwemmungen 1922 und 1937, aber beide hatten weit entfernt von hier stattgefunden, anderes Süßwasser, andere Probleme. Na ja, zumindest die Flut von 1937 hatte weit entfernt von hier stattgefunden. 1922 war eine ganz andere Sache, aber das hatte trotzdem nichts mit dem Süßwasser zu tun gehabt, das unter dem Avalon floss.

»Dieses Hotel war eine Ruine, als Francis Gilfoyle es vor so vielen Jahren kaufte«, fügte er hinzu. Er öffnete den Mund, als wolle er noch etwas hinzufügen, seine Meinung über die Gilfoyles äußern, die dem Hotel und damit auch der Stadt eine Renaissance beschert hatten, aber stattdessen strich er mit dem Daumen an seinem Hosenträger entlang und meinte vorwurfsvoll: »Meine Frau hat es neulich lachen gehört.«

»Damit hat das Wasser nichts zu tun, Gary«, erwiderte June.

»Und Sie wissen das wohl ganz genau?«, meinte er.

»Ja, das weiß ich«, antwortete sie.

In dieser Nacht schlief sie nicht.

Sie wälzte sich hin und her, dann zog sie sich an und setzte sich mit zwei ihrer Wirtschaftskladden an den Tisch.

June besaß Dutzende dieser riesigen, grau eingebundenen Bände aus den letzten Jahren – der erste, natürlich, war das Geschenk mit der handschriftlichen Widmung.

Jedes dieser Bücher enthielt Beobachtungen über die Gäste, von verschiedenen Abteilungen des Avalon zusammengetragen. Einzeln betrachtet waren die Details bedeutungslos, aber in der Gesamtheit ergaben sie ein brauchbares Porträt einer ganzen Gesellschaftsschicht. Wie konnte man den Reichen, die sich doch so leicht selbst erfreuen konnten, Freude bereiten? Indem man ihr Zimmer so einrichtete, wie es ihnen beim letzten Mal gefallen hatte; indem man sich an ihr Lieblingsgetränk erinnerte oder sie ermunterte, einen ihrer Lieblingswitze oder eine Anekdote zum Besten zu geben. Einfach, indem man sie sehr gut kannte. Luxus. Die Bücher, die sich den Stammgästen des Avalon widmeten, strotzten von jahrelang gesammelten Details; einige waren so alt, dass sie vergilbte Ränder hatten. Diese zwei Bücher jedoch waren nagelneu. Und leer.

Sie waren für die Diplomaten bestimmt.

Luxus hatte eine andere Qualität, wenn die betreffenden Personen offiziell als Staatsfeinde galten. Guten Morgen, Sir, hier ist Ihr Kaffee, so wie Sie ihn gerne mögen – wussten Sie eigentlich von dem geplanten Angriff auf Pearl Harbor? Guten Abend, Ma'am, das Quartett wird heute das Liszt-Stück spielen, das Sie gestern kommentiert haben. Weiß Ihr Mann zufällig, wo die vermisste Mutter meines polnischen Kellners sein könnte? Aber tief in ihrem Inneren wusste June, dass es hier letztlich doch um dasselbe ging. Das Avalon war nie für die Menschen dagewesen, die es verdienten. Das Avalon musste sich jedem beliebigen Gast auf die gleiche Weise präsentieren, sonst platzte seine Illusion wie eine Seifenblase.

In der schummrigen Küche trug June die diplomatischen Delegationen ein – für jede eine Seite –, und da sie noch Platz hatte, fügte sie die drei FBI-Agenten hinzu, Pennybacker und die beiden Schweizer, die im Laufe der Woche eintreffen sollten; das FBI wollte die beiden Musiker zur Unterstützung seiner Dienste im Hotel unterbringen. Die Dackel lagen auf dem noch warmen Bett, das June gerade verlassen hatte, und beobachteten sie mit ihren schwarzen Augen durch die Tür.

Die Diplomaten waren im Anmarsch. Gary Foglesongs Frau hatte ein Lachen gehört. Agent Tucker Minnick hatte gesagt, Francis Gilfoyle ist tot. Edgar Gilfoyle hatte seinen Finger gegen ihr Handgelenk gepresst.

Sie würde kein Auge zutun.

Sie zog ihren Mantel an.

Dann ging sie durch die hell erleuchtete Nacht zum Lily House, das die Familie Gilfoyle das »Witwenhaus« nannte. Es war das stattlichste der Cottages des Avalon, die eigentlich gar keine Cottages waren, eher kleine Häuschen, üppig und akkurat gebaut wie eine mehrstöckige Hochzeitstorte. Im Gegensatz zu den anderen Cottages, die mit leuchtend weißem Holz verkleidet waren, bestand das Lily House aus demselben Stein wie das Hotel. Sein steil abfallendes Dach war seltsamerweise genauso konstruiert wie das des Avalon, so dass es fast wie ein Teil des Hotels wirkte, oder eher wie ein Kind des Hotels, das nicht so ganz den Sprung weg von zu Hause geschafft hatte. Im Gegensatz zu den anderen Cottages, in denen der Hotelapotheker, der Chefgärtner, die Erste Hausdame, der Arzt, der Zahnarzt, die Ladenbesitzer untergebracht waren, diente das Lily House als Unterkunft für die Familie, speziell für die älteste Gilfoyle-Tochter und ihre Familie. Doch Carrie stöckelte in ihren eleganten Schuhen über die breiten Avenues Chicagos, und die süße Stella Gilfoyle würde niemals heiraten oder eine Familie gründen.

An der hellblauen Hintertür streifte June sich die Füße auf der Matte ab und steckte den Schlüssel ins Schloss. Sie wollte gerade die Hand auf die Tür legen, um sie aufzudrücken, als sie dort bereits einen schwachen, fettigen Handabdruck entdeckte, in der diffusen Helligkeit der Flutlichtanlage fast nicht zu erkennen. Der Abdruck hatte genau die Größe ihrer Hand. Sie hätte ihn letztes Mal abwischen sollen, hatte es aber nicht getan und wusste, dass sie ihn auch dieses Mal nicht abwischen würde. Stattdessen legte sie ihre Hand vorsichtig, mit gespreizten Fingern direkt darauf, ließ sie einen Moment lang andächtig liegen und ging erst dann hinein.

Als sie den weiten, hohen Raum betrat, während die Dackel vor ihr her tollten, stellte sie fest, dass sich das Gebäude allmählich unbewohnt anfühlte. Es roch zwar noch nicht modrig, aber irgendwie lag schon ein stockiger Geruch in der Luft. Es war nicht richtig kalt hier, aber unangenehm kühl. Das Haus hatte etwas Ruppiges, trotz der stilvollen Möbel; ein Haus, das zu lange ohne Menschen ist, verwildert irgendwie.

Im Flur hing gegenüber der Treppe ein Familienporträt, aufgenommen damals, als June nach dem Vorfall mit Sandy zum ersten Mal zum Essen eingeladen worden war. Sie erinnerte sich noch, wie Mr. Francis ihr jede Menge freundlicher Fragen gestellt hatte. Leicht und unverfänglich, der Smalltalk konnte einfach dahinplätschern, ließ aber auch jederzeit ein Hintertürchen offen, falls ihr eine der Antworten peinlich gewesen wäre. Madeline, Mr. Francis' zweite Frau (sie war schon so lange seine zweite Frau, dass die meisten Leute sie inzwischen für die erste hielten) hatte verfolgt, wie June ihre frisch erworbenen Kenntnisse als Fahrstuhlführerin nutzte, um jede Frage mit einer kleinen Anekdote zu kontern, die ihre Zuhörer eher unterhalten als informieren sollte, und zu ihrem Mann gesagt: Also, Frank, ich glaube, da kann dir endlich mal jemand das Wasser reichen.

Carrie, das aggressive, tüchtige mittlere Kind, hatte beobachtet, wie sich ihr Vater und June in diesem liebenswürdigen Spiel aus Geschichten und Gastfreundschaft verfingen, und statt die Situation zu entschärfen, hatte sie June zum Sieg verholfen, indem sie ihr die passenden Stichwörter lieferte: June, hatten Sie jemals Angst, wenn Sie Ihren Vater bei seinen ärztlichen Hausbesuchen begleiteten? Wer ist der älteste Mensch, dem Sie je begegnet sind? Wann wurde Ihnen zum ersten Mal bewusst, dass Sie Dialekt sprechen?

Man hatte Stella, die älteste Tochter, dazu überredet, am Abendessen teilzunehmen, und sie hatte über die vielen Geschichten gelacht, war aber bald wieder hinausgeschlichen, um ihrem Sittich vorzusingen.

Sandy, der pflichtbewusste, noble Benjamin der Familie, hatte verlangt, neben June sitzen zu dürfen. Immer wieder tätschelte er ihre Hand, wie um sich zu vergewissern, dass sie noch da sei. Schon als Kleinkind befand er sich strikt auf dem prinzipientreuen Weg, der ihn direkt von der Universität zur Marine und von dort zum riskanten, freiwilligen Einsatz kurz nach dem Angriff auf Pearl Harbor führte (ein Weg, der June mehr schmerzte, als sie sagen konnte. Der liebe Sandy! Er zog in den Krieg? Wie vertrug sich das mit seiner Sanftmut?). Damals aber waren es noch Jahre, bis er zu dem Teenager wurde, der im ewigen Clinch mit Mr. Francis liegen sollte.

Und natürlich war Edgar dabei gewesen. Der Gedanke an diese Essenseinladung beim Hotelbesitzer und seiner Familie hatte June damals fast gelähmt, doch als sie dann am Tisch saß, hatte sie ihn zum ersten Mal gesehen. Der älteste Gilfoyle-Sohn saß mit einem aufgeschlagenen Buch am Tisch, die Ellbogen aufgestützt, und sie hatte bis in die Fingerspitzen Erleichterung gespürt. Es würde alles gut werden. Mr. Francis war ihr Chef, himmelhoch über ihrem sozialen Stand, aber er war ein Chef, dessen Sohn beim Abendessen Bücher las.

In einer von Junes frühesten Kladden aus den 1930er Jahren gab es eine ganze Seite über Edgar Gilfoyle. Nicht von ihr, sondern in einer großen, hastigen Handschrift verfasst:

Edgar Gilfoyle
Mag es sehr warm beim Schlafen.
Braucht Bücher am Bett, aber nur Geschichtsbücher, und liest immer nur die ersten zweiundvierzig Seiten.
Unbedingt Kaffee.
Anzughosen müssen häufig an den Knien geflickt werden.
Haarbürste wird nie benutzt.
Braucht unbedingt ein Grammophon.

Auf dieser Seite war ein gefalteter Zettel eingelegt.

In derselben Handschrift stand dort nur: *Ich denke die ganze Zeit an dich.*

June ging an dem Porträtfoto vorbei durchs Lily House, als sei sie hier zum ersten Mal. Sie schaltete nur die Lichter ein, die sie brauchte, glitt mit den Fingern über die geschnitzte Spirale, die sich in dem filigranen Treppengeländer verbarg. Sie strich über die schweren Wohnzimmervorhänge. Blickte vom oberen Wohnzimmer zu den hell erleuchteten Fenstern des Hotels hinüber. Legte im leeren Kinderzimmer die Hände auf die Schaukelstuhllehne. Kniete in einem anderen Zimmer neben dem hüfthohen Puppenhaus. Schmiegte sich im Flur in den gepolsterten Fenstersitz, gerade breit genug für zwei Menschen, um zu lesen oder sich zu küssen. Sie stand am oberen Ende der Treppe und blickte auf die Berge hinaus, die sie dort draußen wusste, auch wenn man sie in der Dunkelheit nicht sah. Jedes Merkmal des Lily House betrachtete sie wie zum ersten Mal, wog Vorzüge und Nachteile ab.

Im Badezimmer stand die Wanne mit den großen Klauenfüßen. June stöpselte den Abfluss zu und drehte den Wasserhahn auf (die Dackel kauerten unten im Flur; sie wollten bestimmt nicht baden, aber es missfiel ihnen trotzdem, dass June sich in einem Raum befand, in den sie ihr nicht folgen konnten). Während sich die Wanne mit dem intensiv duftenden Süßwasser füllte, stellte June sich eine Zukunft vor, in der sie abends die Treppe zum Schlafzimmer hinaufsteigen und die Laken des hübschen Himmelbetts zurückschlagen würde. Eine Zukunft, wo sie im hellen Sonnenschein erwachen würde, statt im Dämmerlicht ihrer Kellerwohnung. Sie hatte sich so lange gewünscht, zur Familie Gilfoyle zu gehören. Das Lily House hatte so lange gewartet. Auf sie.

Doch jetzt war alles anders. Es war schon anders gewesen, bevor das State Department gekommen war. Die Beerdigung, der Krieg.

Was hatte Gilfoyle gesagt? *Ich weiß doch, was du kannst.*

Er hatte recht. Sie würde das Avalon durch all das hindurchnavigieren.

June zog sich aus. Ihren Mantel hängte sie ordentlich über die Rückenlehne des Polsterstuhls in der Zimmerecke. Hose und Socken faltete sie exakt zusammen – wie für eine Schaufensterauslage. Die Bluse hängte sie aufgeknöpft an den Messingschnörkel der Lampe, damit sie keine Falten schlug. Den Büstenhalter spannte sie hinten über die Kommode. Die Unterhose drapierte sie über dem Waschbeckenrand.

Nackt stand sie neben einem Spiegel, der nur ihren Körper sah, neben dem vorhanglosen Fenster, das auf die dunklen Berge zeigte, neben dem Süßwasser in der Wanne, das nur ihr lauschte.

Ach Gott, sie wollte, sie wollte, sie wollte …

June schüttelte all die unangenehmen Dinge ab, die sie nicht an das Wasser abgeben wollte. Sie dachte nur daran, dass sie June Hudson war, und wie *zufrieden* es sie machte, June Hudson zu sein. Sie dachte daran, was den Menschen June Hudson ausmachte. Sie dachte daran, wie wunderbar ihre Mitarbeiterinnen und Mitarbeiter sich bei den Personalversammlungen verhielten. Und was für ein Glück es war, dass sie an jenem Tag vor langer Zeit hierhergefunden hatte.

Sie gab sich alle Mühe, nicht an ein Hotel voller Nazis zu denken. An Mr. Francis' Lachen. An Agent Minnicks Kohletätowierung. An Gilfoyle und sein Geschenk. Vor allem verweilte sie nicht bei *Du weißt, dass ich große Stücke auf dich halte.* Das Gefühl, das seine Worte in ihr hinterlassen hatten, wäre ein gefährliches Geschenk an das Wasser.

Sie dachte einfach nur an die schönsten Dinge. An das erste Mal, als sie das Avalon erblickt hatte, wie es riesig vor ihr stand, und an den Moment, als sie sich in diesen prächtigen Koloss verliebte, der jeden Tag nur dank Hunderter helfender Hände überleben konnte. Sie dachte an die aufrichtige Freude der Angestellten, wenn ein besonders schwierig zu organisierendes Fest gelungen war. An die Jahrzehnte der Dankeschöns, Umarmungen und lächelnden Gesichter, die sie hier an diesem Ort möglich gemacht hatte. Sie dachte an alles, woran sich das Avalon jetzt selbst erinnern musste, um ertragen zu können, was ihm bevorstand.

»Sei freundlich«, sagte sie zum Avalon.

Dann ließ sie sich ins Wasser sinken und ganz von ihm erfüllen.

Teil 2

Unten

Bestellung Zimmer 411, 01. 02. 1942:

Landscape Architecture Magazine
House Beautiful
2 Zitronen
2 Croissants
3 Notizbücher
1 Dutzend weiße Rosen
Beistelltisch
2 Meter dunkelgrauer Viskosekrepp (siehe beigefügtes Muster)
1 Meter elfenbeinfarbene Seide (siehe beigefügtes Muster)
2 Meter geblümter Viskosetaftstoff (siehe beigefügtes Muster)
Typenstange für Schreibmaschine Smith-Corona

Der erste Gouverneur, Eleanor Dark
Die Familie, Nina Fedorova

Kapitel 8

Hannelore Wolf hatte in ihrem ganzen Leben noch nie ein Wort gesprochen, aber sie war eine gute Zuhörerin.

Und sie spürte, dass ihre Mutter Angst hatte.

Die Zugfahrt war nicht kurz gewesen, aber auch nicht so lang, wie sie sich angefühlt hatte. Hannelore wusste das, weil sie ein System erfunden hatte, das ihr Frustration ersparte: Sie zählte in Gedanken. So wusste sie stets genau, wie viel Zeit irgendeine bestimmte Tätigkeit in Anspruch nahm. Es war erschreckend, wie sehr sich die gefühlte Dauer mancher dieser Tätigkeiten von ihrer realen Dauer unterschied.

Ein Beispiel: Es dauerte 1340 Sekunden, bis ihre Mutter ihre Lockenwickler eingedreht hatte, bevor sie zu Hannelore kam, um mit ihr gemeinsam Radio zu hören.

Es dauerte 180 Sekunden, bis eine Tasse Tee gezogen hatte.

660 Sekunden, bis Citizen eine passende Stelle fand, um das Bein zu heben.

7200, bis Hannelores Lieblingspulli auf der Leine getrocknet war.

2700 für den Sozialkundeunterricht (2100, wenn sie morgens erst nach dem Pledge of Allegiance und irgendwelchen Ankündigungen zu zählen begann).

14 400, bis ihre Eltern von einem Dinner in der Botschaft zurückkehrten.

Bevor Hannelore mit dem Zählen begonnen hatte, war sie viel öfter in Wut geraten.

»Wir sind bald da«, murmelte ihr Vater Friedrich. »Ich sollte mit Lothar sprechen.«

Ihre Mutter Sabine, die Hannelore gegenüber saß, umklammerte den molligen Citizen in seinem Hundestrickpulli. »Mir wäre es lieber, du würdest uns nicht verlassen.«

»Wird schon schiefgehen. Hannelore, wirst du deiner Mutter brav gehorchen?«

»Friedrich. Lass uns nicht allein.«

Hannelore zählte, natürlich nicht laut, nur in Gedanken, sogar beim Stricken oder Zeichnen, oder – und darauf war sie besonders stolz – während man mit ihr sprach. Sie nickte, aber etwas in ihr dachte: Zweitausendzweihundertvierundzwanzig; zweitausendzweihundertfünfundzwanzig …

28 870 Sekunden mit dem Zug von Washington DC, nach West Virginia.

Gestern beim Abendessen hatte sie erfahren, dass sie umziehen würden. Vor dem Schlafengehen hatte sie einen hübschen Lederkoffer gepackt und einen nicht ganz so hübschen Pappkoffer, den Mami nur deshalb nicht wegwerfen sollte, weil das Schloss wie ein halb ernstes, halb lächelndes Gesicht aussah. Hannelore war zehn Jahre alt und schon sehr oft umgezogen. Manchmal überlegten die Erwachsenen laut, ob Hannelore das hasste. Aber was hasste sie schon? Abends ins Bett zu müssen. Es dauerte so endlos viele Sekunden, bis sie eingeschlafen war: 4000 an einem guten Abend, 5500, wenn es zu heiß war, 7400, wenn sich angstvolle Gedanken einfach nicht abschütteln ließen.

An diesem Morgen hatten draußen auf dem Bürgersteig vor der Botschaft zahllose Journalisten gewartet. Die ganze Nacht hindurch hatten Helferinnen und Helfer auch noch den kleinsten Fetzen Papier verbrannt, selbst Einladungen zu Empfängen. Im Blitzlichtgewitter waren die Wolfs zum wartenden Wagen geeilt.

Jetzt, Stunden später, als der Zug seine Fahrt verlangsamte, murmelte Hannelores Mutter: »Warum ist denn da so ein Menschenauflauf?«

»Weil wir etwas Besonderes sind«, antwortete der Vater. »Und die Leute sind immer neugierig auf etwas Besonderes.«

»Meinst du, wir müssen mit Gewalt rechnen?«, fragte Sabine. Das war nicht für Hannelores Ohren bestimmt – sie hatte es in einer Sprache gefragt, die weder Deutsch, Englisch noch Französisch war –, aber Hannelore verstand jede Sprache. Man brauchte nur zuzuhören.

Sie schaute ihren Vater an und wartete auf seine Antwort.

»Höchstens mit gewaltigem Interesse«, antwortete ihr Vater auf Englisch, wohl wissend, dass Hannelore die Frage verstanden hatte. Er lächelte seine Tochter verschmitzt an und setzte sich den Hut so keck auf den Kopf, wie er es draußen auf der Straße nie getan hätte. Hannelore lächelte – nicht weil sie das lustig fand, sondern weil von ihr erwartet wurde, dass sie es lustig fand. »Es ist genau wie bei den Journalisten. Es wird ein Abenteuer.«

Aber hier standen keine Journalisten, sondern mehrere Reihen uniformierter Polizisten. Hinter ihnen reckten Dutzende Leute den Hals, um bessere Sicht zu haben, als der Zug kreischend zum Stehen kam.

Hannelore krampfte sich der Magen zusammen. Sie stellte sich vor, wie die Menge aggressiv wurde, die Zugtüren aus den Angeln riss, sich auf ihre Eltern stürzte, den kecken Hut ihres Vaters zertrampelte –

Und dann war ihr Vater verschwunden. Sie hatte ihn nicht weggehen sehen. Wo war er hin?

»Es war einmal ein kleines Mädchen namens Hannelore«, sagte Sabine schnell. »Die reiste mit dem Zug in ein Zauberland. Das lag tief im Wald und war sehr schön, und sie fand dort einen Freund, den niemand sonst sehen konnte.«

Hannelore holte ihr Skizzenbuch hervor und begann, aus dem Gedächtnis die Lokomotive zu zeichnen. Da ihr Stift eingepackt war, drückte sie nur mit der Fingerkuppe leicht auf das Papier. Sie hatte beim Zählen den Faden verloren. Eigentlich hätte das keine Rolle gespielt, denn das Zählen hatte seinen Zweck, sie abzulenken, ja bereits erfüllt, aber es war wahnsinnig schade, dass sie jetzt nicht wusste, wie lang genau die Reise gedauert hatte.

Eine Frau, die hinter ihnen saß, sprach Sabine auf Deutsch an.

»Man hätte doch dafür sorgen müssen, dass sich die Leute nicht so dicht am Zug versammeln …«

»Wenn einer von uns zu Schaden kommt«, meinte Sabine spöttisch, »gilt das als internationaler Zwischenfall.«

»Wir erleben hier doch schon einen internationalen Zwischenfall. Wissen Sie, wohin man uns bringt? Ich habe gehört, andere wurden in ein Lager in Texas gebracht. Lager, in denen …«

Sabine warf einen Blick auf Hannelore. »Mein Mann sagt, wir werden akzeptabel untergebracht. Er hat schon von dem Ort gehört.«

»Und was dann?«

Sabine stand auf. »Ich weiß es nicht.«

1260 Sekunden später tauchte Friedrich Wolf wieder auf, die Wangen von Kälte gerötet. Er wusste Genaueres. Es war ein Kilometer bis zum Hotel; man würde Wagen für die Frauen und Kinder schicken. Die Männer würden zu Fuß vorausgehen.

Hannelore sprang auf und umklammerte seinen Arm.

»Warte lieber hier«, sagte ihr Vater. »Draußen ist es sehr kalt.«

Hannelore spürte, wie sich ein Wutanfall in ihr zusammenbraute. All das Zählen war umsonst gewesen!

Friedrich und Sabine blickten sich an, dann sagte Friedrich: »Der Spaziergang wird Citizen guttun.«

Draußen sah man keinen richtigen Bahnhof, nur einen überdachten Wartebereich mit verschnörkelten Metallbänken. Ein kalter

Bergwind fuhr Hannelore bis in die Knochen, ein Schock nach dem engen, zigarettendunstvernebelten Zugwaggon. Die Luft hier roch nach Rauch, wie morgens in der Botschaft, aber diesmal war es nicht der beißende Gestank brennender Akten, sondern ein erdigerer Geruch nach Holz. Man hörte es ständig rumpeln; Dienstmänner hievten die Koffer aus dem Zug.

Hannelore zeichnete die Form der Lokomotive in die Luft; Sabine drückte wortlos ihre Hand, bis Hannelore sie in die Tasche steckte.

»Halt!«

Ganz in der Nähe stand ein Grüppchen Passagiere mehreren uniformierten Polizisten gegenüber. Die Stimmung war gereizt. Einer der Polizisten griff sogar schon nach dem Pistolenholster.

»Wartet!«, rief Friedrich. »Die verstehen nicht, was Ihr sagt! Es sind Ungarn.«

»Ich dachte, in diesem Zug sitzen nur Arschlöcher«, antwortete einer der Polizisten.

»Ich kenne nicht alle Passagiere«, erwiderte Friedrich, »aber ich weiß, dass sie ungarisch sprechen.«

»Na toll, Fritz. Sprichst du Ungarisch?«

Friedrich drehte sich zu seiner Frau um, die sich vor Hannelores Augen verwandelte. Sabine trat vor und wurde zu einer sanft lächelnden Königin mit einer Krone aus rot-goldenem Haar. Hinter ihr Friedrich als strenge Autoritätsperson. Und Hannelore ihrerseits spürte, wie sie zur perfekten Tochter dieses Paares wurde, die sich vor nichts fürchtete und keinem Wutanfall nachgab.

So wirkten die Wolfs in der Öffentlichkeit. Kulturattaché Wolf und Familie.

Für ein Schulprojekt hatte Hannelore einmal in sorgfältig interpunktiertem Englisch die Tätigkeit ihres Vaters beschreiben müssen. Mein Vater, Friedrich Wolf, hilft anderen Ländern, die deutsche Kultur zu verstehen, indem er sie in die deutsche Kunst, Musik und

Leibesertüchtigung einführt. Seine Familie steht ihm dabei zur Seite. Gemeinsam zeigen wir, was eine deutsche Familie ausmacht.

Hannelore konnte sich zwar nicht mehr an Deutschland erinnern, genoss es aber, Deutsche zu sein.

»Das sind die Ehemänner der Dienstmädchen der ungarischen Delegation«, erklärte Sabine dem Wachmann, nachdem sie sich kurz mit den ungarischen Männern besprochen hatte. »Sie waren besorgt, dass man sie von ihren Frauen trennen würde. Ich habe ihnen versichert, dass wir alle zum selben Ort gebracht werden.«

Am Ende des letzten Satzes stand ein Fragezeichen.

»Danke schön«, sagte der Wachmann. »Und jetzt verschwinden Sie!«

Sobald sie außer Hörweite waren, murmelte Friedrich Hannelore zu: »Sein Akzent war ebenso schrecklich wie sein Benehmen.«

Hannelore konnte sich nicht zu einem Lächeln durchringen. Ihre Furchtlosigkeit war nur Fassade.

Als sie an einer steinernen Tafel mit der Aufschrift »Grand Hotel Avalon & Spa« vorbeikamen, gesellten sich zwei der ältesten Freunde ihres Vaters zu den Wolfs, Dr. Otto Kirsch mit seinem breiten Brustkorb und Lothar Liebe, der gut aussehende Ex-Ingenieur, über den die Frauen immer tuschelten. Heute wirkten sie traurig, doch Hannelore verstand nicht ganz, worüber sie sprachen. *Rückführung* war ein Wort, das sie nicht kannte.

Sabines Nase glänzte rot, entweder vor Kälte oder weil sie den Tränen nahe war.

»Und wie ist es dort?«

»Ich weiß es nicht«, antwortete Dr. Kirsch.

Ihr Vater ertappte Hannelore dabei, wie sie dem Gespräch lauschte. »Liebchen«, sagte er, »erinnerst du dich noch an das Lied, das wir oft zusammen gesungen haben?«

Sie nickte.

»Gut genug, um es Dr. Kirsch und Herrn Liebe vorzusingen?«

Natürlich sang sie es vor. Das Lied war ein Spiel, erfunden von Friedrich, nachdem er Hannelore an einem regnerischen Nachmittag dabei erwischt hatte, wie sie ein Lexikon von hinten nach vorn abschrieb, weil ihr langweilig war. Es wurde auf die Melodie von »Muss i denn« gesungen, aber anstelle von

Muss i denn, muss i denn
Zum Städtele hinaus, Städtele hinaus
Und du, mein Schatz, bleibst hier?

sang Hannelore eine zufällige Folge von Buchstaben und Zahlen, die ihr der Vater vorgesungen hatte.

H 1 6 8 9 L
Q U 49 A 49 A
13 8 9 7 M

Er hatte dies Runde um Runde verlängert, um sie aus dem Konzept zu bringen, doch sie hatte mitgehalten. Sie fand es auch nicht schwieriger als zählen. Beim ersten Mal hatte ihre Mutter das Spiel unterbrochen und zu ihrem Mann gesagt: *Findest du das wirklich richtig?* Seitdem spielten sie es nur noch, wenn sie nicht da war.

Mit hoher, klarer Stimme – sie hatte bis vor kurzem Gesangsstunden bekommen – sang Hannelore:

H 1 6 8 9 L
Q U 49 A 49 A …

»Bemerkenswert, dass sie noch nie ein Wort gesprochen hat und trotzdem singt«, meinte Lothar Liebe.

»Und alles hört, was du sagst«, erwiderte Sabine kalt.

Dr. Kirsch lachte leise. »Sabine, du Löwenmutter. Sie weiß doch selber, dass sie ein ungewöhnliches Kind ist.«

Sabine lächelte nicht.

»Hast du eine Antwort bekommen, bevor du gegangen bist?«, erkundigte sich Friedrich bei Lothar.

»Und selbst wenn«, erwiderte Lothar, »wir haben die Codebücher verbrannt. Ich hab's ja schon mal gesagt, du hast keinen Grund zur Sorge …«

»Hannelore, Liebes«, warf Dr. Kirsch ein, »ich glaube, Comrade muss mal ein bisschen laufen!«

»Citizen«, korrigierte Friedrich, während Lothar Liebe atemlos lachte, irgendwie schockiert, als hätte Dr. Kirsch in Sabines Gegenwart geflucht.

Hannelore errötete. Sie war nicht direkt gezüchtigt worden, fühlte sich aber so. Oftmals fand sie es schon schwer, zu verstehen, warum die Leute dieses oder jenes sagten, und noch schwieriger kam es ihr vor, zu begreifen, warum sie lachten.

Während der Terrier sie zu den kahlen Winterbäumen zerrte, mahnte Hannelore sich selbst, dieses ungute Gefühl abzuschütteln, aber es ging nicht weg. Citizen blieb plötzlich stehen, die Ohren gespitzt, mit stark gekringeltem Schwanz. Er hatte etwas gefunden. Eine Schlange? Eine Schnecke. Sie war größer als alle Schnecken, die Hannelore je gesehen hatte, mit einem wunderschönen Haus in sämtlichen Braun- und Orangetönen. Neugierig streckte das Tier seine dicken Fühler aus. Und die Schnecke war nicht das einzige, das nicht in diese triste Januarwelt passte: Sie saß auf sommerlich grünem Moos, das nicht mit einer Eisschicht überzogen war.

Das Moos war warm! Als Hannelore die Handfläche hineindrückte, fühlte es sich um einige Grad wärmer an als der gefrorene Rasen ringsum, und als sie die Hand wegzog, war ihre Haut feucht und roch nach rostigen Nägeln oder Blut. Der Geruch stieß Hannelore jedoch nicht ab, sondern erinnerte sie an den Geruch des ersten Frühlingstags. An Blütenduft, an das Gefühl von frisch sprießendem Rasen unter den nackten Füßen, an die tiefe Zufriedenheit, die sich einstellt, wenn einem warm ist, ohne dass man sich angestrengt hat.

Hannelore war glücklich.

Irgendetwas in ihr, ein sehr kleiner Teil, beobachtete dieses überraschende Gefühl der Freude mit nüchternem Argwohn. Sie spreizte die Finger weit und beäugte die Mineralwassertropfen, die immer noch auf ihrer Haut glitzerten.

Es kam ihr vor wie Zauberei.

»Hallo, Miss, darf ich Ihnen aufhelfen?«

Drei Hoteldiener in eleganter grau-goldener Uniform umringten sie. Einer umklammerte Hannelores Hand, der zweite hob Citizens Leine auf. Der dritte, ein junger Mann, der sich mit akrobatischer Anmut bewegte, obwohl er ein Tablett mit Kannen und Tassen balancierte, schenkte ihr ein charmantes Lächeln.

»Coffee? Tea? Hot chocolate?«, fragte er. Und als sie nichts sagte, wechselte er sofort ins Deutsche: »Sprichst du Englisch? Nein? Möchtest du eine Tasse Kaffee? Tee? Kakao?«

Es schien die Bediensteten nicht zu stören, dass Hannelore schwieg. Sie gaben Citizen einen Keks und Hannelore einen kleinen Papierbeutel, zugeschnürt mit einem dünnen, glänzenden Band. Der Beutel enthielt einen Golden-Delicious-Apfel, eingewickelt in feines Seidenpapier, eine gläserne Schnecke, gerade so groß, dass sie in Hannelores Faust passte, sowie einen Bleistift und Instruktionen für eine Schnitzeljagd im Hotel. Während sich die Bediensteten auf Englisch und Deutsch freundlich um Hannelore bemühten, verwandelte sich das Hotelgelände um sie herum. Irgendwo begann eine Kapelle zu spielen. Ein unsichtbares Lagerfeuer knisterte, Klang und Geruch waren unverkennbar. Ganz unerwartet hörte sie ihre Mutter leise lachen. Langsam wehte die Erinnerung an die Atmosphäre des Zugwaggons wie Rauch davon.

Auch dies Zauberei.

In diesem Moment spürte sie deutlich, dass sie beobachtet wurde. Hannelore hob den Blick zum oberen Ende der Auffahrt und sah ein Hotel mit vielen Giebeldächern. Dort stand eine schlanke, energisch wirkende Frau, drei Dackel zu ihren Füßen. Die Frau schaute Hannelore direkt an. Sie wandte den Blick nicht ab, als sie sah, dass das Mädchen sie bemerkt hatte, sondern lächelte ein kleines, wissendes Lächeln. So wie Sabine und die Frauen, die Hannelore durch den Beruf ihres Vaters kennengelernt hatte, war auch die Frau auf dem Hügel elegant gekleidet, in Mantel, Schal und Mary-Jane-Schuhen mit Absatz, aber ihr Gesichtsausdruck war irgendwie schroff. Wild. Hannelore hatte nicht gewusst, dass eine Frau so aussehen konnte. Irgendetwas an ihr erinnerte sie an das feuchte Moos, das sie gerade berührt hatte. Wasser war nicht nur Wasser, es konnte alles sein: Regen, Schnee, Eis und Flüsse.

»Hoss!«, rief eine Stimme, und die Frau wandte sich ab. Ein Wort, das Hannelore noch nie gehört hatte, eine Bezeichnung für eine Frau, die ganz anders war als alle Frauen, die sie kannte.

»Nun komm schon«, sagte ein Mitarbeiter und nahm Hannelore an der Hand, »Ich zeige dir das Avalon.«

Kapitel 9

Sie kamen. Die Deutschen, die Japaner, die Italiener und verschiedene andere kleinere Fraktionen. Nach hektischen Tagen der Vorbereitung war es jetzt wirklich so weit. Die Deutschen hatten Bengasi eingenommen; die Argyll and Sutherland Highlanders hatten den britischen Rückzug von der Malaiischen Halbinsel mit Dudelsackklängen begleitet, das Fliegerass der Royal Air Force, R. R. S. Tuck – erfolgreichster Pilot der Welt – war doch noch von den Nazis abgeschossen worden; Gefängnisinsassen in Wheeling, West Virginia, hatten ein Mammutskelett gefunden, als sie eine neue Straße für die Truppen aushoben. Und in June Hudsons Hotel wimmelte es von Diplomaten der Achsenmächte.

Die Männer kamen zuerst, zu Fuß, und reihten sich in der Lobby auf, um Instruktionen und Schlüssel zu erhalten, während die Hotel-Cadillacs zur ersten von vielen Fahrten aufbrachen, um Ehefrauen, Kinder und Gepäck nachzuholen.

»Willkommen im Grand Hotel Avalon«, wandte sich Basil Pemberton an die versammelten Männer. June hatte ihn nicht nur für die Aufgabe ausgewählt, die telefonische Anmeldung zu übernehmen, sondern auch dafür, den neuen Gästen die Rahmenbedingungen ihres Aufenthaltes zu erklären, und zwar beide Male aus demselben Grund: Seine wohlklingende, gepflegte Stimme passte zu seinem wohlklingenden, gepflegten Namen *(man spricht ihn Pemmm-Burrr-Tohn! aus)*, das wertete jede Unterhaltung auf. »Es ist uns ein

Vergnügen, Ihnen in diesen schwierigen Zeiten eine Unterkunft zu bieten.«

Pennybacker hatte gemeint, June würde sich besser fühlen, wenn die Diplomaten erst einmal angekommen wären – sie seien ihren Stammgästen ähnlicher, als June vielleicht vermutete. Doch als sie hier stand, mit dem Rücken an die Rezeption gelehnt, und die Szene beobachtete, merkte sie, dass das nicht so ganz zutraf. Nur etwa die Hälfte der Männer, die hier mit roten Wangen ihre Kaffeetassen umklammert hielten, wirkten wie Diplomaten oder Angehörige der Führungsschicht. Bei der anderen Hälfte, die sich diskret im Hintergrund hielt, handelte es sich eindeutig um Hilfskräfte. Chauffeure. Butler. Köche. Ehemänner von Dienstmädchen, Sekretärinnen, Kindermädchen. Die erste Gruppe lauschte aufmerksam Basils Ausführungen. Die Männer der zweiten Gruppe bestaunten die Umgebung. Mit zurückgelegtem Kopf starrten sie zu dem Kronleuchter hinauf, der mehrere Stockwerke über ihnen prangte. Sie bewunderten die kostbare Verkleidung der Empfangstheke. Sie berührten die zittrigen Wedel der Königspalmen neben den weißen Sofas. Sie glotzten das Quintett an, das in der Ecke spielte. Sie zuckten überrascht zusammen, wenn Junes Personal sich leise näherte, um Getränke nachzuschenken und gebrauchte Gläser einzusammeln.

Das erinnerte June an sich selbst, als sie zum ersten Mal im Avalon gestanden hatte; es erinnerte sie an alle neuen Angestellten, die das Avalon zum ersten Mal erlebten. Für Leute, die Luxus gewohnt waren, war das Avalon eine angenehme Umgebung. Kam man aber aus einem ganz normalen Leben, war das Avalon eine religiöse Erfahrung. Der erste Tag all ihrer neuen Angestellten war einer mehrstündigen gründlichen Besichtigung gewidmet, damit sie glotzen und staunen und sich, wie June, verlieben konnten. June hatte erwartet, dass sie diese feindlichen Eindringlinge bestenfalls dulden würde, aber der Anblick dieser Männer, die ganz überwältigt schienen, stimmte sie unerwartet weich.

Ja, dachte sie, *lernt das Avalon kennen.*

»Nach dieser kleinen Ansprache«, sagte Basil gerade, »werden Sie nun bei Mr. Benjamin Pennybacker, dem Herrn zu meiner Linken, einchecken und von ihm die Schlüssel zu Ihren Suiten erhalten. Unsere Dienstmänner stehen Ihnen zur Verfügung. Ich entschuldige mich im Voraus dafür, dass alles so langsam vonstatten geht. Leider gibt es nur einen Mr. Pennybacker und so viele von Ihnen!«

Pemberton lachte klangvoll. Den Diplomaten war klar, dass sie mitlachen oder mitlächeln sollten, und das taten sie auch. Die einfachen Männer taten es nicht, bis auf einige wenige, aber auch die reagierten zu spät und lachten zu laut. *Siehst du?,* hörte June die Stimme von Mr. Francis. *Das sind die subtilen sozialen Wechselbeziehungen, die diese Männer fest an ihre Klasse binden. Fanden sie den Scherz etwa nicht lustig? Das war er ja auch nicht. Aber es geht um etwas anderes. Es geht darum, zu wissen, was angemessen gewesen wäre. Ein Lächeln oder Lachen war die angemessene Reaktion. Das Lächeln zeigt ihre Dankbarkeit dafür, dass Pemberton sich die Zeit genommen hat, ihnen die Situation auf eine Weise zu erklären, die ihrem Status entspricht. Das Lächeln deutet an, dass die ganze Situation ein Scherz ist, in den sie eingeweiht sind. Das Lächeln signalisiert, dass sie immer noch alles unter Kontrolle haben. Die Männer, die nicht gelächelt haben, haben nichts unter Kontrolle, und deshalb werden sie den anderen immer dienen müssen.*

»Während Sie warten«, fuhr Basil fort, »überprüfen Sie doch bitte den Inhalt Ihrer Taschen, um sicherzugehen, dass sie keine Gegenstände enthalten, die vom Federal Bureau of Investigation verboten wurden. Funkgeräte, Waffen und natürlich auch vertrauliche Dokumente. Wir werden diese Gegenstände sehr gerne für Sie aufbewahren, und auch alle sonstigen Wertsachen, die Sie lieber unseren Safes anvertrauen möchten.«

Nur zwei Personen in der Gruppe waren keine Männer: eine Frau mit schulterlangem rot-goldenem Haar und ein Mädchen mit glattem blondem Haar, das ihr den Rücken hinabfiel und bis zu den Oberschenkeln reichte. Die Frau musste die Gattin eines Diplomaten sein. Sie trat majestätisch auf, was – wie June aus Erfahrung wusste – nicht unbedingt bedeutete, dass sie herrisch war, sondern elegant, taktvoll, höflich, warmherzig. Heutzutage wurden Könige und Königinnen, Prinzen und Prinzessinnen ja oft selber Diplomaten und verkörperten ebenjenes zurückhaltende Ideal, das Mr. Francis auch ihr vermittelt hatte.

Die Tochter der Frau (denn es handelte sich eindeutig um ihre Tochter) passte irgendwie nicht ganz zu ihr. Das Mädchen stand zwar ganz ruhig da, aber es war ihr Blick, er war zu scharf, wenn er an einem der Gesichter hängenblieb. Sie studierte die Menschen eher, als dass sie beobachtete, ein Unterschied, den die betreffende Person sofort spürte. Das Mädchen hatte diesen Blick in der Auffahrt auf June gerichtet; jetzt richtete sie ihn, mit gefurchten Brauen, auf die umstehende Menge.

»Das State Department bittet Sie, Ihre Erkundungsgänge auf jene Bereiche zu beschränken, die in den Karten auf Mr. Pennybackers Tisch verzeichnet sind«, fuhr Basil fort. »Alle Mahlzeiten werden in unserem weltberühmten Magnolia-Speisesaal serviert, Sie können aber auch unseren exzeptionellen Room Service nutzen. Außerdem verfügt das Avalon über zwei Tee-Salons und einen Pub, wo Sie auch außerhalb der Essenszeiten Erfrischungen zu sich nehmen können. Doch bitte beachten Sie, dass das State Department die Gäste ersucht hat, sich bis 22 Uhr auf ihre Zimmer zu begeben. Ich darf Sie auch einladen, die exklusive Einkaufspassage des Avalon im ersten Stock zu besuchen; die Läden werden zu den üblichen Geschäftszeiten für Sie geöffnet sein.«

Wie absurd das alles! Unter normalen Umständen genossen Diplomaten völlige Immunität, waren strafrechtlich und behördlich nicht belangbar, wurden nicht inhaftiert, konnten reisen, wohin sie wollten. Hier jedoch, unter diesen Umständen, durften sie … einkaufen.

»Zu welchen Zeiten sind denn die Badehäuser geöffnet?«

June hatte nicht mitbekommen, welcher der Diplomaten diese Frage gestellt hatte.

Basil antwortete rasch: »Leider sind die Badehäuser derzeit nicht zugänglich. Sie werden im Winter gewartet.«

Er nahm Blickkontakt zu June auf. Pennybacker hatte gesagt, der Zutritt zu den Badehäusern könnte so lange untersagt bleiben, bis wiederum die in Deutschland internierten Amerikaner die dortigen Wellnessangebote nutzen durften. Reziprozität. Natürlich hatten Junes Diplomaten bereits Zugang zum Wasser; es gab ja die Waschbecken, Badewannen und Springbrunnen. Aber das bedeutete natürlich eine Einschränkung. Sie würde dem Süßwasser etwas Zeit geben; mal sehen, wie es ihm mit diesen Menschen ging, bevor sie sie direkt an den wirkmächtigen Quellen taufte.

»Das FBI«, fuhr Basil fort, »gestattet *eine* Zeitung pro Zimmer; überlegen Sie bitte, welche Publikation Sie bevorzugen würden. Wenn Sie Fragen zu Ihrem Aufenthalt haben, bitte ich Sie, sich entweder an Mr. Pennybacker oder die beiden Schweizer Verbindungsmänner zu wenden, die, wie ich höre, noch heute eintreffen werden. Für Servicefragen wenden Sie sich bitte an unsere Herren in Grau und Gold. Ich möchte hier auch die Gelegenheit nutzen, Ihnen June Hudson, unsere Hoteldirektorin, vorzustellen; sie steht dort drüben, winkt uns zu. Es wird uns allen eine Freude sein, Ihnen einen unvergesslichen Aufenthalt zu bereiten. Nochmals: Herzlich willkommen – und viel Vergnügen!«

Während sich die Diplomaten bei Pennybacker anstellten, trat Oberkellner Sebastian Hepp neben June und schob sein Tablett lautlos auf die Empfangstheke. Seine Wangen waren von der Winterkälte rot gefleckt, doch das freundliche Lächeln würde die ganze Schicht über nicht aus seinem Gesicht verschwinden. »Wie läuft's denn so bis jetzt, Hoss?«

June wies mit dem Kinn auf die Dame mit dem rotgoldenen Haar: »Ich wüsste gern, wer diese Frau dort ist.«

Die wenigsten Hoteldirektoren hätten von einem Kellner erwartet, dass er die Identität von eben eingetroffenen Gästen kannte, doch im Avalon hatte June immer wieder betont, wie entscheidend die Kenntnis von Namen sei. Sie verlangte zwar nicht, dass ihre Angestellten sich die Namen sämtlicher Hotelgäste einprägten, erwartete aber zumindest, dass sie es versuchten. Wie sich herausstellte, ließ sich diese Fähigkeit wie ein Muskel trainieren; ihr Personal beeindruckte sie jeden Tag von neuem.

»Sabine Wolf«, erwiderte Sebastian. »Die Gattin von Friedrich Wolf, dem deutschen Kulturattaché. Und ihre Tochter Hannelore.«

Hannelore war ein poetischer Name, noch poetischer, wenn Sebastian ihn mit seinem leichten deutschen Akzent aussprach.

»Das Kind ist etwas ungewöhnlich?«

»Es spricht nicht«, flüsterte Sebastian.

»Gar nicht?«

»Ihre Mutter hat sich dafür entschuldigt. Sie sagt, die Kleine habe noch nie ein Wort gesprochen, aber sie singt.«

June betrachtete das Mädchen mit neuem Interesse. Vor dem Hintergrund dieser Informationen bekam der forschende Blick der Kleinen eine ganz andere Bedeutung. Ihre blauen Augen nahmen alle Einzelheiten auf, und wozu? Nicht, um daraus irgendeinen Nutzen zu ziehen oder ein Gesprächsthema zu haben. June fühlte sich ein wenig an ihre eigene Kindheit erinnert. Schließlich war auch sie eine gute Zuhörerin gewesen.

»Wussten Sie, dass Erich von Limburg-Stirum hier ist?«, fügte Sebastian hinzu, in seinem jugendlichen Überschwang fast etwas zu laut.

Der berühmte Kunstflieger Erich von Limburg-Stirum stand in der Schlange mit den anderen Diplomaten, ein großer, flachsblonder junger Mann mit einem Gesicht, das so ansprechend wirkte, dass man es attraktiv finden musste. Er wirkte amerikanischer als die anderen Deutschen ringsum; June brauchte einen Moment, um den Grund zu erkennen: Er bleckte beim Lächeln die Zähne. Pennybacker hatte June erzählt, dass der Pilot wegen seines VIP-Status hier gestrandet war; er war zu oft in den Sicherheitsbereich wichtiger Flughäfen eingeladen worden. Über Nacht hatte der Krieg derart gewonnene Kenntnisse zu einer Bedrohung gemacht. June ließ diese Geschichte nicht mehr los. Im Gegensatz zu den Diplomaten, die sich bewusst dafür entschieden hatten, die Interessen ihres Landes zu vertreten, hatte Erich von Limburg-Stirum nicht wissen können, dass er in seiner Eigenschaft als Pilot diesem Schicksal entgegenflog.

Im Avalon war man es nicht gewohnt, Menschen gegen ihren Willen festzuhalten, und auch Ungerechtigkeit war man nicht gewohnt. Das Süßwasser war sehr, sehr gerecht.

»Ich will nicht, dass ihr ihn belästigt«, sagte June.

»Paul und ich werden uns in der Nacht unterm Türspalt durchquetschen, um ein Autogramm zu ergattern«, antwortete Sebastian, was ihm einen leichten Schlag mit dem Handrücken einbrachte.

»Na los, an die Arbeit«, sagte June. »Fehlt noch irgendwas?«

»Ja, Trinkgeld von den Japanern. Die Deutschen geben großzügig, aber von der Pazifikfront kein Cent.«

»Und auch die solltet ihr nicht belästigen!«

»Hoss!« Sebastian legte die Hand auf die Brust, als sei er tief gekränkt, dann wirbelte er mit dem Tablett davon.

Die Lobby füllte sich allmählich mit Ehefrauen und Kindern. Die Diplomaten nahmen Schlüssel entgegen, streiften Pelzmäntel ab und reichten den Laufburschen Hundeleinen. Drei gut gekleidete Mitglieder der deutschen Delegation beobachteten voll Antipathie ein paar kreischende italienische Unterschichtkinder; ein Japaner und einer von Junes Kellnern lieferten sich ein permanentes Verbeugungsmatch, das offenbar keiner der beiden beenden konnte; und ein italienisches Dienstmädchen wehrte sich jammernd, als die Portiers versuchten, ihr den Mantel abzunehmen – da sie weder mit der englischen Sprache noch mit vornehmen Hotels vertraut war, dachte sie, man wolle ihren Mantel konfiszieren. Es herrschte blankes Chaos.

June widerstand der Versuchung, sich einzumischen und Ratschläge zu erteilen, schließlich hatte sie ihre geliebten Angestellten genau dafür ausgebildet. June vertraute ihnen; sie vertrauten ihr.

Das war das Besondere an June: Sie aß jeden Tag mit ihren Leuten in der Kantine. Wurde jemand neu eingearbeitet, begleitete sie ihn oder sie während der ganzen ersten Woche, selbst wenn es sich um bescheidenste Posten handelte. Sie sorgte dafür, dass alle gut aßen und schliefen, bot alleinstehenden Bediensteten Unterkünfte vor Ort und allen anderen den Transport aus dem tiefer gelegenen Städtchen zum Avalon hinauf. Sie ließ ihre Angestellten in den grauen Kladden blättern, die Aufgaben und Gästelisten enthielten, und sie die Abrechnungen auf Verschwendung hin überprüfen. Sie verschleierte nicht, was es kostete, das unter dem Hotel fließende Wasser in Balance zu halten.

Und so revanchierten sich ihre Angestellten: Sie schenkten June all ihre Fähigkeiten und Energie, ihre Loyalität, und die Bereitschaft, Junes Prinzipien zu akzeptieren. Sie bewiesen immer wieder, dass sich gemeinsam etwas Größeres erreichen ließ, als es jeder für sich allein geschafft hätte. Mit June zusammen waren sie das Avalon. June war der Kopf und sie die Arme, Hände, Finger, Beine, Füße und Zehen. Eine stolze Einheit.

»Miss Hudson, guten Morgen.«

Jetzt sprach sie eine kleine Japanerin an. Sie war mittleren Alters, aber wie eine Matrone gekleidet, mit Umhang und Baskenmütze. Sie schien die Sprecherin eines Trios zu sein; die beiden anderen Japanerinnen standen ein paar Meter entfernt und betrachteten June verstohlen.

»Guten Morgen«, erwiderte June.

»Ich bin Sachiko Nishimura.«

Unversehens stand June also der Ehefrau von Takeo Nishimura gegenüber, dem mittlerweile berüchtigten japanischen Konsul. In der Kantine und in den Zeitungen wurde immer noch heftig darüber diskutiert, ob die japanischen Diplomaten von ihrem Heimatland getäuscht worden waren oder Bescheid gewusst und dem gutgläubigen Amerika bis zum Angriff auf Pearl Harbor Friedenslügen aufgetischt hatten. June hatte sich nicht die Mühe gemacht, sich dazu eine Meinung zu bilden, aber jetzt die gleiche Luft zu atmen wie direkt involvierte Personen, war eine neue, ganz andere Situation.

»Das ist ein schönes Hotel«, sagte Sachiko Nishimura.

»Vielen Dank.«

»Man hatte uns nicht gesagt, wohin es geht.« Sachiko sprach mit starkem Akzent, aber ihr Englisch war so geschliffen wie ihr Auftreten. »Mein Mann, Takeo, hatte Sorge, dass wir an einem schrecklichen Ort landen würden.«

Sie sagte nicht, *aufgrund dessen, was Japan getan hat,* aber natürlich steckte das dahinter. Womöglich sogar aufgrund dessen, was ihr Mann getan hatte. Vielleicht hatte June mit Gilfoyle im Bett gelegen und sich flüsternd mit ihm über eine mögliche gemeinsame Zukunft unterhalten, während Sachiko und Takeo Nishimura in ihren Betten gelegen und sich leise darüber unterhalten hatten, wessen Zukunft sie zerstören würden, indem sie den Tod von Toads missratenem Sohn planten.

Doch so viel wollte June eigentlich gar nicht über Sachiko wissen. Das war tatsächlich einer von Mr. Francis' zentralsten und scheinbar widersprüchlichen Grundsätzen gewesen: Einerseits sollte man die Gäste in- und auswendig kennen; andererseits sollte man sie überhaupt nicht kennen. Dies hatte besonders während der Jahre der Depression gegolten, als die Menschen auf den Straßen der Städte hungerten und ein Fünf-Cent-Stück manchmal buchstäblich den Unterschied zwischen Leben und Tod bedeutete. Wenn ein wohlhabendes Ehepaar, bekannte Kunstmäzene, ins Avalon kam, mussten die Angestellten beispielsweise wissen, dass diese beiden die American Numismatic Society und vier Wildreservate unterstützten, und mussten mit ihnen über seltene Münzen und noch seltenere Bisons plaudern. Sie durften dieses Wissen aber nicht dazu nutzen, dem Paar irgendwelche Münzen oder ein selbst gemaltes Bisonbild aufzudrängen. Diese namhaften Gäste mussten sich sowohl bekannt als auch anonym fühlen können, frei von all dem Neid, all den Hintergedanken, mit denen sie sich außerhalb des Hotels konfrontiert sahen. Berühmtheit erlangt zu haben, aber nicht dementsprechend auftreten zu müssen: Das war auch eine Art Luxus.

Dieser Grundsatz galt genauso für berüchtigtere Gäste, von denen das Avalon auch einige gehabt hatte, lang vor den Nishimuras. June war nicht naiv. Der perfekte Gast musste nicht unbedingt der perfekte Mensch sein. Mr. Francis hatte ihr das alles erklärt, aber noch bevor er fertig gewesen war, hatte sie die Wahrheit, die dahinter stand, längst begriffen. Das Avalon funktionierte einfach nicht ohne diese Trennung zwischen Identität und Seele. Die Welt interessierte sich für die Identität der Gäste, das Avalon konnte sich nur um alles andere kümmern. Das Hotel war nicht für diejenigen da, die es verdienten. Es war für jeden da, der kam. Wäre diese Illusion zerbrochen, wäre im selben Moment auch der Zusammenhalt des Personals zerbrochen.

June zügelte ihre Gedanken jetzt.

»Wir hatten nicht damit gerechnet, dass man uns bitten würde, die Botschaft so kurzfristig zu verlassen«, sprach Sachiko weiter. »Wir hatten nicht erwartet, dass es sich um eine so« – sie senkte die Stimme – »luxuriöse Unterkunft handeln würde. Wir haben nicht alles mitgebracht, was man für eine solche Umgebung vielleicht benötigt.«

Ihr Blick glitt über die vergoldeten Spiegel an den Wänden und wich Junes Blick aus. Irgendetwas beunruhigte sie, etwas Unausgesprochenes. Ihr Status ließ es nicht zu, dass sie es direkt benannte. Jedenfalls ging es ihr nicht leicht über die Lippen. Es konnte nichts so Banales sein, wie dass sie eine Haarbürste oder einen Mantel brauchte, derlei Dinge hätte sie einfach dem Personal befohlen. Nein, es handelte sich um eine Sache, bei der sie sich an jemandem wie June wenden musste, jemanden mit Einfluss, jemanden, der die Sprache der Diskretion verstand.

June sann der Stille zwischen ihren Worten nach und brachte sie plötzlich mit Sebastians Bemerkung in Verbindung.

»Gibt es vielleicht ein Problem mit dem Trinkgeld?«

Sachikos Gesichtsausdruck hellte sich auf; zum Glück hatte June es zuerst ausgesprochen und ihr somit etwas erspart. »Mein Mann hat mich darüber informiert, dass in einem so schönen Hotel traditionell Trinkgelder gegeben werden. Ansehnliche Trinkgelder. Aber man hat unsere Konten eingefroren.«

June stellte sich vor, wie erleichtert diese Frau gewesen sein musste, als sie merkte, dass sie nicht in ein Gefängnis oder Lager gebracht wurden. Und dann die Verlegenheit, als Takeo, weitgereist und mit amerikanischen Gepflogenheiten vertraut, erkannte, um was für ein Hotel es sich beim Avalon handelte. Sollten die Angestellten glauben, die Japaner wüssten zwar, dass man hier Trinkgeld gab, seien aber nicht in der Lage dazu, oder sollten sie lieber glauben,

Japaner seien mit derlei Erwartungen des amerikanischen Personals nicht vertraut? Beide Möglichkeiten waren demütigend.

Junes routinierte Empathie wurde aufrichtiger.

»Die Angestellten wissen ja, in welch seltsamen Zeiten wir uns befinden, Frau Nishimura«, sagte sie. »Und sie fühlen sich bestimmt nicht brüskiert. Ich werde ihnen die Situation erklären. Und ich denke, die Schweizer, die schon auf dem Weg hierher sind, können Ihnen bei den Konten behilflich sein; die sollen helfen, das alles mit den Botschaften zu regeln.«

Jetzt wich die Unsicherheit aus Sachikos Gesicht. Sie verbeugte sich vor June. Als June den Blicken der beiden anderen Frauen begegnete, verbeugten die sich gleichfalls.

»Ich weiß nicht genau warum«, sagte Sachiko, »aber an einem solchen Ort von einer Frau betreut zu werden, ist sehr beruhigend, wenn auch überraschend. Takeo dachte … sind Sie Francis Gilfoyles Tochter?«

June war verblüfft.

Dieser Fehler war noch niemandem unterlaufen.

Aber dann dämmerte es ihr: Obwohl Sachiko Nishimura sehr gut Englisch sprach, konnte sie Junes Dialektfärbung nicht einordnen. Junes typische Redewendungen, die abgehackten Vokale – für die Japanerin waren dies nur Variationen in einer anderen Sprache, keine verräterischen Unterscheidungsmerkmale, die man beim Smalltalk auf einer Cocktailparty mitbekam. Ob June Francis Gilfoyles Tochter war? Warum nicht? In einer Welt, in der ihre Sprache sie nicht sofort verriet, hätte sie lange Zeit als eine Gilfoyle durchgehen können.

Für einen kurzen, leuchtenden Moment stellte June sich vor, wie diese unausgesprochenen Worte gesprochen klingen würden: *Schwiegertochter, ja. Ich habe Edgar, den Ältesten, geheiratet, das Hotel aber schon vorher geführt. Er kümmert sich um die Holdings in New*

York; ich um das Hotel. Wir sind ein gutes Team; wir sind zusammen aufgewachsen.

Edgars Finger auf ihrem Handgelenk. *Du weißt, June, dass ich große Stücke auf dich halte.* O Gott, dieses Verlangen.

»Nein«, erwiderte June. »Ich gehöre zum Avalon.«

Kapitel 10

Nur ein paar Zimmer weiter war Agent Tucker Rye Minnick von Nazi-Dessous umgeben. Spitztüten-BHs, die nordwärts ausgerichtete Brüste suggerieren sollten, Strumpfbänder, die in Regionen führten, wohin ihnen nur selten Hände folgten, Strümpfe, schlüpfrig wie jugendliche Versprechen. Mieder, die sowohl Brustkorb als auch Busen panzerten, Gummihüftgürtel mit Luftlöchern, robuste Kleidungsstücke für den Alltagsgebrauch, nicht, um bewundert zu werden. Zarte Bandeau-BHs, voluminöse Damenunterhosen, baumwollene Step-ins, die vom Bauchnabel bis zur Mitte des Oberschenkels reichten, Seiden- und Viskose-Slips, die Tucker daran erinnerten, wie lange es schon her war, dass er eine Frau berührt hatte. Lange warme Winterunterwäsche, geformt, als hätte sich ihre Besitzerin die Haut abgezogen und in einen Reisekoffer gepackt. Korsetts, die nach modrigen Rosen rochen, Stäbchenkorsetts! Trugen Frauen heute so etwas noch? Offenbar ja, denn all dies war ordentlich in den Koffern verstaut, die sich im Gepäckraum im ersten Stock des Avalon stapelten. Wie sich herausstellte, strafften und rafften die Achsenmächte also auf die gleiche Weise wie die Alliierten.

Tucker und sein Kollege Hugh Calloway hatten die ersten Stunden nach der Ankunft der Diplomaten damit zugebracht, deren Gepäck zu durchsuchen. Der Lagerraum hätte unter anderen Umständen wohl einen recht hübschen Anblick geboten, ähnlich wie die Unterwäsche. Durch zwei Dachfenster schien die helle Wintersonne auf eine Wand mit Schließfächern, alle identisch mit kunstvollen Messingornamenten verziert. Die Decke schmückte ein Gemälde mit Jagdrössern; derzeit galoppierten die gemalten Pferde jedoch direkt in das mannshoch gestapelte Kofferchaos hinein.

Obwohl auch dieser Raum, wie alles im Avalon, von riesigem Ausmaß war, war er nicht dafür gedacht, das Gepäck aller Gäste auf einmal aufzunehmen.

»Hast du dir schon mal überlegt«, fragte Hugh, »was aus uns würde, wenn wir nicht hier gelandet wären?«

»Nein«, antwortete Tucker.

»Wir würden eingezogen. Du als gut aussehender Weißer wärst wahrscheinlich weiter hinten im Haufen, aber Leute wie ich sind Kanonenfutter. Die schichten uns übereinander, damit ihr Burschen über Pfützen robben könnt, ohne nasse Füße zu kriegen.«

Tucker betrachtete mit zusammengekniffenen Augen ein Heftchen, das sich als Kalorientabelle entpuppte. Konnte sich darin ein Code verbergen? Vorsicht war besser als Nachsicht; er legte es zu den beschlagnahmten Dingen, die bis zum Ende der Internierung für den großen Hotelsafe im Keller bestimmt waren. »Du findest also, dass ich gut aussehe?«

»Bei schwacher Beleuchtung, ja. Ich hab ein Angebot bekommen, auszusteigen. Der letzte Betrieb, den ich überprüfen sollte, hätte mir einen Posten als Sicherheitschef gegeben. Ein Haufen Kohle und keine Umzüge mehr.«

Tucker wusste von dem Angebot; er hatte Hughs Akte gelesen, um zu sehen, was er seit ihrer gemeinsamen Zeit an der Academy getrieben hatte. Hugh war in Los Angeles postiert gewesen (wo man ihn niedergestochen hatte), in Minneapolis (wo er sich verlobt hatte), in Cleveland (wo er heiratete und sein erstes Kind zur Welt kam), und in Chicago (wo sein zweites Kind geboren wurde und die Taylor Right Trucking Company ihm das Doppelte seines derzeitigen FBI-

Gehalts angeboten hatte, wenn er ihr neuer Sicherheitschef wurde). Tucker vermutete, dass diese Illoyalität Hughs Sündenfall darstellte; deshalb befand er sich hier, unter Tuckers Führung, bei einer Mission, die das FBI eindeutig zwischen Babysitting und einer aufwendigen detaillierten Untersuchung einordnete. Egal, warum man ihm diesen schlaksigen Agenten für diesen Fall zugewiesen hatte, Tucker war froh darüber. Sich die Zusammenarbeit mit einem völlig Fremden vorzustellen! Oder mit einem zweiten Pony Harris … Tucker hatte Pony bereits am Morgen dabei erwischt, wie er eine der Telefonistinnen bedrängte; er hatte ihn beiseite genommen und ihm erklärt, dass jeder einzelne Agent das FBI repräsentierte und es unangemessen sei, wenn das FBI jungen Frauen weiß Gott was erzählte, um sie ins Bett zu kriegen. Pony hatte zustimmend genickt, aber bereits nach anderthalb Wochen in seiner Gesellschaft kam sich Tucker wie ein müder, frustrierter Priester vor, der schon jetzt wusste, dass er ihn von neuem ertappen würde. Wären sie nicht ausgerechnet beim FBI gewesen, hätte Tucker vermutet, Pony habe seine Position durch Vetternwirtschaft ergattert. Aber Hoover hatte seine Behörde gerade straff neu formiert, eben wegen Vetternwirtschaft und Korruption bei lokalen Organisationen. Irgendwie musste Pony Harris sich diesen Job also doch verdient haben.

Tucker merkte, dass er Hugh noch gar nicht geantwortet hatte. Er besaß kein Talent zum Plaudern, wollte aber, dass Hugh ihn mochte und sich daran erinnerte, dass er Tucker früher einmal nett gefunden hatte. Vor vielen Jahren auf der Academy waren sie gut miteinander ausgekommen. »Dazu müsstest du erst mal gefeuert werden.«

»Nach Lage der Dinge werde ich sowieso gefeuert. Ich hab was gegen das Reisen. Ich wollte nie nach Frankreich.« Hugh untersuchte den Inhalt einer Kosmetiktasche, fand aber nichts Auffälliges. »Aber vielleicht mach ich es. Vielleicht. Wir sind beide alt, Tuck, alte Schule. Das FBI hat sich verändert. Das letzte Mal, als ich meinen

SAC traf, dachte ich, ich könnte genauso gut gegen die Deutschen kämpfen.«

Tucker war nicht wohl dabei, das FBI zu kritisieren, nicht einmal in diesem Gepäckraum und in scherzhaftem Ton. »Der Deutsche kommt nicht im Dienstwagen.«

»Du hast dich kein bisschen verändert.« Hugh sah ihn verständnisvoll an und sagte mit tiefer Radiosprecherstimme: »Darf ich vorstellen: Mr. Minnick, der loyalste Soldat des FBI.«

Tucker hatte einmal einen Brief von J. Edgar Hoover persönlich erhalten. Das Belobigungsschreiben bezog sich auf Tuckers Rolle bei der Jagd auf einen Bankräuber, E. R. R. Dixon. Tuckers Rolle hatte darin bestanden, E. R. R. Dixon zu erschießen, eine Tat, die ihn bis heute verfolgte, weil er E. R. R. Dixons letzte Worte nicht vergessen konnte (»Aber was wird aus Barbara Jo?«). Hoovers Brief schloss mit den Worten: *Wir sind sehr stolz auf Sie!!! Sie passen perfekt zum FBI.* Die drei Ausrufezeichen hatten Tucker überrascht; von Hoover hätte er das nicht erwartet. Dass er perfekt zum FBI passte, war allerdings ein großes Lob. J. Edgar Hoovers neue Armee, bestehend aus Ex-Anwälten und Ex-Polizeichefs, musste alle anderen in den Schatten stellen. Was auch immer die Feinde des FBI taten, die FBI-Leute mussten besser sein. Konnten die Schurken in primitiven westtexanischen Hütten ohne fließendes Wasser überleben, konnten das auch FBI-Agenten auf ihren Beobachtungsposten im staubigen Buschland, ohne die Kleidung zu wechseln. Konnten die Schurken, kopfüber im Fensterrahmen hängend, mit MPs aus einem fahrenden Zug ballern, dann mussten das auch FBI-Agenten können, die neben Soldaten auf den Stützpunkten trainierten. Wenn die Schurken die Kindheit jedes beliebigen Menschen ausforschen und dessen geheime Schwächen aufdecken konnten, dann konnten FBI-Agenten das auch, und sie sammelten über jeden, dem sie begegneten, ein enormes Wissen.

Aber dass man perfekt zum FBI passte, bedeutete mehr als Exzellenz. Es bedeutete, dass man alles tat, was einem der zuständige Special Agent befahl, auch wenn man nicht ganz begriff, warum. Man blieb, bis der Job erledigt war, auch wenn andere Männer um fünf Uhr nachmittags ihren Hut nahmen und nach Hause gingen. Man widerstand der Versuchung, sich mit seinesgleichen zu verbünden. Man blieb ledig oder akzeptierte, falls man doch heiratete, als Flitterwochenersatz dankbar drei freie Stunden an einem Nachmittag, an dem gerade mal nicht so viel los war. Man hatte nur noch den einen Wunsch, ein nützliches Rädchen in dieser glorreichen, zweckbestimmten Maschinerie zu sein und bis zum letzten Atemzug die Korruption zu bekämpfen.

Ja, Tucker passte perfekt zum FBI.

Nein, er hatte sich kein bisschen verändert.

»Und immer noch nicht sehr gesprächig«, meinte Hugh.

»Ich habe doch etwas gesagt, oder nicht?« Tucker versuchte sich zu erinnern, ob das zutraf.

Der andere Agent krähte wie ein Hahn, der mitten im Schrei unterbrochen wird. Er hielt eine Kombination aus Mieder und Höschen hoch, mit Klammern und Schnallen aneinander befestigt, so dass sich selbst im leeren Zustand ein unwiderstehliches Bildnis seiner Besitzerin ergab. Hugh sagte: »Was hältst du eigentlich von dieser Hoteldirektorin?«

June Hudson. Welche Art von Unterwäsche sie wohl trug? Zweifellos Unterwäsche, die tat, was sie ihr befahl. Tucker warf einen fischförmigen Zigarettenanzünder in einen Koffer zurück, blickte auf und bemerkte, wie Hugh ihn durchtrieben ansah. »Mach nicht so ein Gesicht, Calloway.«

»Was würde J. Edgar dazu sagen?«

»Er würde sagen, du solltest dich mal um den Kofferstapel dort hinten kümmern, damit du endlich in die Poststelle kommst.«

»Wusstest du, dass sie erbt? Der alte Gilfoyle, der gerade verstorben ist, hat ihr eins der Häuser hier vermacht.« Als Tucker eine Augenbraue hochzog, fuhr Hugh fort. »Ja, der Leiter der Poststelle hat es mir erzählt. Das Lily House. Das große alte Ding direkt neben dem Hotel, sieht selber fast wie eine Villa aus.«

»Warum?«

»Vielleicht hat sie es verdient.«

Tucker warf ihm einen Blick zu. Leute wie die Gilfoyles teilten ihren Besitz nicht mit ihren Angestellten. Wahrscheinlich hatte es mehr mit der intimen Feindseligkeit zwischen der Hoteldirektorin und Edgar Gilfoyle zu tun, die man bei der Besprechung gespürt hatte. Eine Affäre also. Mit ihm? Seinem Vater? Ein Haus für die Mätresse. Aber das passte auch nicht so ganz. Auf dem Papier vielleicht, ja. Aber auf der persönlichen Ebene schien es komplizierter zu sein. Er hielt inne. »Wessen Koffer ist das?«

Der Koffer, der vor ihm stand, groß, stabil, grün, trug kein Namensschild und nirgends eine Markierung, verdächtig. Der Inhalt war genauso anonym: eine Herrenhose, ein Pullover, Hosenträger, Toilettensachen. Ein extra Stück Seife.

Hugh wusste, was sie zu tun hatten; wortlos richtete er sich auf, stand da wie ein Kranich, um in den Kofferbergen auf Tucker zu warten. Der holte das Ladungsverzeichnis und glich die Liste der Passagiere mit dem Gepäck ab, das vor ihnen lag. Als sich der Besitzer nicht sofort feststellen ließ, untersuchte Tucker oberflächlich, wem die umliegenden Gepäckstücke gehörten. Aha. Volltreffer. »Hol doch mal diesen Gestapo-Mann her«, sagte Tucker.

So kam es, dass Tucker, Hugh und Lothar Liebe sich zu dritt über einen Koffer beugten, der, eingenäht in ein Geheimfach, eine stumpfnasige Maschinenpistole enthielt. Eine MP40, um genau zu sein, eine Waffe, die nur einem der Deutschen gehören konnte.

Lothar Liebe, dessen fesches Aussehen zu seinem feschen Namen passte – glatte, windschnittige Frisur, blitzende blaue Augen, die rosigen Lippen zum Schmollen oder Rauchen geschürzt – entschied sich für Letzteres und blies den Zigarettenrauch zu den Jagdpferden hinauf. Er zuckte mit den Schultern. »Ich musste es versuchen.«

»Warum haben Sie sie nicht gemeldet?«, fragte Tucker.

»Hätte ich sie denn behalten dürfen?«

»Möglicherweise. Jetzt allerdings weiß ich, dass Sie jemand sind, der heimlich Waffen in sein Gepäck einnäht.«

Liebe warf ihm einen amüsierten Blick zu. »Genau. Dabei ist es nicht mal meine Waffe. Sie gehört Friedrich.«

»Wolf? Warum hat er eine Waffe in die USA mitgebracht?«

»Die hat einen persönlichen Wert. Nach den Geschichten dazu müssen Sie ihn selber fragen.«

Tucker und Hugh wechselten einen Blick; sie wollten diese Geschichten gar nicht hören. »Ich verstehe immer noch nicht ganz«, meinte Tucker, »warum er eine Maschinenpistole mit nach Amerika gebracht hat.«

»Als er sie rüberbrachte, hat er wohl kaum damit gerechnet, so rasch von der US-Regierung einkassiert zu werden, und« – Liebe zündete sich am Stummel seiner aktuellen Zigarette die nächste an – »ich glaube nicht, dass er wirklich dachte, dass er nach Deutschland zurückkehren würde.«

Tucker kam diese Information transaktional vor; im weiteren Verlauf des Gesprächs hatte er den Eindruck, Liebe gehe es um ein Tauschgeschäft. »Warum waren Sie derjenige, der die Waffe hierhergeschmuggelt hat?«

»Er wollte sie in der Botschaft lassen; er ist erschreckend ehrlich. Wir sind seit unserer Kindheit befreundet. Wir würden alles füreinander tun. Sagen Sie, sind die Schweizer schon da? Ich würde gern als Erster mit ihnen sprechen.«

Das war es also. »Eine kühne Bitte«, meinte Tucker, »von einem Mann, der mit einer Waffe im Gepäck erwischt wurde.«

»Was dachten Sie denn, was wir damit anstellen? Uns den Weg freischießen? Ist Ihnen entgangen, dass gar keine Munition dabei war?«

»Ich habe ja Ihren anderen Koffer noch nicht inspiziert. Oder den von Friedrich Wolf, jetzt, wo ich von Ihrer Freundschaft weiß.«

»Was für ein langer, sinnloser Tag vor Ihnen liegt«, meinte Liebe. Er wies mit der Zigarette auf die beiden Agenten. »Haben Sie sich diesen langweiligen Posten selber ausgesucht? So weit ab vom Schuss? Oder hat man Sie hierhergeschickt, damit anderen Männern mehr Zeit in der Sonne bleibt? Warum sind Sie hier? Wir warten einfach nur darauf, dass wir nach Hause können. Ich sehe Sie da in Ihr kleines Büchlein schreiben, aber Sie und ich, wir tun im Grunde das Gleiche, und ich weiß, dass es gar nichts zu schreiben gibt. *Lothar Liebe führte eine Maschinenpistole ohne Munition mit sich und brachte kein Argument vor.* Schaumschläger, so nennen wir das, wenn jemand Seiten mit sinnlosen Informationen füllt. Wichtigtuer.«

Tucker reichte ihm nur eine Quittung mit der Beschreibung seines Koffers. »Guten Tag, Mr. Liebe.«

Nachdem Tucker direkt mit Lothar Liebe gesprochen hatte, war es an der Zeit, ihn und die anderen Deutschen heimlich zu belauschen – und überhaupt all jene Delegationsmitglieder, die am ehesten im Verdacht standen, Informationen auszutauschen, die für die US-Regierung von Nutzen sein konnten. Nachdem das Gepäck sortiert war, verschwand Hugh im Glasstudio, um die Gespräche mit dem Personal fortzusetzen, und Tucker quetschte sich in ein anliegendes Kabuff in einen blauen Satinsessel, die Knie gegen die Tür gepresst, die Ohren schwitzend von einem schweren Kopfhörer bedeckt. Ein paar Zentimeter entfernt drehten sich unablässig die Spulen eines

Tonbandgeräts und nahmen Geräusche aus der Bildergalerie jenseits der Wand auf. Tucker hatte dort am Vortag Mikrophone und Aufnahmegeräte platziert, weil er ahnte, wo sich die Neuankömmlinge versammeln würden, um heikle politische Themen zu diskutieren.

»Die gehen Gassi mit dem Hund«, tönte es in seinem Ohr.

Tucker sprach natürlich kein Wort Deutsch und auch nicht Ungarisch, Italienisch oder Japanisch. In einer idealen Welt hätte das FBI die Hotels mit Agenten bevölkert, die all diese Sprachen beherrschten, aber in der realen Welt fehlten die entsprechenden Leute. Jedem Hotel wurden drei Agenten zugeteilt, ausgestattet nur mit ihren Dienstwaffen, einer Handvoll rechtlich … fragwürdiger Abhörgeräte und ihrem gesunden Menschenverstand. Aber das war ganz typisch. Etwas, das Tucker an seinem Job mochte. Von G-Men wurde erwartet, dass sie, total unzureichend ausgestattet, total eigenständig arbeiteten. Er war stolz auf seine Fähigkeit, aus einem Ort und einem vagen Auftrag einen Plan zusammenzuschustern.

Jetzt hatte er einen kaum hörbaren Dialog im Ohr, größtenteils auf Deutsch, dann kurz auf Englisch. Vermutlich war ein Kellner hereingekommen. Ob sie etwas zu trinken wünschten? War das die Frage? Das Mikrophon war ungünstig platziert; sobald abends die Ausgangssperre begann, würde er es anders ausrichten müssen.

Aber das Mikrophon im Pub – darauf war er stolz. Er hatte es an der Decke des darunterliegenden Stockwerks befestigt, damit es sich direkt unter der Bar befand. Der Klang war perfekt. Wie lange würde es dauern, die Aufnahmen zu übersetzen? Normalerweise brauchte es Wochen, bis Beweismaterial ausgewertet wurde, aber jetzt herrschte Krieg; Tucker wusste nicht, was ihn erwartete. Diese Kriegseinsätze waren Neuland für das FBI. In Washington hatte man lange darüber gestritten, welche Bundesbehörde für welche Verbrechen zuständig war, doch als der Krieg dann ausbrach, gab es nur eine Antwort: alle Mann an Deck. Die Agenten wurden von ihren

Einsätzen zurückbeordert, erneut gründlich überprüft und dann in den neuesten Geheimdienstmethoden geschult. In den Tagen nach Pearl Harbor hatte Tucker härter gebüffelt als während seines ganzen Jurastudiums. Unsichtbare Tinte. Geheimcodes. Mikropunkte. Tote Briefkästen.

Das hier allerdings, die mechanische Überwachung, war ein alter Hut. Der G-Man saß hinter der Wand und presste das Ohr dagegen. In wie viele Kabuffs, Moteltoiletten und Kriechkeller hatte Tucker sich im Namen des FBI schon hineingequetscht!

Deutsch, mal lauter, mal leiser. Jetzt gingen sie und machten dabei jede Menge Lärm. Ein letzter Schnipsel Deutsch erreichte ihn: »Guck mal, da.«

Die Sprachbarriere hatte Tucker sofort gestört. Dem FBI genügte es, einfach nur Informationen zu sammeln. Dass die Personen, von denen diese Informationen stammten, nach Übersetzung des Texts schon längst wieder in Deutschland sein würden oder dass Tucker sich selber bloß wie ein Aufnahmegerät vorkam, egal. Das hatte Lothar gemeint. Aber er kannte Tucker nicht, der ein sehr einfallsreicher Schaumschläger war. Es gab nämlich einen Grund, warum Hoover ihn nicht einfach gefeuert hatte: Tucker barg allerlei Tricks im Ärmel.

Im Kabuff war es jetzt ganz still, bis auf das Geräusch von Tuckers eigenem Atem war nichts zu hören. Jetzt, wo die Deutschen weg waren, konnte er es vielleicht schon früher riskieren, die Mikrophone in der Porträtgalerie zu justieren, nicht erst abends. Ihm war klar, dass er nur nach einem Grund suchte, nicht nachts durchs Hotel geistern zu müssen, wenn der mineralische Geruch des Süßwassers sämtliche Korridore in unterirdische Tunnel verwandelte. Die geheimnisvollen tierköpfigen Brunnen legten es darauf an, dass er beim Tasten nach Lichtschaltern versehentlich die Finger ins Wasser tauchte. Und, o Gott, die Treppe, die zu den Schwimmbecken hinabführte … Tucker hatte sich früher am Tag dort hinunter verirrt und – der Geruch! Die Feuchtigkeit. Er hatte das Gefühl zu ersticken; eine ganze Minute lang wurde er wie ein Insekt von der blinden, panischen Angst vor dem Ertrinken überwältigt. Das Schlimmste war das Gefühl, *wahrgenommen* zu werden. Das Wasser erkundete intensiv sein Äußeres, prüfte, ob es ihn kannte, ohne sich von all dem täuschen zu lassen, was er in den letzten zwei Jahrzehnten getan hatte.

Tucker hörte ein Lachen.

Er erstarrte. Er war sich nicht sicher, ob es aus dem Zimmer außerhalb seines Verstecks gekommen war oder über die Kopfhörer aus der Porträtgalerie. Jetzt, in der Stille, war er sich auch gar nicht mehr sicher, ob es sich überhaupt um ein Lachen gehandelt hatte. Es hätte auch ein Schluchzen sein können. Es war der Laut, den E. R. R. Dixon, der Bankräuber, ausgestoßen hatte, als Tucker ihn erschoss. Tucker erinnerte sich messerscharf daran; er konnte nicht vergessen, dass die Artikulationen von Schmerz und Humor so eng beieinanderlagen, dass sie in einem Moment tödlicher Offenbarung ununterscheidbar wurden.

Das Lachen ertönte erneut.

Diesmal fuhr er zurück. Er wäre auf seinem Stuhl umgekippt, wenn er genug Platz gehabt hätte. Stattdessen verkeilte sich der Stuhl mit schiefen Vorderbeinen gegen den Türpfosten, Tucker fuchtelte mit den Armen, erstens, um sich abzufangen, zweitens, um zu verhindern, dass sich der Stuhl geräuschvoll weiter verkantete. Es war ein Reflex, jedes Geräusch zu vermeiden.

Das Lachen war direkt in das Mikrophon gedrungen. Ein warmes, herzliches Lachen, höchst amüsiert.

Es gab kein anderes Geräusch. Keine Schritte. Kein Schließen einer Tür. Kein Atmen. Falls jemand in der Porträtgalerie zurückgeblieben war, verhielt er sich ebenso still wie Tucker.

Es konnte keiner der Deutschen sein.

Das Mikrophon war in einer Lampe versteckt, in vier Metern Höhe.

Langsam nahm Tucker das Headset ab. Hielt das Aufnahmegerät an. Er stützte sich vorsichtig mit den Händen an der Wand ab, um den Stuhl aufzurichten. Er spürte sein Herz in den Ohren pochen. Dieser Gestank. Das Süßwasser.

Er stieß die Tür des Kabuffs auf und befürchtete fast, auf der anderen Seite irgendetwas zu erblicken. Aber natürlich war da nur das leere Zimmer, das muffig roch, weil es den Winter über nicht benutzt wurde.

Tucker hasste diesen Ort; er hasste das Wasser, er hasste dieses Gefühl, wie ein Gleiten, wenn das Wasser in ihn eindrang, seine Gedanken infizierte, ihn unbesonnen, unkontrollierbar machte, nach all den Jahren.

Geh rein, geh raus, bring den Job hinter dich.

Kapitel 11

Die Schweizer Diplomaten stehen natürlich ganz besonders für Neutralität«, meinte Pennybacker vertraulich zu June, »aber in dieser unvollkommenen Welt ist es schwierig, Schweizer Diplomaten zu finden. Sogar schwierig, überhaupt Schweizer Bürger zu finden. Es gibt nicht so viele, wie man denkt! Nur vier Millionen, selbst in der Schweiz. Und zwei von ihnen wurden schon fürs Greenbrier abgestellt, für *deren* Angelegenheiten.«

Mitte der ersten Woche wurden am Bahnhof vier Neuankömmlinge begrüßt, in einer Wolke aus Pulverschnee kamen die beiden ersten in die Lobby gepoltert. Pennybacker kannte sie: Rudolf Reiff, ein kantiger Cembalist, an dessen graumeliertem Haar man unmöglich sein Alter ablesen konnte, und Felix Rufenacht, ein Dirigent mit knabenhaften Zügen und holzschnittartiger Frisur, beide Mitglieder eines Kammerorchesters, dem die Rückkehr nach Europa nach Pearl Harbor eine eher unerfreuliche Perspektive bot. Sie hatten in Washington, DC, gerade einen fünftägigen Crashkurs in Diplomatie absolviert und waren damit nur unwesentlich besser informiert als June.

Pennybacker sagte: »Ah, Rudy und Rufey!« Die beiden Schweizer hatten fünfundzwanzigtausend Dollar in einem Aktenkoffer mitgebracht, der an Felix' Handgelenk gekettet war; das Geld sollte an die japanischen Staatsangehörigen verteilt werden, solange deren Bankkonten unzugänglich waren. Sie nahmen ihre Zimmerschlüssel entgegen, beanspruchten als Büro den Glass Room (nicht zu verwechseln mit dem Glass Studio; Letzteres produzierte die Objekte, die in Ersterem aufbewahrt wurden) und freuten sich darauf, von Pennybacker auf den neuesten Stand gebracht zu werden.

Blieben noch die weiteren Ankömmlinge: zwei Mitglieder der Familie Gilfoyle.

Stella, die älteste Gilfoyle-Tochter, kam mit ihrem trübsinnigen Lächeln und einem Vogelkäfig mit einem Wellensittich in die Lobby getrampelt; das penetrante Kreischen, das aus dem Käfig zu hören war, drang durch den ganzen Raum. Junes letzte Begegnung mit ihr lag Monate zurück, aber Stella war wie immer: ernst, chaotisch, in eine Duftwolke aus Lavendel und Schweiß gehüllt. Sie hatte es zwar bis an die Grenze des Kinderlands geschafft, stand jetzt aber am Ende des Stegs und winkte den anderen nach, die sie zurückgelassen hatten.

»O Mann«, stöhnte Stella und ließ den Käfig fallen, um sich verschwitzt glänzend an June zu schmiegen. »Es war so heiß im Zug!«

»Stella, was willst du denn hier?«, fragte June. Es war verwirrend, ohne Vorwarnung einer Gilfoyle gegenüberzustehen. Normalerweise wäre Stellas Ankunft so etwas wie eine Staatsaffäre gewesen. June beschlich ein ungutes Gefühl; normalerweise wäre die älteste Gilfoyle-Tochter nirgendwo alleine hingefahren. »Ist denn Madeline bei dir?«

Stella zupfte an einem Ausweis, den man ihr um den Hals gehängt hatte.

»Hast du auch so einen?«

Ja, June hatte auch so einen. »Stella, du bist doch sicher nicht allein gekommen.«

»Natürlich nicht«, sagte Stella. »Ich bin mit Sandy da.«

Sandy?

Während June reglos verharrte, die Hände gefaltet wie ein Grabengel, beobachtete sie, wie die Chauffeure der Hotel-Cadillacs den jüngsten Gilfoyle ins Haus brachten. Er war nicht in der Lage gewesen, rechtzeitig zur Beerdigung zurückzukommen (nicht in der Lage? Oder nicht bereit? Er und Mr. Francis hatten sich bis zum Schluss gestritten), so dass sie ihn das letzte Mal auf einem Foto gesehen hatte, in Uniform; er hatte es ihr selbst geschickt *(O Mann – schau Dir diese lumpigen Fetzen an! Liebe Grüße, Sandy).* Erschrocken hatte June entdeckt, dass auch ihm jetzt der Zaubertrick gelungen war, sich aus einem schlaksigen Jungen mit großem Kopf in einen Mann mit sehnigen Armen und breiten Schultern zu verwandeln. Er hatte schon als Junge stets freundlich gewirkt – mandelförmige Augen, die immer zu lächeln schienen, auch wenn er gar nicht lächelte, die dichten blonden Augenbrauen fragend hochgezogen, auch wenn er gar nichts fragte – und war zu einem zugewandt wirkenden jungen Mann geworden.

Heute kehrte er im Rollstuhl in das Hotel seines Vaters zurück. Über seinem linken Ohr befand sich eine glattrasierte, drei mal neun Zentimeter große Fläche mit einer Naht, und die linke Gesichtshälfte war mit roten, verschorften Schrammen bedeckt. Obwohl June normalerweise keine Scheu vor Blut hatte, krampfte sich ihr der Magen zusammen; Wunden zu sehen, war das eine, aber sie an Sandy zu sehen etwas ganz anderes. Und das Schrecklichste von allem war seine Verfassung. Sandy bewegte sich nicht. Als T. J. und Lewis B. den Rollstuhl langsam die Treppe herauftrugen, saß er reglos da, mit leicht verwirrtem Stirnrunzeln, die Hände auf den Knien. Seine Ohren waren rot vor Kälte, aber er schien es nicht zu bemerken. Die Dackel flehten vergeblich.

Am Tag zuvor waren dreihundert internierte Diplomaten der Achsenmächte durch Junes Tür gekommen, aber im Vergleich zu dem hier war das nichts gewesen. Irgendetwas hatte eine Sprosse der Balkonbrüstung auf den Boden des Ballsaals hinabgeschleudert;

die Frau des Bürgermeisters hatte ein Lachen gehört. June hatte behauptet, das Wasser tue so etwas nicht, aber was wusste sie schon? Francis Gilfoyle tot in einer Kiste, Edgar Gilfoyle lebendig mit ihr im Bett und Sandy Gilfoyle seines Lächelns beraubt – all dies war eingetreten, also konnte alles passieren. Einen kurzen Moment zwischen zwei Atemzügen, dachte June, sie werde nie wieder glücklich sein. Dieser fremde Gedanke fühlte sich rein und schmerzlos an. Gestern war sie glücklich gewesen, morgen würde sie nicht mehr glücklich sein. Oder übermorgen. Über-übermorgen. Die lächelnde June gehörte der Vergangenheit an.

Es war ein Gefühl, das für jeden im Avalon schrecklich gewesen wäre, aber für June war es besonders schlimm – June, die dem Süßwasser lauschte, June, der das Süßwasser lauschte.

Das Personal beobachtete sie jetzt.

June schluckte.

»Ich konnte ihn nicht die Treppe hochschieben«, plapperte Stella, während June automatisch in Stellas Jackentasche griff, um T. J. und Lewis B. ein Trinkgeld zu geben. Stella hob die Arme, damit June es mit dem Taschendiebstahl leichter hatte und sagte nur: »Der arme Sandy Dandy.«

Der arme Sandy Dandy hatte einen an JUNE HUDSON adressierten Umschlag im Revers seiner Wolljacke stecken. Darin befand sich ein getippter Brief von Ernest Schwartz, dem Hausarzt der Gilfoyles, in dem er erklärte, dass Sandy bei einer Militärübung verunglückt sei. Die Explosion habe ihm einerseits körperliche Verletzungen zugefügt, die gewiss noch sichtbar sein würden, wenn June diesen Brief las, andererseits aber auch Symptome eines Granatenschocks hinterlassen, denn seit dem Unfall sei Sandy nicht mehr ansprechbar gewesen. Zwar habe man versucht, ihn zu behandeln – mit Sodium Amytal, Beruhigungsmitteln und Therapie –, aber erfolglos, und so sei nach Rücksprache mit Madeline beschlossen worden, ihn in sein Elternhaus zurückzuschicken, damit er dort genesen würde. Dr. Schwartz wusste zwar, dass das Avalon derzeit mit allen verfügbaren Kräften dem Land diente, doch sei mit den zuständigen Bundesbehörden vereinbart worden, dass Sandy trotzdem im Hotel wohnen sollte; dies biete mehr Anregung, als wenn er allein im Apartment der Familie saß, und wäre seinem Zustand förderlicher. Stella würde sich um ihn kümmern; zum Zeitpunkt, als der Brief verfasst wurde, habe man Edgar noch nicht erreicht, werde ihn aber sobald wie möglich informieren. *Hochachtungsvoll, mit herzlicher Anteilnahme, ich vermisse das Avalon jeden Tag, an dem ich nicht dort bin, Ernie Schwartz.*

June machte einen Versuch: »Sandy?«

Er blickte starr an ihr vorbei.

Dass Stella sich um Sandy kümmern sollte, zeigte, wie wenig man für ihn tun konnte. Es blieb nichts anderes übrig, als zu warten. June dachte daran, wie sie mit ihrer Mutter darauf gewartet hatten, dass ihr Vater auch emotional aus dem Ersten Weltkrieg zurückkehrte. Aber er war nie wirklich zurückgekommen, und sein letzter Gefühlsausbruch war der Pistolenschuss gewesen, mit dem er sich das Leben genommen hatte. *Diese gierigen Deutschen,* hatte ihre Mutter geflucht. *Die können nicht anders, sie lernen von Geburt an, die Welt zu erobern, zu zermalmen und wieder auszuspucken! Die scheren sich einen Dreck um ihre eigenen Söhne und Ehemänner, und natürlich sind ihnen die Söhne und Ehemänner anderer Leute genauso egal!* Ein Viertel der Patienten von Junes Vater waren deutsche Einwanderer gewesen, und trotz der wachsenden Feindseligkeit gegenüber den Deutschen hatte ihre Mutter nie ein Wort gegen sie verlauten lassen. Doch an jenem Tag, als sie über dem frisch aufgehäuften Grab stand, das den Leichnam ihres Mannes barg, hatte sie kein Ende gefunden. *Es gibt kein Mittel dagegen, man sollte sie alle erschießen! Gebt dieses Land all den Müttern und Ehefrauen, deren Herz sie gebrochen haben!*

»Ist schon gut, Sandylein«, sagte Stella liebenswürdig. Sie tätschelte die reglose Schulter ihres Bruders. »Mach dir keine Sorgen. Junebug ist dir nicht böse, oder?«

»Ich bin nicht böse.«

June wusste nicht, was sie war. Etwas Rohes, Ungeübtes. Wie das Süßwasser war sie beständig geworden, selten bestürzt, doch Sandy war in ihrem Herzen anderen Regeln gefolgt, seit dem Tag, an dem sie ihm zum ersten Mal begegnet war. Er wäre fast im Avalon IV ertrunken. Sie hatte die Tür geöffnet, den Schwefelgeruch wahrgenommen und eine fremde Hand gesehen, die aus dem schwarzen Wasser ragte. Viele Jahre später, als Sandy alt genug war, um richtig sprechen zu können, hatte er ihr gesagt, es seien eine Zeitlang zwei Hände gewesen, nicht nur eine Hand. Es waren zwei Hände nötig, um den Kopf eines kleinen Jungen über Wasser zu halten. Aber es war nur noch die eine Hand gewesen, als June eintrat, und als sie ihn herauszog, klitschnass und leblos (sein Kopf baumelte wie der eines geschlachteten Schweins auf seinem Körper) überzeugte June nur diese Hand davon, dass er noch lebte. Tote kleine Jungs konnten sich an nichts festklammern, lebende schon. Zum Glück für sie beide hatte June gerade von der Schafer-Methode zur künstlichen Beatmung gelesen – präsentiert in einer Reklame, die sowohl Leben retten wollte als auch Ogdens Zigaretten anpries – und an einem nahe gelegenen Nebengebäude eine Schubkarre lehnen sehen. So kam es, dass sie, ein junges Dienstmädchen aus den Bergen, das einen fast unverständlichen Dialekt sprach, den kleinen Sandy, das geliebte Baby der Familie Gilfoyle, zum Hotel hinaufschob. Als die Erste Hausdame wissen wollte, was June denn so weit vom Hotel entfernt im Avalon IV zu suchen gehabt hatte, erwiderte June: »Ich hab Ihnen ja gesagt, dass ich das Wasser hören kann.«

Warum *er* dort draußen gewesen war, hatten sie Sandy nie gefragt. Aber June wusste es.

Dieser Tag hatte ihrer beider Leben verändert, nicht wahr?

June neigte sich nun zu Sandy hinunter und erinnerte ihn flüsternd an damals. Aber er reagierte nicht.

Von der anderen Seite der Lobby hörte sie deutsches Gebrabbel, als zwei der Internierten zum Speisesaal gingen. Tief in ihrem Inneren spürte June eine ungute Empfindung, etwas mit Krallen und Klauen, den Impuls, sie wütend zu beschimpfen. Diese gierigen Deutschen …

Sie unterdrückte diesen Reflex sofort. Ja, sie war überrumpelt worden, aber das würde ihr nicht noch einmal passieren. Wenn Toad die Zimmer dieser Leute putzen konnte, konnte sie selbst erhobenen Hauptes ihre eigenen Aufgaben erledigen.

»Bitte bringt die Gilfoyles unter«, ordnete June an.

Alle Angestellten in der Nähe sprangen auf, bis auf einen. »Es tut mir so leid, Hoss«, sagte Griff leise.

June bemühte sich in den nächsten Tagen nach Kräften, den Gedanken an Sandy zu verdrängen und stürzte sich in die Arbeit. Es gab viel zu tun, das Übliche (das tägliche Klein-Klein, wie Griff das nannte), aber dank der besonderen Gäste auch eher Unübliches.

Die Strapazen der Reise hatten bei einem deutschen Konsularsekretär zu einer Blinddarmentzündung geführt, eine zu schwere Erkrankung, als dass der freundliche alte Hotelarzt sie behandeln konnte. June musste sich erst mit den örtlichen Sanitätern herumstreiten, bevor diese sich bereit erklärten, ihn nach Malden ins nächstgelegene Krankenhaus zu bringen, und schon als sie losfuhren – begleitet von einem Trupp Grenzschutzbeamter –, war ihr klar, dass wegen des Streits später die Presse an die Tür klopfen würde.

Toad rief June zu sich, weil sie wissen wollte, ob sie irgendwo im Hotel noch Laken versteckt habe; mehrere ranghohe Beamte hatten einen Tausch der Suiten verlangt, als sie entdeckten, dass ein paar

Bedienstete in größeren Zimmern gelandet waren als sie selbst, oder eine bessere Aussicht genossen. Die Wäscherei machte Überstunden, um all die Laken zu waschen, damit die neuen Herren ihre Zimmer beziehen konnten. June rückte widerwillig einen Teil ihrer geheimen Kriegsvorräte heraus und bat die Grotte, den aus ihren Räumen vertriebenen Dienstmädchen und Dienern Pfefferminzbonbons zu schicken.

Einer der italienischen Diplomaten setzte versehentlich sein Badezimmer in Brand, als er versuchte, ein Dokument der Botschaft zu vernichten, das er in seinem Schuh versteckt und vergessen hatte. Als June das nasse, verkohlte Papier in Agent Hugh Calloways Büro brachte, stellte dieser fest, dass es sich um eine Liste von Washingtoner Familien handelte, bei denen die italienischen Diplomaten während ihres Aufenthalts untergekommen waren. »Ich wollte ihnen Dankesbriefe schicken«, verteidigte sich der Italiener.

Griff Clemons berichtete, die Jungs in der Grotte wollten Erich von Limburg-Stirum unbedingt zu tollkühnen Stunts im Flugzeug oder Auto, auf dem Fahrrad- oder Pferdesattel überreden. June sagte, es sei nicht ihre Aufgabe, die Jungs zu bändigen, dafür sei Küchenchef Fortéscue zuständig. Worauf Griff seufzend zugab, dass sich hier gerade Fortéscue besonders hervortat.

Und Angela Bickenbach, die Frau des deutschen Handelsattachés, bat darum, das Hotel verlassen zu dürfen. Sie sei amerikanische Staatsbürgerin und könne nicht gezwungen werden, mit ihrem deutschen Ehemann nach Deutschland zurückzukehren. Sie hätten sich ausgesprochen und die Trennung beschlossen, damit sie in Amerika leben könne. »Ist das möglich?«, erkundigte sich June bei Pennybacker. »Es erfordert jede Menge Papierkram«, erwiderte er.

Und doch kehrten Junes Gedanken ständig zu Sandy Gilfoyle zurück, den sie immer wieder aus den Augenwinkeln im Rollstuhl erblickte, mal in diesem, mal in jenem Raum. Genau wie Mr. Francis hatte auch sie nicht gewollt, dass er zur Marine ging; und sie hatte auch nicht gewollt, dass er den Glauben an die Menschheit verlor. Er hatte gerade sein Studium beendet, es herrschte noch Frieden, eine Einberufung lag in weiter Ferne. *O Mann, du willst also nicht, dass ich das Richtige tue?* Ironischerweise hatte sie ihm eine diplomatische Laufbahn vorgeschlagen; er hatte während seiner Jahre auf dem College intensiv Fremdsprachen gelernt und beherrschte mehrere davon fließend. Doch Sandy war von dem Gedanken besessen, in die Armee einzutreten. Er, Carrie und Mr. Francis waren alle obsessiv, unfähig, Pläne wieder aufzugeben – das Gegenteil von Edgar und Stella, die sich anstrengen mussten, überhaupt einmal längere Zeit an einem Beschluss festzuhalten. Speziell Sandy war in der letzten Zeit auf die Geschichte eines deutschen Einwanderers, Robert Prager, fixiert gewesen. Robert Prager war während des Ersten Weltkriegs von einem Mob in Illinois gelyncht worden. Sandy hatte June davon geschrieben – *die haben ihn in eine amerikanische Flagge gewickelt, June, und ihn auf Glasscherben die Straße entlanglaufen lassen, sie dachten, er sei ein Spion* – und ihr, als er ins Avalon zurückkam, mehr darüber erzählt: wie der Bürgermeister versucht hatte, die Meute aufzuhalten, wie sie Prager gezwungen hatten, sich selbst die Schlinge um den Hals zu legen, wie sie ihn gefragt hatten, ob er einen Abschiedsbrief an seine Eltern schreiben wolle, und er dies auch tat. June sah, dass sich die grausame Geschichte in seinem Kopf festgesetzt hatte. Und dann wurde er Soldat. Als June ihn darauf hinwies, dass er gegen die Deutschen kämpfen würde, was dem Inhalt seiner Geschichte doch zuwiderlaufen würde, hatte er sie ernst angesehen.

»In diesem Krieg wird es um Gerechtigkeit gehen, June«, hatte er gesagt. »In diesem Krieg geht es um den Gemeinwillen. Was tun wir mit der Macht der vielen? Sind wir besser oder schlechter, wenn wir gemeinsam handeln? Üben wir Gerechtigkeit? Üben wir Vergeltung? Gönnen wir ein paar Leuten einen wirklich schönen Sommerurlaub? Prager wollte bei uns in die Marine eintreten, hatte aber ein krankes Auge; er glaubte an den Gemeinwillen, der sich für das Gute einsetzt. Ja, ich werde die Deutschen bekämpfen. Aber auf die richtige Art. Das hätte er auch getan.«

June wurde das Gefühl nicht los, dass er mit diesem Gerede nicht sie überzeugen, sondern Mr. Francis ärgern wollte, aber sie wusste nicht, wie sie die Spannung zwischen den beiden entschärfen sollte; sie diskutierten ja mit niemandem sonst, nur miteinander. Also sagte sie Sandy, sie sei sehr stolz darauf, wie er sich entwickelt habe, und er bot ihr an zu bleiben, wenn sie es unbedingt wolle – ein großzügiges Angebot, das er dem frustrierten Mr. Francis noch nie gemacht hatte. Aber June beabsichtigte nicht, ihn aufzuhalten. Das war der schmerzliche Aspekt des Vertrauens, nicht wahr? Wenn Sandy glaubte, er tue das Richtige, dann tat er es vermutlich auch.

Am Ende dieser Woche war June nach Aufgeben, und sie gönnte sich ein bisschen Luxus. Sie ließ die Dackel an der Rezeption zurück und sagte, sie werde in einer Stunde wieder da sein. Zuerst wollte sie zu 411, aber sie war sich nicht sicher, ob der ätzende Trost, den sie erwartungsgemäß finden würde, jetzt das war, was sie wirklich brauchte, also lenkte sie ihre Schritte in Richtung Ballsaal. Ihr kam die Idee, sich im Orchestergraben zu verstecken und ein paar Augenblicke lang zu sammeln.

Sie schloss die großen Türen auf, trat ein und schloss hinter sich wieder ab. Die Gedichte schwebten noch an dem Gestell; leise drehten sich die Blätter im Luftstrom, den Junes Eintreten verursacht hatte. Sie ging zum Brunnen und setzte sich auf seinen Rand. Sanft berührte sie eine der gemeißelten Rhododendrenblüten und atmete tief, tief, tief aus.

Die morsche Balkongeländersprosse war nur wenige Meter von hier entfernt herabgestürzt. June dachte an das Lachen, das die Frau des Bürgermeisters gehört hatte.

Sie tauchte die Hand ins Wasser.

Trost erfüllte sie, ein Jahrzehnt des Trostes. Zwei Jahrzehnte. Ihr ganzes Erwachsenenleben. Wenn June ihre Hand ganz ins Wasser tauchte, glich sie normalerweise irgendetwas Negatives aus, setzte ihr eigenes Wohlbefinden ein, um irgendeiner Unpässlichkeit, an der ein Gast litt, entgegenzuwirken.

Heute jedoch nutzte sie das Wasser selber wie ein Gast, nur für sich allein. Das Süßwasser sog das ungute Gefühl aus ihr heraus, und sie ließ sich von ihm heilen.

Dem Hotel ging es doch gut, nicht wahr? Besser sogar, als sie gehofft hatte. Dieser alte Frachtkahn hat schon so viel gesehen, dachte sie liebevoll, und selbst ein Schwanken seiner Kapitänin kann ihn nicht erschüttern, nicht nach einem Jahrzehnt der Freude und Zufriedenheit. Wie seltsam, dachte June, dass Gilfoyle recht gehabt hatte; sie würde diese Mission tatsächlich bewältigen. Sie würden sich um die diplomatischen Delegationen kümmern, sie irgendwann in einen Zug setzen und sich auf die nächste Frühjahrssaison mit Kriegshochzeiten und festlichen Bällen vorbereiten. Der Sachverständige würde seine Tätigkeit zur Separierung des Lily House abschließen, und June würde eine notarielle Urkunde erhalten. Sandy, jung und stark, würde sich erholen; denn anders als Junes Vater hatte Sandy ja das Avalon, dessen heilende Freude seine Segel füllte.

Und vielleicht, nur vielleicht, würde Gilfoyle ihre Hand, wenn er sie das nächste Mal in seine nahm, nicht mehr loslassen.

Sssssst!

June schreckte auf, als etwas über den Stein direkt in den Springbrunnen glitt. Etwas Leichtes und Helles, das langsam unterging. Als sie es aus dem Wasser zog, sah sie, dass es ein Papierflugzeug war, aus einem Poesieblatt gefaltet.

Sie beschirmte ihre Augen gegen das helle, kalte Sonnenlicht, das durch die hohen Fenster fiel, und entdeckte zwischen den schwebenden, kreisenden Blättern drei Gestalten auf dem Balkon.

Eine dieser Personen stieß einen kurzen Schrei aus. Eine andere sagte: »Achtung! Hoss!«

Dann rief jemand irgendetwas auf Deutsch.

»Rührt euch nicht vom Fleck!«, warnte June.

Die Balkongestalten hätten genug Zeit gehabt, sich aus dem Staub zu machen, während June zur in der Ecke versteckten Personaltreppe eilte, aber sie erwartete, dass sie ihr gehorchen würden, und behielt recht damit. Auf dem Balkon im dritten Stock entdeckte sie zwei ihrer Kellner, Sebastian Hepp und Paul Eidenmüller, und einen prominenten Kunstflieger, Erich von Limburg-Stirum.

Um sie herum lagen Geschwader von Papierfliegern und stapelweise stibitzte Seiten mit Gedichten, die darauf warteten, gefaltet zu werden.

Die drei Jungs blinzelten zu ihr hoch, wie Waschbären, die sich unter einem Auto versteckt haben.

Keiner von ihnen hatte hier etwas zu suchen. Sebastian und Paul hätten eigentlich den Speisesaal herrichten sollen. Erich von Limburg-Stirum, einer der Internierten (Pennybacker war zurückgerudert, als June sie »Häftlinge« genannt hatte, denn das wäre nach internationalem Recht nicht zulässig gewesen), hatte weder Zutritt zum Ballsaal noch zum Balkon.

June blickte auf sie hinunter – den großäugigen Sebastian, der im Schneidersitz vor ihr saß, ein Gedicht in den Händen; den hageren, schlaksigen Paul, der wie ein Betender kniete, um mit möglichst viel Druck eine Flügelfalte glattzustreichen; Erich, mit seinem gutherzigen Gesicht, der bäuchlings, auf einen Ellbogen gestützt, vor ihr lag – und jetzt an ihrer Leinenhose zupfte, weil er wollte, dass auch June es sich bei ihnen auf dem Boden bequem machte. Sie streckte die Hand aus, und Sebastian legte ein Gedicht hinein.

Wenn sich zweie treffen müssen,
So im grünen Roggen;
Wenn sich zweie müssen küssen,
Weint man da im Roggen?

»Gehört das zu Ihrer Ausbildung?«, erkundigte sie sich bei Erich, während sie zu falten begann. Das dicke Papier verwandelte sich unter ihren Fingern von einem poetischen Kunstwerk ins nächste; da immer wieder andere Wörter durchs Falten aus dem Blickfeld gerieten, änderte sich die Aussage des Gedichtes immer wieder.

»Ja, natürlich«, erwiderte Erich. Er hatte eine erstaunlich tiefe Stimme. »Dafür bin ich berühmt.«

»Den nicht als Vorlage nehmen!«, warnte Sebastian, als er sah, wie June ihren Flieger einem anderen Modell nachbildete. »Ein misslungenes Modell. Mit großen Mängeln. Es sollte nie den Himmel sehen.«

Paul murmelte etwas auf Deutsch, und alle lachten, worauf er sich beeilte, June auf Englisch zu erklären: »Ich hab ihnen gesagt, sie sollen sich nicht über meinen Papierflieger lustig machen.«

Als June fertig war, inspizierte Erich ihr Werk, die hellen Augenbrauen konzentriert gerunzelt, als gäbe es für ihn nichts Wichtigeres als Junes Papierflieger. Er klappte ein paar Stege in die Flügel, um sie zu stabilisieren, und bog die Nase nach unten.

»Startklar?«, fragte er.

»Ich denke mal, als Hoteldirektorin sollte ich das selber tun«, meinte June.

Sie sandte den Flieger übers Balkongeländer. Er flog brav ein Dutzend Meter geradeaus, bevor es im Sturzflug Richtung Boden sauste. Von hier oben war der Aufprall nicht zu hören. Das Ding sah aus wie ein toter Schwan.

»Da lässt man doch lieber den Experten ran«, murmelte Sebastian.

»Fachkenntnis übertrifft Rang«, fügte Paul hinzu.

Und Erich sagte freundlich: »Das war nicht schlecht für den Anfang.«

June neigte dankend den Kopf. »Wie gefällt es Ihnen im Avalon, Herr von Limburg-Stirum?«

(Ihre beiden Kellner äfften sofort entzückt ihre Aussprache nach: Hääärrrrrrr. Häärrrr von Limburg-Stirum.)

»Es ist sehr schön, mir gefällt es hier sehr gut«, erwiderte Erich. Er zählte an den Fingern auf. »Ich genieße den Kaffee, ich genieße das sehr bequeme Bett, ich genieße den gastfreundlichen Service.« Als sie ihn mit hochgezogenen Augenbrauen ansah, gab er zu: »Man hat mir gesagt, dass es an einem neuen Ort angemessen sei, den Gastgebern drei Aspekte der Betreuung zu nennen, die einem gefallen, und dass sie das sehr freut.«

»Es freut mich sehr.«

Er nickte lächelnd.

Ihre nächste Frage war wahrscheinlich nicht besonders höflich, aber sie wünschte sich eine Antwort darauf, schon seit sie erfahren hatte, dass er kommen würde. »Macht es Sie wütend, dass Sie hier sind?«

»Ich wusste, dass es ein Risiko war, in Amerika zu bleiben«, meinte Erich. »Ich dachte allerdings nicht, dass unsere Länder Krieg führen würden, obwohl ja klar war, dass es um die Beziehungen nicht gut stand. Aber ich liebe es, zu fliegen« – er ahmte eine Kunstflugfigur nach, indem er die Hand akrobatisch über die Bodendielen bewegte, »nicht im Kampfeinsatz, sondern aus Freude. Und obwohl ich mein Land liebe, ist Amerika nun einmal meine neue Heimat geworden.« Bei diesen Worten verzog sich sein harmloses Gesicht zu einem versonnenen Lächeln, als denke er an die Menschenmengen, die er hier beeindruckt hatte. Doch es dauerte nicht lange, und das Lächeln verflog wieder. »In Deutschland werde ich Bomben abwerfen müssen. Das wird sehr schwer für mich.«

Sebastian und Paul starrten auf ihre Hände und die Gedichtstapel, die darauf warteten, gefaltet zu werden. Über dieses Thema hatten sie vor Junes Ankunft offensichtlich noch nicht gesprochen, und jetzt wussten sie nicht, wie sie dieses Gespräch mit ihrem großartigen Helden in Einklang bringen sollten. Erich begann einen neuen Papierflieger zu falten, strich den Bogen Papier aber gleich wieder glatt. Er wandte den Blick nicht von seiner Hand ab, die er fest aufs Papier presste.

Gute Manieren, sagte Mr. Francis in Junes Kopf, *sind dazu da, die Welt zu einem schöneren Ort zu machen. Manchmal heißt das, man hat einen unschönen Gedanken, den man aber nicht ausspricht. Manchmal heißt es, man hat ein unschönes Bedürfnis, das man aber nicht befriedigt. In dem Moment, wo diese Dinge unseren Kopf verlassen, wird die Welt ein bisschen weniger schön, verstehst du? Kultivierte Menschen geben sich alle erdenkliche Mühe, ihre unschönen Gedanken zu verbergen; sie trainieren das ihr ganzes Leben lang.*

June: *Wollen Sie damit sagen, dass es unsere Aufgabe ist, die unschönen Gedanken anderer Leute zu erraten, damit sie sie nicht aussprechen müssen, ja?*

Mr. Francis: *Sehr gut, June.*

Sie stupste Erichs unschöne Gedanken an. »Da ist noch etwas anderes. Nicht wahr?«

»Ja«, antwortete er sofort, »aber … Ich habe es bereits dem Mann vom State Department gesagt, das ist alles, was ich tun kann. Ich glaube, meine Verlobte weiß gar nicht, dass ich hier bin; möglicherweise denkt sie, ich sei einfach abgehauen. Ich weiß zwar nicht, ob sie überhaupt mit mir zurückgehen würde, aber es belastet mich, dass … Ich möchte nicht, dass sie denkt, ich sei auf Tournee gegangen und hätte sie sitzengelassen.«

(Warum sagen Sie »unschön« statt einfach »hässlich«?

Nur weil etwas nicht schön ist, ist es noch lange nicht hässlich. Aber das Notwendige ist sehr selten schön.)

»Was hat Pennybacker gesagt?«

»Er arbeitet daran. Geduld, sagt er. Es geht alles sehr langsam«, meinte Erich. Plötzlich hatte er es offenbar satt, nicht mehr der umjubelte Held zu sein; er griff nach einem der aussortierten Papierflieger, setzte sein harmloses Grinsen auf und erklärte: »Ansonsten wäre ich hier im Avalon sehr glücklich. Sie können mich gern bis nächstes Jahr hierbehalten, oder länger.«

June hatte von Gilfoyle gelernt, wie wichtig es war, Menschen einen Ausstieg aus Gesprächen zu ermöglichen. »Ich bleib an ihm dran«, sagte sie forciert fröhlich. »Er kriegt so lange kürzere Laken, bis Sie zufrieden sind, einverstanden?«

Plötzlich erlosch das Lächeln in den Gesichtern der drei jungen Männer. Die Stimmung wurde mit einem Mal so frostig, dass June sich umdrehte.

Dort stand Tucker Rye Minnick. Das war nicht Tucker Rye Minnick mit der Kohletätowierung. Das war Bundesagent Tucker Rye Minnick, das personifizierte Gesetz, der Zutritt-Verboten-Tucker.

Er sagte: »Raus!«

Die Deutschen sprangen auf. Die Anwesenheit eines Fremden verwandelte Sebastian und Paul sofort wieder in Kellner. Höfliches Lächeln, würdevolles Gebaren, zurückhaltender Blick.

Sie glitten aus dem Raum, ihre Jungenhaftigkeit war wie weggewischt. Und Erich von Limburg-Stirum wurde wieder zum Kunstflugpiloten eines feindlichen Landes. Er lächelte schief, entschuldigte sich aufrichtig und reichte Minnick den Papierflieger, den er noch in der Hand hielt.

Agent Minnick nahm ihn entgegen, als handele es sich um ein Beweisstück.

Als Erich gegangen war, sagte Agent Minnick tief enttäuscht: »Miss Hudson!«

Sie war sich bewusst, dass er hier ganz allein mit ihr stand, ganz nahe, sie spürte seine Männlichkeit. Er wirkte wie ein Boxer, die Arme verschränkt, die Hände in den Achseln, die Beine gespreizt, eine Körperhaltung, die irgendwie nicht zu seinem Anzug passte. (Jetzt war er nicht mehr Federal Agent Minnick, sondern Minnick mit der Kohletätowierung.) Er schien auf diesem Balkon mehr Platz einzunehmen als die drei jungen Männer zusammen. Beim Papierfliegerfalten hatte June nicht darüber nachgedacht, wie viel Raum zwischen ihr und den jungen Männern war, jetzt aber dachte sie sehr wohl an den Raum zwischen sich und Agent Minnick.

»Die drei haben doch nur Papierflieger gebastelt«, meinte sie.

Er betrachtete das Gebilde in seiner Hand und erwiderte ohne zu lächeln: »Kommen Sie mit.«

Nur ein paar Meter weiter im Flur drückte er eine Tür auf, und June sah, dass der Schreibtisch dieses Zimmers mit technischem Equipment bedeckt war: Kopfhörer, Kabel, Funkempfänger.

»Ist das …«

»Mr. Pennybacker würde es Ihnen nicht so wortreich erklären«, erwiderte Agent Minnick, »aber einige der ausländischen Staatsangehörigen, die derzeit im Avalon wohnen, hatten vor Pearl Harbor weitreichenden Zugang zu wichtigen Bereichen von Amerikas Infrastruktur. Einige von ihnen haben sich diese Informationen womöglich ganz bewusst für ihre Regierungen verschafft. Es gehört zu meinen Aufgaben, diese Personen zu überprüfen, bevor sie das Avalon wieder verlassen; sie könnten schließlich eine Bedrohung darstellen.«

»Die drei haben doch nur Papierflieger gebastelt«, wiederholte June.

»Erich von Limburg-Stirums älterer Bruder ist in Deutschland SS-Gruppenführer. Wissen Sie, was das heißt?«

Sie wusste, was das hieß.

»Falls er vorhin allein hier war und meine Abhörvorrichtung entdeckt hat, ist die gesamte Überwachung gefährdet. Die Deutschen könnten ab jetzt schweigen oder mich mit falschen Informationen füttern, weil sie wissen, dass ich diese Informationen nach Washington übermittle.«

»Es sei denn, sie haben wirklich nur Papierflieger gebastelt.«

Er starrte sie an. Ihm war klar, dass sie seine Argumente durchaus begriff und sich nur störrisch gab. »Stimmt es, dass Sie einen weiblichen Gast kurzerhand ins Personal aufgenommen haben, statt sie wie angeordnet wegzuschicken?«

»Nur in diesem einen Fall.«

»Das sieht nach einer bewussten Umgehung der Regeln aus.«

»Das sehen Sie ganz richtig.«

»Miss Hudson, es fällt mir schwer zu glauben, dass Sie die Sache mit den Papierfliegern ernst genug nehmen.«

In Junes grauen Kladden hatte das Personal vermerkt, Tucker Rye Minnick habe eine Sammlung bunter Dosenetiketten an den Rasierspiegel in seiner Suite geklebt. Einige der Dosenetiketten waren, wie das Zimmermädchen feststellte, schon mehrere Jahre alt, verblasst und mehrfach überklebt. Auf einigen anderen war etwas notiert, aber die Hausmädchen hatten sich keinen Reim darauf machen können. (Eines der Zimmermädchen hatte außerdem in schwungvoller Handschrift vermerkt, er trage keinen Ehering; diese Handschrift passte zu einer ähnlichen Bemerkung auf Agent Harris' Seite.) June fiel es schwer, einen Sammler von Dosenetiketten mit dem Mann in Einklang zu bringen, der hier vor ihr stand.

»Ich nehme meinen Job ernst«, meinte June jetzt. »Und mein Job besteht darin, hier im Hotel für reibungslose Abläufe zu sorgen. Mein Job besteht darin, die Moral meiner Angestellten hochzuhalten. Mein Job besteht darin, für die Zufriedenheit der Gäste zu sorgen. Mein Job besteht darin, ihre Wünsche in Erfahrung zu bringen und zu erfüllen. Und *Ihr* Job ist es, sie als Feinde zu betrachten.

Kümmern Sie sich um Ihre Angelegenheiten. Ich kümmere mich um meine.«

»Dem kann ich nicht zustimmen. Manchmal werden Ihre Angelegenheiten meine Angelegenheiten sein.«

Er öffnete seine Jacke – wie erschreckend, dass in ihrem Hotel jemand bewaffnet war –, zog ein Dokument heraus und überflog es. Sie sah gerade noch, dass es ein handgeschriebenes Anrufprotokoll war, bevor er es wegsteckte und fragte: »Wofür steht 6CRW?«

»Das ist eine Garderobe im Westflügel im sechsten Stock. Wissen Sie was, Agent Minnick? Die meisten Leute finden mich recht charmant.«

Er kniff die Augen zusammen. »Warum gibt es in dieser Garderobe ein Telefon?«

»Wir haben einen Veranstaltungsraum im sechsten Stock. Waren sie jemals in der Situation, dass Ihnen während der Geburtstagsparty des Gouverneurs das Pistazieneis ausging? Sehr unangenehm, Agent.«

»Wer hat Zugang?«

»Die Angestellten, die in der Grotte anrufen müssen, damit Eis-Nachschub kommt.« Er lächelte nicht. Sie fuhr fort. »Der Raum wird nicht abgeschlossen. Jeder könnte dort rein. Aber es ist kein Gastraum; eigentlich sollte dort niemand sein. Warum?«

Doch Agent Minnick knöpfte nur schweigend sein Jackett über der Dienstwaffe zu. Wo er sie wohl hinlegt, fragte sich June, wenn er schläft? Auf den Nachttisch, neben die Lampe? Auf die Schreibtischunterlage, die den vom Hotel bereitgelegten Notizblock verdeckte? Auf den Badezimmertisch, neben den Schlitzen, in die man gebrauchte Rasierklingen warf? Unter sein Kopfkissen, wenn er Alpträume hatte?

»Sie sollten daran denken, dass Krieg herrscht«, sagte er.

Kapitel 12

Daran denken, dass Krieg herrscht? *Daran denken, dass Krieg herrscht?* Wie hätte June das vergessen können! Außer, dass in ihrem Hotel feindliche Ausländer einquartiert waren, entstanden bei ihrer täglichen Arbeit nun immer mehr Probleme, die es in Friedenszeiten nie gegeben hätte.

Am Tag vor der Ankunft der Diplomaten war in der Grotte die Butterportioniermaschine kaputtgegangen (normalerweise produzierte sie hundert Stück Butter pro Minute, aber plötzlich quetschte sie nur noch einen einzigen dicken Batzen heraus, etwa in der Form Kaliforniens). Sie würde wohl defekt bleiben, denn es schien ein Ersatzteil nötig zu sein, das sehr gefragt war, weil es auch für irgendein Kriegsgerät gebraucht wurde, ein unglücklicher Zufall, der dem Avalon keine Priorität einräumte. Und das war nur der Anfang. Bald schon bedeckten Junes Schreibtisch schiefe Stapel mit PD-1-A-Formularen, abgelehnt vom War Production Board, so dass immer mehr Staubsauger, Traktoren und Aufzüge ohne Ersatzteile blieben. Drei von Junes Portiers wurden gleichzeitig eingezogen, was Griff dazu zwang, in aller Eile drei junge Hausdiener zu befördern und auszubilden. Das würde später einen Mangel an Hausdienern bedeuten, aber das war ein Problem der Zukunft, vorerst war das der Gegenwart gelöst. In der Personalkantine wurden eifrig Bilder herumgereicht, die momentan erlaubte und nicht erlaubte Mode zeigten. In Erwartung von Engpässen hatte das WPB seine Aufmerksamkeit Kleidungsstücken zugewandt. Säume, Umschläge, Ballonärmel, Gürtel: All das musste für die Kriegsanstrengungen reduziert werden. Aus Röcken mit zwölf Falten wurden Röcke mit acht Falten. Aus Fünf-Zoll-Wollgürteln wurden Ein-Zoll-Ledergürtel. Mäntel mit geraffter Taille wurden schlichter, Taschenklappen immer schmaler. Kleider wurden kürzer, die Knie kamen in Sicht. Bei Badeanzügen wurden aus Einteilern Zweiteiler; die kostbaren Zentimeter, die vorher weibliche Taillen bedeckt hatten, bedeckten nun Amerikas kämpfende Männer.

»Die armen Kleinen«, meinte ein Dienstmädchen.

»Babykleidung bleibt davon ausgenommen, Verna«, sagte June. Und zur Cafeteriabedienung: »Obstsalat, bitte.«

»Die arme Zara heiratet bald!«, rief eine Wäscherin.

»Hochzeitskleider bleiben davon ausgenommen, Bertha Mae.« Zur nächsten Cafeteriabedienung: »Ein Ei reicht mir, danke. Ja, Spiegelei ist in Ordnung. Was eben noch übrig ist.«

»Unsere Uniformen entsprechen nicht den Vorschriften!«, meinte die Mitarbeiterin, die für die Gästehistorie zuständig war.

June versuchte, sie alle dahingehend zu beruhigen, dass das WPB sich nicht für bereits existierende Uniformen oder für die selbst genähten Kleider interessierte, die die meisten von ihnen trugen; aber sie spürte, dass eigentlich niemand beruhigt werden wollte. In den Bergen baute sich langsam Energie auf. Kriegsfieber.

»Das ist kein Gesetz gegen das Ausbessern, Luellen«, sagte June, »nur gegen das Schneidern.«

»Und was ist mit Aufschneidern?«, scherzte Luellen.

»Hoffen wir mal, dass gegen die kein Gesetz erlassen wird«, entgegnete June, »sonst holen sie dich heute Abend noch ab!«

Daran denken, dass Krieg herrscht! Ärgerlicherweise langweilten sich die Diplomaten bereits. Im Avalon befiel die Langeweile, wie dies bei vielen Krankheiten der Fall ist, zuerst nur die Jungen und die

Schwachen. Alle anderen boten ihr mit einem straffen Programm aus körperlicher und geistiger Stimulation die Stirn, wenn auch Winnet und Tennis, Reiten und Schwimmen, die Berge, das Wasser den Diplomaten verwehrt blieb, aber schließlich waren sie ja nicht freiwillig hier im Avalon. Diese Tatsache ließ sich nicht verdrängen. Überall wimmelte es von Agenten der Grenzpolizei. Und auch wenn das Wort »Häftlinge« vermieden wurde – das Avalon war trotzdem ein Gefangenenlager.

In der ersten Märzwoche verabschiedete sich Angela Bickenbach von Gerhard Bickenbach, dem Handelsattaché, auf der Treppe des Avalon; ihrem Antrag, sich ihre amerikanische Staatsbürgerschaft zunutze zu machen, war endlich stattgegeben worden. Als June sie gefragt hatte, wie es sich denn für ihren Mann anfühlte, ohne sie nach Deutschland zurückgesandt zu werden, hatte Angela geantwortet: Natürlich ist er niedergeschmettert, aber sie hatte dabei ziemlich erfreut geklungen. June empfand ein wenig Mitleid mit der zukünftigen Angela Bickenbach. Die aktuelle Angela war überwältigt von der Entdeckung, dass ihr Mann sie immer noch genug liebte, um über ihren Verlust zu weinen, und dazu kam die berauschende, verwirrende Freude, eine große, weitreichende Entscheidung getroffen zu haben, in einer Situation, in der fast keine Entscheidungen mehr möglich waren. Später, wenn ihr Handelsattaché in einem anderen Land leben würde, wenn Briefe nicht mehr verlässlich zugestellt und die Nachrichten von der Front düster klingen würden, wenn der Krieg sich über Jahre hinziehen und ihr allmählich dämmern würde, dass es kein Wiedersehen mit Gerhard gab, dann würde die zukünftige Angela sich vielleicht wünschen, sie hätte sich mit dem Abschied länger Zeit gelassen.

Zwei weitere amerikanische Ehefrauen reisten an diesem Tag mit ihren Kindern ab; June schmerzte der Anblick der Kleinen. Während ihres Aufenthalts waren die jüngsten Mitglieder der japanischen Delegation unheimlich brav gewesen, doch auf der Treppe des Avalon weinten die fünf Kinder jetzt so herzzerreißend, wie jedes amerikanische Kind es getan hätte. Selbst wenn man den Kleinen irgendwelche Märchen aufgetischt hatte, sahen sie doch, dass ihr Gepäck das Avalon verließ und ihre Väter blieben.

Einer der japanischen Ehemänner, trockenen Auges, aber ganz grau im Gesicht, schüttelte seinem weinenden Sohn förmlich die Hand.

»Ich hätte nie gedacht, dass ich mal Mitleid mit den Nazis und den Japanern haben würde«, meinte Griff, »aber das hier geht einem schon ziemlich nahe.«

In den Fenstern des Hotels drängten sich die Gäste, selbst 411 schaute herab. In den Gesichtern in ihrer Nähe erkannte June sowohl Mitgefühl als auch Neid. Wie schrecklich, eine Familie zu trennen!, dachten diese Leute. Aber auch: Wie wunderbar, hier wegzukommen!

June wollte nicht, dass das Süßwasser solche Lektionen lernte.

Nach der Abreise der amerikanischen Ehefrauen bat sie die Schweizer Gesandten, in Erfahrung zu bringen, ob den in Deutschland und Japan internierten amerikanischen Diplomaten neue Aktivitäten erlaubt wurden, die man im Gegenzug auch den hier festgesetzten Diplomaten gestatten konnte (wobei sie inständig hoffte, die Antwort möge nicht »Besuch heißer Quellen« lauten). Zu ihrer Erleichterung erhielt sie ein paar Tage später eine brauchbare Antwort: Man erlaubte den Amerikanern, genehmigte Druckerzeugnisse zu lesen. Eine Zeitung. Ausgewählte Romane.

Ja! Romane! Geschichten! Wenn Gilfoyle länger geblieben wäre, hätte er vielleicht genau das vorgeschlagen; als Junge hatte er immer ein Buch bei sich gehabt. Wenn sie auf dem Rasen hinterm Haus spielten, stand er wie ein Flamingo auf einem Bein, das andere Bein angewinkelt, den rechten Fuß aufs linke Knie gestützt, ein Buch in der Hand. Nachdem er und June sich die Lippen wundgeküsst hatten, lag er bäuchlings neben ihr, ein Buch in der Hand, während er mit der anderen zerstreut ihr Haar streichelte. Er las die langweiligsten Texte, Sachbücher und Romane gleichermaßen, stöhnte über Seegefechte, militärische Strapazen und Wirtschaftsallianzen. Ohne Bücher wurde er reizbar und neurotisch. Ohne sie hätte er keinen einzigen Tag im Avalon überlebt, geschweige denn eine Woche oder länger.

Was gab es bei Druckerzeugnissen wohl zu genehmigen? Der Schweizer Dirigent erklärte June, dass es weniger darum gehe, was genehmigt wurde, als vielmehr darum, was nicht genehmigt werde.

Nicht genehmigt:
Informationen über die amerikanische Infrastruktur
Themen des extremen Nationalismus
Erzählungen über Aufstände gegen Eroberer
Erzählungen über die Flucht in die Berge
Spionage allgemein

June mobilisierte eine Gruppe von Angestellten, die im ganzen Hotel nach geeigneten Texten suchten. Obwohl es im Avalon vorwiegend Sachbücher gab – Recht, Geographie, Geometrie, alte Geschichte –, verfügten sie auch über eine beachtliche Sammlung literarischer Werke, zurückgelassen von Gästen, die nur während ihres Urlaubs im Avalon, in dieser aus der Zeit gefallenen Landschaft, Muße zum Lesen fanden. Schon nach wenigen Stunden hatten ihre Mitarbeiter einen Haufen *Genehmigter Druckerzeugnisse* zusammengestellt.

Sie würden die Bücher natürlich nicht aufeinandergestapelt präsentieren. Nein, das Avalon würde genau das tun, was es am besten konnte. Eine literarische Veranstaltung mit Musik und themenbezogenen Erfrischungen war jetzt genau das Richtige.

Das Wasser im Ballsaal hatte June aufgeheitert. Es war an der Zeit, sich dafür erkenntlich zu zeigen.

Zieht alle Register, instruierte June ihr Personal. *Erinnert die Diplomaten daran, dass sie sich im Grand Hotel Avalon & Spa befinden.*

Erinnert das Wasser daran, wie sich Glück anfühlt.

»Sind wir auch eingeladen?«, fragte Emmi Polk, als sie zögernd auf der Schwelle des Tapestry Room stand, verheddert in einem unsichtbaren sozialen Netz. Frau Polk war eine der deutschen Nannys. *Nanny* war besser als *Dienstmädchen*, aber doch Welten von einem Konsularsekretär entfernt. Anders als die Dienstmädchen der Delegation, die aus ihren schönen Zimmern vertrieben worden waren, war Emmi Polk ranghoch genug, um ihre Suite mit der reizvollen Aussicht zu behalten, aber immer noch zu unbedeutend, um zu den Cocktailpartys eingeladen zu werden, die allabendlich in Dr. Kirschs Suite stattfanden.

Die Nanny, der vor vielen Jahren der kleine Sandy Gilfoyle davongelaufen war, den ganzen weiten Weg zum Avalon IV hinab, war gefeuert worden und durfte nicht mal ihre Uniformstrümpfe behalten; June fragte sich manchmal, was aus ihr geworden war. Die seltsame junge June damals hatte sich gedanklich nur mit der unverhofften Aufmerksamkeit der Familie Gilfoyle beschäftigt; doch die ältere June fragte sich, welche Umstände wohl dazu geführt haben mochten, dass Sandy, ein gehorsames, anspruchsvolles Kind, seiner Nanny einfach entwischt war. Sandy erinnerte sich ja selbst kaum an jenen Tag; und es gab keine unmittelbare Vorgesetzte der Nannies, die man hätte fragen können. Anders als June – kaum war sie Zimmermädchen geworden, hatte sie Toad als Beschützerin gewonnen – gab es für die Kindermädchen des Hotels weder direkte Vorgesetzte noch sonstigen Beistand. Sie besaßen ebensoviel Autonomie und Verantwortung wie die Hotelärzte, aber nichts von deren Macht.

Wie hieß die Nanny noch mal?

June, daran kann ich mich nach all den Jahren wirklich nicht mehr erinnern.

Sie hat auf Ihren Sohn aufgepasst, und er wäre fast gestorben. Wer aber hat auf die Nanny aufgepasst? Was, wenn es das Kind von Gästen gewesen wäre?

Mr. Francis hatte gelacht, amüsiert und ungläubig zugleich. *Willst du etwa damit sagen, dass es meine Schuld war?*

Die Nanny stand auf der Gehaltsliste des Avalon, hatte June geantwortet. *Also ja.*

Als June Personalchefin wurde, nahm sie vernachlässigte Posten ins Visier. Kindermädchen, Schildermaler, Portiers. Zuvor hatte es zwischen diesen Angestellten und Mr. Francis niemanden gegeben, abgesehen vom Personalchef, der aber für Hunderte von Menschen verantwortlich war. June nahm eine Umstrukturierung vor: Künftig waren die Portiers dem Personalchef und die Schildermaler der Werbeabteilung unterstellt. Für die Kindermädchen war Toad zuständig. Die Erste Hausdame hatte zwar erbittert protestiert, aber June hatte geantwortet: Wer weiß mehr über verlorene Kinder als Sie?

Heute konnten Angestellte nur so viel Ärger bekommen, wie es ihr jeweiliger Status zuließ. Sandys Nanny hätte ihren Job behalten; Sandy wäre nie ins Avalon IV gelockt worden; June hätte ihn nie gerettet; Mr. Francis wäre nie auf sie aufmerksam geworden; sie hätte das Avalon nie über die Jahre der Weltwirtschaftskrise hinübergerettet. Was wäre aus ihr und dem Avalon geworden, hätte es nicht jenes namenlose Kindermädchen gegeben?

»Dieses Fest ist für alle Gäste«, sagte June zu Emmi Polk, der deutschen Nanny. »Ich wünsche Ihnen einen wunderbaren Abend!«

Emmis Blick wanderte ehrfürchtig durch den Raum. June sah, dass diesem Bücherbasar im Tapestry Room immer noch ein Hauch des Verbotenen anhaftete. »Wie schön!«

Und das war es tatsächlich. Der achteckige Tapestry Room lag versteckt im Schnittpunkt mehrerer Flügel des Hotelgebäudes. Jede der acht Wände war mit einem historischen Wandteppich bedeckt. Zerschlissene Teppiche, die nicht mehr als Wandschmuck taugten, dienten dazu, beschädigte Clubsessel auszubessern. Auf dem Boden lagen Perserteppiche. Handgefärbte Seidenbahnen, doppelt so lang wie June groß war, hingen frei von der Decke herab; man konnte sie auch an dekorative Messingelemente knüpfen, die so angebracht waren, dass ein Raumteiler entstand. Es war ein sinnlicher, ganz ungewöhnlicher Raum, ermöglicht durch die Kombination von Reichtum, Kreativität und dem seltenen Zufall, dass man die richtige Künstlerin damit betraut hatte. Er wirkte noch genauso originell und gelungen wie zwanzig Jahre zuvor, als 411 ihn eingerichtet hatte.

June und zwei Angestellte, die eigentlich Fahrstuhlführerinnen waren, gaben nun einen Roman nach dem anderen aus. Die Gäste murmelten, lachten, mischten sich untereinander. Sie strahlten Freude aus. Das war die Macht der Überraschung. Vor ihrer Festsetzung im Hotel wäre dies nur eine beliebige Party gewesen. Hier, wo sie gar nicht mit einem Fest gerechnet hatten, war es der Gipfel des Luxus. Erstaunlich, wie durch die Kombination identischer Zutaten in unterschiedlichen Anteilen ein völlig neues Gericht entstand.

Die Schlüssel zum Königreich, So grün war mein Tal, Die sieben Spiegel der Lady Frances. Wie lange lag es zurück, dass June selbst ein Buch in die Hand genommen hatte? Dank ihrem Vater, der auf einer fünfjährigen Schulzeit bestanden hatte, konnte sie lesen und schreiben, anders als ihre Mutter; aber es war fast zwei Jahrzehnte her, dass sie in den ruhigen Wintermonaten Zeit gefunden hatte, Madelines und Carries ausrangierte Bücher zu lesen. Ein paar müßige Sekunden lang sah sie sich im Wohnzimmer des Lily House, gemütlich aufs Sofa gekuschelt, im goldenen Licht der Tiffany-Lampe einen Roman lesen. Gilfoyle mit einem seiner schrecklichen Bücher am anderen Ende des Sofas, ihre Füße in seinem Schoß. Konnte sie sich das vorstellen? Es war schon schwer genug sich vorzustellen, dass das Lily

House ihr gehören sollte. Mit allen Phantasien, die weiter gingen, war es noch schwieriger: Gilfoyle, der sein hektisches Leben aufgab, dass ihm die Post nicht mehr von Stadt zu Stadt hinterhergeschickt werden musste. June, die jemanden fand, der einen Teil ihrer Aufgaben übernahm. Nicht nur jemanden, der es konnte, sondern jemanden, der es wirklich *tun* würde. Ausgeschlossen. Schließlich hatte Mr. Francis beinahe vierzig Jahre lang gebraucht, um sie zu finden.

June hatte bestimmt schon zwanzig Bücher verteilt, als sie auf eines stieß (*Lamb in His Bosom* von Caroline Miller), in dem sich etwas ungewöhnlich wölbte. Jemand hatte einen flachen Papierflieger zwischen die Seiten gelegt, gefaltet aus einem Burns-Gedicht. Unter dem getippten Gedicht *(Wer aufrecht lebt, wie ärmlich auch, Ist König doch trotz alledem)* stand in der engen Handschrift eines Mannes: *JH – So einfach ist es, Mitteilungen in Druckerzeugnissen zu übermitteln, weshalb wir davon abgeraten haben, sie zu erlauben. Wir treffen uns in der Smith Library. – TRM*

Sie klappte das Buch zu. Sie hatte den FBI-Agenten an diesem Tag nicht einmal gesehen, obwohl sich ihre Wege gekreuzt haben mussten, sonst hätte diese Nachricht nicht den Weg zu ihr gefunden. Wie sonst hätte Agent Minnick sicher sein können, dass June und nicht eine ihrer beiden Helferinnen dieses Buch abfangen würde? Woher wusste er, dass sie die Notiz finden und das Buch nicht vorher einem Diplomaten überreichen würde? Wie konnte er wissen, wie lange sie brauchen würde, um seine Nachricht zu finden?

Und was wollte er von ihr?

Bevor June sich entschuldigen konnte, ließ ein durchdringender Schrei die Anwesenden erstarren.

Aaaaaaaaaaaaah!

Noch bevor sie die Quelle des Schreis identifizieren konnte, ertönte er erneut.

Aaaaaaaaaaaaaah!

Und noch einmal.

Aaaaaaaaaaaaaah!

Die Schreie folgten in gleichen Abständen aufeinander. Absolut exakt.

June hörte jemanden leise sagen: »Nicht schon wieder«, konnte sich aber keinen Reim darauf machen.

Aaaaaaaaaaaaaah!

Die Quelle: Hannelore, die alles so wachsam beobachtende Tochter Sabine Wolfs. Das Mädchen stand mit starrer Miene und geballten Fäusten inmitten der Gäste und brüllte. Es war verblüffend. Ein Säugling hätte geschrien; ein Kleinkind hätte vielleicht einen Trotzanfall bekommen. Aber dass hier ein älteres Mädchen wie Hannelore stand, mit rotem Gesicht und rasend vor Wut, stellte die natürliche Ordnung und die in höchsten Gesellschaftskreisen geltenden Regeln auf den Kopf. Es rief einem Begriffe in Erinnerung, die man eigentlich nur flüsterte, um zu verhindern, dass sie Wirklichkeit wurden: Besessenheit, Hysterie.

Junes erster Gedanke war: *Ist das Wasser umgeschlagen, und ich habe es nicht bemerkt?*

Sabine Wolf wandte sich an die Versammlung, mit dem sanften Bedauern einer Gastgeberin, die eine Veranstaltung wegen schlechten Wetters absagen muss. »Es tut mir sehr leid.«

Sie machte keine Anstalten, Hannelore zurechtzuweisen; man sah, dass sie vor dem Verhalten ihrer Tochter kapitulierte. Es war schon einmal passiert und würde wieder passieren. Abgesehen vom Alter des Mädchens war dies nichts Außergewöhnliches. Es war einfach ein ganz normaler Wutanfall.

Als die Dackel hinter ihr Schutz suchten, erinnerte sich June an ein Gedicht von Henry Wadsworth Longfellow:

Es war einmal ein kleines Mädchen,
das war sehr nett und lockig,
nur manchmal schrecklich bockig.
War sie mal brav
war sie sanft wie ein Schaf,
doch packte sie die Wut, o Graus,
dann hielt man's nicht mehr mit ihr aus.

Junes Vater, der Doktor, pflegte dieses Gedicht seiner Frau gegenüber zu rezitieren, wenn es um ihre sonderbare Tochter ging. Erst lange nach seinem Tod entdeckte June, dass es sich um ein Gedicht und nicht um ein Lied handelte. Sie war sich nicht sicher, ob ihr Vater das überhaupt gewusst hatte. Er war ein Sammler gewesen, hatte während seiner Hausbesuche bei den Farmerfamilien allerlei Redewendungen und Gewohnheiten aufgeschnappt. Als Kind war sie davon ausgegangen, dass ihm sein Doktortitel zustand, doch als Erwachsene war sie sich ziemlich sicher, dass er sich sein medizinisches Wissen auf die gleiche Weise angeeignet hatte wie alles andere auch. Vielleicht hatten ein bis zwei Jahre Studium die Grundlage geschaffen, doch ansonsten baute er auf das, was ihm von der Natur gegeben war: Mut und Charme. Mr. Francis hätte ihn sicherlich auch gemocht.

Aaaaaaaaaaaaah!

Hannelore schrie weiter.

»Hätten Sie etwas dagegen, wenn ich versuche, mit ihr zu reden?«, fragte June.

Sie bemerkte gerade noch Sabines geringschätzigen Blick, dann gesellten sich auch schon Friedrich Wolf, Lothar Liebe und Dr. Otto Kirsch zu ihnen. Bislang war jede Anfrage der deutschen Delegation über einen dieser Herren erfolgt. Wenn sich die Deutschen erkundigt hatten, ob sie die Schwimmbecken im Haus nutzen dürften (nein), ob die Lektüre weiterer Zeitungen möglich wäre (den in Deutschland internierten Amerikanern war nur eine Zeitung gestattet, also mussten die Deutschen sich mit der *New York Times* begnügen) oder ob sie den Wintergarten als provisorisches Schulzimmer nutzen könnten (natürlich unter der Bedingung, dass keine zusätzlichen Schulbücher ins Hotel gelangten) – jede dieser Anfragen kam von einem der drei Männer. Sie hatten eine souveräne, leutselige Art. June erkannte die Beziehung, in der sie zueinander standen; sie war so ähnlich wie die zwischen ihr, Griff und Toad Vance.

Als das Geschrei nicht verstummen wollte, hob Friedrich die Hand, fast wie ein Ertrinkender oder jemand, der ein Taxi ruft. Die Deutschen zogen sich sofort zurück, die neuen Bücher in der Hand. Die taktvollen Japaner taten es ihnen gleich. Die Italiener, die im Foyer auf den Rückzug der übrigen Achsenmächte gewartet hatten, bevor sie sich vergnügen wollten, liefen einfach auseinander.

Lothar Liebe erkundigte sich bei Sabine: »Was war es denn diesmal?«

»Ich habe ihr erklärt«, sagte Sabine leise, »dass sie nur *ein* Buch haben darf.«

Dr. Kirsch stellte eine kleine Tasche auf einem glänzend polierten Beistelltisch ab. »Wie geht es dir damit, Sabine?«

Friedrich Wolf nahm seine Frau bei den Schultern und drehte sie von Hannelore weg.

»Es ist ein Jammer«, sagte Dr. Kirsch zu June, während er seine Tasche durchsuchte, ruhig und methodisch, als wolle er ein Klavier stimmen oder ein Pferd beschlagen. »Hannelore ist so ein schönes Mädchen. Und so klug. Ich habe noch nie eine so kluge junge Frau gesehen. Sie hört etwas und merkt es sich für immer; sie sammelt Wissen wie andere Kinder Kieselsteine. Natürlich käme man nie darauf, ohne ihre Aufzeichnungen gelesen zu haben, denn sie spricht ja nicht. Es ist eine Tragödie, dass sie so geboren wurde. Das ist ihr Fluch; sie wird ihr Leben lang dagegen anrennen. Stellen Sie sich einmal vor, sie litte nicht an dieser Behinderung ihres unglaublichen Intellekts.«

Er zog eine Spritze auf. »Ich träume von einer Welt, in der niemand mehr so leben muss. Irgendwann in der Zukunft werden wir Wege finden, dem ein Ende zu setzen.«

Zuerst war June von seinen Worten überrascht, dann von dem Anblick der Spritze. Die politischen Umstände, die dazu führten, dass Bundesagenten hier jedermanns Post kontrollierten, hätten doch eigentlich auch ein Verbot von Injektionsspritzen einschließen müssen. Eigentlich hätten die Agenten doch von der Existenz der Spritze wissen müssen, nicht wahr? Alle Waffen der Diplomaten befanden sich momentan in einem Tresor in Gilfoyles Büro, und eine Spritze zählte doch zur gleichen Klasse von Objekten. Aber Dr. Kirsch machte keinerlei Anstalten, sie zu verbergen, während er seiner Arbeit nachging, so wie er auch seinen Gedanken über die Zukunft von Mädchen wie Hannelore ganz unverblümt freien Lauf gelassen hatte.

»Was ist das?«, fragte June.

»Ein leichtes Beruhigungsmittel«, erwiderte der Arzt.

Sabine grub sich die Fingernägel ins Handgelenk, aber sie drehte sich nicht um.

Hannelore wurde allmählich heiser.

In June kämpften zwei sich widerstreitende Prinzipien heftig miteinander. Sie war nicht dazu da, ihr Personal zu erziehen; und sie war schon gar nicht dazu da, ihre Gäste zu erziehen. Aber ein Kind unter Drogen zu setzen? Noch dazu ein Kind wie Hannelore, das June so sehr an sich selbst erinnerte? Gleich vom ersten Tag an, als sie die Leute in der Lobby so aufmerksam angestarrt hatte; wie eine Eule hatte sie ausgesehen …

Das Schreien verstummte.

Hannelore Wolf lag in den Armen ihres Vaters. Dr. Kirsch trat kopfschüttelnd zurück und verstaute die leere Spritze in seiner Tasche. Die Stille im Raum fühlte sich bösartig an, wie mit Schorf überzogen.

»Du machst das gut, Sabine«, sagte Lothar Liebe. »Wir sind alle sehr beeindruckt von dir.«

»Danke, Lothar«, antwortete sie, kaum hörbar.

»Ich bringe sie ins Bett«, sagte Friedrich.

Sie sprachen völlig unbefangen, ohne sich um Junes Anwesenheit zu kümmern, offenbar in dem Glauben, sie würde dieses Vorgehen ganz in Ordnung finden. Aber June fühlte sich mitschuldig am Handeln dieser Männer. Dieser Gäste. Friedrich Wolf, der Kulturattaché Nazi-Deutschlands. Dr. Kirsch, Mitglied der NSDAP. Lothar Liebe, Gestapo-Mann. Eigentlich hätte June gar nicht so genau wissen sollen, wer diese Männer außerhalb des Hotels waren. Amerika befand sich im Krieg? Ihr Herz befand sich im Krieg.

Diese Spritze.

Mühsam schob June diese Gedanken beiseite und rief sich in Erinnerung, dass das Avalon für jeden da war, der es besuchen kam, nicht nur für diejenigen, die es verdienten, hier zu sein. Sie rief sich in Erinnerung, dass all das nun mal dazugehörte, wenn man ein solches Haus leitete, dass es dazugehörte, wenn man Hoss war.

Allerdings fiel ihr schon auf: Als sie sich Sorgen gemacht hatte, ob das Personal dieser Aufgabe hier gewachsen sein würde, hatte sie sich selbst vergessen.

»Kann ich … kann ich irgendetwas tun?«, fragte sie jetzt.

Sabines Stimme klang eisig, als sie antwortete: »Es gibt absolut nichts, was Sie tun könnten, Miss Hudson.«

Kapitel 13

Tucker wartete in der Smith Library fast eine Stunde lang auf June Hudson und beobachtete währenddessen die Kinder der Angestellten unten im Garten. Eingemummelt in Mäntel, jedes einen Notizblock auf dem Schoß, scharten sie sich um die Sonnenuhr im Zentrum des Gartens. Immer wieder blinzelten sie mit ernsten Gesichtern nach oben in die Wintersonne. Draußen auf dem Meer hielt die zivile Luftpatrouille Ausschau nach den in Rudeltaktik operierenden, zunehmend todbringenden deutschen U-Booten. Hier an Land rekrutierte das Amt für zivile Verteidigung private Bürger – auch Kinder, wie es schien –, um vom Boden aus Flugzeugsilhouetten zu identifizieren. Eine grau uniformierte Frau strickte auf einer nahe gelegenen Bank und behielt die Kinder im Blick, während ihre Eltern im Avalon arbeiteten. June Hudson hatte gesagt, sie führe ein Unternehmen, keine Kirche, aber nur eine Kirche kümmerte sich so fürsorglich um jedes ihrer Schäfchen.

Er blickte zur Tür. Keine Spur von ihr.

Im Laufe des Tages hatte er ein Telegramm aus Washington erhalten. Man sei beeindruckt, hieß es darin. Sein Vorschlag, wie man das Problem der verzögerten Übersetzung lösen könnte, sei innovativ, ja kühn; Hoover habe Kenntnis davon erhalten. Es seien Memos geschrieben worden. Ein solches Telegramm war zwar nicht dasselbe wie ein Brief von Hoover persönlich, und es sagte nichts darüber aus, ob Tuckers Bemühungen ausreichten, seine Position zu sichern;

aber es klang doch so positiv, dass er den Drang verspürte, mit dem Telegramm nach draußen zu gehen und sich ein paar Minuten lang allein in den FBI-Wagen zu setzen. Seit er entdeckt hatte, dass seine Stellung gefährdet war, hatte er sich gefühlt wie neulich beim Betreten des modrigen Treppenhauses hier im Avalon. Wie ein Ertrinkender. Er war seit Monaten am Ertrinken.

Aber nun konnte er endlich wieder Atem schöpfen. Und jetzt, mit frischer Luft in den Lungen, sah er, dass er viel zu rüde gewesen war. Er musste die Sache mit June Hudson wieder ins Lot bringen.

Eineinhalb Stunden waren vergangen, und sie war nicht erschienen. Vielleicht hatte sie seine Nachricht nicht erhalten oder ließ sich nicht einfach so herbeizitieren, jedenfalls nicht von ihm, der sie bei ihren letzten beiden Begegnungen so abgekanzelt hatte. Das Stimmengewirr im Foyer wies darauf hin, dass die Bücherparty beendet war. Er wartete noch fünf Minuten, dann noch einmal zwei, und noch eine Minute, dann zählte er bis dreißig, und dann hatte er keine Ausrede mehr. Auch die Kinder draußen vor dem Fenster waren verschwunden.

Auch gut, dachte er. Er war erleichtert und enttäuscht zugleich.

In dem hellen, hohen, dunkelgrün gehaltenen Tea Room mit dem herrlichen Bergblick trat Tucker auf Sandy Gilfoyle und seine Schwester Stella zu, während die anderen Gäste diskret, aber doch neugierig aufblickten. Stella plauderte gerade laut und überdreht mit einem der älteren Angestellten und kicherte wie ein kleines Mädchen, während der Mann nachsichtig lächelte. Der attraktive Sandy saß in seinem Rollstuhl, wie schon seit Wochen, ebenso apathisch wie bei seiner Ankunft.

»Guten Morgen, Miss Gilfoyle«, sagte Tucker. »Ich muss den Rollstuhl Ihres Bruders zur Überprüfung mitnehmen. Vorschrift.«

»Welcher von denen sind Sie gleich noch? Marty?«, fragte Stella und lächelte zerstreut. Das hatte das Geld mit den Gilfoyle-Geschwistern gemacht; es gab ihnen die Freiheit, lässig, unbekümmert und oberflächlich zu sein. Sie hatten es nicht nötig, sich zusammenzunehmen oder freundlich zu sein, es zog, wie in Stellas Fall, keinerlei Konsequenzen nach sich.

»Minnick. Agent Tucker Minnick, vom FBI«, erwiderte Tucker. »Ich nehme Ihren Bruder einfach mit. Agent Calloway und ich führen die Überprüfung durch, und einer von uns bringt ihn dann wieder zurück.«

»Sandylein, ist das okay?«, fragte Stella den reglosen jungen Mann. Sie strich ihm übers Haar. Sie fragte Tucker nicht nach seinen Gründen. »Mach dir nichts draus, das hat nichts zu bedeuten.«

Da Sandy nicht protestierte, navigierte Tucker ihn durch den Saal – vorbei an ein paar Deutschen, die über die Schweizer schimpften, an Etagenkellnern, die sich leise auf Französisch unterhielten, und an Italienern, die ihre eben erhaltenen Bücher verglichen. Sandy Gilfoyles Akte vermerkte, dass er all diese Sprachen beherrschte. Mit seiner Herkunft und seinen Fähigkeiten hätte er selber eine Diplomatenlaufbahn einschlagen können, doch alle Entscheidungen, die er nach dem Studium getroffen hatte, hatten ihn weiter von der Welt seines Elternhauses entfernt. Und wenn man ihn jetzt so sah …

Im Hinterzimmer der Poststelle öffnete Hugh Calloway über Wasserdampf einen Brief und hielt dabei einen schwarzen Marker zwischen den Zähnen. Wegen der niedrigen Decke sah er aus wie ein schlaksiger Riese, gefangen zwischen Mauern aus Schachteln, Kisten und Briefbündeln.

»Wie geht's, Calloway?«, fragte Tucker.

Hugh nahm einen Brief vom Tisch und las vor: »Die Japaner haben am ersten Tag einen Riesenwirbel veranstaltet. Der wichtigste von ihnen, ich glaube, er ist Botschafter, beschwerte sich, dass unter seinem Tisch beim Essen kein Teppich lag, nur billige Hotels hätten keine Teppiche. Alle sausten los, um ihm einen zu besorgen, damit er sich rundum verwöhnt fühlte. Vielleicht hätte es keinen Teppich gebraucht, sondern eine Kugel.«

»Die Arbeit macht heute also richtig Spaß, willst du damit sagen.«

Hugh wies mit dem Kinn auf Sandy. »Ist der da durchs Hotel gestreunt?«

»Einsam und verlassen, ohne Halsband.« Tucker strich mit den Fingern leicht unterm Tisch entlang, schaute auf die geschlossene Tür zum Flur und blickte nach oben zur Deckenlampe, weil er an seine eigenen Mikrophone dachte. Auch andere kannten sich mit Überwachung aus. »Vergiss nicht, dass wir in diesem Hotel nicht die einzigen sind, die überall Augen und Ohren haben. Immer hübsch brav sein, ja?«

Der andere Agent sah ihn über seinen Brief hinweg mit vielsagend hochgezogenen Augenbrauen an, bevor er das nächste Kuvert auswählte. Statt Tucker zu antworten, las er vor: »Mutter, ich vermisse dich, aber ich werde dir bald Geld schicken. Die Hunnen geben gutes Trinkgeld.«

Tucker kniete neben dem Rollstuhl und entfernte eine der Radkappen, um einen klein zusammengerollten Zettel aus seiner Jacketttasche in die Achse zu stecken. Er hätte liebend gern ein Aufzeichnungsgerät gehabt, das hätte sogar hineingepasst, aber man konnte nicht alles haben. »Irgend etwas von Interesse?«

»Diese Befragungen des Personals sind so, als würde man mit einem Sieb Wasser schöpfen. Die werden massenhaft einberufen. Toll, so einen Typen stundenlang mit Fragen zu löchern, um rauszufinden, ob er mit den Nazis sympathisiert, und dann wird er abkommandiert, um auf sie zu schießen, noch bevor man sein ID-Badge tippen konnte.« Hugh wählte einen weiteren Brief aus. »Es macht mich krank, diesen Leuten Zucker zu servieren, wo ich weiß, dass du zu Hause keinen hast, aber Hoss sagt, das ist unsere Art zu helfen.«

»Hat sich die Direktorin hier blicken lassen?«

»Die verschenkt doch gerade Bücher an die Nazis, oder?«, und er las wieder vor: »Diese Leute sind schlimmer als die verdammten Yankees im Sommer. – ›Verdammt‹ steht da gar nicht, sondern bloß ein Bindestrich.«

Tucker befestigte die Radkappe wieder am Rollstuhl und vergewisserte sich, dass man seine Manipulation nicht bemerkte. »Da nimmt dir jemand die Arbeit ab.«

Hugh nahm einen weiteren Brief zur Hand. »Junge, Junge, ich war noch nie so geil.«

Die beiden Agenten brachen in Gelächter aus.

Sandy Gilfoyle saß reglos da und starrte an den Kartons vorbei.

Hugh verstummte. Er wollte etwas sagen, blickte erst zur Lampe hinauf, dann zur geschlossenen Tür und meinte stattdessen: »Das ist 'ne Type, wie?«

»Ich bringe ihn besser mal wieder zu Stella zurück.«

Die Gilfoyles waren eine mächtige Familie. Das FBI hatte mit der Mafia zu tun, weshalb Tucker dynastische Macht nicht fremd war, aber die Macht der Gilfoyles war subtil. Indirekt. Eine Familie von Flüsterern und Lauschern, die eher dicht *am* Thron saßen als auf ihm. Könige und Präsidenten wurden entmachtet, aber die Gilfoyles traten einfach ein Weilchen in den Hintergrund und sammelten auf, was die Gestürzten an Besitz hinterlassen hatten. Ihr Einfluss war überall im Avalon zu spüren. Als junger Mann hatte Francis sich in das abgewirtschaftete Hotel verliebt, seine Familie mitgebracht, seine Freunde. Er hatte über die Jahre so gute Arbeit geleistet und dem Avalon so viel gegeben, dass es ihn schließlich überdauern konnte. Aber nicht dank Francis' Erben, dachte Tucker. Einzig dank June Hudson.

Er suchte sie immer noch. Um ihr zu erklären – nicht das mit dem Telegramm natürlich, nein, das mit dem Telegramm ganz sicher nicht – nun, um ihr zu erklären, wie wichtig es ihm war, dass ab jetzt alles besser lief, zwischen dem Hotel und dem FBI, zwischen ihr und ihm. Jetzt, wo er wieder Hoffnung schöpfte, konnte er großzügig sein. Er hörte das Wort Hoss hundertmal am Tag. In der Nacht zuvor hatte er von ihr geträumt. Sie hatte dort gestanden, wo sich sonst der Süßwasserbrunnen befand, vor seiner Tür, als seien sie und der Brunnen identisch. Das Haar glatt zurückgekämmt und hinter die Ohren gestrichen, die Hände in den Taschen, lässig, selbstbewusst, beständig. Er fragte: *»Wer sind Sie wirklich?«* Sie lächelte ihr kleines, eindringliches Lächeln und fragte in exakt dem gleichen Tonfall zurück: *»Wer sind Sie wirklich?«*

Im zweiten Stock, in Toad Blankenships chaotischem Büro, fand er zwar nicht June Hudson, aber zumindest ihre Hunde. Zwei Glatthaardackel und ein Rauhaardackel saßen mit glänzenden Augen im Büro der Ersten Hausdame. Unvorstellbar nobel sah es hier aus, der Raum ausgestattet mit Eichenschränken und einem ledernen Schreibtischstuhl, großzügig bemessen, sogar für Toads ausladendes Hinterteil. Toad war gerade dabei, ein Dienstmädchen zusammenzustauchen, ein rothaariges junges Ding, das Toads Meinung nach noch nicht zerknirscht genug wirkte.

»Mrs. Vance«, unterbrach er sie. »Sind das die Hunde von Miss Hudson?«

Die Hunde blinzelten zu ihm hoch, hechelnd, als hätten sie Angst oder müssten sich gleich übergeben. Die am Boden zerstörte junge Frau hechelte mit den Dackeln um die Wette und blinzelte ebenfalls.

»Agent Minnick«, erwiderte Toad, »sind Sie gekommen, um mir auf die Nerven zu fallen?«

»Ich bin auf der Suche nach der Hoteldirektorin.«

»Sie ruht sich etwas aus«, entgegnete Toad.

Die junge Frau fand ihre Stimme wieder und antwortete mit einer gewissen Genugtuung: »Wahrscheinlich weint sie wegen Sandy Gilfoyle.«

Toad fauchte sie an, selbstgerecht, reptilienhaft: »Was soll dieser Tratsch, Martha? Wie wär's zur Abwechslung mit einer Ohrfeige? Oder …«

Tucker ging dazwischen. »Was meint sie damit?«

»Hoss hat die Rückkehr Sandy Gilfoyles schwer getroffen, wie Sie sich vorstellen können.«

Toad, die Kröte, war Klatsch und Tratsch wohl selbst nicht abgeneigt, denn als sie sein ausdrucksloses Gesicht sah, fügte sie hinzu: »Ha, das FBI weiß auch nicht alles, wie? Sie hat Sandy großgezogen und ihn nicht nur aus diesem Loch im Avalon IV gerettet. Sie und Edgar haben mit diesem Jungen Vater-Mutter-Kind gespielt.«

Er achtete nicht auf das, was er gerade empfand. »Haben die Gilfoyles zu allen Angestellten eine so enge Beziehung?«

»Sie war nicht nur eine Angestellte. Sie war eine von ihnen. Sie war immer mit denen zusammen.«

»Und wie ging es dem Rest der Angestellten damit?«

Die Kröte produzierte ein Doppelkinn und runzelte die Stirn. »Wie meinen Sie das?«

»Sie wissen genau, wie ich das meine. Gab es Neid?«

Sie produzierte ein drittes Kinn. »Ich kann nicht für die anderen sprechen, aber ich war froh, dass Mr. Francis jemanden entdeckt hatte, der auch mit dem Wasser umgehen konnte. Nur ein Idiot wäre neidisch auf ein Mädchen gewesen, dem man beibrachte, sich stunden- oder gar tagelang in das enge Wasserbecken des Avalon IV zu zwängen. Und außerdem haben Sie sie ja kennengelernt, nicht?«

Das hatte er allerdings.

»Niemand arbeitet härter als Hoss, und das war schon immer so«, fuhr Toad fort. »Dann waren sie halt jeden Tag mit ihr zusammen, na und? Auch mit ihr haben die ein Weilchen Vater-Mutter-Kind gespielt.«

»Was hat sich verändert?«

»Na ja, die sind erwachsen geworden, Agent Minnick«, entgegnete Kröte, von der Frage sichtlich überrascht. »Die sind erwachsen geworden und weggezogen. Hoss ist nur hier im Avalon ein Teil von denen. Dort draußen in der echten Welt nicht. Sie haben sie ja gehört. Aber dieses Gör hier irrt sich. Das ist es nicht, was Hoss gerade so umtreibt, es sind die Deutschen. Martha Hughes, wir beide gehen jetzt mal in den Flur und polieren die Türklinken!«

»Mrs. Vance, warten Sie«, sagte Tucker. Er wusste nicht genau, was er eigentlich sagen wollte; er wollte ihr einfach nur befehlen, dazubleiben und ihm zuzuhören, vielleicht, um zu beweisen, dass er noch eine gewisse Autorität besaß. Sie hatte es wieder einmal geschafft, dass er sich wie ein kleiner Junge vorkam.

Toad, die an der Tür stehen geblieben war, warf ihm einen wissenden Blick zu. »Ich habe keine Zeit, Ihre Probleme zu lösen, Agent. Jeder von uns hat Hunde, die mal einen Tritt benötigen.«

Dann packte sie Martha am Arm und zog sie hinaus.

Nachdem sie weg war, durchsuchte Tucker ihre Schubladen, in erster Linie aus Gewohnheit, ein wenig auch aus Ärger. Er fand jedoch nichts Außergewöhnliches, bis auf eine Zigarre, einen Liebesbrief ohne Namen *(Ich denke nie an Indiana, wenn ich mit Dir zusammen bin)*, und ganz hinten in einer der Schubladen eine lebendige Schnecke mit einem seltsamen, horizontal ausgerichteten Gehäuse. Nach diesem letzten Fund, der ihn so überraschte, dass er Gänsehaut kriegte, schob er die Schublade leise zu und eilte aus dem Raum.

Diese Schnecke, diese Schnecke. Tucker hatte so was schon einmal gesehen. Die hatten irgendeinen lustigen Namen. Dreizahnschnecke. War es das? Flachdorniger Dreizahn?

Vielleicht trog ihn seine Erinnerung, aber er wusste etwas über diese flache, horizontale Schale. Diese Schnecke lebte in den Bergen, kam aus West Virginia und mochte Flüsse und vor allem das

Süßwasser. Und sie mochte das Süßwasser besonders dann, wenn es umschlug. Das hatte er vergessen. Sie waren doch überall gewesen, oder? Nachdem das Wasser umgeschlagen war, früher; diese Tiere hatten den Boden so dicht bedeckt, dass man nirgends hingehen konnte, ohne sie zu zermalmen. Die Schnecken mussten eigentlich schon unter der Erde oder tief unterm Laub gelauert haben, um plötzlich in dieser Vielzahl auftauchen zu können, und man wurde den Gedanken nicht los, dass sie selbst aus Süßwasser bestanden, so prompt und zahlreich waren sie erschienen. So viele Schneckenhäuser, Kinder lieben es, sie zu sammeln … nur dass es keine Kinder mehr gegeben hatte, nachdem das Wasser umgeschlagen war.

»Agent Minnick«, sagte June Hudson. »Toad hat gesagt, Sie suchen nach mir.«

Sie stand vor seinem Zimmer und verdeckte seinen Blick auf den Brunnen. Sowohl ihre Haltung als auch die Flurbeleuchtung erinnerten Tucker unheimlich an seinen Traum. Alles, was er ihr hatte mitteilen wollen, kam ihm jetzt dürftig und töricht vor.

Stattdessen hörte er sich selbst sagen: »Gibt es an diesem Ort Wasser, das kein Süßwasser ist?«

Sie sah ihn an. »Ach ja, stimmt. Das Personal hat mir erzählt, dass Sie es meiden. Tucker Rye Minnick: Getränke nur in Flaschen. Kein Wasser servieren. Schläft auf der rechten Betthälfte. Mag Zwiebeln und Knoblauch. Erdbeerdesserts. Leichtes Abendessen oder gar keins. Hat Dosenetiketten am Spiegel kleben. Kein Ehering.«

Es war eine umfassende Demonstration von Autorität. Irgendwie hatte er das Gefühl, dass dieses Spiel schon ewig zwischen ihnen lief und jeder dem anderen abwechselnd Hinweise gab, wie das Leben sie an diesen Ort geführt hatte. Aber nein, obwohl sich dieser Flur hier aus der Zeit gefallen und wie im Traum anfühlte, dauerte das Spiel keineswegs schon ewig, denn er konnte sich sehr genau an den ersten Zug erinnern. Sie hatte eröffnet, noch bevor sie ihren Gegner überhaupt kannte. Der erste Zug hatte so ausgesehen: Ihre graugolden uniformierten Erfüllungsgehilfen hatten Tucker im Wagen endlos lange um das Hauptgebäude herumgelotst und ihn dann gezwungen, sich durch den Personaleingang mühsam zu ihr durchzukämpfen. Er kämpfte immer noch; und sie bewegte sich auf diesem Spielbrett in Kreisen um ihn herum.

June war hochzufrieden mit sich selbst. Hochzufrieden mit seiner Reaktion. »Sie sind nicht der Einzige hier, der sein Ohr an der Wand hat, Agent Minnick«, meinte sie.

»Ich schlafe nicht auf der rechten Betthälfte«, entgegnete er.

»Sind Sie ganz sicher?«

»Ja. Ich schlafe überhaupt nicht. Der Geruch des Wassers hält mich wach.«

Ihr Blick wanderte zu seiner Kohletätowierung. Sie sagte nicht: *Aber Sie sind doch von hier.* Stattdessen schlug sie vor: »Eines der Cottages für die Angestellten hat eine Regenwasserzisterne, das ist kein Süßwasser. Vielleicht dürfen Sie dort ein Feldbett reinstellen, wenn Sie fragen.« Pause. »Natürlich könnten Sie den Leuten auch einfach befehlen, Sie dort schlafen zu lassen.«

Ah. Ja. Genau. Das hatte er sagen wollen, sie hatte ihn wieder darauf gebracht. »Ich möchte mich entschuldigen«, begann er. »Meine Prioritäten als Agent sind nicht immer identisch mit meinen Prioritäten als Privatperson.«

»Merken Sie, dass das genau meine Worte sind?«, fragte sie. »Was habe ich Ihnen neulich zu sagen versucht, in Bezug auf Ulcie Crites?«

Er legte die Hand auf den Türknauf. Er hatte nicht die Absicht, sich zurückzuziehen, wollte aber andeuten, dass er es tun würde, sollte das Gespräch nicht ergiebig verlaufen, unprofessionell. »Ich habe mich entschuldigt. Und ich entschuldige mich noch einmal. Ich möchte, dass es zwischen uns anders läuft … zwischen dem FBI und dem Hotel.«

June dachte darüber nach. Sie trug ein Hemd, dessen Stoff die Textur eines Waldpilzes hatte, samtig und angenehm anzufassen, und das drei Knöpfe weit ihre Haut sehen ließ. Um den Hals trug sie eine Goldkette mit einem Anhänger, der in ihrer Bluse verschwand. Sie klopfte unbewusst (oder vielleicht bewusst – er war sich nicht sicher, ob sie irgendetwas versehentlich tat), leicht mit dem Finger gegen ihr Brustbein. Schließlich fragte sie: »Was weiß das FBI über Sabine Wolf?«

Tucker war in Versuchung, ihr genau aufzuzählen, was das FBI wusste, so wie June all die Fakten über ihn aufgezählt hatte. Sabine Wolf: Aquarellmalerin; Mutter von Hannelore; befreundet mit Lothar Liebe, dem Gestapo-Mann, und Dr. Otto Kirsch, dem Arzt, der mehrere Stellungnahmen zugunsten der Nazipartei verfasst hatte; Ehefrau des Kulturattachés, der nach Ansicht des FBI während seiner Zeit in Washington viel zu viele Sightseeing-Touren unternommen hatte. Aber er sagte nur: »Sie hat unangenehme Freunde.«

»Ich musste gerade mitansehen, wie ihr Arztfreund während eines Bücherbasars ihre schreiende Tochter ruhig gestellt hat«, sagte June. »Eine sehr lange Nadel. Der hat das Mädchen betäubt, wie man einen Elefanten betäubt.«

»Steckt in dieser Aussage eine Frage?«

»Ich weiß es nicht. Ich weiß nur, dass es mir nicht gefallen hat.«

»Möchten Sie, dass das FBI das Medikament auf die Liste der beschlagnahmten Drogen setzt?«

Sie presste die Lippen zusammen.

»Betrachten Sie es als erledigt«, sagte er. Es war ein gutes Gefühl, ihr etwas so Einfaches gewähren zu können. Er würde eine neue Vorschrift aufstellen. Selbstverständlich durften die Diplomaten keine Beruhigungsmittel besitzen. Die durften ja nicht einmal zwei Zeitungen lesen. »Wie macht sich denn Agent Harris in der Telefonzentrale?«

»Toad sagt, ihre Zimmermädchen werden sich um all die freien

Stellen streiten, die da in neun Monaten vakant sein werden«, erwiderte June. »Aber ich sage mir einfach, wenn diese Mädchen ein Baby mit seinem Gesicht haben wollen, ist das ihre Sache.«

»Macht es Ihnen Spaß, Leute zu schockieren, Miss Hudson?«

Ihre Augen glitzerten vor Vergnügen.

Er hätte ihr gerne noch etwas anderes bewilligt, etwas Wertvolleres, das bewies, dass seine Prioritäten als Agent zwar nicht immer mit seinen Prioritäten als Mensch identisch, aber doch nicht völlig unvereinbar damit waren, und um ihr zu signalisieren, dass sie sich jederzeit an beide Personen wenden konnte: Tucker, den Agenten, und Tucker, den Menschen. Er fühlte sich innerlich überschwänglich, weit und atemlos; er merkte, dass er seine Augen beschirmte, wie während der Sonnenuntergänge in Texas.

»Darf ich dem Hotel eine Frage stellen?«, fragte er. »Irgendjemand hat drei Anrufe aus der Garderobe im sechsten Stock getätigt. Die Telefonzentrale sagt, dass jedes Mal angerufen und dann sofort aufgelegt wurde, ohne dass jemand etwas gesagt hätte. Würden Ihre Angestellten so etwas tun?«

»Nein. Aber ich kann herausfinden, wer es war.«

Auf einmal bereute er seine Frage. Es fühlte sich alles zu real an, zu rücksichtslos; deshalb hatte es ihn auch fast ein wenig erleichtert, dass sie nicht in der Bibliothek erschienen war. Er traute sich selbst nicht so recht über den Weg, wenn es um gute Entscheidungen ging. Nicht, solange dieses Süßwasser hier überall aus den Mauern kam und langsam das Blut in seinen Adern verdrängte. Das Süßwasser machte ihn unberechenbar, und das war für Federal Agent Tucker Rye Minnick nicht zulässig.

Da er die Frage nicht zurücknehmen konnte, sagte er nur: »Verraten Sie mich nicht, Miss Hudson. Es ist eine heikle Angelegenheit.«

Sie lächelte zutiefst verständnisvoll. »Willkommen im Grand Hotel Avalon.«

Kapitel 14

In den letzten Wochen hatte Hannelore Wolf das Avalon so ausgiebig erkundet, wie es die Vorschriften erlaubten, und bisher einhundertneunundneunzig Schnecken gefunden.

Beim Einchecken hatte man den Kindern erklärt, dass das Hotel für seine Schnecken bekannt sei. Vor langer Zeit hätten Handwerker diese kleinen Kreaturen hier verewigt, indem sie sechshundert Schnecken auf Wandverkleidungen gemalt, an Mauern festgeschmiedet und in Geländer geschnitzt hätten, und jetzt seien diese Figürchen Gegenstand einer immerwährenden Schnitzeljagd. Die jugendlichen Gäste sollten ihre Schneckenfunde an der Rezeption melden, wo derlei Informationen gegen Zitronendrops eingetauscht wurden. Beim derzeitigen Wechselkurs hätte Hannelore ihre Schneckenfundliste gegen sieben Zitronendrops eintauschen können (fünfundzwanzig Schnecken = ein Zitronenbonbon), aber sie hatte sich vorgenommen, so lange zu warten, bis sie alle Schnecken gefunden hatte (sechshundert Schnecken = vierundzwanzig Zitronendrops). Hannelore mochte Zitrone zwar nicht besonders, aber sie erledigte Aufgaben gerne perfekt.

»Wir gehen jetzt einkaufen«, sagte Sabine. »Pack deinen Firlefanz weg.«

Hannelore sah blinzelnd von ihren Listen auf. Sie hatte viele davon angelegt: Listen von Schneckenfundorten, von Musikinstrumenten im Hotel, von Tieren, die die Diplomaten mitgebracht hatten, von englischen Worten, die sie aufgeschnappt hatte, aber nicht verstand, von Speisen, die sie mochte, von Kindern, die sie nicht mochte. Diese letzte Liste war unter den anderen versteckt, weil sie einen sehr aussagekräftigen Titel trug (»Dinge, die ich hasse«) und ihr bestimmt Ärger einbringen würde, falls ihre Mutter sie entdeckte.

Hannelore hatte keine Lust, einkaufen zu gehen. Gleich nach ihrer Ankunft hatte sie sich einmal in der glitzernden, endlos langen Einkaufspassage umgesehen. Dort gab es Bekleidungsgeschäfte, Apotheken, Spielzeugläden und sogar ein Postamt, um all die Einkäufe nach Hause schicken zu können, wenn es gerade erlaubt war, etwas zu verschicken. Es war zu viel für sie. Aus versteckten Lautsprechern dröhnte Musik. Viel beanspruchte Teppiche rochen intensiv nach parfümierter Seife. Kunden krächzten durcheinander, Kinder, ganz anders als Hannelore, tobten lärmend herum.

Nein, sie wollte nicht einkaufen gehen.

»Mich stört sie hier nicht«, meinte Friedrich. Er saß am Schreibtisch in der Suite der Wolfs. Sein Stift bewegte sich flink über das Hotelbriefpapier, Citizen lag auf seinen Füßen, neben ihm auf dem Tisch stand ein Glas Apfelsaft, das ihm das Personal ungefragt gebracht hatte, und ein Teller mit Keksen. »Sie muss nicht mit, wenn sie nicht will.«

»O doch«, entgegnete ihre Mutter. »Sie wird jetzt brav mit mir kommen. Sie kann ja unterwegs weiter nach Schnecken suchen.«

Hannelore warf ihrer Mutter einen flehentlichen Blick zu.

»Es ist vielleicht die letzte Gelegenheit«, meinte Sabine.

Ach ja, die Gerüchte über einen möglichen Exodus hatten sogar Hannelore erreicht. Sie wäre zwar gerne in eine andere Suite gezogen, weil der Berglöwen-Brunnen auf dem Balkon ihr Angst machte, aber ansonsten war sie nicht wild darauf, schon wieder umzuziehen. Es war zwar schon etwas besser geworden, aber eine neue Umgebung brachte sie jedes Mal aus der Fassung. Das Essen schmeckte laut. Die

Kleidung sang auf ihrer Haut. Parfums schrien in grellen Farben. Stimmen verflochten sich in Gesprächen, immer in der falschen Sprache, egal, was jemand sagte. In Hannelore ballte sich unartiges Benehmen zusammen und wartete nur darauf, hervorzubrechen.

Sie würde nicht explodieren. Sie würde brav sein.

»Hol deine Schuhe«, befahl Sabine.

Als Hannelore hörte, wie hart die Stimme ihrer Mutter klang, rappelte sie sich auf. Sie musste die Schuhe aus ihrem Zimmer holen, sich also an der Balkontür vorbeischleichen. Durch die Glastür sah man den Garten mit seinen kunstvoll beschnittenen Buchsbaum- und Stechpalmensträuchern und dahinter die Berge. Und natürlich den Brunnen mit dem Berglöwenkopf. Hannelore hätte das Gesicht an die Scheibe pressen müssen, um den an der Außenwand angebrachten Brunnen zu sehen, und genau das hatte sie am ersten Abend getan. Im Dunkel draußen hatte sich der Löwenkopf bewegt. Als sie noch einmal darüber nachdachte, konnte sie sich nicht erinnern, ob sie die Bewegung tatsächlich gesehen oder sich nur vorgestellt hatte, wie schrecklich es gewesen wäre, wenn er sich wirklich bewegt hätte. Oder wie wundervoll. Staunen, Schrecken. Hannelore fiel es oft schwer, Gefühle zu unterscheiden.

Als sie aus ihrem Zimmer zurückgehuscht kam, hörte sie Sabine zu Friedrich sagen: »Bitte finde die Wahrheit heraus, während ich weg bin.«

Ihre Stimme klang seltsam. Hannelore hatte das bei Erwachsenen schon manchmal bemerkt. Als würden sie eine andere Stimme ausprobieren oder als würden ihre Worte zerquetscht, bevor sie sie überhaupt herausbrachten. Als ihr Vater in Brasilien postiert gewesen war, hatte Hannelore genau festgehalten, wann Erwachsene mit seltsamer Stimme gesprochen hatten und wann nicht, aber die Liste musste beim Umzug verloren gegangen sein; in Washington DC hatte sie sie jedenfalls nicht mehr gefunden.

»Ich werde mit Lothar sprechen«, antwortete Friedrich.

Die Einkaufstour verlief genauso schrecklich, wie Hannelore befürchtet hatte. Sie musste zählen, um nicht den Verstand zu verlieren, besonders als Frau Hof sich zu ihnen gesellte und die ganze Zeit über das Abreise-Gerücht plauderte. 579 Sekunden, um Nylonstrümpfe zu kaufen (der Laden erlaubte pro Frau nur drei Paar). 411 Sekunden für Nägel (eine Schachtel pro Person, aber nicht für Hannelore). 550 Sekunden, um Gummibänder zu finden (»Zugreifen, solange es noch welche gibt!«, meinte der Ladenbesitzer), 300 Sekunden, um mehr Seife zu kaufen, als Hannelore jemals im Leben verbrauchen würde, und unerträgliche 1111 Sekunden für den Kauf von drei Paar Schuhen, bei dem ihre Mutter und Frau Hof unschlüssig Paar für Paar umdrehten, um die Sohlen zu inspizieren. Und schließlich brauchten sie 300 Sekunden, um einen neuen Wintermantel für Hannelore, eine Pelzmütze für Sabine und eine Stola für Frau Hof zu erwerben.

Im Flur begutachteten die beiden Frauen ihren Fang. Hannelore merkte, dass ihre Mutter zufrieden war, sie wirkte wie eine Jägerin mit ihren gehäuteten Kaninchen, erschöpft, aber stolz in ihren Stöckelschuhen.

»Vitamintabletten!«, rief Sabine. »Wo haben Sie die denn bekommen?«

»Die sind aus der Apotheke, ich habe die letzten erwischt.«

Die beiden Frauen unterbrachen ihr Gespräch und starrten drei Japanerinnen im Pavillon an. Die heftige gegenseitige Abneigung spürte selbst Hannelore.

Frau Hof rümpfte die Nase und sagte in völlig verändertem Ton: »Dann bis später, Frau Wolf. Geben Sie mir Bescheid, wenn Sie irgendetwas von der Abreise hören.«

»Ja, bis später.«

Im Aufzug fragte die Fahrstuhlführerin nach ihrem Stockwerk, bevor sie fügsam verstummte. Ihr Schweigen war beklemmend und erinnerte Hannelore an den Brunnen mit dem Berglöwenkopf. Sie lenkte sich ab, indem sie mit dem Finger ein Porträt von Citizen in die Luft zeichnete, das nur sie allein sehen konnte.

Die Fahrstuhlführerin bewegte leicht den Kopf. Sie schien etwas sagen oder fragen zu wollen.

Sabine drückte sanft Hannelores Hand nach unten. Als sich die Tür öffnete, sagte sie zu der Fahrstuhlführerin: »Ich weiß Ihre Diskretion zu schätzen«, und gab ihr ein Trinkgeld.

Als Mutter und Tochter allein den Flur entlanggingen, fragte Sabine: »Was hältst du davon, eventuell in Amerika zu bleiben, Hannelore?«

Einfache Frage, einfache Antwort. Hannelore hatte sich in ihrem Zimmer in Washington wohlgefühlt und wusste bereits, wie sich die Zugfahrt anfühlen würde.

»Was wäre, wenn du hier eine Zeitlang allein warten würdest, bis wir wieder da sind?«

Hannelore wandte sich ihrer Mutter mit bestürzter Miene zu.

»Deutschland ist schon länger im Krieg als Amerika, Hannelore«, fuhr Sabine fort. »Es wird dort nicht so einfach sein. Wir werden auf viele Annehmlichkeiten verzichten müssen, wenn wir erst einmal dort sind. Schau mal, deshalb haben wir diese Schuhe und all die anderen Sachen gekauft.«

Hannelore starrte auf die Füße ihrer Mutter. Die Schuhe hatten alle die falsche Größe und passten weder ihrer Mutter noch Hannelore, noch ihrem Vater.

Sabine schien ihre Gedanken zu erraten. »Aber es waren die, mit den besten Sohlen.«

Hannelore war klar, dass sie etwas verstehen sollte, ohne dass ihre Mutter es aussprechen musste, aber Hannelore wollte nicht verstehen. Sie hob die Hand, um weiter in die Luft zu zeichnen. Ihre Mutter packte sie am Handgelenk.

»Hannelore«, zischte sie, »hör auf damit! Ich versuche gerade, etwas Wichtiges mit dir zu besprechen!«

Der körperliche Kontakt war so ungewohnt. Als würden Hannelore und Sabine sich dadurch in andere Menschen verwandeln – Sabine in jemanden, der andere Menschen packte, und Hannelore in jemanden, der berührt wurde. Beide betrachteten Sabines Hand auf Hannelores Haut. Ganz allmählich dämmerte Hannelore, was all dem zugrunde lag: Sie war unartig gewesen, ohne sich dessen bewusst zu sein. Ihre Mutter wollte, dass sie sich selber wünschte, hier allein im Hotel zurückzubleiben. Andere Mädchen hätten das vermutlich gemerkt. Hannelore, die Schrecken und Staunen nicht auseinanderhalten konnte, hatte da etwas verwechselt. Mit der freien Hand schlug sie sich gegen die Schläfe.

»Nein«, sagte Sabine. »Fang nicht wieder damit an!« Doch wer unartig gewesen war, musste bestraft werden, und deshalb schlug sich Hannelore, noch während ihre Mutter sie am Handgelenk in Richtung ihrer Suite zog, immer wieder mit dem Ballen der anderen Hand gegen die Schläfe. Und jedes Mal stöhnte sie: »Aah!« Ihre Mutter fummelte mit dem Schlüssel an der Tür herum, während sie Hannelore festhielt, die sich zu Boden sinken lassen wollte.

»Nicht schon wieder«, sagte ihr Vater vom anderen Ende des Flurs. Rasch schritt er zur Tür und schloss sie für Sabine auf, dann zogen sie Hannelore hinein und verfrachteten sie in ihr Zimmer. »Was ist denn passiert?«

Sabine stieß nur einen hilflosen Seufzer aus.

Friedrich klang wütend, als er Hannelores Hand erwischte, mit der sie sich immer noch selber schlug. »Hör sofort auf damit!«

»Friedrich, nicht, das führt doch nur zu …«

Hannelores »Aahs« wurden lauter. Ihr Körper erstarrte. Ihr Vater ließ ihr Handgelenk los, aber sie sank einfach zu Boden und schlug sich schreiend weiter gegen die Schläfe.

»Jetzt hast du es nur noch schlimmer gemacht«, sagte Sabine vorwurfsvoll.

»Und du weißt, was richtig ist? Beschwer dich doch bei dieser unerträglichen Hoteldirektorin; ich hab ja gewusst, dass sie es nicht verstehen würde. Sie haben Ottos Barbiturate beschlagnahmt.«

»Ich finde es sowieso jedes Mal schrecklich, wenn er sie ihr gibt.«

Friedrich beugte sich nahe zu Sabine hin. »Versteh mich nicht falsch: Mir gefällt das genauso wenig wie dir. Aber Lothar ist auf dem Weg hierher. Soll er sie in diesem Zustand sehen?«

Ihre Mutter hatte Angst; ihr Vater war wütend. Ihre Eltern schienen nicht zu begreifen, dass Hannelore es für *sie* tat. Immer wieder schlug sie sich mit den Handballen gegen die Schläfe, um sich für ihr schlechtes Benehmen zu bestrafen. Als sie sie nicht beachteten, wurde sie noch lauter. Sie wusste ja, dass sie nicht in die Luft zeichnen sollte. Sie wusste ja, dass sie sich selber wünschen sollte, hier in Amerika zu bleiben. Das wollte sie ihnen zeigen.

Tief unglücklich schlug sie sich weiter.

Ihre Eltern hatten sich ins Wohnzimmer zurückgezogen, wo sie leise und dringlich miteinander sprachen; Hannelore schnappte einzelne Fetzen auf.

»– wir sollten es auf meine Art machen«, sagte Sabine.

»Du denkst doch, wir seien auf der schwarzen Liste. Lothar sagt – wenn man zu ängstlich –«

»– die Folgen von unangebrachtem Optimismus –«

»Versuch nicht, mir Angst zu machen!«

»Sie ist auch meine Tochter …«

»– Lothar hat sie singen gehört; und nur durch sie werden sie bekommen, was sie wollen. Und wenn sie es bekommen haben, was dann?«

»Sabine, ich weiß es nicht. Hör auf, mir Fragen zu stellen. Ich weiß es nicht. Ich weiß es nicht.«

Ich weiß es nicht.

Hannelore rollte sich auf die Seite. Dabei presste sie die Wange auf die Matte, die vor der Balkontür lag. Sie nahm den metallischen Geruch der heißen Quellen wahr. Das Mineralwasser benetzte ihr Gesicht. Und auf einmal erfüllte sie Ruhe, so tief und umfassend wie das überraschende Gefühl der Freude am ersten Tag, als sie die Hand auf das feuchte Moos gepresst hatte. Ruhe. Und Selbstbeherrschung. Ganz plötzlich musste sie an die Frau denken, die sie am ersten Tag gesehen hatte, June Hudson, die Hoteldirektorin, über die ihr Vater sich so ärgerte. Hannelore wurde die Erinnerung daran, wie der Anblick dieser Frau auf sie gewirkt hatte, einfach nicht los. Wie sie gedacht hatte: So kann eine Frau aussehen? So könnte ich aussehen?

»Hannelore, war's das jetzt – oh, was ist das denn?« Sabine ging in die Hocke und wollte die Fußmatte berühren, schreckte aber zurück. »Steh auf! Friedrich, ich glaube, die Tür ist undicht, oder jemand hat hier irgendetwas verschüttet.«

Und wenn niemand etwas verschüttet hatte?, dachte Hannelore. Vielleicht waren ja aus dem Maul des Berglöwen Worte geströmt, in Form von Wasser, in einer Sprache, die nur sie verstand? Vielleicht sollte sie, Hannelore, sich gar nicht erschrecken, sondern freuen? Staunen, Schrecken. Gefühle waren so eng miteinander verwoben, es war so schwierig, das richtige zu wählen.

Ein leises Klopfen ließ ihre Mutter erstarren.

Ihr Vater öffnete die Tür.

»Lothar«, sagte er, »wir haben dich schon erwartet.«

Kapitel 15

Trotz der Unruhe, die die Diplomaten gebracht hatten, dachte das Personal an Junes Geburtstag; am Morgen rannten die Dackel direkt in ein Tablett mit Gebäck und Apfelsaft, das vor Junes Tür stand. Als sie schuldbewusst zurückwichen und einer dabei zaghaft durch den verschütteten Saft tapste, sagte June: »Alles in Ordnung, nichts passiert«, und wischte ihm mit der Stoffserviette den Saft von den Pfoten; dann trocknete sie einen Bogen Papier, auf dem stand: HAPPY BIRTHDAY, HOSS!

Diesen Glückwunsch hatten ihre alten Freunde aus der Druckerei (nach Sandys Rettung hatte Mr. Francis sie dorthin versetzt) auf das Avalon-Briefpapier geprägt und sämtliche Angestellten unterschreiben lassen – einige nur mit einem X, weil sie nie schreiben gelernt hatten. Diesem Gruß würden an diesem Tag noch viele weitere Aufmerksamkeiten folgen; da June sich nur selten Zeit für eine richtige Geburtstagsfeier nahm, versteckten ihre Mitarbeiter in allen Ecken und Winkeln zahllose kleine Feengeschenke, in der Hoffnung, dass sie sie im Laufe des Tages entdecken würde.

»Herzlichen Glückwunsch zum Geburtstag«, ertönte Basil Pembertons sonore Stimme, als sie die lichtdurchflutete Lobby betrat.

»Vielen Dank, Mr. Pemberton.«

»Ich habe aus der Postverteilstelle einen Brief für Sie gerettet.«

Noch bevor sie den Absender sah, erkannte sie auf dem quadratischen Umschlag Gilfoyles Handschrift.

»Oh«, sagte sie, »wie altmodisch von ihm.«

Sie wusste nicht, was sie damit meinte, nur dass sie rasch irgendetwas sagen musste, damit Basil Pemberton nicht merkte, wie sehr gerade *diese* Karte sie freute. Aber natürlich war das eine Farce, denn Basil Pemberton hatte ja bereits daran gedacht, den Umschlag zu »retten«. Die Angestellten wussten vielleicht nicht, was genau zwischen June und Gilfoyle lief (das wusste June ja selber nicht), aber sie wussten, so wie sie selbst, *dass* da irgend etwas war.

»Legen Sie ihn einfach auf meinen Schreibtisch zu den anderen Briefen, ja?«, fuhr sie ihn ärgerlich an. »Ich hab jetzt keine Zeit dafür.«

Basil übte Nachsicht. »Sehr wohl.«

Sie wollte sich am Ende des Tages damit belohnen; nach der Rückkehr in ihre Wohnung würde sie sich auskleiden und dann auf ihrer Matratze sitzen, mit einem kleinen Whiskey in der Hand und einem Geburtstagstörtchen aus der Grotte, das sie bestimmt bekommen würde, und dann würde sie mit dem Finger unter die Umschlagslasche fahren und sich von Gilfoyles Worten umhüllen lassen. Eine Belohnung, eine Befreiung … eine weise Entscheidung, wie sich herausstellen sollte, denn an diesem Tag löste ein unerfreulicher Vorfall den anderen ab. Zunächst: ein Journalist, der gegen die Portierloge geweht wurde wie ein Stück Tumbleweed oder Kehricht. Der hohlwangige Kerl im Anzug stellte sich als Mr. Forester von der *New York Herald Tribune* vor und wedelte ihr mit einem Notizbüchlein unter der Nase herum.

»Es könnte wirklich um das Hotel gehen«, sagte er, »mehr als um die ausländischen Staatsangehörigen. Hier zum Beispiel eine schlichte Frage zum Auftakt: Wie sollte der Krieg Ihrer Meinung nach heißen? Tendieren Sie zu: Krieg des Friedens, Recht gegen Macht, Krieg des Volkes, Franklins Torheit, Krieg des reichen Mannes, Krieg gegen den Diktator, Freiheitskrieg …?«

Keiner der Namen war so geschickt gewählt oder wirkte so hoffnungsvoll wie jener, den man dem letzten Krieg gegeben hatte: Der Krieg, der alle Kriege beenden sollte. Bis jetzt schien die Bezeichnung, die die meisten Leute wählten, zutreffend: Zweiter Weltkrieg, denn er hatte ja sogar das abgelegene Avalon aufs globale Schlachtfeld gezerrt.

»Mr. Forester«, unterbrach ihn June. »Das Einzige, was ich Ihnen anbieten kann, ist die amtliche Verlautbarung, die ich von der Regierung erhalten habe. Aber ich werde Ihre Intelligenz nicht beleidigen, indem ich unterstelle, dass Sie die noch nicht kennen.«

Er zupfte an dem Notizbuch herum. »Schauen Sie, ich habe schon ein paar Interviews in Constancy geführt. Eine Ihrer Fahrstuhlführerinnen heiratet einen der Japaner. Schockierend. Und das Hakenkreuz, das in der Wohnung Ihres Küchenchefs entdeckt wurde? Empörend. Die Pearl-Harbor-Party, die in Ihrem Ballsaal stattgefunden hat?«

Sie ließ sich nicht ködern. Mr. Forester von der *New York Herald Tribune* war nur ein ganz gewöhnlicher Sterblicher, der folkloristische Artikel über Götter schrieb. Ihre Gäste interessierte es nicht, was die Zeitungen über ihr Lieblingshotel druckten. Ihren Gästen *gehörten* die Zeitungen.

»Ganz zu schweigen von dem«, fügte der Journalist hinzu, »was man sich über Francis Gilfoyle erzählt.«

Sie hatte ihn unterschätzt.

Er hatte sich diese Bemerkung ganz bewusst bis zum Schluss aufgespart. Er wollte, dass sie fragte: *Was erzählt man sich denn über Francis Gilfoyle?* Kannte sie die Antwort schon, wenn sie scharf nachdachte? Mr. Francis hatte ihr alles beigebracht, was sie über dieses Hotel wusste, fast alles, was sie über die Gesellschaft wusste, und er hatte sie mit seinen eigenen Kindern aufgezogen.

Doch wer er außerhalb dieses Hotels gewesen war, wusste sie nicht.

»Die Einheimischen haben mir erzählt, dass Sie das Hotel geerbt haben«, sagte Mr. Forester. Eine bewusste Übertreibung, die sie zum Widerspruch reizen sollte. Als sie schwieg, fragte er: »Warum hat ein Mann wie er einen Teil des Hotels an jemanden wie Sie vererbt?«

Jemanden wie Sie.

In der Portierloge schnalzte Stan Fairhope (fünfundsechzig, weißhaarig, nicht in Gefahr, einberufen zu werden) mit der Zunge und wandte den Blick ab, als hätte der Journalist obszön geflucht.

»Geben Sie mir Ihre Hand, Mr. Forester.« June wartete nicht ab, sondern nahm sie einfach. Sie hielt seine Hand in ihren beiden Händen und sagte ernst: »Ich denke, es wäre das Beste, wenn das State Department und das FBI einen kompletten Hintergrundcheck durchführen würden. Sie verstehen, was ich meine, das sehe ich Ihnen an. Sie sind ein Patriot. Es geht hier um die nationale Sicherheit. Ich habe hier lauter FBI-Männer im Haus, die sicherstellen könnten, dass Sie keine anti-amerikanischen Sympathien hegen und dass Ihr Artikel nicht das Leben von Amerikanern gefährden wird. Vermutlich wird man Ihr Umfeld befragen. Ihre Familie. Ihre Freunde. Man wird Fotos brauchen, den Namen Ihrer Mutter, den Namen Ihres Vaters. Man muss sich in Ihrer Wohnung umschauen. Sie hätten doch sicher nichts dagegen, wenn vorübergehend Ihr Telefon abgehört würde? Wenn diese Bundesbeamten etwas fürchten, dann den Faschismus. Den Kommunismus. Mr. Fairhope, könnten Sie bitte nachsehen, ob Special Agent Pennybacker abkömmlich ist? Mr. Forester, wie lauten Ihr vollständiger Name und Ihr Geburtsort? Wir können sofort anfangen.«

Der Journalist zog seine Hand zurück. Sie war ganz warm geworden.

Stan Fairhope lehnte sich aus der Portierloge, den Telefonhörer am Ohr.

»Die Rezeption sagt, dass Special Agent Minnick in fünf Minuten hier sein kann, Hoss. Er beendet gerade sein Frühstück.«

Mr. Forester steckte sein kleines Notizbuch ein. »Ich möchte die Kriegsanstrengungen nicht gefährden.«

»Nein.«

»Ich kann ein paar Anrufe tätigen, um sicherzugehen, dass der geplante Artikel wirklich gut für Amerika ist.«

»Natürlich.«

»Ich werde vermutlich wiederkommen.«

»Ich wäre untröstlich, wenn nicht. Wollen Sie ein Ham Biscuit für unterwegs?«

Er wollte nicht.

Als Mr. Foresters Wagen losfuhr, legte Stan wortlos den Hörer auf die Gabel. Anrufe, die nicht durchgestellt worden waren, musste man auch nicht beenden. June befürchtete, er werde jetzt etwas über Mr. Francis sagen, doch stattdessen holte Stan das nächste Feengeschenk hervor: ein Ansteckssträußchen. Er machte eine Geste, als wolle er es ihr persönlich ins Knopfloch stecken, besann sich dann aber und überreichte es ihr aus angemessenem Abstand. Als sie an den Gewächshausblüten roch, sagte er: »Alles Gute zum Geburtstag, Hoss.«

Der nächste unerfreuliche Vorfall ereilte sie vor Toads Büro, wo Ovid Persinger sie abfing. June wusste bereits, was Toad ihr schenken würde, denn es war jedes Jahr dasselbe: Sie würde ihr einen Kuss auf die Schläfe geben und sie heftig an ihren Busen drücken. In Junes Erinnerung waren all diese Geburtstagsumarmungen zu einer einzigen Umarmung verschmolzen, bis auf die erste – es war Junes erster Geburtstag allein im Avalon gewesen –, als Toad sie im Keller entdeckt hatte, wo sie tränenlos am Swimmingpool hockte und ins Wasser starrte.

»Ich habe gehört, Sie lassen die Presse auf uns los.«

Ovid Persinger war schmächtig, aber leistungsstark wie ein Grubenpony, er sprach leise und eindringlich, wie ein sterbender Prediger. Da ihm die Kontrolle der Lebensmittel oblag, überwachte er jeden Einkauf, jede ausgegebene Mahlzeit und jede Bestellung. Niemand rief den Zimmerservice, ohne dass Persinger wusste, wie viele Eier sich unter der Tellerglocke verbargen; jede Zwiebel, jeder Salzstreuer, die den Vorratsraum verließen, mussten registriert, einzeln aufgeführt, datiert und unterschrieben werden. Jedes Kopfsalatblatt, jede Dose Erbsen, jedes Gramm Gelatine – ständig aktualisierte sein Hirn die Preise, addierte, subtrahierte, multiplizierte Zahlen. Selbst jetzt, als er vor June stand, liefen die Rechnungen und Überlegungen mit. Blieb öfters mal Kartoffelsalat auf den Tellern zurück? Ließen sich Dosenpfirsiche durch etwas anderes ersetzen? Konnte man statt Gänsebrust auch Gänsekeule servieren? Er war ein furchtbarer Mensch, und er hielt das Hotel rentabel. Beides traf gleichermaßen zu, auch wenn ihm nur eines davon bewusst war.

»Warum erzählen Sie mir nicht einfach, wie Ihre Woche so läuft, Mr. Persinger«, meinte June.

»Mein Junge braucht ein Paar neue Schuhe, aber wir haben unsere Marken schon aufgebraucht, also muss er bis zum Sommer in den alten Latschen rumlaufen. Die Nazis – nicht die, die hier in unserem Speisesaal Butter verzehren, sondern die anderen – machen Kuba das Leben zur Hölle. Warum nehmen wir eigentlich keine Margarine?«

»Solange Margarine nicht wie Butter schmeckt«, erwiderte June, »bekommen die Gäste Butter; Sie können es ja in der Kantine mit Margarine versuchen und schauen, wie sie ankommt. Ich glaube, Mrs. Surbaugh kann Ihrem Jungen ein Paar Schuhe besorgen. Für Kuba kann ich allerdings nichts tun.«

»Ihm ein Paar Schuhe schenken? Deshalb fehlt uns an allen Ecken und Enden das Geld!« Ovid war hocherfreut, June bei einem Akt unprofessioneller Großzügigkeit ertappt zu haben. »Also, schauen

Sie mal her. Die Deutschen hassen unsere Speisekarte, und die Schweizer haben verlangt, dass wir nachgeben. Fortéscue hat eine neue Speisekarte verfasst, die uns bis August in den Bankrott treiben wird, und er wird keinen Millimeter weichen. Ich bin hier nur heraufgekommen, um Sie zu fragen: War das Ihr Wunsch? Bankrott im August? Ja?«

»Ich hatte gehofft, es würde schneller gehen.« Ovid blieb todernst, man sah nicht mal die Andeutung eines Lächelns. »Verschlanken Sie die Speisekarte«, meinte June, »und sagen Sie Fortéscue, ich stehe hinter Ihnen. Ich hätte nicht gedacht, dass Sie sich schikanieren lassen.«

»Jetzt mal langsam, man hat mich nicht schikaniert! Fortéscue hat es so dargestellt, als wäre das Ihre Idee gewesen. Ich sehe schon, er will nur diesen Piloten verwöhnen. Berühmtheit und Abgötterei liegen oft nahe beieinander, Miss Hudson, aber ich kann von einem Franzosen nicht erwarten, dass er das begreift. Er hat gesagt, Sie bräuchten ein Picknick zu Ihrem Geburtstag; auch dafür habe ich noch Raum im Budget gefunden.«

»Danke«, sagte sie überrascht.

»Danken Sie nicht mir, danken Sie dem Kind, dem Sie ein Sandwich weggenommen haben.«

Vor langer Zeit hatte Mr. Francis nach einem unerfreulichen Wortwechsel, bei dem June nicht zugegen gewesen war, vorgeschlagen, Ovid zu feuern.

Haben Sie mir nicht gesagt, dass es darum geht, was das Hotel will, nicht, was ich will?, hatte sie ihn gefragt. Man hätte jemanden finden können, der sympathischer war als Ovid, natürlich. Aber niemanden, der diesen Job so gut machte wie er.

Ich denke, du hast so ziemlich alles gelernt, was ich dir beibringen kann, June.

Mit einem Seufzer fragte sie: »Ovid, glauben Sie, dass Sie eingezogen werden?«

»Plattfüße.« Ja, natürlich. Und er fügte hinzu: »Ich habe gehört, dass Sebastian Hepp seinen Einberufungsbefehl erhalten hat.«

June schwieg für einen Moment.

»Von wem haben Sie das gehört?«

»›Von wem!‹ Vergessen Sie, was man über den vierten Stock sagt, Mr. Francis wohnt in Ihnen. Mrs. Parton hat gehört, dass er das Telegramm bekommen hat. Ihm bleiben noch ein paar Monate, bis es ernst wird, aber das spielt keine Rolle, die Nazis hier haben uns die letzte Friedenszeit vergällt.«

Sie wusste, was er meinte. Auch wenn die Diplomaten abgereist waren, würde es Lebensmittelkarten und Einberufungsbehörden geben, Frauen, die freigewordene Stellen besetzten, und hinkende Männer, die den Blick abwandten. Schon der Burns Night Ball gehörte einer anderen Zeit an. Und was stand auf der anderen Seite? Dass Sebastians Papierflieger gegen ein Gewehr eingetauscht wurde. Und Erich von Limburg-Stirums Bemerkung, er werde nach seiner Rückkehr nach Deutschland Bomben abwerfen.

June zwang sich, an den Brief von Gilfoyle zu denken, der auf sie wartete. Wie sie bemerkt hatte, duftete das Kuvert immer noch nach ihm, nach diesem würzigen Dunhill. In nur wenigen Stunden würde sie sich erlauben, den Brief zu öffnen.

»Nun, Miss Hudson, der HERR hat es für richtig gehalten, Ihnen einen weiteren Geburtstag zu bescheren«, sagte Ovid jetzt. »Ich darf Ihnen raten, demütig über jene nachzusinnen, denen er nicht die gleiche Gnade gewährt hat.«

Der letzte unerfreuliche Vorfall passierte beim Picknick.

Pennybacker hatte um ein Treffen gebeten, und so nutzten er und die beiden Schweizer Junes Geburtstagspicknick im Avalon II dafür. Dank der Gewächshauspflanzen erblühte der Innenraum in sommerlicher Pracht; das Festmahl wurde neben dem kalten

Tauchbecken ausgebreitet. Die Grotte hatte sich selbst übertroffen: Ein pikanter Schinken-Ei-Aufstrich, garniert mit Radieschen, dazu weißer Toast, Potage mongole mit Croutons, Chefsalat spezial, hausgemachtes Russian Dressing, Salat aus Golden Delicious Äpfeln und Avocado, Meerrettich und Paprika-Sandwiches auf tagealtem Boston Brownbread, damit sie ihre Form behielten, und schließlich Butterkuchen mit Feigenfüllung und Sieben-Minuten-Zuckerguss. Das war Junes Lieblingskuchen. Der gute alte Fortéscue!

»Ich dachte, es herrscht Krieg«, bemerkte Pennybacker, aber seine Stimme klang glücklich. Er war zu achtzig Prozent ins Wasser eingetaucht und zu hundert Prozent in dieses Ereignis. Der grauhaarige Schweizer Dirigent ließ mit hochgekrempelten Hosen die Füße ins Becken baumeln und betrachtete stirnrunzelnd den drahtigen Schweizer Cembalisten, der, halb im Wasser liegend, ein Gelatine-Dessert genoss.

June saß im Schneidersitz neben dem Simmerbecken und ließ ihre Finger durchs Wasser gleiten.

»Es ist Zeit für einen Witz, meine Herren. Und gnädige Frau«, sagte Pennybacker. »Hier einer, den ich gestern gelesen habe. Hitler fragt eine Wahrsagerin: An welchem Tag werde ich sterben? Sie: An einem jüdischen Feiertag. Er: Sind Sie sicher? Sie: Ganz sicher. Er: … äh, Moment mal, vielleicht erzähle ich es falsch; nein, also – Hitler sagt: Wie können Sie so sicher sein, dass ich an einem jüdischen Feiertag sterbe? Darauf sie: Ihr Todestag ist auf jeden Fall ein jüdischer Feiertag!«

Pause. June runzelte die Stirn. Der Cembalist lachte.

Der Dirigent sagte: »Ich finde das doch sehr geschmacklos.«

»Darin liegt ja der Witz«, meinte der Cembalist. »Im Schock.«

»Mir fallen viele schockierende Ereignisse ein, die jeden Witz vermissen lassen«, entgegnete der Dirigent.

June merkte, dass sie sich eigentlich über etwas anderes stritten;

der Witz kam ihnen nur gelegen, als Vehikel. »Streiten Sie sich nicht in meinem Süßwasser«, mahnte sie.

»Genau, fordern Sie Miss Hudsons dämonisches Wasser nicht heraus«, stimmte Pennybacker zu. »Nun, Miss Hudson, Zeit für eine gute Nachricht. Ich habe ein Schiff im Auge, auf das ich die Diplomaten verfrachten kann! Machen Sie sich keine allzu großen Hoffnungen, aber es könnte alles sehr, sehr schnell gehen, wenn die Verhandlungen nicht scheitern.«

June besaß nicht genug Informationen, um sich große Hoffnungen zu machen. »Worum geht es denn bei diesen Verhandlungen?«, fragte sie.

»Ich fürchte, das ist Geiselarithmetik«, antwortete er. »Für jeden amerikanischen Bürger, den wir von Deutschland zurückhaben wollen, müssen wir einen deutschen Staatsbürger hergeben. Für jeden Amerikaner, den wir von Japan zurückhaben wollen, einen japanischen Staatsbürger. Die Namen auf diesen Listen sind verhandelbar. Wenn wir gute Arbeit leisten – wenn ich gute Arbeit leiste –, werden die Listen gleich lang sein, und alle werden das Avalon mit glücklichen Mienen verlassen. Es war eine knifflige Angelegenheit. Angela Bickenbach hat mir einen dicken Strich durch die Rechnung gemacht. Wenn sie hierbleibt, muss ein Amerikaner in Deutschland bleiben.«

»Das ist ja ein teuflisches Roulette.«

»O ja, es ist ein teuflisches Roulette, Miss Hudson«, sagte Pennybacker. »Und ich werde in die Rolle eines – wie soll ich sagen? – Unterteufels gezwungen, oder wie soll man das nennen?«

»Vertreter des State Departments«, meinte der Dirigent, und die Männer lachten.

June würde ihren Abend also Personalfragen widmen müssen. Sie musste überlegen, wie sie das Hotel mit wesentlich weniger Männern weiterführen konnte. Jemand musste auf Sebastian Hepps Position befördert werden; sie und Griff hatten noch nicht einmal damit begonnen, über Lösungen für die dezimierte Zahl der Hoteldiener nachzudenken. Es würde nicht so einfach sein, Frauen für Positionen auszubilden, die normalerweise von Männern besetzt wurden. Auch den Gästen würde June beibringen müssen, dass sie Frauen, außer ihr selbst, mit Luxus in Verbindung brachten. Die Worte des Journalisten gingen ihr nicht aus dem Kopf:

Jemanden wie Sie.

Sie zog die Finger aus dem Wasser.

»Mr. Pennybacker, darf ich Ihnen eine persönliche Frage stellen?«, fragte June.

»Vor Ihnen, Miss Hudson, und diesen beiden sympathischen Gentlemen, liege ich da wie ein offenes Buch.«

»Sind Sie sich da ganz sicher?«

»Miss Hudson, bitte. Nichts ist zu vertraulich, wenn ich mich in so guter Gesellschaft befinde.«

»Wie lange ist es her, dass Ihre Frau Sie verlassen hat?«, fragte sie.

Pennybackers Lippen wurden schmal. Der Dirigent konzentrierte sich aufs Essen. Unter den Ellbogen des Cembalisten, der hin und her rutschte, plätscherte das Wasser. Die Dackel knurrten sich an, versöhnten sich.

»Wer hat Ihnen das gesagt?«

»Mein dämonisches Wasser.«

Die Wahrheit sah so aus: Pennybacker wirkte wie ein treuer Typ; er hatte einen festen Job mit einem guten Gehalt und sah nicht schlecht aus. Wenn er also nicht die Gesellschaft von Männern bevorzugte, war er wohl verheiratet, auch wenn er keinen Ring trug. Andererseits bemühte er sich weder um Freizeit, die er mit seiner Familie verbringen wollte, noch ließ er sich auf Flirts von Seiten der Angestellten ein oder erhielt Briefe von einer Ehefrau oder Geliebten. Es gab also nur die beiden Möglichkeiten, dass er entweder Witwer war oder sich von seiner Ehefrau entfremdet hatte; und frisch verwitwete Männer kamen erfahrungsgemäß mehr herum.

»Es gab da einen Jüngeren«, gab Pennybacker zu. »Weniger weich als ich. Er spielt jetzt aber keine Rolle mehr. Sie hat jetzt eine Wohnung in der Nähe ihrer Mutter. Peoria. Sie ist eine sehr entscheidungsfreudige Frau. Wir haben uns kennengelernt und schon nach einem Monat geheiratet, im Kriegstempo, obwohl noch gar kein Krieg war. Ich hatte Glück, dass ich eine ihrer Entscheidungen war, habe ich immer zu ihr gesagt.«

»Es gab noch einen anderen Grund als diesen Kerl, nicht wahr?«

Pennybacker sah mit geschlossenen Augen anders aus, auch ohne seine zerfledderte Fliege. Älter, ernster. Ein Mann, hinter dessen Wust von Worten in jedem Gespräch sich ein schweres Leben verbarg. »Wir haben ein Baby verloren«, sagte er.

Der Dirigent warf ein: »Davon haben Sie mir ja noch nie erzählt. Das tut mir leid!«

»Danke, Rudy«, sagte Pennybacker, und jetzt, am Ende, zitterte seine Stimme. Die Freundlichkeit der Männer! Diese Welt kleidete sie von innen mit einer Rüstung aus, und wenn diese innere Stütze herausgerissen wurde, war es vorbei mit der Stabilität. Jetzt würde der Krieg Zehntausende von Männern auf einmal zugrunde richten und sie dem Frieden gebrochen zurückgeben. June würde jetzt nicht an ihren Vater, an Sandy oder Sebastian denken. Nicht unmittelbar neben dem Wasser.

»Schreiben Sie Ihrer Frau?«, fragte June.

Pennybacker kehrte gerne zu diesem weniger heiklen Kummer zurück. »Jeden Tag. Mein Herz diktiert es mir wie einer Schreibkraft. Ich schreibe, ich rufe an, ich hinterlasse Nachrichten bei ihrer Mitbewohnerin, die ihrerseits tatsächlich eine Schreibkraft ist. Jeden Tag schicke ich ihr Briefe von hier, in denen alle Details der Mission geschwärzt sind, alle Gefühle jedoch entzifferbar. Sagen Sie mir nicht, ich sei ein betrogener Ehemann und ein Narr, das habe ich alles schon von meinen Brüdern und meiner Schwester gehört.«

»Ich wollte eben sagen, dass Schweigen ein sehr wirksames Aphrodisiakum sein kann, Mister Pennybacker.«

»Dazu habe ich kein Talent.«

»Ich kann mein Personal anweisen, Ihre Anrufe und Briefe einfach nicht weiterzuleiten, wenn Sie unbedingt schreiben müssen; sie soll Sie vermissen.«

»Sie kennen meine Frau doch gar nicht!«

Das spielte keine Rolle. June hatte schon so viele Ehemänner und Ehefrauen gesehen, so viele Verliebte und Verlobte, die sich stritten, versöhnten, sich Anträge machten, sich scheiden ließen, heirateten, sich trennten und wieder heirateten, sich erneut scheiden ließen, und alle glaubten, sie seien einmalig, ohne sich vorstellen zu können, dass das wunderbare Gelingen oder das Scheitern ihrer geplanten Paarung sich anderswo genauso abspielen konnte. June lauschte, beobachtete, lernte. Nein, sie war Mrs. Pennybacker noch nie begegnet, aber sie hatte eine klare Vorstellung von ihr. Eine fehlende Partnerin war wie ein unausgesprochenes Wort; es passte genau zu dem, was ausgesprochen worden war.

»Werd bloß nicht frech!«, fuhr der Dirigent den Cembalisten an.

Zwischen den beiden Schweizern knisterte es feindselig.

»Das ist nicht lustig!«, setzte der Dirigent hinzu.

»War ich doch gar nicht«, erwiderte der Cembalist.

June nahm das Bild in sich auf: der Dirigent, der zurückgezuckt war, als hätte ihn etwas gestochen. Der Cembalist, in dessen Blick ein erbittertes, namenloses Gefühl brannte.

»Er hat mich nassgespritzt!« Der Dirigent kippte seinen Teller und zeigte ihnen die im Licht glitzernden Wassertropfen. Sein Ärmel war feucht.

»Ich – ich war das nicht«, protestierte der Cembalist. Es fiel schwer, ihm nicht zu glauben. Der Dirigent war bestimmt nicht der Typ, der andere zu dummen Streichen ermutigte, selbst wenn der Cembalist ein dummer Mensch sein mochte. »So etwas würde ich nie tun!«

Die Stimme des Dirigenten klang kühl. »Aha, und wer war es dann?«

Die Vorstellung, dass einer von ihnen den anderen nassspritzen könnte, war lächerlich. Und es doch zu tun, dann aber abzustreiten – unvorstellbar kindisch. Pennybacker und June sahen verwirrt zu, wie der Cembalist aus dem Becken kletterte, ohne den Dirigenten anzublicken, und dabei leicht mit der Hand sein Gesicht und seine Brust berührte, die verunsicherten Gesten eines Jungen, den man zu Unrecht bestraft hat.

»Ich war es wirklich nicht«, beharrte er.

Das Wasser im Becken plätscherte. Über die Wände huschten helle Formen mit harten Konturen, Reflexionen der bewegten Wasseroberfläche, als der Dirigent die Füße aus dem Wasser zog und wegging, um sich ein Handtuch zu holen. Einen Moment später folgte der Cembalist.

Letzterer kam nach ein paar Minuten zurück, komplett angekleidet, seine Tasche an die Brust gepresst. »Ich gehe zurück ins Hotel«, sagte er.

»Wo ist denn Rudy?«, fragte Pennybacker. Aber der Dirigent war bereits verschwunden, ohne dass einer von ihnen es bemerkt hatte.

June empfand vages Unbehagen. Sie dachte an die Balkonsprosse, die in den Ballsaal hinabgestürzt war. Die Fäulnis am Ende der Spindel war das langsame, unaufhaltsame Werk des Wassers gewesen, auch wenn es für das Herabstürzen der Sprosse nicht verantwortlich gewesen war. »Ich weiß nicht, was in ihn gefahren ist. Ist das das Werk Ihres dämonischen Wassers, Miss Hudson?«

Obwohl sie ja gerade selbst darüber nachgedacht hatte, erwiderte sie: »Damit hat das Wasser nichts zu tun.«

Doch nachdem alle gegangen waren, tauchte sie ihre Hand noch einmal ins Becken und lauschte. Lauschte aufmerksam. Das Wasser war kaum wärmer als ihr Körper. Als sie Daumen und Zeigefinger aneinanderrieb, fühlte es sich an wie nichts, als hätte sie keine Haut. Sie und das Becken und die Quelle unterm Felsen und der Bach, der unter den Bergen brodelte, waren ein und dasselbe. Ganz unvermittelt fiel ihr ein, wie sie das erste Mal Hannelore Wolf gesehen hatte, die ihre Hand auf das Moos drückte. Jetzt glaubte June fast zu spüren, wie der kluge, verwirrte Geist des Mädchens um ihre Finger strudelte – dies und Sabine Wolfs kühle Traurigkeit. Junes Süßwasser war tatsächlich ein wenig sauer.

Sie stand auf und wischte sich die Hand an der Hose ab.

Die Diplomaten waren vielleicht bald weg? Sehr gut. Denn das Wasser begann ihnen Gehör zu schenken.

Happy Birthday!

Teil 3

Drinnen

Bestellung Zimmer 411, 20. 03. 1942:

Landscape Architecture Magazine
House Beautiful
2 Zitronen
2 Hörnchen
Waterman's 100 Year Pen (bitte kein Ersatz!)
Der Pulverfluss, Struthers Burt
Traum in Louisiana, Louis Bromfield

Miss Hudson –
komme bald zurück, um Sandy zu besuchen. Scheußliche Sache. Alles Weitere würde sowieso nicht durch die Zensur kommen (hallo, Jungs!).
Trotz allem: Kopf hoch!
– E. Gilfoyle

Kapitel 16

Es war Vollmond in einem Gebirgsort, und June träumte von den zwei Methoden, eine Kohlenmine zu sabotieren.

Um eine Mine in Brand zu setzen, zündete man Kohlenwagen an, die mit ölgetränktem Holz beladen waren, und schob sie den Schacht hinab in den Bauch des Ungeheuers. Hatte man Glück oder alles genau berechnet, oder beides, stießen die Wagen auf ein Kohleflöz. Ein solcher Brand würde erst erlöschen, wenn er alles verschlungen hätte, selbst wenn es Jahre dauerte.

Um ein Bergwerk zu fluten, musste man Sprengstoff in einen Rucksack packen oder sich an den Körper schnallen und durch den Schacht zu einem Stollen kriechen, der einem See oder Teich am nächsten lag. Sogar ein Bach würde reichen – es musste gar nicht viel Wasser sein, nur Wasser, das nicht versiegte. Es war wichtig, den Sprengstoff so zu platzieren, dass er den Felsen sprengte, der das Wasser eindämmte. Dann konnte man nur noch beten. Je kürzer die Zündschnur, desto länger das Gebet. Wenn der plötzliche warme Windstoß aus der Außenwelt nicht die Laterne ausblies und einen in Finsternis zurückließ, wenn man nicht von herabstürzenden Felsen getroffen oder freigesetzten Gasen erstickt wurde, kam das Wasser, füllte die Schächte, hetzte einen zur Leiter, zum Förderkorb, tosend, schwellend, schon roch das Süßwasser nach Blut, schon drang es einem in den Mund, blendete einen –

June erwachte würgend, hustend.

Sie hatte sich aufgesetzt, bevor es ihr überhaupt bewusst war. Ihr Herzschlag dröhnte ihr in den Ohren. Das Zimmer war dunkel, aber in den Winkeln ihres Blickfelds sah sie Funken.

Atmen, atmen, atmen.

Mühsam atmete sie mehrere Male lange ein und aus, ohne auf die Dackel zu achten, die sie anstupsten. Langsam verschwanden die Funken, und sie konnte wieder die Umrisse des Zimmers erkennen. Das ferne Flutlicht der Wachtürme hob die Möbel in ihrem Zimmer hervor. Sie war wach.

June berührte ihr Gesicht. Es war nass. Wangen, Stirn, Hals.

Sie drehte sich um und berührte das Kopfkissen, die Laken. Sie hob die Finger an die Nase und roch daran. Schweiß oder Süßwasser, sie konnte es nicht mehr unterscheiden. Sie presste sich flach die Hand auf den Bauch, schob dabei leicht ihr Jamarette-Top hoch und erinnerte sich an Gilfoyles Hand, die dasselbe getan und ihr den Schweiß von den Rippen, Flanken, Hüften gewischt hatte. Wieder schloss sie die Augen, aber sie war nicht müde.

Dieser Brief.

Miss Hudson, trotz allem: Kopf hoch, Gilfoyle.

Es ärgerte June ein bisschen, wie sehr sie das alles verwirrte. Gilfoyles Brief, Sandy im Rollstuhl, Hannelore Wolf, die Abreise der Diplomaten, auch Agent Minnicks Kohletätowierung und was die Leute über Mr. Francis sagten. Was sagten sie denn über Mr. Francis? Hatte es etwas damit zu tun, dass er Henry Ford und Charles Lindbergh kannte, die Hitler beide persönlich begegnet waren? Mr. Francis hatte einmal eine Bemerkung über Präsident Hindenburg fallen gelassen, den Mann, der Hitler zum Reichskanzler ernannt hatte – sie erinnerte sich nicht genau, nur daran, dass es ihr damals missfallen hatte. Irgendetwas über Polen. Die jüdische Tradition. Und so weiter. Und so weiter. Sie erinnerte sich noch gut an damals, nach Pearl Harbor war sie irgendwie erleichtert gewesen, dass Mr. Francis das nicht erlebt hatte und ihre Liebe zu ihm nicht zerstört wurde.

Vielleicht wusste sie ja, was man über Mr. Francis sagte.

Immerhin wusste sie, dass Sandy zwischen sich und die Prinzipien seines Vaters einen Ozean aus Pflichtgefühl geschoben hatte.

Mit Mühe erinnerte sie sich an *ihren* Mr. Francis. Diese Version seines Vaters hatte Sandy nicht verstanden; er hatte alles abgelehnt, was mit ihr zu tun hatte. Dieser andere Mr. Francis stand mit June am Rand des Magnolia-Speisesaals, der funkelte von geschliffenen Dialogen und klirrendem Silber.

Mr. Francis: *Es ist deine Aufgabe, die Gäste besser zu kennen, als sie sich selber kennen.*

June: *Ich hab ja nicht die geringste Ahnung, was diese Leute außerhalb des Hotels so treiben.*

Er: *Was sie außerhalb dieses Hotels tun, ist nur ein Laken, das die Möbel bedeckt. So ein Laken kann jeder sehen. Du musst wissen, was sich darunter verbirgt, was ihr Alltagsleben verdeckt. Weißt du, warum ich dich für diesen Job ausbilde?*

Sie: *Weil ich das Wasser hören kann.*

Er: *Weil du dich schon immer mehr für das interessiert hast, was unter dem Laken ist. Die meisten Menschen wissen nicht einmal über sich selbst, warum sie so handeln, wie sie handeln.*

Gilfoyle gehört zu diesen Menschen, dachte sie. Ihm war nicht bewusst, dass er vor Konflikten immer weglief wie ein sanftes Bächlein, das sich den einfachsten Weg um die Felsen herum sucht. Jedes Mal, wenn er vor einem Streit ans andere Ende des Bundesstaats geflohen war, weil er so überrascht schien. Jedes Scheitern einer Beziehung – immer seine Schuld – schockierte ihn.

Sag es ihm einfach, dachte sie.

Sag einfach: Ich will dich.

Frag einfach: Willst du mich?

Aber sie wusste, dass sie es nicht tun würde. Da sie die Möbel unter den Laken nicht sehen konnte, brachte sie es nicht fertig, den Stoff wegzuziehen, um sich Gewissheit zu verschaffen.

Du weißt, June, dass ich große Stücke auf dich halte.

Sie ließ zu, dass sie wütend auf ihn war. Im Traum war das Wasser durch die Tunnelwände gebrochen, hatte alle Luft verdrängt und die Mine und die darin befindlichen Menschen vernichtet. Millionen Tonnen zermalmender Kraft, endlich freigesetzt.

So fühlte es sich in ihrem Inneren an.

Trotz allem: Kopf hoch! So etwas hätte sie vielleicht zu Sebastian oder Paul gesagt, wenn sie beim Servieren ein Tablett fallen ließen. Den ganzen Tag über hatte sie sich auf Gilfoyles Brief gefreut, ohne zu ahnen, dass jedes ihr bis dahin zugedachte Geschenk und jedes liebe Wort weit mehr von Herzen kam als das. In ihrem Zimmer häuften sich Blümchen und selbst gestrickte Socken und Karten mit witzigen oder rührenden Erinnerungen, von Leuten verfasst, denen das Schreiben viel mehr Mühe machte und die scheinbar viel unbedeutender waren als Edgar Gilfoyle. Die Überstiefel; von denen hatte sie sich täuschen lassen.

Vielleicht sollte sie es aufgeben, auf ihn zu warten.

Sie konnte nicht länger in diesem Bett liegen. Sie stand auf und schaute im Treppenhaus nach, ob ihr Personal dort schon die aktualisierten Kladden vom Vortag deponiert hatte. Sie lagen tatsächlich da, und so stand June in der Tür, blätterte darin und las von den kulinarischen Vorlieben dieses Diplomaten und dem Lieblingskartenspiel jenes Sekretärs, bis ein Eintrag sie so verblüffte, dass ihr das Buch aus den Händen glitt und mit flatternden Seiten zu Boden fiel. Als sie es aufhob und ein wenig über ihre Ungeschicklichkeit und die seltsame Wende der Ereignisse lachte, ertönte von oben eine Stimme:

»Oh, Hoss, Sie sind ja wirklich wach!«

»Floréal? Sind Sie das?«

Floréal, ihr Chef Tournant (in den Dreißigern, vital, ledig, würde wahrscheinlich mit der nächsten Runde eingezogen), erschien auf der obersten Treppenstufe. Er wandte taktvoll den Blick von ihrem Pyjama ab und fragte: »Haben Sie Schuhe an?«

Es war drei Uhr morgens, als Tucker die Garage des Avalon betrat.

»Schaltet das Licht vor dem Gebäude aus«, sagte er. »Es braucht ja nicht jeder zu wissen, was wir hier machen.«

Ein paar Grenzschützer standen am Eingang und teilten sich eine einzige Zigarette, die aufglühte und erlosch, während sie von einem zum anderen wanderte. Agent Pennybacker (PennyBAAAAAAACK!) saß im kopfsteingepflasterten Mittelgang in der Hocke und buhlte vergeblich um die Zuneigung der Rauhaardackel. Es war eine ungewöhnliche Garage. Früher ein Pferdestall, hatte sie immer noch dessen lebendige Atmosphäre und abgetrennte Boxen, man hatte lediglich Pferde gegen Cadillacs ausgetauscht. Aber auch der frühere Stall musste schon etwas seltsam gewirkt haben, denn sämtliche Wände waren bemalt und mit Schnitzereien versehen: Berge, Flüsse, Schnecken und ein sich wiederholendes Rankenmotiv, das mal an Wurzeln, mal an Äste, mal an langgestreckte gehörnte Figuren erinnerte. Diese Verzierung sah so aus, wie das Süßwasser roch.

Im nächstgelegenen Stallabteil saßen drei Personen in schmutzigen Dienstmädchenuniformen vor der kunstvoll bemalten Trennwand.

An einen Stützbalken gelehnt stand Hoteldirektorin June Hudson, die Hände in den Taschen ihres eleganten Mantels, das dunkle Haar einmal nicht hinter die Ohren gekämmt, und beobachtete Tucker mit diesem freundlichen, verständnisvollen Lächeln, das sie offenbar nie ablegte.

»Ich hätte vor allen anderen benachrichtigt werden müssen«, beschwerte sich Tucker bei den Grenzschutzbeamten.

»Wir haben gleichzeitig nach Ihnen und Agent Pennybacker geschickt«, sagte einer von ihnen, ein Mann mit so komisch langen Oberarmen, als sei er der Comic-Serie *Thimble Theatre* entsprungen. Tucker merkte, dass er getrunken hatte; sie hatten alle getrunken. Der Langarmige war gerade mit der Zigarette an der Reihe, nahm einen Zug und lächelte doppelt vergnügt, wegen des Rauchens und der absurden Situation. Er sah, dass Tuckers Blick zu June Hudson ging. »Das ist die Direktorin.«

»Ich kenne Miss Hudson«, entgegnete Tucker. Die Männer nervten ihn; sie hatten nur eine Aufgabe, und die bestand nicht im Zechen. »Warum wurde sie benachrichtigt?«

Der Wachmann sog an der Zigarette und reichte sie weiter. »Wurde sie ja gar nicht.«

Tucker schnappte sich die Zigarette, ließ sie fallen und zertrat sie. »Sagen Sie Agent Calloway, er soll mir die Namen aller Mitarbeiter besorgen, die gerade Dienst haben. Schaffen Sie das? Sie können ja alle zusammen gehen, wo sie sich sowieso ein Hirn teilen. Und dann gehen Sie zurück auf Ihre Posten. Wenn ich Sie noch mal beim Trinken erwische, fliegen Sie hier schneller raus, als man Ihren Einberufungsbescheid drucken kann. Haben Sie mich verstanden? Sagen Sie Yessir.«

»Yessir«, sagte Thimble Theatre.

»Raus hier.«

»Agent Minnick«, bemerkte Pennybacker und stand auf. Seine

Haare standen in alle Richtungen ab; es fehlte jetzt eine Mutter, die sie ihm wieder glattgestrichen hätte. »*Die* haben Sie ja kalt abserviert. Sind sofort rausgerannt. Yessir! Und schon wuseln die davon und machen ihren Job. Hut ab!«

Tucker wischte das mit einer Handbewegung beiseite. »Haben Sie sie befragt?«

»Ich bin gerade erst gekommen. Was halten Sie von diesem Stall?« Pennybacker war sichtlich begeistert. »Miss Hudson hat mir erzählt, es gebe noch so einen, auf einer Insel in der Nordsee; der Architekt hat einige der Schnitzereien dort anfertigen und sie hierher schaffen lassen, kaum zu glauben! Diese Bilder hat er in Auftrag gegeben, nachdem er eine Bergwanderung unternommen hatte, um seine Phantasie zu beflügeln. Wunderbar! Sie sagte, er habe auch ein paar Gedichte auf die Entwürfe geschrieben, aber leider keine guten. Es gibt ja nichts Wertvolleres als einen großen Dichter und nichts Nutzloseres als einen schlechten.«

»Das FBI hat weniger Interesse an diesem Stall als an den Menschen darin«, erwiderte Tucker. »Wenn Sie mich also entschuldigen würden.«

»Schon entschuldigt!«, sagte Pennybacker fröhlich. »Wir sehen gerne zu, wie andere arbeiten.«

Tucker wandte sich den Möchtegern-Ausbrechern zu. Zwei Männer, eine Frau, alle drei in der Uniform der Avalon-Dienstmädchen. Keiner von ihnen hatte sich die Mühe gemacht, Strümpfe anzuziehen, was nichts machte. Die Männer hatten extrem haarige Beine.

»Namen«, befahl Tucker. »Wenn es hilft: Das ist eine rhetorische Frage; ich weiß bereits, wer Sie sind.«

»Archie Boyle.«

»Géza Breznay.«

»Lieselotte Berger.«

Sie waren alle Journalisten, ein Ire, ein Ungar, eine Deutsche, die sich einen Platz auf der Verhaftungsliste des State Department verdient hatten, weil sie die deutschen Kriegsanstrengungen mit Propagandaartikeln unterstützt hatten.

Tucker wies auf die Uniformen, in denen sich Brombeerranken verfangen hatten. »Jetzt schildern Sie mir mal in Ihren eigenen Worten, was ich hier sehe.«

»Ein Feuer auf einem entfernten Hügel«, erwiderte der Ire. »Man riecht den Rauch, weiß aber nicht, was brennt; Sie waren zu weit weg, als alles begann, und jetzt sieht vor dem Hintergrund des Himmels alles gleich aus.«

Tucker entgegnete knapp: »Ich hatte drei Stunden Schlaf.«

Breznay, der Ungar, warf ein: »Was ist unser Verbrechen? Wir sind Mitglieder der freien Presse. Unsere Strafe? Dieses Gefängnis.«

»Soweit ich weiß«, sagte Tucker, »haben hier zwanzig Präsidenten gewohnt.«

»Ein Gefängnis definiert sich nicht durch die Schönheit seiner Tore«, meinte der Ire.

Tucker winkte ab. Er drehte sich zu Lieselotte Berger um. Sie hielt die Handflächen nach oben gedreht, die Ballen aneinander gepresst, eine flehentliche Geste, obwohl ihre Handgelenke nicht gefesselt waren. Ihr ansonsten unauffälliges Gesicht war von zwei silbern glänzenden Narben entstellt, eine auf jeder Wange, so identisch, dass sie von absichtlich zugefügten Wunden stammen mussten.

»Wer hat das getan?«, fragte Tucker.

Sie antwortete nur: »Bitte schicken Sie mich nicht nach Deutschland zurück.«

Dies veranlasste den Iren zu einer Tirade: Sie würden alle von den Deutschen getötet werden, die sie durch Erpressung gezwungen hatten, Propagandaartikel zu schreiben, aber angeblich wussten, dass sie dem Nazi-Regime nicht treu ergeben waren. Er begann, verschiedene mögliche Methoden ihrer Ermordung aufzuzählen, bis Tucker schließlich sagte: »Mr. Boyle, bitte verzichten Sie auf Übertreibungen.«

»Jetzt verstehe ich, warum man das FBI für die Verhöre hinzuzieht«, flüsterte Pennybacker June Hudson zu, so laut, dass Tucker ihm einen Blick zuwarf. Pennybacker schlug sich entschuldigend die Hand vor den Mund, sprach aber durch seine Finger hindurch: »Das sollte auch für Sie gelten, Agent Minnick.«

Tucker kristallisierte die Geschichte des nächtlichen Abenteuers heraus: drei Journalisten, die durch die drohende Rückführung zu dieser wahnwitzigen Aktion getrieben worden waren, hatten sich in gestohlenen Dienstmädchenuniformen ins Dunkel hinausgeschlichen. Als ihnen das Gebrüll eines Berglöwen klarmachte, dass sie die Berge nicht überleben würden, wichen sie auf die Straße aus und wurden von der Grenzpatrouille abgefangen. Ein Handgemenge, ein Messer, keine Verletzungen. Der Berglöwe war vermutlich immer noch hungrig.

»Gehen Sie zurück auf Ihre Zimmer«, befahl Tucker den Journalisten. »Diese Uniformen bezahlen Sie dem Avalon. Und ab jetzt gilt für Sie eine Ausgangssperre ab acht Uhr abends. Sie brauchen mir keine Namen von Mitarbeitern zu nennen, die Ihnen geholfen haben, aber wenn Sie es nicht tun, kommt ein Vermerk in Ihre Akte. Und das bedeutet, selbst wenn Sie es schaffen, nach Amerika zurückzukehren, sobald dieser Krieg vorbei ist, werden Ihnen hier ständig Bundesagenten an den Hacken kleben. Ist das klar? Von Ihnen holt mich keiner mehr aus dem Bett. Und jetzt verschwinden Sie, ich muss noch mit Agent Pennybacker sprechen.«

Pennybacker war verblüfft und formte unhörbar irgendeinen Ausruf des Erstaunens – Donnerkeil oder Donnerwetter oder Potzblitz –, und als die drei Journalisten in die kalte Nacht hinaus verschwunden waren, fragte Tucker: »Wie ist denn der Stand der Verhandlungen?«

»Die wurden abgeblasen. Wegen der Bickenbach«, erwiderte Pennybacker. »Gescheitert. Alles umsonst. Angela Bickenbach bleibt mir ein Stachel im Fleisch. Schlechte Zahlen, Misstrauen. Es ist alles in die Binsen gegangen.«

Junes Augen flammten auf, aber Tucker, der zehn Jahre lang in einer Regierungsbehörde gearbeitet hatte, war nicht überrascht; er hatte noch nie gesehen, dass eine Sache schneller beendet wurde, als eigentlich vorgesehen. Diese Journalisten hatten sich ganz umsonst verrückt gemacht; sie hätten sich ein paar Wochen mehr Zeit lassen können, um ihren Plan zu perfektionieren.

»Und jetzt diese Journalisten!«, rief Pennybacker. »Ich muss entweder eine andere Deutsche finden, die statt Lieselotte Berger auf das Schiff geht, oder ich muss behaupten, sie habe den größten Teil ihres Einbürgerungsverfahrens bereits durchlaufen oder so einen Unsinn, während ich gleichzeitig das State Department davon überzeugen muss, dass sie hier in Amerika gebraucht wird, was die wohl kaum so sehen.«

»Und der Ire und der Ungar?«, fragte Tucker.

»Ach, die können wir einfach vor der portugiesischen Küste über Bord werfen und sie in die Deutschland entgegengesetzte Richtung schwimmen lassen«, sagte Pennybacker freundlich. »Mein Problem ist die Berger. Das Problem sind immer die Deutschen. Die ganze Sache wird sich hinziehen; die letzte Mitteilung hat neunzehn Tage gebraucht, um mein deutsches Pendant zu erreichen, den deutschen Pennybacker, und vermutlich braucht seine Antwort weitere neunzehn Tage. Ich hoffe, dass hier im Frühling alles herrlich in Blüte steht.«

Draußen ertönte ein Schluchzen oder ein Schrei, und Pennybacker sagte: »Das gilt mir. Danke für die Aktion, Agent. Miss Hudson, vergessen Sie nicht, mich später nach Rudy und Rufey zu fragen. Ich glaube, ich habe etwas herausgefunden. Gute Nacht, auf Wiedersehen.«

Jetzt waren Tucker, June Hudson und die Dackel allein im Stall.

»Wie wahrscheinlich ist es«, fragte Tucker, »dass die Journalisten die Dienstmädchenuniformen während des Abendessens gestohlen haben?«

»Unwahrscheinlich.«

»Wie wahrscheinlich ist es, dass einer Ihrer Angestellten ihnen geholfen hat?«

»Unwahrscheinlich.«

»Diese Aussagen können nicht beide wahr sein. Stimmt es, dass 411 noch da ist?«

»Wenn sie nicht in einer Dienstmädchenuniform geflohen ist.«

Ihre ungeteilte Aufmerksamkeit und ihre cleveren Ausweichmanöver machten das Gespräch nicht leichter. All ihre Worte waren gesättigt von ihrem Gebirgsdialekt; am liebsten hätte er sich ihre Worte in seinen Mund gelegt. Er war atemlos; er stand auf einer Veranda und blickte in den wunderschönen Sonnenuntergang einer gefährlichen Landschaft. Sie spielte mit ihm, aber schließlich spielte sie mit jedem. Allerdings hatte sie vorhin, als Pennybacker und die anderen da waren, nicht ihr Haar hinters Ohr gestrichen und ihren Nacken berührt; ihre Wangen waren nicht so gerötet gewesen, oder? Er irrte sich gewiss nicht; sie betrachtete ihn als Tucker Minnick, den Mann, und nicht mehr nur als Tucker Minnick, den Agenten.

Was würde er mit diesem Wissen anfangen? Nichts. Er war ein perfekter FBI-Mann.

Wortlos ging June tiefer in das Stallgebäude hinein; Tucker begriff, mit einem angenehmen Flirren im Bauch, dass er ihr folgen sollte. Sie drückte einen Lichtschalter; im Schein zweier Glühbirnen stand dort eine marineblaue Pierce-Arrow-Limousine. Ein schöner Wagen, vielleicht zehn Jahre alt, ein wenig abgenutzt, er hatte ein paar Kratzer im Lack, und der Polsterbezug der Rückbank war zerschlissen. June machte sich sofort an die Arbeit; in wenigen Minuten standen Türen, Kühlerhaube und Kofferraumdeckel offen, und der Wagen sah aus wie ein Käfer, der in der Sonne trocknet.

»Machen Sie sich nützlich«, forderte sie Tucker auf.

Aber Tucker machte sich nicht nützlich. Er stand in der offenen Tür auf der anderen Seite des Fahrzeugs und beobachtete June. Sie kniete nieder, fischte unter den Sitzen pfefferminzgetränkte Wattebäusche hervor und roch daran, um zu prüfen, ob sie noch wirksam waren. Auf dem Rücksitz stand eine kleine Holzkiste, die einen kleinen schmutzigen Pinsel und ein Glas rote Flüssigkeit enthielt. Scharfe Pfeffersauce. Vorsichtig strich sie das Abschreckungsmittel auf verschiedene Stellen unter der Motorhaube. Ihr Mantel hatte sich geöffnet, zufällig oder absichtlich, sie bemühte sich nicht, ihr gerüschtes Pyjamaoberteil zu verbergen.

»Die Gilfoyles dürfen sich glücklich schätzen«, meinte Tucker, »eine Hoteldirektorin zu haben, die sogar morgens um drei Uhr noch Mäuse für sie vertreibt.«

June ging um das Fahrzeug herum und bestrich die Bremsleitungen mit der scharfen Flüssigkeit. »Oh, der gehört mir.«

»Wie bitte?«

»Bis vor fünf Jahren war es eine der Hotellimousinen. Aber nachdem Pierce-Arrow bankrott war, meinte Mr. Francis, die Marke würde sich im Fuhrpark des Hotels nicht gut ausnehmen. Die anderen beiden wurden verkauft; den hier bekam ich als Bonus, weil ich das Hotel über Wasser gehalten habe, während sich so viele Männer aus den Fenstern gestürzt haben. Er ist natürlich für einen Chauffeur gedacht. Sie sehen, die Vordersitze sind aus Leder, die Rückbank aus Stoff. Die Mäuse bevorzugen den Stoff, die verdammten kleinen Biester.«

Dieser riesige Wagen – er musste neu fast viertausend Dollar gekostet haben. Was für ein seltsam nutzloser Bonus für eine Hoteldirektorin. Ein Fahrzeug für zwei Personen, Herr und Chauffeur. »Fahren Sie damit?«, fragte er.

»Ich müsste hungern, wenn ich den volltanken würde, und jetzt mit der Rationierung bekäme ich niemals neue Reifen für ihn.«

»Und wenn Sie ihn für ein praktischeres Fahrzeug verkaufen?«

Sie ließ die Holzkiste zuschnappen und stellte sie wieder auf den Rücksitz. »Die wären schwer beleidigt, wenn ich das täte, und überhaupt, wo sollte ich schon hinfahren?«

Tucker drückte gegen die Reifen, um zu sehen, ob noch Luft darin war, und kapierte zu spät, dass sie auf die letzte Frage einen Vorschlag von ihm erwartete. Aber der Moment war schon verstrichen. Auch nicht tragisch. Was hätte er aus diesem Moment schon machen sollen? (Er wusste schon ziemlich genau, was er daraus machen würde – wenn er nicht einschlafen konnte, würde er immer und immer wieder darüber nachdenken, warum er ihn hatte verstreichen lassen.) Und dann sagte sie: »Das mit dem Schiff war also nur ein Gerücht.«

»Scheint so.«

»Ich will gar nicht daran denken, wie die Diplomaten diese Nachricht aufnehmen werden. Das ist ein Sonnenscheinthema, wie Toad gerne sagt: So eine Nachricht kann man besser bei Sonnenschein überbringen«, meinte June. »Weil wir gerade dabei sind, für Sie jetzt aber noch ein Mondscheinthema: Meine Angestellten – die Sie so bereitwillig verdächtigen, dem Feind zu helfen – haben das Rätsel um die Garderobenanrufe gelöst. Sie brauchen gar nicht die Stirn zu runzeln. Sie wissen schon, was ich meine. Die Garderobe im sechsten Stock, Anrufe, die immer abgebrochen wurden? Es stand in den gestrigen Notizen. Der Wartungstechniker hat dort jemand reingehen sehen; die Telefonzentrale meldete einen weiteren abgebrochenen Anruf. Man kann sicher davon ausgehen, dass der Anruf von dem Geist getätigt wurde, der da gerade herumspukte, meinen Sie nicht auch?«

»Und der Geist war …?«

»Sabine Wolf.«

Die vornehme Sabine, die sich bisher nur dadurch ausgezeichnet hatte, dass sie am ersten Tag die ängstlichen Ungarn beruhigte, eine zu Wutausbrüchen neigende Tochter hatte und mit einem geselligen Kulturattaché verheiratet war, der unangenehme Freunde sein Eigen nannte. Aber jetzt gewann sie eine eigene Identität: Sabine Wolf, die Frau, die Anrufe aus dem sechsten Stock tätigte, sie aber jedes Mal abbrach. Der Zeitpunkt schien irgendwie wichtig zu sein, denn beim letzten Anruf hatten alle außer Pennybacker angenommen, die Abreise stehe unmittelbar bevor. Warum sollte sie unter diesen Umständen jemanden anrufen?

»Miss Hudson«, sagte er behutsam. »Die Politik des FBI verlangt, dass wir die Personen an Ort und Stelle beobachten. Halten Sie sich von ihr fern.«

»Warum sollte ich ihre Nähe suchen?«

»Ich könnte mir vorstellen, dass Sie sich als Kind Käfer in den Mund gesteckt haben.«

»Ich war eigentlich ein sehr ruhiges Kind. Eher wie Hannelore Wolf.«

»Das fällt mir schwer zu glauben, Miss Hudson.«

»Was daran liegt, dass Sie noch niemandem wie mir begegnet sind. Und das mit ›Miss Hudson‹ lassen wir jetzt. Wir werden wohl noch länger aufeinanderhocken, also June.«

Was sich zwischen ihnen entspann, zuvor nicht greifbar, gewann jetzt an Substanz. »Suchen Sie nicht den Kontakt zu ihr, June.«

»Ich kümmere mich um meine Angelegenheiten, Sie sich um Ihre?«

»So ist es.«

June schlug energisch die Motorhaube des Wagens zu. Dann grinste sie plötzlich, und Tucker, von diesem Grinsen geblendet, spürte, wie sich alle Knoten, die ihn ans FBI fesselten, auf einmal lösten. »Das kann ich natürlich nicht versprechen«, sagte sie. »Denn manchmal werden Ihre Angelegenheiten auch meine Angelegenheiten sein.«

Tucker hatte plötzlich eine sehr klare Kindheitserinnerung vor Augen; wie er auf dem Boden herumkrabbelte, während sein Vater den Abwasch erledigte. Die Stiefel seines Vaters, feucht vom Spülwasser, hatten Abdrücke auf den kohlestaubbedeckten Dielen hinterlassen. An seine Mutter hatte Tucker keine besonderen Erinnerungen, aber jetzt entsann er sich, dass sie draußen gewesen war und eine Zigarre rauchte, die sein Vater ihr mitgebracht hatte. Bis heute musste er bei Zigarrengeruch an jene Veranda mit den sechs chaotisch herumstehenden Stühlen denken und dass mal ein fremder Hund auf der obersten Stufe zusammengebrochen war und man über ihn drübersteigen musste. Tucker erinnerte sich, wie er den frisch gespülten Topf auf dem Tisch stehen sah und feststellte, dass er abgetrocknet werden musste und dass er ihn abtrocknen konnte. So eine kleine Erkenntnis, so eine bedeutungslose Kindheitserkenntnis, und doch erinnerte er sich daran, wie er den Hocker nah genug an den Tisch geschoben hatte, um hinaufzureichen. Er erinnerte sich daran, wie sein Vater ihn angeschaut hatte. War dies das erste Mal, dass Tucker etwas sah, das getan werden musste und es dann tat, oder war es nur das erste Mal, dass ihm bewusst wurde, was er tat? Damals hatte Tuckers Vater gesagt: »Du wirst mal ein guter Ehemann, Tucker.« Nur hatte er ihn nicht Tucker genannt, weil ihn damals niemand Tucker genannt hatte.

»Pensacola«, sagte Tucker zu June.

»Was soll das sein?«

»Pensacola. Ich kenne jemand, der dort Ferienhäuser besitzt. Weißer Strand«, sagte Tucker. »Dort könnte man hinfahren, wenn man einen tauglichen Wagen hätte.«

June tat, als würde sie das Wort in die Luft schreiben. Dann schloss sie die beiden Autotüren auf ihrer Seite; er schloss die beiden Türen auf seiner Seite. Sie schaute auf ihre kleine Uhr (ihr zartes Handgelenk, ihre langen Hände) und schnipste mit den Fingern. Die stets präsenten Dackel, die auf einer gefalteten Plane geruht hatten, sprangen auf.

Draußen, im fremden, trügerischen Licht der Scheinwerfer, kurz bevor sich ihre Wege trennten, sagte er: »Miss Hudson – June.«

Sie blieb stehen. Sie hatte Löcher in ihren Ohrläppchen, die ihm zuvor nicht aufgefallen waren; sie musste bei der ersten Begegnung Ohrringe getragen haben. Sie blickte auf seine Kohletätowierung am Hals, als wolle sie sie berühren.

»Nennen Sie mich Tucker.«

Kapitel 17

Und dies ist die Geschichte, wie June Hudson zu Hoss wurde: Es war ein herrlicher Frühlingstag in den Bergen. Überall in den Wäldern blühten Judasbäume und Hartriegel in rosa und weißen Wolken. Die Rasenflächen waren saftig grün, die Vögel sangen Hochzeitslieder. Auf dem Gelände des Avalon herrschte reges Leben, möglich erst jetzt, wo kein Schnee mehr drohte. Gartenarbeiten, Außenanstrich, Dachreparatur. June jedoch saß drinnen fest, intensiv beschäftigt, in ihrer derzeitigen Position, zuständig für Werbung und Postwurfsendungen. Ihr Schreibtisch war mit ihren grauen Kladden und dem Briefpapier des Avalon bedeckt. Eigentlich sollte June nur Postkarten adressieren und Broschüren in Umschläge stecken, aber sie konnte der Versuchung nicht widerstehen, bei dieser Gelegenheit einige der einflussreichsten Gäste daran zu erinnern, welche besonderen Freuden sie im Avalon erwarteten. Anhand von Notizen aus den Kladden verfasste sie einen Brief nach dem anderen und legte diese Schreiben den Werbebroschüren bei.

Es gefiel ihr, dass die Briefe aus Sicht des Hotels geschrieben waren. Wir freuen uns auf Sie. Wir erinnern uns an Ihre Vorlieben. Wir können es kaum erwarten, Ihnen ein unvergessliches Erlebnis zu schenken. June, ganz allein, war nur ein junges Mädchen mit einem kaum zu bändigenden Hinterwäldlerdialekt. In diesen Briefen jedoch war June das Avalon und sprühte vor herrlicher, lebendiger Kraft. Sie befahl den Gästen zu kommen, und sie gehorchten.

June arbeitete weit mehr, als es ihre Stellung erfordert hätte; und vermutlich erwartete Mr. Francis genau das von ihr. Bei ihrer Versetzung aus der Druckerei zu den Postwurfsendungen hatte er lediglich gesagt: »Lern, so viel du kannst.« Sie hatte keine Angst, etwas falsch zu machen; bei den Gilfoyles hatte sie jetzt ihren festen Platz. Was konnte schon Schlimmes passieren? Es kam höchstens mal vor, dass sie auf dem karierten Stuhl im Wohnzimmer der Familie saß, mit einer Hand ein Brettspiel mit Carrie und Edgar spielte, mit der anderen ein lachendes Gesicht auf Sandys Handfläche malte, und Mister Francis sie über seine Brille hinweg anblickte und sagte: *June, ich habe gehört, du hast dich wieder mal übernommen,* und sie dann erwiderte *Ja,* und das Thema damit erledigt war.

Es war nicht der Reichtum der Gilfoyles, der June berauschte, sondern das in sie gesetzte Vertrauen.

An jenem Frühlingstag, an dem sie zu Hoss wurde, arbeitete sie bei offenem Fenster; nicht weil es schon warm genug war, sondern einfach, weil sie daran *dachte,* dass es bald so weit sein würde. Deshalb bemerkte sie die Veränderung sofort. In einem Moment herrschte eine idyllische Stimmung. Im nächsten Moment stank alles nach Nordamerikanischem Ramp-Lauch.

Für alle, die nicht aus West Virginia stammten, war Ramp-Lauch schwer zu erklären. Es handelte sich um eine wilde, zwiebelartige Pflanze, die man an Hängen fand und von der sich so ziemlich jede arme Familie in diesem Bundesstaat schon einmal ernährt hatte. Anfangs war dieser Lauch nicht besonders schmackhaft, aber man gewöhnte sich daran, vor allem dann, wenn es kaum etwas anderes zu essen gab. Das Problem mit dem Ramp-Lauch war jedoch, dass er mit seinem Gestank alles um ihn herum ansteckte. Wer Ramp-Lauch aß, roch nach Ramp-Lauch. Kleidung und Bettlaken, die in der Nähe gelagert wurden, rochen nach Ramp-Lauch. Haare, Haut, Atem, alles roch nach Ramp-Lauch. Wer Knoblauch für intensiv hielt, erlebte mit Ramp-Lauch sein blaues Wunder. Aber es war ein nostalgischer Geruch. Ein stolzer Geruch. Es war der Geruch West Virginias. In letzter Zeit war es in Mode gekommen, in die Druckerschwärze der Werbebroschüren Parfüm zu mischen, und June hatte die Geschichte von einem Drucker gehört, dem die glänzende Idee kam, für die Adressaten in West Virginia stattdessen den Geruch des Ramp-Lauchs beizugeben. Postangestellte brachen in Hinterzimmern zusammen und streikten, um die fürchterlich stinkenden Dokumente nicht in ihre Zustellfahrzeuge laden zu müssen. Vor dem Geruch von Ramp-Lauch kapitulierte einfach jeder.

An diesem Tag im Avalon drang der Geruch aus den Schwimmbecken, blieb aber nicht auf sie beschränkt. Das Trinkwasser schmeckte danach; die Luft roch danach; aus allen Brunnen auf den Etagen drang Ramp-Lauch-Gestank. June eilte aus der Postwurfabteilung in die Lobby und beobachtete, umgeben vom Geruch ihrer Kindheit, wie die Bediensteten mit Taschentüchern vor den Nasen die Flucht ergriffen.

Für die Gäste war der Gestank einfach nur grauenhaft. Und die Angestellten hatten Angst.

Sie wussten, dass das Wasser umschlug.

Und wo war Francis Gilfoyle? In New York, er holte Edgar am Ende des Schuljahres aus dem Internat ab. Man konnte ihn telefonisch nicht erreichen und überhaupt, was hätte ein Gespräch schon gebracht? Seine Mitarbeiter brauchten ja keine Handlungsanweisungen; Mr. Gilfoyle selber musste handeln.

June übernahm die Kontrolle, als sie keiner mehr hatte.

Sie ließ den tragbaren Tanzboden aus dem Lagerraum holen, trug der Grotte auf, alles für ein Picknick vorzubereiten, ließ die Gärtner in der Nähe der Winnet-Plätze ein Feuer im Freien entfachen, um die letzte Frühlingskälte zu vertreiben. Die Bediensteten liefen durch die Flure und schmetterten begeistert irgendein Lied, um die Gäste aus ihren Zimmern zu locken, hinaus ins Freie, wo sich das Kammerorchester vor den bereits ausgelegten Picknickdecken schon einmal einspielte. Als die Gäste versorgt waren, schüttete man Salz und Chlor in die Wasserbecken, riss die Hotelfenster auf, öffnete die Abschlussklappen der Kamine und sammelte die Schnecken von den Wänden des Billardzimmers.

June bat Sam Redford, den inzwischen längst pensionierten damaligen Personalchef, alle Dienstmädchen zu versammeln, die sich gerade frisch verlobt hatten.

Er fragte nicht warum. In einem Raum voller Ungewissheit siegt die Zuversicht.

Während sich die Gäste auf dem Winnet-Gelände des Avalon spontan beim Tanz vergnügten, fischten die frisch verlobten Dienstmädchen alle Münzen aus dem Brunnen des Ballsaals. Fast eine ganze Stunde lang tauchten die glücklichen jungen Frauen ihre Arme in das Süßwasser, reicherten es mit ihrer Freude an und schenkten ihm genau das, was sie zurückbekommen wollten. Gegenseitigkeit.

Danach teilte June dem damaligen Oberkellner, Griff Clemons, mit, sie sei jetzt im Avalon IV und wolle nicht gestört werden.

Knapp eine Stunde später klärte sich die Luft.

June kam aus dem ältesten der Badehäuser, etwas wackelig auf den Beinen.

Die Erste Hausdame eilte zu ihr, um sie zu stützen. Der Oberkellner hielt sie auf der anderen Seite.

»Gut gemacht, Hoss«, sagte Griff.

»Was ist das eigentlich für ein Spiel?«, fragte Johnny Hosokawa.

»Winnet«, antwortete June. »Das wird nur hier gespielt.«

Es war ein schöner Tag, ungewöhnlich warm für diese Jahreszeit, die Verheißung des bevorstehenden Frühlings. An den Fenstern krabbelten zahllose Marienkäfer, und sogar draußen landeten einem die hellen, munteren Käferchen immer wieder im Haar und auf den Schultern. Erich von Limburg-Stirum und Johnny Hosokawa hatten das konzentrierte Gebaren von Hebammen, als June schwungvoll die Türen des weiß verkleideten, mit einem Kupferdach versehenen Lagergebäudes öffnete, das man das Winnet-Kabinett nannte.

Sie fand, was sie suchte: einen länglichen, steifen Pappkoffer mit verstärkten Ecken. An der Seite stand in schlichten Lettern: HUDSON.

»Das sind Sie«, sagte Erich.

»Das bin ich.«

Normalerweise hätte June ihre Gäste nicht für den Transport von Winnet-Koffern eingespannt, aber die Personalnot im Avalon hatte sich verschärft – in einer einzigen Woche waren die Hälfte ihrer Hoteldiener und die meisten ihrer Gärtner eingezogen worden; außerdem kamen ihr Erich von Limburg-Stirum und Johnny Hosokawa gar nicht wie Gäste vor. Erich war natürlich der berühmte liebeskranke Pilot und Johnny ein aufgeweckter, umtriebiger junger Mann, in Japan geboren, doch in den Vereinigten Staaten aufgewachsen. Bevor er ins Hotel kam, hatte er in Washington als Korrespondent für die Dōmei News Agency gearbeitet, die ihre journalistischen Prioritäten seit kurzem auf die nationalistische Propaganda Japans verlagert hatte.

»Ich wollte schon immer gerne schreiben«, hatte Johnny ihr ein paar Tage zuvor erzählt. »Und ich war schon immer Japaner. Beides kann ich nicht ändern. Was macht eine Sängerin, wenn sie im Kloster ist? Sie singt von Gott. Ich habe nun mal geschrieben, was sie von mir hören wollten.«

Robert Prager, der dem Lynchmord zum Opfer gefallene Deutsche, dessen Schicksal Sandy nicht mehr losgelassen hatte, hatte seinen Peinigern erklärt, dass er nur durch den »Zufall« seiner Geburt Deutscher sei. Johnny war durch den »Zufall« seiner Geburt Japaner. June war durch den »Zufall« ihrer Geburt Amerikanerin. Zufällig auf der richtigen Seite des Krieges, der Seite – wie Sandy gesagt hatte –, auf der die gemeinsame Macht für etwas Gutes genutzt werden konnte. Sandy hatte seinen Unfall bewusst verursacht, indem er zur Marine gegangen war. Was machte June aus dem Zufall, dass sie Amerikanerin war?

»Spielen Sie gut Winnet?«, fragte Erich herausfordernd.

June grinste ihn an. »Ihr Jungs habt Glück, dass ich nicht mitspiele.«

Sie klappte den Kofferdeckel auf. Hier drin befand sich das gesamte Winnet-Zubehör. Der Spell ähnelte einem Schuhlöffel, fest mit grobem, aber schönem Leder umwickelt. Die Schläger – aus der Familie der Golf- und Krocketschläger – waren mit kunstvoll geschnitzten Griffen versehen. Einer hatte sogar einen Vogelkopf, das Pendant zu einem der Brunnenvogelköpfe im Hotel.

Und die Winnets! Das waren wunderschöne, glatt polierte Holzeier in allen Farben. Die neuesten wiesen eine gleichmäßige, reine Färbung auf. Die älteren jedoch glichen unterschiedlich großen scheckigen Juwelen, deren Schrunden man repariert, bemalt, neu lackiert, aber nicht zum Verschwinden gebracht hatte. Erich und Johnny wollten sie beide in Händen halten, und sie erlaubte es ihnen, während sie noch ein paar weitere Koffer aus dem Kabinett holte.

Die beiden jungen Männer hatten sich auf Anhieb sympathisch gefunden und gehörten zu einem sehr unwahrscheinlichen Freundeskreis, der auch Junes Kellner Sebastian Hepp und Paul Eidenmüller einschloss. June hatte ein mulmiges Gefühl bei der Sache – was würde passieren, wenn die Diplomaten abgereist waren und an Erichs und Johnnys Stelle wieder die Morgans und Delafields traten? –, aber sie brachte es nicht übers Herz einzuschreiten. Sebastian blieben ja nur noch ein paar Wochen seiner Jugend.

»Sollen alle mit?«, fragte Johnny und hob einen der Pappkoffer an.

»Alle«, erwiderte June.

Seit dem nächtlichen Fluchtversuch der Journalisten hatte sich einiges verändert. Das Gerücht von der vorzeitigen Abreise hatte die Diplomaten ungenießbar gemacht. In Gedanken saßen sie schon auf gepackten Koffern und hatten den Zug nach New York bestiegen, waren an Bord des Schiffs gegangen, den U-Booten entronnen, waren in Portugal gelandet, dort in einen weiteren Zug gestiegen und schließlich an ihren ultimativen Bestimmungsorten eingetroffen, um die restliche Dauer des Krieges zu überleben. Jetzt ärgerte sie im Avalon jede Kleinigkeit. Die Betten waren unbequem, die Aufzüge fuhren zu langsam. Die Italiener waren zu laut, die Deutschen zu unverschämt und die Japaner zu arrogant. Im Greenbrier hatten sich die Japaner so sehr über die Deutschen aufgeregt, dass sich das State Department gezwungen sah, die japanische Delegation in ein anderes Hotel in North oder South Carolina zu verlegen. Dieses Ausmaß an Chaos war bei Junes Diplomaten zwar noch nicht eingetreten, aber ihre zwei Gläser Süßwasser am Morgen und am Abend schmeckten inzwischen sauer.

Jene Nacht hatte auch sie verändert. Die drei Journalisten waren verzweifelt gewesen. Lieselotte Berger hatte Narben im Gesicht, die man ihr absichtlich zugefügt hatte. Sabine Wolf nahm immer wieder den Hörer ab und legte auf, ohne ein Wort zu sagen. Wer hatte sonst noch Angst in ihrem Hotel?

June musste entweder das saure Wasser beschwichtigen oder ihre sauren Gäste, und sie wollte nicht ins Avalon IV.

Unentwegt plaudernd gesellten sich Erich und Johnny zu den Diplomaten, die sich auf dem saftig grünen Frühlingsrasen versammelt hatten; das Winnet-Gelände erstreckte sich zwischen alten Bäumen, so weit das Auge reichte. Basierend auf einem archaischen Spiel, das es an Popularität nicht mit Golf aufnehmen konnte, gab es Winnet sonst nirgends mehr auf der Welt. Dass Winnet anderswo nicht gespielt werden konnte, weil es so viel Platz brauchte, machte es nur noch attraktiver; manche Gäste kamen jeden Sommer nur deshalb ins Avalon, weil sie ihre Spieltechnik nirgends sonst verbessern konnten. Wie oft war June schon über dieses Gelände gelaufen? Die Gilfoyles waren, wie jeder hier im Avalon, ganz verrückt nach Winnet. Endlose Nachmittage, nie endende Partien. Nachts träumte man davon, wie man mit den Schlägern auf die Winnets zielte, hörte sie immer noch gegen die weit oben in den Bäumen befestigten Zielscheiben knallen.

»Spielen Sie, Agent Calloway?«

Hugh Calloway befand sich eigentlich auf einem Spaziergang, hatte aber einen kleinen Abstecher gemacht, um die Veranstaltung zu erkunden.

Er beschirmte seine Augen mit der Hand. »Ich schaue nur zu, Ma'am.«

Wieder einmal spielte sie mit dem Gedanken, Ulcie zu feuern. Aber das saure Wasser am Morgen, das saure Wasser am Abend … »Wie werden Sie denn in der Poststelle behandelt?«, fragte sie.

»Ganz gut.«

June hätte gern gesagt, Ulcie fliegt raus, sobald das hier vorbei ist, aber sie wusste, dass nur sie sich dadurch besser fühlen würde, nicht er. Stattdessen sagte sie: »Ich habe gehört, dass Sie ein erstklassiger Pokerspieler sind.«

Er wieherte vor Lachen. »Stimmt, Tuck hat gesagt, hier im Hotel hätten die Wände Ohren … Wenn man vom Teufel spricht …« Hugh hob die Hand und grüßte Tucker, der ein Stück entfernt als kleine Gestalt vor dem Hotel stand. Tucker erwiderte die Geste nicht, sah sie beide nur mit bohrendem Blick an.

»Ich sehe schon,«, meinte Calloway, »gut gelaunt wie immer. Ich muss los. Viel Spaß beim Spielen, Miss Hudson.«

Da Junes derzeitiger Winnet-Lehrer, ein ehemaliger Kricketspieler namens Thomas Hammerfield, zwei Wochen zuvor verreist war, mussten sich die Diplomaten mit den geduldigsten und vorzeigbarsten Angestellten begnügen, die June noch geblieben waren. Zimmerkellner, Klempner, Installateure, Dienstmädchen, Hausmeister, Luellen, ihr Manager für die Gästehistorie, und Zachariah Hatfield, der Hausgeistliche – sie alle wuselten auf dem sonnigen Rasen herum und brachten den aus fünf Ländern stammenden Diplomaten vergnügt bei, wie man Schwünge vollführte, Spells platzierte und die Winnets durch die Luft beförderte. June verspürte einen bittersüßen Schmerz, wenn sie an ihre Angestellten dachte. Die allerbesten Winnet-Spieler waren immer die gewesen, die das ganze Jahr über Zugang zum Gelände hatten. June gab sich große Mühe, dies vor den Gästen zu verbergen, denen es sicher nicht gefallen hätte, von den Hotelbediensteten übertrumpft zu werden. Denn in diesem Moment spielten sie einfach nur.

Genau wie im Hotel blieben auch hier die Delegationen nach Nationalitäten getrennt. Die kleine italienische Delegation nahm begeistert teil. Die strenge japanische Delegation sah aus sicherer Entfernung zu und sonnte sich auf Picknickdecken und Parkbänken. Sebastian Hepp kümmerte sich um die große deutsche Delegation, teilte sie nach Geschlecht und Alter auf und erfüllte diese Aufgabe mit olympischem Ernst. Sabine Wolf stand am Rand ihrer Gruppe und schaute zu. Sie trug einen dunkelgrünen Hut mit Halbschleier, der ihr rotgoldenes Haar zum Leuchten brachte, und eine farblich passende Seidenbluse. Ihren Mantel hielt sie zerknittert in den Armen wie ein totes Kind.

Halten Sie sich von ihr fern, hatte Tucker sie gewarnt, und sie hatte sich gefragt, was der Grund für diese Warnung war.

Und doch führten Junes Schritte sie jetzt direkt zur Gattin des Kulturattachés. Vielleicht, weil Sabine Wolf ihr kürzlich so kalt mitgeteilt hatte, sie könne nicht helfen. Vielleicht, weil sie Hannelore für ihr Gebrüll nicht bestraft hatte. Vielleicht, weil sie June gleich am Ankunftstag aufgefallen war, als einzige Frau, die mit den Männern die Auffahrt heraufkam. Vielleicht, weil Sabine jetzt zwischen den alten Bäumen auf eine schmiedeeiserne Parkbank sank – resigniert, als hätten ihre Knie nachgegeben. Oder vielleicht, weil sie einfach wissen wollte: Welche Worte waren es, die Sabine Wolf nicht aussprach?

June setzte sich neben sie und sagte: »Ich habe gehört, Sie sind Künstlerin.«

»Woher wollen Sie das wissen?« Obwohl sie Deutsche war, hatte ihr Englisch einen eleganten Mayfair-Akzent. Diese Frau hatte sich bis zum Ausbruch des Krieges zweifellos in der Welt der Gilfoyles zu Hause gefühlt.

»Sie haben es gegenüber einem meiner Angestellten im Tapestry Room erwähnt. In der Porträtgalerie hängen ein paar schöne Gemälde, falls Sie noch nicht dort waren.«

Sabine lächelte sie an. Es war ein freundliches, wenn auch nicht aufrichtiges Lächeln; sie ahnte, was June von ihr wollte. »Ich habe mich früher sehr für Naturdarstellungen interessiert. Als ich noch jünger war, habe ich Vögel beobachtet und die verschiedenen Spezies in einem Skizzenheft festgehalten. Mit Aquarellfarben. Ihre Bewegungen und ihr Verhalten. Was sie fressen. Für jede Art war eine Seite vorgesehen, manchmal zwei, falls Männchen und Weibchen sich deutlich unterschieden. Häufig zwei. Oft gibt es große Unterschiede in der Art und Weise, wie sich die einzelnen Geschlechter der Welt präsentieren. Ich habe die Skizzen weggeworfen, als ich Friedrich kennenlernte, aber selbst heute stelle ich mir noch manchmal vor, wie ich einen Vogel zeichnen würde. Aber auch Sie sind eine Künstlerin, nicht wahr, Miss Hudson? Das Avalon ist Ihre Leinwand.«

Sabine hatte verächtlich gewirkt, als June ihr das letzte Mal begegnet war, aber dieses Gespräch schien sie ernst zu nehmen. Vielleicht war auch Sabine, so wie June, ein Möbelstück, von einem Laken verdeckt, das nur sehr wenig preisgab.

»Das Avalon ist ein Spiel, das jeden Tag neue Facetten bietet, so viel steht fest«, sagte June. Sie zögerte; man hörte den Aufprall der Winnets, den Klang von Stimmen. »Mrs. Wolf, Sie sagten neulich, es gebe nichts, was ich für Sie tun könnte. Ich bin es nicht gewohnt, so etwas in meinem eigenen Hotel gesagt zu bekommen.«

Sabine errötete. »Miss Hudson, ich war verzweifelt, ich hätte nicht ...«

June winkte ab. »Mrs. Wolf, ich hatte als Kind auch solche Wutanfälle wie Hannelore. Ich war ihr sehr ähnlich.«

Sabine runzelte die Stirn.

Es war schwer, sich diesen langen Weg vorzustellen, wenn man ihn nicht selber zurückgelegt hatte. Viele Jahre lang hatte June gedacht, sie habe sich zu der Frau, die sie war, entwickelt, *obwohl* sie ein solches Kind gewesen war. Aber jetzt wusste sie, dass sie zu dieser Frau geworden war, *weil* sie ein solches Kind gewesen war. Nur ein Mensch, dem andere fremd waren, verfügte über die Geduld, seine Mitmenschen so eingehend zu studieren.

Nach einer Weile sagte Sabine: »Aber so schlimm waren Ihre Anfälle doch gewiss nicht!«

June erinnerte sich nur an die Reaktionen der Augenzeugen damals. Verurteilte sie ihre Mutter dafür, dass sie sie wortlos in Constancy zurückgelassen hatte? Es war 1918 oder 1919 gewesen, und in West Virginia war jeder hungrig, es sei denn, man arbeitete im Avalon. Ihr Vater hatte sich eine Kugel in den Kopf gejagt. Ihre Mutter stand allein da, und June war damals nicht das einzige halb verwaiste Kind. Außerdem entsprach sie nicht dem Bild der demütigen kleinen Bettlerin. Ihre Mutter war damals wohl ungefähr im selben Alter gewesen wie June heute. Aber letztlich schien es nicht fair, sie beide zu vergleichen. Ihre Mutter hatte damals niemanden gehabt, June hingegen war in eine große Familie aus Hunderten von Menschen eingebettet.

»Im Gegenteil, meine Anfälle waren ganz fürchterlich. Aber Hannelore ist eine sehr genaue Beobachterin, so wie ich es damals war. Ich habe am ersten Tag gesehen, wie sie alles intensiv in sich aufnimmt. Sie braucht einfach Zeit.«

Sabine wollte etwas sagen, hielt aber inne. Das war das Problem mit Mr. Francis' hochvornehmen Gästen und ihrer sagenhaften Zurückhaltung. Es gab so viele Dinge, die sie einfach nicht aussprechen konnten. June konnte unmöglich erraten, was Sabine wirklich dachte, aber sie sah die ganze Zeit ein Bild vor sich: die Injektionsspritze, Hannelores chemischen Schlaf.

»Sie glauben, Hannelore *bleibt* keine Zeit«, vermutete June aufs Geratewohl.

Sabines Augen schimmerten feucht, klärten sich aber sofort wieder; kaum waren ihr die Tränen gekommen, hatte sie sie auch schon unterdrückt. Sie nestelte einen losen Faden unter einen Knopf und sagte in völlig neutralem Ton: »Der Sohn des Botschafters, haben Sie von ihm gehört? Er hat kürzlich eine psychiatrische Diagnose erhalten. Wie alt ist er, sechzehn? Siebzehn. Nein, definitiv sechzehn. Ich glaube, es ist Schizophrenie. Er wird hier in Amerika in einer Einrichtung behandelt. Wenn der Botschafter nach Deutschland zurückkehrt, soll sein Sohn ihn natürlich begleiten, aber …« Sabine brauchte einen Moment, um diesen Satz mit diplomatischem Geschick zu Ende zu bringen. »In Deutschland droht schizophrenen Menschen die Euthanasie. Das ist ein Programm für Menschen, die geistig beeinträchtigt sind. Es gilt … umfassend.«

June schauderte unwillkürlich. Sabines sachlich-klinische Ausdrucksweise machte ihre Feststellung nicht weniger verstörend, eher im Gegenteil.

Sabine wählte ihre Worte weiter ganz bewusst, präzise und aufmerksam, wie jemand, der Bücher in alphabetischer Reihenfolge ordnet. »Es gibt das Gerücht, der Botschafter habe mit dem State Department vereinbart, dass er seinen Sohn in den Vereinigten Staaten zurücklassen kann. Ich glaube nicht, dass das einfach war. Aber ich glaube, man hat sich darauf geeinigt, die Akte des Jungen zu vergessen.«

Sabines Blick schweifte zum Rest der deutschen Delegation hinüber. Lothar Liebe, dunkelhaarig, attraktiv wie ein Stummfilmstar, lehnte auf seinem Schläger und beobachtete die beiden Frauen auf der Bank.

Sabine lächelte strahlend, als hätte June etwas ganz Wunderbares gesagt, und fuhr dann, immer noch mit diesem gruseligen falschen Lächeln, fort: »Von dem Sohn des Botschafters bekam man nur einmal einen schrecklichen Vorfall mit, bevor sie die Diagnose stellten. Eine furchtbare Episode. Aber verhalten wir uns nicht alle irgendwann einmal schrecklich? Er ist sechzehn Jahre alt. Als ihm klar wurde, was er getan hatte … Er ist so ein sensibler Junge. Als er sich ausgeweint hatte, stimmte er allem zu, was sie für das Beste hielten. Er hätte sich auch von einer Lobotomie, einer Elektroschockbehandlung, einem gnädigen Tod überzeugen lassen.«

Auf der anderen Seite des Platzes hockte Sebastian liebevoll neben einem frustrierten Kind. Aus irgendeinem Grund projizierte June sein Gesicht auf den Sohn des Botschafters. Sie wollte nicht, dass er in den Krieg zog. Sie wollte nicht, dass er ausgebildet wurde, um Erich von Limburg-Stirum abzuschießen. Sie wusste, dass auch er das nicht wollte, aber er würde trotzdem gehen und sein Bestes geben, aus Prinzip. Wie Sandy glaubte auch er an die Macht der Gemeinschaft. Er wäre sonst nicht im Avalon gewesen.

»Wird man Hannelore als geistig beeinträchtigt einstufen?«

Statt zu antworten, fragte Sabine: »Haben Sie etwas Puder für mich?«

June zog eine Puderdose aus der Tasche. Sabine puderte sich damit die Nase und tupfte unauffällig eine Träne ab.

»Weiß Hannelore davon?«, fragte June.

Sabine schüttelte unmerklich den Kopf.

Frau, Mutter, Gast, Feindin, hochrangige Gefangene.

»Mein Mann glaubt, dass er sie in Deutschland beschützen kann«, sagte Sabine. »Er wünscht sich, sie in Deutschland beschützen zu können. Sie ist unsere einzige Tochter. Aber ich …«

June sammelte sich. Im Vergleich damit wurde alles andere nebensächlich.

Tucker würde wütend reagieren. Egal.

»Ging es darum bei den Anrufen?«, fragte June.

Sabine flüsterte: »Sie wissen ja sicher, dass Lothar jetzt bei der Gestapo ist.«

»Gestapo«, wiederholte June. Das Wort klang grausam, fremd, fehl am Platz.

»Geheimpolizei. Früher war er beim SD, Nachrichtenbeschaffung. Lothar beobachtet alles, was wir tun. Es ist natürlich nicht nur er, es ist … wenn …« Sabine umklammerte beide Ellbogen mit ihren langen Fingern. »Ich wollte den Mann vom State Department anrufen und fragen, ob sie hierbleiben kann. Aber dann verließ mich jedes Mal der Mut. Man darf die Entscheidungen Deutschlands nicht kritisieren. Wir jedenfalls nicht. Wir repräsentieren Deutschland.«

June stellte sich vor, wie Sabine sich in die Garderobe im sechsten Stock geschlichen hatte. Wie sie den Hörer abgenommen, der Telefonistin am anderen Ende der Leitung gelauscht und dann aufgelegt hatte. Ein paar Versuche gleich nach ihrer Ankunft. Und dann, noch einmal, als sie dachte, die Rückführung stehe kurz bevor.

»Soll ich mit Mr. Pennybacker sprechen?«, fragte June.

Sabine nickte unmerklich. »Und bitte diskret. Ich kann das nicht genug betonen.«

»Anders kann man ein Hotel gar nicht führen.«

Lothar Liebe stand mit indifferentem Lächeln auf der anderen Seite des Winnet-Platzes und gab Sabine ein Zeichen, sich zu ihm zu setzen. June lief ein so heftiger Schauer über den Rücken, dass sie überlegte, ob seine Geste an sich schon bedrohlich war oder nur im Zusammenhang mit dem eben Gehörten so wirkte. Ja, wahrscheinlich hätte sie, wenn es ein ganz gewöhnliches Gespräch gewesen wäre, Lothar Liebe einfach nur, wie Erich, für einen deutschen Staatsbürger gehalten, der vom State Department aus Übereifer im Avalon interniert worden war.

Sabine winkte leichthin zurück und fragte gepresst: »Worüber könnten wir gesprochen haben? Er wird mich fragen.«

»Die Speisekarte«, antwortete June sofort. »Was wir tun könnten, damit die Deutschen mit den Menüvorschlägen unseres Küchenchefs weniger unzufrieden sind.«

»Ja, natürlich«, sagte Sabine erleichtert.

June sah, wie sie zu Lothar hinüberschlenderte, der sie am Arm nahm und ihr etwas ins Ohr flüsterte. Als die beiden Deutschen sich umwandten, sahen sie gerade noch, wie Sebastian Hepps Winnet eine schöne Parabel beschrieb, die mit einer Punktlandung auf einer der Zielscheiben endete. Wärme und Triumphgefühl röteten Sebastians Gesicht. Erich von Limburg-Stirum rief: »Gut gemacht!«

Johnny Hosakawa lobte: »Brilliant!«, und Luellen March von der Gästehistorie rief anerkennend: »Mr. Hepp!«

Sebastian hob seinen Schläger über den Kopf und sang vergnügt:

Leb' wohl denn, oh Hochland, sey Norden gegrüßt,
Wo Heimath der Ehre und Tapferkeit ist;
Wohin ich auch wandre, wo immer ich bin,
Es zieh zu den Hügeln des Hochlands mich hin.

Paul Eidenmüller, der gerade den Japanern die Spielregeln erklärte, brach seine Demonstration ab, um mitzusingen, und auch Erich fiel ein, und so sangen sie alle drei wie fröhliche Zechbrüder. Nach ein paar Zeilen merkte June, dass sie eines der Robert-Burns-Lieder aus dem Ballsaal auf Deutsch vortrugen. Einen Moment später griff das Orchester die Melodie auf und verwandelte sie für alle anderen in das sehr bekannte »My Heart's in the Highlands«. Die Sonne strahlte auf dieses musikalische Impromptu herab, ein perfekter Augenblick, gerade deshalb, weil er sich spontan ergeben hatte.

June fühlte sich daran erinnert, wie sie das Avalon das allererste Mal erblickt hatte. Es war ihr vorgekommen wie eine wunderbare Insel, weit weg von den Problemen der müden Welt, wie es da ganz oben auf dem Berg stand. Sie erinnerte sich an diesen Moment, aber sie konnte sich das Gefühl, das sie damals empfunden hatte, nicht mehr genau vergegenwärtigen. Es war jetzt unmöglich, die schmachtenden Streicherklänge und das Gelächter zu hören, ohne daran zu denken, dass anderswo auf der Welt Unschuldige zum Tode verurteilt wurden. Sie hatte sich noch keinen Zentimeter von hier wegbewegt, und doch fehlte ihr das Avalon schon jetzt.

»Hoss … hey …«

June hörte die banalen, unverwechselbaren Geräusche eines Faustkampfs. Es gab einfach nichts Vergleichbares als diese Kombination aus Knöcheln, die auf Fleisch trafen, Keuchen mit zusammengebissenen Zähnen, Schuhen, die den Boden aufrissen, Armbanduhren, die gegen Brillengläser knallten. Als June sah, wer beteiligt war, verwandelte sich ihre Bestürzung in Beschämung. Zwei der japanischen Diplomaten, ein Grenzschutzbeamter und einer ihrer Kellner (Chuck Curtis, leichte Skoliose, die ihn vor der Einberufung bewahrte) waren in ein hässliches Handgemenge verwickelt.

Als sie einen Schritt auf sie zu machte, hörte – und fühlte – sie ein Knirschen unter den Füßen. Eine Schnecke. Mehr als eine, um genau zu sein. Der Boden war übersät mit ihnen, sie leuchteten bunt im Sonnenlicht, das durch die Äste fiel. Hatte sie die Schnecken übersehen, als sie neben Sabine saß? Das war eigentlich nicht möglich. Zwei von ihnen, die sich langsam mit ihren seltsamen horizontalen Gehäusen fortbewegten, krochen über die Armlehne der Bank, dort, wo Sabine eben noch gesessen hatte.

Die Schlägerei ging weiter.

»Nein!«, rief June. Und als das nicht weit genug trug, hielt sie sich trichterförmig die Hände vor den Mund und rief noch einmal energisch: »Nein!«

Chuck hielt sofort inne.

Das brachte ihm einen Schlag eines der beiden Japaner ein, doch als Chuck nicht reagierte, hörte auch der Japaner auf. So blieben nur noch der Grenzschützer und der zweite Japaner übrig, deren Kampf gleichfalls erlahmte, als sie sahen, dass die beiden anderen Männer die Fäuste sinken gelassen hatten. Als June sie erreichte, standen alle vier reglos da.

»Was zum Teufel soll das?«, fragte June.

Chucks Gesicht glänzte rot, er war außer Atem. Er konnte ihr nicht in die Augen sehen. Sie war diejenige gewesen, die Mr. Francis davon überzeugt hatte, dass er einen guten Kellner abgeben würde, trotz seiner verkrümmten Wirbelsäule. Sie hatte von der Schneiderin extra ein Polster für die linke Schulter seiner Uniformjacke anfertigen lassen.

June erkannte den Grenzschutzbeamten aus der Garage; sie sah, dass er auch sie erkannte. »Soll ich Agent Minnick holen?«, fragte sie ihn.

Das wollte er nicht.

Verlegen schilderte Chuck den Vorfall, beginnend mit dem Auslöser:

Chuck: Kann ich Ihnen Ihr Glas abnehmen?

Japanischer Diplomat: Wenn ich dafür die *Lexington* bekomme.

Dies war eine Anspielung auf die *USS Lexington*, ein Flugzeugträger, den die Japaner angeblich vor kurzem im Pazifik versenkt haben wollten. Den Rest der Geschichte konnte sie sich selbst zusammenreimen.

Alle Beteiligten überschlugen sich in Entschuldigungen, tut mir leid, Hoss, tut mir leid, Ma'am. Aber das nutzte June jetzt auch nichts mehr. Sie hätte sich gewünscht, dass das alles gar nicht erst passiert wäre. Eine Schlägerei im Avalon? So etwas hatte es noch nie gegeben. Es spielte keine Rolle, ob Chuck provoziert worden war; sie erwartete von ihren Angestellten, dass sie sich nicht provozieren ließen. Chuck war ja kein Grünschnabel; er war ein Veteran und hatte viele Jahre Hotelerfahrung auf dem Buckel.

June spürte, wie sich alles immer weiter hochschaukelte. Der Tod von Mr. Francis, das Lachen unten in Constancy, das verspritzte Wasser im Avalon II, die Schnecken unter der Bank.

Werden Sie nicht übermütig, hatte Bürgermeister Foglesong ihr geraten, aber sie war eben doch übermütig gewesen, oder? Damit hat das Wasser nichts zu tun, hatte sie unentwegt behauptet, aber momentan schien sich so viel zu verändern. Mr. Francis war tot; sie hatte mit Gilfoyle geschlafen; die Gestapo nahm ihre Mahlzeiten in den Speisesälen des Avalon ein.

»Hoss«, sagte Griff Clemons. Ihr Personalchef kam auf sie zu und hielt eine schlammige Schnecke hoch.

June seufzte. »Schon gesehen.«

Vive l'Avalon.

Kapitel 18

Der Rest des Tages nahm also seinen unabwendbaren Gang. Als Wolken über die Berge rollten, die strahlende Sonne verdunkelten und das Innere des Hotels in trübes Dämmerlicht tauchten, versuchte June Ordnung zu schaffen, so gut es ihr möglich war.

Zuerst ging sie in den Glass Room – wo Pennybacker und die beiden Schweizer ihr lächelnd entgegenblickten und diskret die Dokumente umdrehten, die den Schreibtisch bedeckten – und erzählte ihnen von Sabine und Hannelore.

»Und Sie wollen wahrscheinlich, dass ich mich darum kümmere«, meinte Pennybacker. »Wie bei der Bickenbach! Das ruiniert meine ganze Geiselarithmetik.« Dennoch zeigte er mit seinem Stift auf einen Papierstapel, den ihm der Dirigent herüberreichte, und machte sich darauf Notizen. »Ich werde sehen, was ich tun kann.«

Normalerweise hätte der Cembalist hier eine schlaue oder dumme Bemerkung gemacht, aber er verhielt sich ungewöhnlich still, während es von draußen gegen das Fenster nieselte. Dies erinnerte June an Pennybackers Bemerkung, er habe so eine Vermutung, was die beiden Schweizer und den Vorfall im Avalon II betreffe. Sie würde ihn später danach fragen, falls es ihr noch wichtig erschien.

»Ich habe … alles in Ordnung mit Ihnen, Miss Hudson?«, fragte Pennybacker.

»Muss nur was erledigen, auf das ich mich nicht besonders freue.«

Sie hielt inne. Die drei brauchten nichts davon zu wissen, das ging nur sie allein etwas an. »Was wollten Sie sagen?«

»Ich habe einen Brief von meiner Frau bekommen«, erwiderte er. »Wochenlang hab ich ihr Briefe geschickt und nichts gehört, und kaum hülle ich mich in Schweigen, schreibt sie mir! Genau, wie Sie es vermutet hatten.«

»Was sagt sie denn?«

»Dass ich sie in die Arme eines anderen Mannes getrieben hätte, für den sie nichts empfand.«

»Na toll.«

»Ich solle darüber nachdenken, was ich falsch gemacht habe.«

»Sollten wir das nicht alle?«, fragte der Cembalist. »Und was haben Sie falsch gemacht?«

»Ich glaube, am Wochenende lag ich immer sehr lange im Bett«, gab Pennybacker zu. »Und einmal habe ich über einen ihrer Scherze gelacht, aber« – er senkte die Stimme – »wie sich herausstellte, war es gar kein Scherz.«

»Und diese Frau wollen Sie zurück?«, fragte der Dirigent.

Pennybacker presste sich die Hand aufs Herz. Ganz plötzlich fand June sie alle drei sympathisch. Ihre lockere Art, miteinander umzugehen, ihr gemeinsames Bemühen, eine Freundschaft über Jahre und Länder hinweg aufrechtzuerhalten, die freundlichen Sticheleien, die nie in echte Gemeinheiten übergingen. Das alles wollte sie für später im Gedächtnis behalten. So zum Beispiel konnte Glück aussehen, selbst wenn man über das Unglück sprach. Ja, daran wollte sie sich erinnern, im Avalon IV. Und nach dem Avalon IV, wenn es so schwierig wurde, sich zu erinnern.

»Sie sollten Ihrer Frau nicht antworten, Agent Pennybacker«, meinte June.

Pennybacker legte nervös die Hände auf den Tisch.

»Sagen Sie mir jetzt nicht, dass ich sie aufgeben soll. Das raten mir schon meine Geschwister die ganze Zeit, und jetzt auch noch Rudy und Rufey – ich kann es nicht mehr hören.«

»Das meinte ich nicht. Wenn Sie sie zurückhaben wollen, antworten Sie ihr nicht auf diesen Brief. Vertrauen Sie mir, sie wird Ihnen nachlaufen.«

»Wie können Sie da so sicher sein?«, fragte er traurig.

June stieß die Tür auf. »Ich bin sehr gut in meinem Job.«

Nach ihrem Zwischenstopp im Glass Room verbrachte June zwei Stunden in ihrem Büro und übertrug wichtige Aufgaben und Informationen aus ihren grauen Kladden und To-do-Listen auf viele verschiedene Zettel. Sie räumte das Geschirr zusammen, das sich im Laufe des Tages angesammelt hatte, überprüfte die Schubladen auf verderbliche Dinge und entdeckte ein paar bräunliche Apfelscheiben, die sie für die Dackel versteckt, dann aber vergessen hatte. Während es draußen weiterregnete, kontrollierte June die ausstehenden Bestellungen für Kohle, Brennholz und Eis, damit nichts in unmittelbarer Zukunft ihre Aufmerksamkeit erfordern würde.

Dann ertrug sie ein Gespräch mit Ovid Persinger im Lagerraum und vergewisserte sich, dass die Lebensmittelvorräte bis zum Ende der Woche reichten. Als Nächstes schaute sie in der Grotte vorbei und bat Fortéscue, eine Personalversammlung einzuberufen, um die allgemeine Moral zu stärken.

»Gehen Sie hinunter?«, fragte er, und als sie nickte, verschwand er und kam mit einem Stück Schokoladenkonfekt zurück, das er ihr mitten auf den Handteller legte. »*Bonne chance,* Hoss, danke.«

Schließlich brachte sie die Dackel in Toads Büro. Drinnen wirbelte die Erste Hausdame, die sich auf das Ritual der Reinigung von Zimmer 411 vorbereitete. Als June das Zimmer betrat, fuhr sie herum, bereit loszuschimpfen, verstummte aber, als June die Hunde auf ihren Platz unterm Schreibtisch verwies.

»Sie passen auf sie auf, ja?«, sagte June.

Toad nahm einen trockenen Mopp und manövrierte den Rauhaardackel sanft aber energisch vollends unter den Schreibtisch. »Wie lange wird es dauern?«

June dachte daran, wie sich das Wasser angefühlt und wie lange sie ihr Vorhaben aufgeschoben hatte. »Zwei Tage. Nein. Geben Sie mir lieber drei Tage.«

»Drei Tage?«

»Ich habe es zu lange vor mir hergeschoben. Das Winnet-Gelände wimmelt von Schnecken.«

»Weiß Clemons Bescheid?«

»Wir haben es gemeinsam beschlossen.«

Toad schmiss wütend vier Handtücher auf den Putzwagen draußen im Korridor, und June fragte sich, ob sie sich damals genauso aufgeregt hatte, als es Mr. Francis' Aufgabe gewesen war, sich um das Wasser zu kümmern. Anscheinend war das vor Junes Zeit häufiger vorgekommen. Das Wasser hatte sich launenhafter gezeigt, das Hotel war fragiler gewesen. Mr. Francis' und Junes gemeinsame Bemühungen hatten zu einem stabileren Frieden geführt, es war schon lange her, dass das Avalon IV sie gebraucht hatte.

June bot Toad das Schokoladenkonfekt an. Toad nahm es in ihre klobigen Finger und inspizierte es von allen Seiten, als handele es sich um ein Gerät, das sie verstehen und nachbauen wollte. Dann biss sie schnaubend eine Hälfte ab und gab June die andere. Schweigend standen sie beisammen, lutschten, genossen, schluckten. Dann stapelte June ordentlich vier weitere Handtücher auf den Wagen und verließ das Büro.

Und dann ging sie zum Avalon IV hinunter. Die Schuhkappen ihrer Mary Janes färbten sich in den Pfützen dunkel, der Regenschirm war über ihr gespannt. Als sie den Felsen mit den Ornamenten erreichte, begann es regelrecht zu schütten; eilig schloss sie die Tür auf und trat ein. Sie warf einen Blick zurück, den Hügel hinauf zum Avalon, das im Regen düster und bedrohlich wirkte, wie ein Riese, der über den Rand der Welt späht. Eine Illusion natürlich, eine wetterbedingte Täuschung, denn all das, woran das Avalon wirklich litt, war unsichtbar.

June rief sich in Erinnerung, dass sie diesen Ort liebte.

Dann schloss sie die Tür hinter sich.

Kapitel 19

Es war kurz nach Vollmond, und Tucker träumte von den vier Badehäusern des Avalon.

Er hörte seinen eigenen schnaufenden Atem, als er den Hügel hinunterlief. Der Regen erschlug ihn fast; es schüttete so heftig, dass er den Kopf nicht in den Nacken legen konnte, weil ihm das Wasser sonst in die Nasenlöcher gedrungen wäre. Das Haar klebte ihm am Kopf. Er spürte, wie ihm die Tropfen hinter die Ohren und in den Kragen rannen, aber Regenwasser war nicht wie Süßwasser; es war taub und harmlos.

Das Avalon I, das dem Hotel am nächsten lag, war unverschlossen, und als er den Kopf durch die Tür steckte, schlug ihm der Geruch von Bleiche und Metall entgegen.

Das Avalon II war warm und roch nach Erde, nach etwas Organischem, das wuchs. Die Becken lagen vollkommen still.

Das Avalon III roch nach Sex und Lilien, derb und vulgär. Das Becken schien ihn lüstern anzugrinsen. Er ging hinaus.

Und hier nun das Avalon IV. Als er die kleine Hütte betrat, brauchten seine Augen einen Moment, um sich an das Dämmerlicht zu gewöhnen. Auf die Wände waren seltsame Symbole gekritzelt, die er nicht entziffern konnte. Der Zugang zur Quelle erfolgte über eine grob in die Bodendielen geschnittene viereckige Öffnung, ein dunkles Loch, in dem er einen menschlichen Körper erblickte. Der Rücken war ihm zugewandt, die Arme in der Tiefe verloren, so trieb eine Leiche im Wasser. Tuckers Füße klebten an den Bodendielen, als er zu der Öffnung eilte – war er denn vorher schon barfuß gewesen? – und mühsam den schlaffen, nackten Körper herauszog.

Es war June Hudson, ihre Augen waren weiß und leer.

»June«, sagte er, doch in ihr war nichts mehr außer dem Wasser.

Mit einem Ruck erwachte Tucker. Er saß in seinem Bett, die Hände hinterm Kopf verschränkt, und ging der Reihe nach die Wahrnehmung seiner körperlichen Empfindungen durch, um den Traum abzuschütteln. Feuchter Schweiß auf seiner nackten Brust, kühle Luft auf seinen feuchten Schulterblättern. Die linke Schulter, vor langer Zeit durch einen Schuss verletzt, war verspannt und machte nicht mit. Die Wolldecke kratzte auf seinen nackten Füßen.

Inzwischen war er in die Hütte mit der Regenwasserzisterne umgezogen. Trillium House (das stand auf einer Plakette am Verandageländer) war irgendetwas zwischen Hütte und Cottage.

Das Dach leuchtete grün, Fassade und Veranda waren weiß gestrichen. Um das Verandageländer rankten sich Dornenzweige, im Sommer gewiss voller Rosenblüten, Schaukelstühle schlummerten neben der grünen Tür. Das Haus gab sich rustikal, hatte aber wenig mit den Hütten gemein, die man hier außerhalb des Avalon-Geländes über die Berghänge verstreut sah.

Vor Wochen hatte ihm Woody Littlepage, der Erste Gärtner, die Tür geöffnet. Obwohl er nicht wissen konnte, wann – und ob – Tucker kommen würde, schien er ihn erwartet zu haben. Er ließ ihn eintreten und ging leise hinter ihm her, während Tucker die Zimmer besichtigte. Es war alles recht spartanisch eingerichtet: ein schnörkelloser Tisch, solide Betten, derbe Steppdecken, schlichte Vorhänge.

Woody spuckte auf den Fußboden und verschmierte den Batzen mit der Stiefelspitze. »Ist Ihnen das lieber als Ihr Zimmer oben im Hotel?«

»Hier gibt es also eine Zisterne?«, fragte Tucker.

Woody wies auf die Veranda. Tucker blickte zuerst auf die Berge und dann auf die verschiedenen Rohre, die zu einer Betonplatte mit einer Metalltür führten. Tucker hatte solche Anlagen schon einmal gesehen; in der Zeit seiner Kindheit. Zisternen und Regentonnen waren damals normalerweise für diejenigen bestimmt, die sich keinen Brunnen leisten oder graben konnten; für Menschen, die sich auf den Berghängen durchschlagen mussten und die nicht genug Geld hatten, um sich darum zu kümmern, dass das Zisternenwasser von Insekten, Mückenlarven, verrotteten Blättern und Blütenpollen gereinigt werden musste. Er fuhr mit den Fingern leicht über die Verbindungsstelle der Rinnen und öffnete die Metalltür. Darin befand sich ein Kohlefilter.

»Einige von uns hält das Wasser wach«, bemerkte Woody. »Hoss sagt, Sie gehören auch dazu.«

Tucker war dankbar für diese schlichte, pragmatische Beschreibung. Ja, das Wasser hielt ihn wach. »Sagen Sie mir, wie ich mich erkenntlich zeigen kann.«

»Wenn ihr FBI-Leute mich, Don und Marty in Constancy unterbringt, bis das alles vorbei ist, haben Sie das ganze Haus für sich.«

»Ich rufe gleich an. Welches Motel?«

»Geben Sie mir einfach das Geld, dann organisiere ich das«, antwortete Woody.

Tucker verstand. Es gab keine Zimmer in Constancy; die Gärtner kassierten den Tagessatz und verzogen sich ins Tal. So reibungslos, wie das alles funktionierte, konnte das nur June organisiert haben. »Einverstanden.«

Hugh und Pony bevorzugten weiterhin ihre Luxussuiten und benutzten hier nur tagsüber die Küche für den Bürokram, und so hatte Tucker das Haus größtenteils für sich allein. Normalerweise machte ihm Einsamkeit nichts aus, aber heute Nacht, nach dem verstörenden Traum von Junes Tod, fand er es unangenehm, allein zu sein und der Zisterne zu lauschen, die mit einem metallischen Glucksen durstig den Regen trank. Tucker zog sich an, nur Hose und Pullover. Hier musste er nicht immer korrekt gekleidet sein. Dann eilte er geduckt durch den Nieselregen zum Wagen. Er fuhr aber nicht los, sondern saß einfach nur in diesem weniger fremden Halbdunkel und lauschte dem vertrauten Geräusch seines eigenen Atems. Nach einer Minute beruhigte sich sein Herzschlag, und Tucker zog unterm Fahrersitz das Telegramm hervor, das er am Vortag dort versteckt hatte.

Im Licht, das von draußen ins Wageninnere fiel, las er es noch einmal.

Washington sei immer noch zufrieden mit ihm, stand da. Seine Frage, wie sich sein Job auch in der Zukunft sichern ließe, blieb unbeantwortet, aber man riet ihm dringend, über Maßnahmen nachzudenken, die in der Presse gut rüberkamen. *Denken Sie daran, es darf keinen internationalen Zwischenfall geben.*

Im Klartext hieß das, er sollte ihnen einen handfesten, aber armseligen Schurken präsentieren. Irgendeinen Lakaien, der einer der Delegationen der Achsenmächte angehörte und ein doppeltes Spiel trieb – keinen Diplomaten (Diplomaten durfte Tucker ja nicht verhaften), sondern vielleicht einen Butler, Chauffeur oder Übersetzer. Oder einen Hotelangestellten mit Nazi-Sympathien, der sein Zimmer heimlich mit Hakenkreuzen dekoriert hatte. Vielleicht auch einen Einheimischen, der unterm Fahrersitz seines Lieferwagens Briefe schmuggelte. Irgendetwas, das der New York Times ein bis zwei Zeilen wert wäre: Verhaftung durch Bundesagenten im Grand Hotel Avalon Hotel & Spa …

Obwohl Tucker die Wünsche seines SAC eigentlich nicht hinterfragen sollte, merkte er, dass er genau dies tat; das war das Süßwasser, das in ihm wirkte. Tucker hatte derzeit alle Hände voll zu tun, um einem Gerücht über verschlüsselte Geheimdienstinformationen nachzugehen, die in der deutschen Delegation kursierten. Sehr wahrscheinlich genossen alle Beteiligten diplomatischen Schutz, so dass er keinen von ihnen verhaften konnte. Aber das war ihm egal; wenn es ihm gelänge, dieser Informationen habhaft zu werden, bevor die Diplomaten zurückgeschickt wurden, dann waren dies Fakten, an die die USA sonst niemals gelangt wären, und Tuckers Einsatz hier hätte sich gelohnt. Diese Art von Arbeit erforderte zwar wenig Heldenmut, aber Tucker war es noch nie um Belobigungen gegangen. Er wollte nur Gerechtigkeit.

Allerdings legte ihm das Telegramm nun ein Umdenken nahe, wenn ihm etwas an seinem Job lag.

Im Nieselregen sah Tucker aus der »Winnet-Kabinett« genannten Hütte zwei Gestalten stolpern. Eine davon erkannte er: Pony Harris. Bei der anderen handelte es sich um seine neueste Eroberung, eine der jungen Telefonistinnen, die sich an ihn schmiegte. Irgendwie strahlte die junge Frau, obwohl sie vollständig bekleidet war, die muntere Liderlichkeit der Nacktheit aus. Pony kniff sie in den Hintern. Wird die Arbeit darunter leiden?, hatte June Hudson gefragt. Obwohl ihn die Telefonistinnen ablenkten, hatte Pony die abrupt beendeten Anrufe aus der Garderobe im sechsten Stock bemerkt und pflichtbewusst in die Anrufprotokolle eingetragen. Und obwohl Pony seinerseits wiederum die Telefonistinnen ablenkte, nahmen sie eingehende Anrufe vermutlich immer noch pflichtbewusst entgegen. Die Arbeit litt also nicht darunter.

Tucker beobachtete, wie das Lotterpaar im Regen die kurvige Straße zum Hotel hinaufschwankte, und empfand die uralte Kombination aus Missbilligung und Neid, die Menschen ohne Liebe schon seit Anbeginn der Zeit empfinden. Unmöglich, in so einem Moment nicht an June Hudson zu denken; es war June, die sich an ihn schmiegte, es war Tucker, der sie kniff, sie beide – das Hotel und das FBI – waren es, die verlottert den Hügel hinaufstolperten, nachdem sie sich im Winnet-Kabinett um den Verstand gebracht hatten. O Gott, Junes Nacken, ihre Hände, ihr Hals …

Am Morgen fühlte sich alles wie reingewaschen an. Die hellen Knospen der Balsabaumzweige leuchteten in der Sonne. Beide Seiten der Auffahrt säumten lächelnde Narzissen. Auch Tuckers Frustration war wie weggespült, und der Rest des Hotels schien auf ähnlich überraschende Weise wieder zum Leben zu erwachen. Die Japaner machten auf dem Vorplatz Gymnastik. Die deutschen Kinder nahmen begeistert an einer pädagogischen Veranstaltung im Gewächshaus teil. Einer der Italiener erteilte einem bulgarischen Kind in der Bar Klavierunterricht. Die Kellner wuselten geschäftig hin und her; Dienstmänner pfiffen; Zimmermädchen, die in den Fluren an Tucker vorbeieilten, ließen ein Lächeln aufblitzen. Märchenhaft. Unheimlich.

Tucker fragte an der Rezeption nach June Hudson.

»Sie ist heute außer Haus«, erwiderte Basil Pemberton, »hat aber eine Nachricht für Sie im Büro hinterlassen.«

Außer Haus? Wo? Er hätte nicht gedacht, dass dieses Hotel ohne sie auskam.

Im Büro hinter der Rezeption entdeckte er, dass die gesamte Schreibunterlage mit Notizzetteln in Junes Handschrift bedeckt war, jeder an einen anderen Mitarbeiter gerichtet. Das Hotel kam tatsächlich nicht ohne sie aus, aber sie hatte offenbar ihr Möglichstes getan, um bis zu ihrer Rückkehr Blutvergießen zu verhindern.

Auf Tuckers Zettel stand: TRM, habe mit S gesprochen, PB hat Info.

S musste Sabine Wolf sein. Er hatte gewusst, dass June der Versuchung nicht widerstehen würde, mit ihr zu reden – schon als sie ihm von den abgebrochenen Telefonanrufen erzählte, war ihm klar gewesen, dass sie sich der Sache angenommen hatte. Oder vielmehr, dass das Hotel sich der Sache angenommen hatte. June ging ganz selbstverständlich davon aus, dass das Avalon für das Glück all seiner Gäste zuständig war.

Tucker steckte den Zettel ein und machte sich schon zum Gehen bereit, als ihm eine Idee kam. Er nahm den Hörer ab.

»Verbinden Sie mich mit 411«, sagte er.

Seit Wochen hatte er an die Tür von Zimmer 411 geklopft, ohne nennenswerte Reaktion. Da sie ja nun zum Personal gehörte, musste sie befragt werden. Das war das Prinzip. Der einzige Grund, warum er sich nicht mit physischer Gewalt oder juristischen Mitteln Zutritt verschafft hatte, war der, dass er sich von einem Gespräch mit dem langjährigen Stammgast keinerlei Erkenntnisse versprach.

Es klickte in der Leitung.

»Die haben ein Foto von dieser Goelet gedruckt«, platzte 411 ohne jede Begrüßung heraus. »Sie tut mir fast leid. In der Zeitung steht ›rehäugig‹. Aber würde man nicht eher ›schafäugig‹ sagen? Oder ›kuhäugig‹?«

»Guten Morgen, hier spricht Agent Minnick«, sagte Tucker und gab sich alle Mühe, seine Genugtuung zu verbergen.

»Oh, Sie Rabenaas«, erwiderte 411 mit widerwilliger Bewunderung. Ihre Stimme klang auch am Telefon so sinnlich, wie sie jenseits der Tür geklungen hatte. 411 brauchte gar nicht selbst in Erscheinung zu treten; ihre Stimme stand für sich. »In einem trojanischen Pferd.«

»Dieses Gespräch wird nicht lange dauern.«

»Es ist schon eine Ewigkeit her, dass ich Bürokratie erdulden musste, Agent Minnick.«

»Ich brauche Ihren vollständigen amtlichen Namen und Ihre Position.«

Sie seufzte, dann nannte sie ihren Namen.

»... die Designerin?«, fragte er nach kurzem Zögern. Ihr Verschwinden hatte vor vielen Jahrzehnten einiges Aufsehen erregt. Kurzzeitig hatte sie sogar als vermisst gegolten, wahrscheinlich hatte sich ihr Name deshalb in Tuckers Gedächtnis verankert; der Fall war wohl an der Academy zur Sprache gekommen. An die weiteren Details erinnerte er sich nur noch verschwommen. Eine große Schönheit und fast überirdische Muse, eine zweifach geschiedene Frau, die ein Talent dafür besaß, wohlhabende Männer zur Aufgabe ihres Reichtums zu bewegen.

»Agent Minnick, Sie schmeicheln mir, aber gut, lassen wir das. Wie lautet Ihre nächste Frage? Geburtsort, Beruf des Vaters?«

Müßig zog Tucker eine der Schreibtischschubladen auf. Sie war prall gefüllt mit Hochzeitseinladungen. Bei näherer Betrachtung zeigte sich, dass all diese gedruckten Karten handschriftliche Mitteilungen an June Hudson enthielten. Meist waren es einfache Danksagungen, einige aber wirkten so persönlich, dass Tucker die Schublade diskret wieder schloss.

»Der einzige Zweck dieses Gesprächs besteht darin, zu ermitteln, ob Ihre Anwesenheit im Hotel ein Sicherheitsrisiko darstellt.«

»Sie meinen, weil Frank moralisch so flexibel war? Geht es darum?«

»Inwiefern war er denn moralisch flexibel?«

411 lachte. Ein unwirsches Lachen. »Regen Sie sich ab, Agent Minnick. Ich sage ja nicht, dass er ein Nazi war. Ich sage nur, dass das Avalon jedem offensteht, der es bezahlen kann. Es gibt nichts Unmoralischeres, als Luxus, der nicht hinterfragt wird. Das Beste vom Besten für die Besten der Besten. Deshalb war es ja so spannend, Entwürfe für ihn anzufertigen.«

»Und *Ihre* Haltung?«

»Darling, sollten Sie nicht besser herausfinden, wer diesen Journalisten zu den Uniformen verholfen hat?«

Er hätte zu gern gewusst, wie sie an diese Information gelangt war, aber das wäre ihm sicherlich als Schwäche ausgelegt worden.

Sie hätte wohl einfach aufgelegt. Er musste sie bei ihren eigenen Empfindlichkeiten packen. Nicht Francis Gilfoyle, nicht ihre Karriere. Dazu hatte sie sich ja bereits freiwillig geäußert, also genügte das nicht. Am liebsten hätte er Näheres über ihre Beziehung zu June Hudson erfahren, aber das war nur seine persönliche Neugierde.

Stattdessen fragte er: »Wissen Sie, warum Sandy Gilfoyle vor Francis' Tod mit ihm gestritten hat?«

Pause.

Dann stellte 411 die Frage, die er vorhin nicht gestellt hatte: »Woher wissen Sie das?«

»Bin eben ein Rabenaas.«

»Die beiden waren unterschiedlicher Meinung über den Krieg.«

»Den Teil kenne ich schon.«

Wieder eine Pause, langes Zaudern. Dann: »Das ist eine Familienangelegenheit, nichts für dumme Mädchen, die hier in der Leitung hängen und mithören. Kommen Sie heute Abend zu mir, Agent Minnick. Aber erst mal befragen Sie die Kellner zu den Dienstmädchenuniformen.«

Nach der Sperrstunde fühlte es sich an, als sei das Hotel in Schlaf gesunken, in den leichten Schlummer eines großen Raubtiers. Der Brunnen an der Tür plätscherte hörbar. In der Lobby blickte der Nachtportier nervös auf, als Tucker vorbeiging; Tucker hob nur beschwichtigend die Hand. Dankbares Nicken.

Jetzt, da die Diplomaten alle auf ihren Zimmern waren, schlug die Stunde des Personals. Tucker hörte Geklapper und Gescharre, derbe, zweckdienliche Geräusche, die tagsüber nicht erlaubt gewesen wären. Er folgte dem Tumult in den Magnolia Dining Room, den die Kristalllüster taghell erleuchteten.

Dort traf Tucker auf ein Heer pfeifender, singender, scherzender Kellner, die Stühle über den Köpfen trugen und Tische verrückten.

Verschwunden die grau-goldenen Uniformen, die jeden von ihnen zu einem Teil dieses großen geschmeidigen Organismus machten. Jetzt waren sie hemdsärmelig und trugen Hosenträger, schäbige Pullover, löchrige Hosen. Das präzise Räderwerk des Tagbetriebs war fröhlichem Chaos gewichen.

Tucker ließ seinen Blick über die Gruppe schweifen und entdeckte plötzlich einen der jungen Männer, die auf dem Balkon des Ballsaals Papierflieger gebastelt hatten. Es schien zwar eigentlich ausgeschlossen, dass es in diesem Hotel irgendjemanden gab, der noch nicht von Hugh oder ihm befragt worden war, aber so sehr Tucker sich auch zu erinnern versuchte, ihm fiel zu diesem Mann kein Name ein. Als der Kellner sein Interesse bemerkte, kam er zu ihm und sagte mit einem leichten deutschen Akzent: »Agent Minnick, der Zimmerservice kommt noch zu Ihnen.«

»Sie sind nie zu einer Befragung erschienen«, erwiderte Tucker.

»Ich war viel zu sehr damit beschäftigt, den Laden hier allein zu schmeißen.« Ein gewinnendes Lächeln. Der junge Mann hob eine Seite des Tisches an. »Und ich bin immer noch zu beschäftigt. Wenn Sie mich verhören wollen, müssen Sie entweder warten oder mir zur Hand gehen.«

Was hätte Tucker vor einigen Wochen getan? Hätte er diesen jungen Mann umgehend verhört? Hätte er die anderen Kellner aufgefordert, sofort alles stehen und liegen zu lassen und sich entlang der Wand aufzustellen? Hätte er von jedem Einzelnen verlangt, entweder zuzugeben, dass er den drei Journalisten bei der Beschaffung der Uniformen geholfen hatte, oder einen Schuldigen zu benennen?

Ja, genau das hätte er getan. Sie hatten Unrecht begangen; er würde es wieder in Ordnung bringen.

Aber jetzt …

Er musste an seinen Posten in Florida denken. Rein theoretisch stellte das FBI alle notwendigen Mittel für die Versetzung von Agenten zur Verfügung, aber praktisch gab es brutale Zeitvorgaben und nur einen winzigen Zuschuss zu den Umzugskosten. In Pensacola pickten sich die Familien der Marinesoldaten alle Rosinen aus dem Kuchen, so dass Tucker nichts anderes übrig geblieben war, als Läden und Lokale abzuklappern und zu fragen, ob er irgendeinen leeren Abstellraum mieten könne. In einem schäbigen Fischrestaurant hatte er auf der Suche nach dem Besitzer den leeren Gastraum durchquert, eine Flügeltür aufgestoßen und plötzlich auf jede Menge Waffen gestarrt. Im Hinterzimmer des Lokals – das, wie er jetzt wusste, als Fassade für schmutzige Geschäfte diente – lagen auf einem Tisch elf Schusswaffen in verschiedenen Größen, neben Schnaps, Spielkarten und Sandwiches. Die Besitzer dieser Waffen waren gerade dabei, Kisten in einen Lastwagen zu verladen. Tucker, unter ihren Blicken erstarrt, hatte gespürt, wie seine Zukunft sich in mehrere Richtungen gabelte, je nachdem, welche Entscheidung er jetzt traf. Er hatte seine Jacke geöffnet – beobachtet von elf Augenpaaren –, seinen Dienstrevolver aus dem Holster genommen, ihn am Rand des Tischs abgelegt und wortlos begonnen, mit den anderen Männern Kisten in den Lastwagen zu verladen.

So war er an ein schönes Zimmer in einem von Vinces anderen Häusern gelangt, einem Strandhaus, ohne dem Handel, der über das Restaurant lief, allzu viel Beachtung zu schenken. Während seiner Zeit in Pensacola verhaftete Tucker zwei Mörder, einen Vergewaltiger, einen Autodieb und ein Dutzend Scheckbetrüger.

Er erinnerte sich jetzt an all die Kompromisse, die er geschlossen und von denen er jeden einzelnen angezweifelt hatte, vom größten bis zum kleinsten. Kompromisse waren so viel schwerer zu vertreten als Schwarzweiß-Gerechtigkeit.

Andererseits …

Tucker zog seinen Pullover aus, krempelte die Hemdsärmel hoch und packte mit an.

Die Bediensteten pfiffen überrascht, schnalzten anerkennend mit der Zunge wie bei einem Sportereignis. Und Sebastian Hepp, der Oberkellner des Avalon, ließ sich bereitwillig von Tucker befragen. Der erfuhr die Lebensgeschichte dieses sympathischen jungen Mannes, während sie zusammen Tische umstellten, ausmaßen und erneut verschoben. Er ahmte humorvoll nach, wie er sich beim ersten Gang durch das Avalon gefühlt hatte. Wow! Nächstes Zimmer. Wow! Nächstes Zimmer. Wow! Jedes Mal, wenn er »wow« sagte, wurden seine Augen und sein Mund ganz rund, als sei er wieder der ehrfürchtig staunende Junge von damals. *Na ja, Sie wissen schon.*

Das wusste Tucker zwar nicht, aber ihm war klar, was Sebastian Hepp meinte. Er wischte sich den Schweiß von der Stirn. »Was wird das hier eigentlich?«

»Sehen Sie das nicht?«, fragte Sebastian. »Das ist die Aufgehende Sonne. Der Kaiser besteht auf sein Recht. Was haltet ihr eigentlich davon?«

»Die Japaner reagieren offenbar allergisch auf die Demokratie«, erklärte einer der anderen Kellner hilfsbereit.

Jetzt sah Tucker es auch. In der Ecke stand ein Tisch, um ihn herum drei weitere Tische, dann folgten fünf, dann sieben, dann neun. Die strenge japanische Delegation hatte sich mit der egalitären Natur ihres Aufenthalts im Avalon zunehmend unwohl gefühlt: Konsuln und Bedienstete kamen in den Genuss der gleichen luxuriösen Zimmer, der gleichen köstlichen Mahlzeiten, des gleichen Unterhaltungsprogramms. Die Aufgehende Sonne war der Versuch, eine Art nationaler Ordnung und Würde wiederherzustellen, wobei der ranghöchste Beamte und seine Familie am Einzeltisch saßen und die weniger bedeutenden Konsuln und das Hilfspersonal in zunehmend untergeordneten Abständen folgten. Die restlichen zwei Drittel der Tische blieben demokratisch im Speisesaal verstreut stehen.

»Man hat schon Schlimmeres von mir verlangt«, bemerkte Sebastian. »Wenigstens essen die ihre Teller leer. Und ihre Kinder sind lustige kleine Rabauken.«

»Empfinden Sie als Deutscher mit den Deutschen hier eigentlich Mitgefühl?«, fragte Tucker.

Sebastians Gesichtsausdruck wirkte leicht gekränkt; er hatte vergessen, dass dies eine offizielle Befragung war. Lässig lud er sich einen Stuhl auf die Schulter, Tucker schnappte sich einen anderen. Etwas heiser meinte Sebastian: »Hoss sagt, es sind Gäste.«

»Und was meinen Sie dazu?«

Sebastian betrachtete Tucker durch die Sprossen der Stuhllehne hindurch mit rätselhaftem Gesichtsausdruck. »Fragen Sie mich als Mensch oder als FBI-Beamter?«

»Was von beidem wäre Ihnen denn lieber?«

Der jugendliche Oberkellner überlegte. Er zögerte. Dann fragte er: »Was passiert denn mit den Journalisten, die bleiben wollen? Mit Lieselotte Berger zum Beispiel?«

Die deutsche Journalistin mit den Narben im Gesicht. *Bitte schicken Sie mich nicht nach Deutschland zurück.*

»Sie waren es, der ihnen die Dienstmädchenuniformen besorgt hat«, sagte Tucker ihm auf den Kopf zu.

Im Speisesaal war es totenstill geworden.

Sebastian richtete sich auf, mit besorgter, aber stolzer Miene.

»Ich habe das Richtige getan.«

Sebastian in der Rolle des Helden; Tucker in der des Schurken. Aber diese Rollenverteilung galt nur hier, im Speisesaal und in der Grotte des Avalon. In einer Aktennotiz des FBI, schwarz auf weiß, hätte Sebastian gerade Landesverrat gestanden.

»Ist Ihnen klar, was für ein schweres Vergehen das ist?«, fragte Tucker. »Diese Journalisten sind Staatsfeinde. Stellen Sie sich vor, Sie hätten Takeo Nishimura rausgeschmuggelt. Nach den Journalisten wäre genauso gefahndet worden, wenn ihnen die Flucht gelungen wäre. Die Menschen wollen, dass jemand für diesen Krieg bezahlt, Mr. Hepp. Die Signatur des US-Präsidenten hat die Grenzschützer hierher beordert, um diese Leute festzuhalten. Die Signatur des Präsidenten hat auch mich hierhergeführt. Ich bin Bundesagent.«

Sebastians Augen wurden rund. Wow!

»Mr. Pennybacker verhandelt gerade darüber, ob die Journalisten hier in Amerika bleiben können, und kriminelle Aktivitäten gefährden diese Verhandlungen«, erklärte Tucker. »Wir wollen doch alle das Gleiche.«

»Und was will ich?«

»Dass die Teufel in der Hölle landen und alle anderen in Freiheit leben.«

»Und wenn die US-Regierung das mit Lieselotte nicht rechtzeitig hinbekommt?«

Darauf hatte Tucker keine einfache Antwort parat. Letztlich waren diese Journalisten nur drei Personen in einer Kriegsmaschinerie, die keine Zeit mehr für Nuancen hatte, oder kein Interesse mehr daran. Drei Personen? Dreihundert Personen. Die Regierung hatte sich Lieselotte Berger, Erich von Limburg-Stirum und Lothar Liebe gleichzeitig geschnappt, Hunderte von Lebensplänen durchkreuzt und die Leute hier in diesem Berghotel interniert, ob sie es nun verdienten oder nicht. Sebastian Hepp wäre nur einer von vielen Deutschen. Tucker war nur einer von vielen Agenten. Jeden Tag wurden Individuen ausgelöscht, nur weil man riesigen Teilen der Bevölkerung irgendwelche pauschalen Etiketten verpasste. Aber wie hätte Sebastian so etwas begreifen können? Er war praktisch hier im Avalon aufgewachsen und nach seinen Gesetzen geformt. Deshalb hatte er ja auch sofort gestanden; hier war das System von Belohnung und Bestrafung auf Kinder zugeschnitten. Im Avalon konnte man sich unmöglich vorstellen, dass die Beweggründe eines Menschen einfach ignoriert wurden, man konnte sich unmöglich vorstellen, dass jemand bewusst böswillig handelte. Und man konnte sich noch weniger vorstellen, dass an jemandem ein Exempel statuiert werden sollte. Oder dass man ungerechterweise, weit weg von der Familie, auf dem elektrischen Stuhl oder in einem Konzentrationslager enden sollte, als einer von bedeutungslos vielen. Die reale Welt kannte so viele hässliche Konsequenzen.

Das bleierne Gewicht, das Tucker innerlich herunterzog, wurde immer schwerer.

»Na kommt, machen wir weiter«, sagte er.

Er half ihnen, die letzten Stühle auf die Tische zu stellen und den Schmutz wegzufegen, der durch die Umgruppierung der Möbel zum Vorschein gekommen war. Er akzeptierte, dass ihm alle auf den Rücken klopften, als er ging, und dachte daran, mit welchen Augen sie ihn betrachtet hatten, als er in den Speisesaal gekommen war, und wie sie ihn sahen, als er ihn jetzt verließ.

Bevor er zum Trillium House zurückkehrte, schaute er noch im vierten Stock vorbei, obwohl ihn die Antwort auf seine Frage gar nicht mehr besonders interessierte. Die Tür von 411 ging einen Spaltbreit auf; sie hatte auf ihn gewartet.

Er fragte das sichtbare grüne Auge: »Woher wussten Sie, dass ich komme?«

»Zimmerservice.«

»Stellen Sie Ihre Frage, Agent.«

»Sagen Sie mir, worüber Francis und Sandy gestritten haben.«

»Francis wollte das Hotel Sandy überlassen, nicht Edgar. Sandy sagte, wenn er der Erbe wäre, würde er es schließen.«

»Warum?« Tucker war innerlich abgelenkt, und er wusste, dass sie es merkte; ihre Stimme klang jetzt ernst.

»Diese Frage sollten wohl andere stellen«, sagte 411.

Die Tür ging zu.

Als er in seine Hütte zurückkehrte, merkte er, dass jemand das

Verandalicht eingeschaltet hatte, damit er nicht über ein Tablett stolperte, das auf der Matte vor der Tür stand. Seltsame Vorstellung, dass jemand mit dem Tablett die Auffahrt hinabgegangen war, ins Dunkel geblinzelt hatte, um den Kiesweg zu den Hütten zu erspähen, die Verandastufen hinaufgestiegen war und überlegt hatte, ob man das Tablett besser drin auf dem Küchentisch abstellte, wo es vielleicht bis zum Morgen unbemerkt blieb, oder draußen, wo vielleicht ein übermüdeter Agent darüber stolperte; und dann der Entschluss, mit dem Serviceschlüssel die Tür zu öffnen und das Verandalicht einzuschalten.

Unter dem Deckel fand Tucker ein Erdbeerdessert und einen Zettel:

Die Grotte bedankt sich bei Ihnen für den erwiesenen Dienst, G-Man!

Tucker überlegte. Er hätte Sebastian Hepp verhaften können, weil er diesen drei Journalisten, diesen Nazipropagandisten geholfen hatte; Hoover hätte einen weiteren öffentlichen Sieg eingefahren, und das konkrete Ergebnis wäre vielleicht die Fortsetzung von Tuckers Karriere gewesen. Es hätte nur Sebastian Hepps Zukunft gekostet. Als Tucker die Augen schloss, war der Geruch des Süßwassers überwältigend, selbst hier.

Man muss mich nicht mögen, dachte er.

Er musste seinen Job erledigen.

Als perfekter FBI-Agent.

Kapitel 20

Drei Tage vergingen, und als June blinzelnd aus ihrer Kellerwohnung trat, wartete draußen ihre Limousine auf sie.

Der marineblaue Pierce-Arrow glänzte; Auspuffschwaden waberten um seine Seiten; sein Motor brummte verheißungsvoll. Wasser tropfte vom Kühlergrill; jemand hatte den Wagen aus der Garage geholt und gewaschen.

Es war nicht ungewöhnlich, dass das Personal ihr eine Freude machte, nachdem sie sich tagelang von ihrem Aufenthalt im Avalon IV erholt hatte. Aber diesmal war es kein Angestellter, der hier breitbeinig mit verschränkten Armen vor der Limousine stand: Es war Tucker Rye Minnick, in der für ihn typischen Haltung.

June war noch zu erschöpft, um zu ihrem gewohnten Lächeln zurückzufinden, aber das schien er auch nicht zu erwarten.

Bevor June Hoteldirektorin geworden war, hatte Mr. Francis die Badehäuser aufgesucht, wenn das Wasser sich wieder einmal widerspenstig und verdrießlich zeigte. Als June zum ersten Mal von diesen Besuchen erfuhr, kurz vor dem Ende ihrer Zeit in der Postversandabteilung, dachte sie, sie seien geheim. Seiner Familie gab Mr. Francis nie eine Erklärung dafür, warum er Mahlzeiten verpasste oder ein bis zwei Tage lang verschwand; stattdessen informierte er Sam, seinen damaligen Personalchef. Wenn es so weit war, holte Sam ihn am Avalon IV ab, half ihm den Hügel hinauf und führte ihn in eins der leeren Gästezimmer, wo er sich einige Zeit erholen konnte. Lange dachte June, Mr. Francis bleibe deshalb in dem Gästezimmer, weil er Madeline die Wahrheit über das Avalon IV verschweigen wollte. Doch als sie dann selbst dorthin ging, wurde ihr klar, dass Madeline ihren Mann gebeten hatte, erst dann zu ihr zurückzukehren, wenn er wieder er selbst war. Nur dieses eine Mal hatte June die Bürde des Postens als Hoteldirektorin etwas ungerecht gefunden, denn warum sollte ein Mensch die *ganze* Scheußlichkeit allein tragen müssen?

Andererseits, wer sonst wäre zu all dem nicht nur fähig, sondern auch bereit gewesen? Ins Avalon IV zu gehen und die Tragweite dieser Pflicht sogar noch herunterzuspielen?

Jetzt sagte Tucker: »Auf der Agenda des FBI sind einige Punkte, die Sie betreffen.«

Vor drei Tagen hätte es noch etwas in ihr ausgelöst, dass er sie mit der Limousine abholte, aber nach einem Aufenthalt im Avalon IV dauerte es immer eine Weile, bis sie zu irgendeiner Empfindung fähig war, so wie ein eingeschlafenes Bein erst ganz allmählich wieder mit stechendem Kribbeln erwacht, musste auch sie erst wieder zu sich kommen. Und der Aufenthalt im Avalon IV war mit der Zeit nicht leichter geworden.

June schirmte ihre Augen gegen das Licht. »Ich hab jede Menge zu erledigen.«

Er zückte einen Zettel und reichte ihn ihr.

Hoss,
wir überstehen noch einen weiteren Tag.
Griff Clemons

Das erste Gefühl, das zurückkehrte, wärmte sie fast schmerzhaft, so neu war es: Dankbarkeit.

»Holen Sie Ihren Mantel«, riet Tucker. »Es ist kalt in den Bergen.«

Hinauf, immer weiter hinauf. Die Limousine röhrte und jaulte und rollte bebend voran. Auf der zerfurchten Bergstraße heulten und holperten die Reifen. Das hölzerne Lenkrad ruckelte über Schlaglöcher. Die Gangschaltung klopfte. Die Chrominstrumente, groß in der Mitte des Armaturenbretts platziert, eher wie in einem Flugzeug, zitterten strapaziert. Tatsächlich fühlte man sich an einen großen Flugzeugrumpf erinnert, der sich mit dem unter ihm wirbelnden, wehenden Wind immer höher schraubte. Vor der großen dunklen Motorhaube des Wagens ragten wie freundliche Riesen die violetten Berge auf. Dahinter schlängelte sich der Highway nach Constancy hinab wie eine sich abspulende Garnrolle. Noch vor ein paar Wochen wäre der Weg durch Schnee und Eis unpassierbar gewesen, aber jetzt kündigte sich der Frühling an, und der starke Regen hatte den Bergflanken sattes Grün beschert. Hie und da sah man die rosa Blüten der Judasbäume.

Es lag schon eine ganze Weile zurück, dass June das Avalon überhaupt verlassen, und noch länger, dass jemand sie durch die Gegend chauffiert hatte, und so gab sie sich eine Zeitlang diesem Vergnügen hin. Durchs Wagenfenster sah sie Bergkämme und Täler, Kirchen jeder Bauart und jeden Alters, manche aufrecht wie Pilze, andere nur noch zerfallende Ruinen. Immer wieder tauchte hinter einer Kurve unerwartet ein standhaftes Gehöft auf, eine Hütte, ein Schuppen, eine Scheune auf einer Lichtung, die man vorübergehend den Bergwäldern abgetrotzt hatte. Manchmal sah man nur den Beginn eines gefährlich wirkenden Pfads, vor dessen Betreten Unbefugte überflüssigerweise durch ein Schild gewarnt wurden.

June wusste nicht, welches Ziel sie hatten. Sie fragte nicht, ob es überhaupt ein Ziel gab. Sie saß neben ihm auf dem Beifahrersitz, und jedes Mal, wenn sie eine der steilen Bergkurven nahmen, berührten sich unwillkürlich ihre Hüften. Ihre Limousine, ihre alberne Limousine. Als die Gilfoyles sie ihr geschenkt hatten, war sie ein paarmal damit nach Constancy gefahren, nur um sie auszuprobieren. Eine Limousine, in der nur eine Person saß, war so ein schönes, einsames Geschöpf. Die Dackel zählten nicht. Und wenn man in den Rückspiegel einer Limousine schaute und noch immer keinen Passagier sah, war man wirklich allein.

Im Moment steuerten sie auf Junes Geburtsort zu, der allerdings nur noch eine Geisterstadt war. Es war ganz plötzlich passiert, einige Jahre nach dem Wegzug von Junes Familie. Einige gaben dem Süßwasser dafür die Schuld, aber June hörte, dass es mit der verlassenen Mine zusammenhing. Wie würde es sein, diesen Ort wiederzusehen? Es fühlte sich wie eine Zeitreise in die Vergangenheit an. Junes Kindheit hatte mit Lehmböden und Bettwanzen begonnen, ohne Bad und Toilette, ohne Strom, mit Holzkarren, nur einmal wöchentlich erscheinenden Zeitungen, Lehrerinnen, die an Tollwut starben, Ärzten, die nicht einmal fertig studiert hatten, Familien, die ihre Geburtsregion niemals verließen. Und je weiter sie jetzt in diese uralten, sich begrünenden Berge vordrangen, desto offensichtlicher wurde, dass sich ein Großteil dieser ländlichen Region kaum weiterentwickelt hatte.

Doch die Tankstelle, die nach fast einer Stunde in Sicht kam, gehörte eindeutig ins Jahr 1942. Die ehemalige Kneipe am Highway hatte sich in einen Dorfladen und eine Raststation für Autofahrer verwandelt. Tucker tankte, zeigte dem misstrauischen Tankwart seinen Benzinbezugsschein und seinen Ausweis vor, und June kaufte zwei Flaschen Coca-Cola. Der Mann öffnete sie am Ladentisch und fragte: »Wo soll's denn hingehen?«

Tucker zeigte nach oben. *Hinauf*. Das war alles.

Der Tankwart warf einen Blick auf die Limousine draußen; die Kühlerfigur – ein Junge, der einen Pfeil abschoss – befand sich genau auf Ellbogenhöhe. In den Augen des Mannes stand eine Frage, doch Tucker nahm nur das Wechselgeld vom Tresen und steckte es in seine Jackentasche.

Als sie wieder im Auto saßen, begann Tucker endlich zu sprechen. »Pennybacker und ich haben uns über Sabine Wolf beraten«, sagte er.

»Ich bereue nicht, dass ich mit ihr gesprochen habe«, erwiderte June.

»Das hatte ich auch nicht erwartet.« Er gab ihr seine offene Colaflasche, damit sie sie hielt, und fuhr auf die Straße zurück. »Selbst wenn er es zahlentechnisch hinkriegt: Hannelore würde hier allein zurückbleiben.«

»Auf lange Sicht besser als tot«, meinte June. »Es gibt Schlimmeres, als ohne Eltern aufzuwachsen. Ich war im selben Alter, als ich ins Hotel kam.«

»Toad hat's mir erzählt.«

»Die muss Sie wohl sehr ins Herz geschlossen haben. Waren Sie gemein zu ihr? Den meisten Leuten jagt sie Angst ein, aber wenn man sie schlecht behandelt, hält sie einen für was Besonderes.«

Um seine Mundwinkel spielte ein amüsiertes Lächeln. June reichte ihm die Colaflasche; er nahm einen Schluck und gab sie ihr zurück. »Sind Ihre Eltern eigentlich noch am Leben?«

»Mein Vater ist tot«, antwortete June. »Können Sie sich vorstellen, dass ich bis heute nicht weiß, wie meine Mutter wirklich hieß? Mein Vater nannte sie Toots. Es dauerte Jahre, bis mir klar wurde, dass das ein Spitzname gewesen sein muss. Toots Hudson. Da war dieser Kerl unten beim …«

»Hoss ist hier nicht gefragt«, unterbrach Tucker. »Nur June.«

Sie verstummte schlagartig und dachte über seine Worte nach.

Als er ihr an jenem ersten Tag in der Smith Library die kühlen Fakten zur bevorstehenden Internierung der Diplomaten mitgeteilt hatte, war ihm irgendwie gleich klar gewesen, dass man ihr das Leben nicht schönreden musste, auch wenn sie selbst anderen gegenüber immer alles beschönigte. Und jetzt ahnte er, dass dieses ständige Beschönigen seinen Tribut forderte, und bot ihr die Chance, endlich einmal zu reden, ohne diesen Tribut zu zahlen. *Jede gesellschaftliche Interaktion hat ihren Preis,* so ähnlich hatte Mr. Francis es gesagt. Aber vielleicht traf das manchmal auch einfach nicht zu?

»Sie brauchen nicht in druckreifen Sätzen mit mir zu sprechen«, sagte Tucker, »schießen Sie einfach los.«

Und das tat sie. Zögernd, ohne roten Faden, wild durcheinander, alles andere als druckreif, fing sie an zu sprechen. Sie erzählte Tucker, dass sie wie Hannelore ein stilles, verträumtes Kind gewesen sei, aber nie geweint habe, obwohl sie oft Angst gehabt hatte. Sie erzählte ihm von der Zeit nach dem Selbstmord ihres Vaters. Erst versiegte das Geld, kurz darauf die Hoffnung ihrer Mutter, dann folgte die Zeit als Bettlerin in Malden. June erzählte, sie erinnere sich nicht an ihre Wutanfälle, nur an die Folgen. Ihre Mutter habe sich bei den Passanten entschuldigt. Sie, June, sei außerdem dazu verurteilt gewesen, ganze Tage lang hinterm Postamt auf einer Kiste zu hocken, während ihre Mutter bettelte, um ihren Auftritt nicht durch einen Wutausbruch zu verderben. Ein anderes Kind wäre vielleicht unglücklich gewesen, aber June war damals ebenso weit von ihren eigenen Gefühlen entfernt wie von den Gefühlen anderer Menschen. Sie beobachtete das Mädchen, das auf der Kiste saß, beobachtete die Leute, die hinten im Postamt ein- und ausgingen und zählte die Sekunden, so weit sie konnte, um sich die Zeit zu vertreiben. Sie erzählte Tucker, sie erinnere sich an den Sonnenbrand auf ihren Oberschenkeln und Schienbeinen. Sie erinnere sich an die dreifarbige Katze. Sie erinnere sich an das Ächzen der Achsen des Postwagens.

Er hörte ihr einfach zu. Sie brauchte ihm nicht zu sagen, dass sie nur eins von vielen Kindern in West Virginia gewesen war, die man aufgegeben hatte; er wusste es. Sie musste ihm die Tragödie ihrer Kindheit nicht schonend beibringen; er brauchte keine einfach gestrickte Geschichte, um seine eigene mit anderen Augen zu sehen.

»Wenn ich etwas bedauere«, sagte sie, »dann, dass ihr niemand gesagt hat, ich würde irgendwann ganz sicher erwachsen werden; ich habe eben nur lange dafür gebraucht. Sind Ihre Eltern …«

»Tot.«

»Gott hab sie selig.« June reichte ihm erneut die Colaflasche. Er trank sie aus; sie trank auch ihre Cola aus. Leere Glasflaschen stießen im Fußraum der Limousine klirrend gegeneinander. Irgendwo waren Männer, die aufeinander schossen. Neben ihrer Eingangstür lagen die Nerzüberziehstiefel umgekippt nebeneinander. »Meine Güte, es fühlt sich ja richtig verschwenderisch an, hier so durch die Gegend zu rasen, Tuck; wir verbrauchen doch Ihre ganze Benzinration!«

Sie probierte es aus, Tuck, nicht Tucker. Sie nannte ihre Mitarbeiter ständig bei irgendwelchen Spitznamen, aber das war etwas anderes, und das wusste sie. So wurde das Knistern zwischen ihnen in Worte gekleidet.

Er sagte nichts. Er atmete aus, ganz langsam, zwischen kaum geöffneten Lippen, was ohnehin lauter war als alles, was er sonst hätte sagen können.

»Wenn Sie hier anhalten, sehen Sie den Ort, in dem ich geboren wurde.«

Auf dem schmalen Standstreifen kurbelte Tucker das Fenster herunter, aber es gab nicht viel zu sehen. Auf dieser Seite der Schlucht war alles mit Bäumen und Gestrüpp zugewuchert, auf der anderen Seite sah man die noch verbliebenen Häuser, die früher einmal in leuchtenden Farben gestrichen waren und jetzt so grau-braun-orange waren wie der Rest der Landschaft.

»Früher gab es dort oben eine Brücke«, bemerkte June, »aber sie wurde vom Wasser mitgerissen, irgendwann nach dem Umzug meiner Familie. Casto Springs. Mein Vater war Arzt. Er beherrschte alle möglichen Tricks und Handgriffe und hat vielen Menschen geholfen, so manchem Patienten hat er sogar das Kreuz eingerenkt. Noch lieber hat er seine Patienten aufs Kreuz gelegt. Kleiner Scherz. Er war wirklich gut.«

Tucker stützte einen Ellbogen auf die Türkante und presste sich die Hand vor den Mund, als wolle er sich selber am Reden hindern. Es störte sie nicht, dass er nicht über ihren Scherz lachte; sie wusste ja, dass er zugehört hatte. Auch er musste sie nicht unterhalten.

Schließlich ließ er die Hand sinken.

»Poison Point«, sagte er. »So haben wir es früher genannt.«

»Ja, ich erinnere mich, dass manche Leute sie so nannten. Die Bergarbeiter.« Er hatte sein Kohletattoo ja nicht beim FBI bekommen.

»Die Bergarbeiter«, stimmte er zu.

Sie sahen sich an. June listete auf, was ihr an seinem Gesicht gefiel und was nicht. Das ständige Stirnrunzeln wirkte zu streng. Die Augen waren weich und empathisch, seelenvoll. Die Stirn wirkte zu breit; er konnte nur hoffen, sein Haar im Alter zu behalten. Die Nase war schön, die Ohren akzeptabel. Der Mund war wunderbar. Eine üppige, weiche Unterlippe, die zu so vielen Ausdrücken fähig war, ohne dass sich der Rest seines Gesichts dabei veränderte.

Und natürlich listete er auf, was ihm an ihrem Gesicht gefiel, und eine starke Hingezogenheit kann einer ungewöhnlichen Erscheinung noch zusätzlich Attraktivität verleihen.

»Es gibt noch eine höher gelegene Brücke«, meinte er. »Oberhalb der Stadt. Ich denke, die ist von der Flut verschont geblieben.«

Sie beantwortete seine unausgesprochene Frage mit »Ja«.

Also brauste der Pierce-Arrow noch ein paar Meilen weiter.

Die schmale Brücke schien tatsächlich noch intakt, obwohl das Geländer von Schlingpflanzen überwuchert und die Straße selbst mit verrottetem Laub bedeckt war. Tucker fuhr rasch über die Brücke, die einspurige Straße auf der anderen Seite war fast nicht mehr zu erkennen. Nur weil sie beide wussten, dass dort einmal eine gewesen war, verstanden sie die Lücke im Unterholz als eine Einladung, weiterzufahren.

Doch Tucker wurde jetzt langsamer. »Die Himbeerranken könnten den Lack zerkratzen …«

June stellte sich vor, wie Gilfoyle nach seiner Rückkehr die verdreckte, verkratzte Limousine vorfinden würde, Spuren eines Ausflugs, an dem er nicht teilgenommen hatte. Sie dachte an den Brief, der immer noch auf ihrem Nachttisch lag. Trotz allem: Kopf hoch. »Das ist doch egal«, sagte sie.

Der Pierce-Arrow fuhr weiter.

Eine mühsame Meile lang kämpfte sich die Limousine durch Dornengestrüpp, das ihre Seiten zerkratzte und von unten gegen das Fahrgestell schürfte.

Dann, ganz plötzlich, wichen Bäume und Gestrüpp einer zerstörten Hauptstraße, deren Mittelspur erstaunlicherweise nicht überwuchert, sondern klar erkennbar war.

June war noch so klein gewesen, als ihre Familie Casto Springs verlassen hatte. Aber sie erkannte den Ort.

Er bestand insgesamt aus nur etwa fünfzehn Häusern. Früher waren das ein Gemischtwarenladen, ein Futtermittelgeschäft, das Postamt und die Arztpraxis – in der Junes Vater eine Zeit lang gearbeitet hatte – gewesen sowie das Bergamt und die Schule, für die sie damals noch zu klein gewesen war. Eine Pension, ein Wirtshaus. Alle Gebäude standen auf derselben Straßenseite; die andere nahm ein Berg ein, der in noch höhere Gefilde wuchs. Alles hier war wie weichgezeichnet und vergessen, die Veranden zerfallen, die Dächer ins Unkraut geneigt, die Fenster teilweise zerbrochen. Das bescheidene Kirchlein – wie in etlichen dieser Bergkirchen hatte man auch hier das Schlangenritual praktiziert – schien immer noch seltsam intakt, obwohl seine einst makellos weiße Fassade jetzt mit Blüten und verblichenem Kohlenstaub verschmutzt war; das hatten sie schon von der anderen Seite der Schlucht aus gesehen.

Wortlos stiegen sie aus. Tucker ging ein Stück in den Wald hinein, um an einen Baum zu pinkeln; June rauchte inzwischen eine Zigarette. Dann liefen sie in der Mitte der Straße entlang und schauten mal in diese, mal in jene Richtung. June wurde von tröstlichen Erinnerungen erfüllt. Während all der Jahre, die sie hier verbracht hatte, war sie noch zu jung gewesen, um vom Unglück anderer Menschen zu wissen, und ihr eigenes Unglück hatte noch nicht begonnen, also besaß hier alles, selbst die lang zurückliegende Zerstörung, den schemenhaften Reiz der Nostalgie für sie.

»Haben Sie lange hier gelebt?«, fragte Tucker, und seine Stimme klang leise, übertönt vom wilden Vogelgezwitscher und dem ständigen Rauschen des Winds, der sich oben in den Baumwipfeln verfing.

»Ich war noch sehr klein, als wir aufbrachen. Papa bekam die Chance, ein Haus zu mieten, mit einem kleinen Feld daneben, so dass meine Mutter ein paar Kühe und Hühner halten konnte. Und von dort aus machte er seine Hausbesuche, bis zum Krieg. Und Sie? Haben Sie hier gleichzeitig mit mir gelebt?«

Selbst wenn, hätten sich ihre Wege womöglich nie gekreuzt; das Haus der Hudsons in Casto Springs hatte so weit außerhalb des Ortes gelegen, dass sie nur ein paarmal im Monat in die Hauptstraße kamen, um Einkäufe zu erledigen. Aber June wollte wissen, ob er vielleicht eine der namenlosen Silhouetten ihrer Vergangenheit war.

Tucker überlegte, was er antworten sollte. »Ich war hier bis zur Überschwemmung.«

»Wie alt sind Sie?«

»Fünfunddreißig. Und wie alt sind Sie?«

»Manche Frauen fänden diese Frage unhöflich.«

In seinen Augen schimmerte ein Lächeln. »Wie alt sind Sie?«

»Auch fünfunddreißig.«

Welch ein Wunder, dass ihre Anfänge im selben Ort lagen! Eine typische West-Virginia-Geschichte, dass sie beide hier aufgewachsen und sich jetzt, nur ein paar Meilen entfernt, bergabwärts im Avalon begegnet waren. Nur in allen übrigen Details wiesen ihre Biographien keinerlei Ähnlichkeiten auf.

Im Weitergehen wurde June bewusst, dass sie sich nicht erinnern konnte, wann sie das letzte Mal so viel Zeit verbracht hatte, ohne zu arbeiten. Ein Spaziergang durch einen Ort, der ihr in Zukunft nichts mehr bringen würde. Sie konnte sich auch nicht daran erinnern, wann sie das letzte Mal so viel Zeit mit einem Menschen verbracht hatte, der so wenig von ihr verlangte. Tuckers Schweigen forderte nicht, dass sie es füllte. Falls er unglücklich war, war es nicht ihre Aufgabe, ihn zu erlösen. Sie wusste, dass er diesen Spaziergang auch allein gemacht hätte, genau wie sie, aber sie wusste auch, dass es ihm so, in ihrer schweigenden Gesellschaft, lieber war. Sie konnten einfach sie selbst sein, diese Freiheit hatten sie beide, während sie nebeneinanderher gingen. June, nicht Hoss. Tucker, nicht Agent Minnick.

Was für ein gutes Gefühl, um es an das Wasser weiterzugeben.

Schließlich kamen sie zu den Bergarbeiterhäuschen, die sich zu beiden Seiten der Straße dicht aneinanderdrängten. Hier schien es, als wären die Häuser durch ungünstige Winde stärker dem Atem der Mine ausgesetzt gewesen als der übrige Ort. Am Rest der Hauptstraße hatte einfach nur der Zahn der Zeit genagt, diese Häuser aber wiesen erhebliche Wasserschäden auf, und ihre ehemals weißen Fassaden waren grau von Kohlestaub und Schimmel.

Tucker warf nur einen flüchtigen Blick darauf, wenn überhaupt, und wandte sich dann sofort ab. June fasste ihn am Oberarm – elektrisch! Knisternde Hitze durchfuhr sie bei dem Vorwand, ihn zu berühren! Jeden Tag berührte sie irgendjemanden, ohne einen Gedanken daran zu verschwenden, doch diese sachliche Geste forderte mehr – Tucker straffte sich und wandte sich den Häusern zu. June hatte keine Erinnerungen mehr an sie, wusste aber, dass es bei ihm anders war. Was immer dieser Ort für sie bedeuten mochte, für ihn bedeutete er etwas völlig anderes.

»Es war ein strammer Fußmarsch hierher, Agent«, sagte sie. »Sie sind gekommen, um genau das hier zu sehen, schauen Sie jetzt nicht weg.«

Er verschränkte die Arme und klemmte die Hände in die Achselhöhlen, wie er es oft tat, aber heute war es, als stehe er zum ersten Mal so da, als wolle er ausprobieren, der Mann zu sein, der vielleicht noch aus ihm werden würde. Jetzt war er nicht mehr fünfunddreißig, sondern sechzehn. Er blickte auf eines der Häuser, kaum mehr als eine verrottete Veranda mit einem halben Dutzend umgestürzter Stühle darauf. Seine Nasenflügel blähten sich. Er atmete schnell, in vielen kleinen Atemzügen, um seine Lungen vor dem Tauchgang mit Luft zu füllen.

Und dann war es vorbei, und er wandte sich leichthin ab. June begriff – dies war die Geschichte, die die Jahre zwischen seiner Zeit hier in Casto Springs und dem Tag seiner Ankunft im Avalon ausfüllte. Die Geschichte davon, wie man wieder atmen lernt, nachdem man fast ertrunken ist.

Auf dem Rückweg zum Pierce-Arrow machte June einen Abstecher zu der Kirche der charismatischen Gemeinde, an der sie vorbeigekommen waren; sie fühlte sich jetzt unwiderstehlich von ihr angezogen. Als sie die wackligen Stufen zur Tür hinaufstieg, sagte Tucker: »Seien Sie vorsichtig!« oder sog vielleicht nur so scharf die Luft ein, dass sie die Worte erahnte. Sie hob eine Hand, um zu zeigen, dass sie ihn gehört hatte, trat aber trotzdem durch die verblichene rote Tür.

»Ich schau nur mal kurz rein!«, rief sie.

Der Innenraum war erstaunlich intakt. Zwar blätterte die Farbe in großen Fetzen von den Wänden, und die Samtpolster waren verschimmelt, aber die bunten Glasfenster im hinteren Teil der Kirche waren unversehrt und warfen ihr bonbonfarbenes Licht auf die robusten Bänke. June suchte nach einer Erinnerung, aber fand nur bruchstückhafte Bilder von Kirchen, die dieser ähnelten.

Ein Prediger, der sagte *Steht auf, steht auf, ist der Heilige Geist in euch?* Ein Mann, eine Frau, erschreckenderweise manchmal auch ein Kind, die sich von der Kirchenbank erhoben, um in Zungen zu reden, ein Gestammel, das niemand verstehen konnte. Ergriffen von einem amorphen Geist, der den Himmel beherrschte oder, wie June fand, eher die Berge, das Wasser, die schier endlose Weite felsiger Erde.

Am Altar hatte ein umgestürzter Deckenbalken den Boden durchbrochen. Als June sich vorsichtig den kaputten Dielen näherte, sah sie zu ihrem Erstaunen, dass sich etwas darunter regte. Wasser. Als sie in die Hocke ging, konnte sie sogar hören, wie es rauschend der Schlucht zuströmte. Das Süßwasser, das angeschwollen war, um diese Stadt zu vernichten, wogte immer noch unter ihr dahin. Poison Point. Vor vielen Jahren – genauer gesagt 1922, wie Gary Foglesong, der Bürgermeister von Constancy, ganz richtig festgestellt hatte – war dieses Wasser umgeschlagen, aber das lag schon lange zurück, und jetzt spürte June keine Tücke oder Unzufriedenheit mehr. Der unwiderstehliche Sog, den sie draußen gespürt hatte, wirkte immer stärker.

Sie spreizte die Hand über der Lücke im Boden.

»June, nicht!«, bat Tucker besorgt.

»Ich habe keine Angst vor dem Wasser«, erwiderte sie.

»Ich schon.«

Einfach so.

»Was glauben Sie denn, was ich im Avalon IV mache?«, fragte June.

Er schloss die Augen und wandte das Gesicht ab; zu stolz, um zu gehen, nicht stolz genug, um hinzusehen.

Manche Leute sehen Angst und spiegeln sie einfach; June jedoch ließ sich von Tuckers Angst nicht aus der Fassung bringen. Wovor auch immer er Angst hatte, es gehörte nur zu ihm.

Langsam tauchte sie die Hand ins Wasser, so wie sie es immer tat. Kleiner Finger, Ringfinger, Mittelfinger, Zeigefinger, Daumen, Handfläche. Eine Geste, die sich so oft wiederholte, dass das Personal sie als lässige Kurzform benutzte, wenn es um sie ging. *Wo ist* [Handbewegung]? *Lass dich nicht von* [Handbewegung] *dabei erwischen!* Hoss. Diese Geste stand für Hoss, für die Person, die das Avalon im Gleichgewicht hielt, unveränderlich, seit Jahrzehnten.

Das Wasser unter der Kirche war ziemlich kalt. Zwar nicht so kalt, wie sie es erwartet hätte – eigentlich hätte es knapp unter dem Gefrierpunkt liegen müssen – aber auch nicht so warm wie die Quellen rund um das Avalon.

Oh, hallo, dachte June. *Hallo, hallo.*

Dieses Wasser war anders als ihres. Wie süß und wild und arglos es schien! Es strudelte um ihre Finger, nicht aus Lieblosigkeit, sondern weil es nicht wusste, wie zerbrechlich sie war, und weil dieses Wasser hier es eilig hatte. Neugierig spritzte es ihr Handgelenk hinauf, bis zum Ellbogen hoch, ihr direkt ins Gesicht, hungrig, ungläubig. Es musste schon sehr lange her sein, dass ein Mensch den Fuß in dieses Gebäude gesetzt hatte. Es musste sehr lange her sein, dass irgendjemand dieses Süßwasser gebeten hatte, etwas anderes zu tun, als nur Süßwasser zu sein. Sie ließ es auf ihrer Haut spielen und dieser Ganzheit lauschen, die sie während des Spaziergangs hierher empfunden hatte. Im Gegenzug lauschte sie dem Wasser – es war so begierig darauf, dass man ihm lauschte. Sie ließ sich von ihm erfüllen, von seinem jugendlichen Chaos, seiner süßen Heilkraft, seiner ungeduldigen Gewissheit, dass es noch irgendwo anders hingehörte.

Sie fragte sich, ob es je eine Zeit gegeben hatte, in der sich das Wasser unter dem Avalon so gefühlt hatte, und ob sie ihm etwas weggenommen hatten, indem sie es sich zunutze machten.

June, nicht Hoss.

Ich würde dich gerne in der Einkaufsabteilung einsetzen, June, hatte Mr. Francis gesagt. *Wir wissen beide, dass du auf dem Weg zur Personalchefin bist, aber ich kann dich nicht direkt von der Postversandstelle dorthin versetzen. Beim Einkauf wirst du sehen, wie sich hier alles von oben nach unten abspielt. Du triffst mit allen zusammen. Du nimmst alles mal selber in die Hand. Ich übertrage dir allerdings eine Menge Verantwortung. Es wird schwer sein, dich zu ersetzen. Hast du wirklich vor zu bleiben?*

Ich werde für immer im Avalon bleiben, Mr. Francis.

»Kommen Sie doch mal rüber«, sagte sie jetzt zu Tucker. »Ich lerne gerade etwas über den Schnee vom letzten Jahr.«

Tucker blieb stehen, wo er war.

»Sie sehen doch, mir geht's gut, mehr als gut. Vertrauen Sie mir nicht?«

»Sie sind anders.«

»Was, denken Sie, wird passieren?«

»Ich denke, dass es sich an mich erinnern wird.«

Sie wägte diesen Satz ab und merkte, dass es keinen Sinn hatte, ihn zu bedrängen. Sie stand auf, schüttelte ihre fast taube Hand aus, und als sie sie an ihrer Hose abwischte, sah sie, dass seine Angst etwas anderem gewichen war: kleinlauter Bewunderung.

»Deshalb gehen die also für Sie durchs Feuer«, meinte er.

»Durchs Wasser, aber ich hab schon verstanden. Ja, wahrscheinlich.«

Da es nicht ratsam schien, erst nach Einbruch der Dunkelheit über die Brücke und die völlig zugewucherte Straße zu fahren, kehrten sie zur Limousine zurück. Wortlos öffnete Tucker die Beifahrertür und setzte sich; June fuhr zurück, die Serpentinen hinab. Sie saßen genauso nebeneinander wie auf dem Hinweg, schweigend. Ein wachsendes, aufgeladenes Schweigen, das den Wagen bis in den letzten Winkel füllte.

Als sie in Constancy ankamen, lag die Gegend schon im Dunkeln, außer natürlich das Avalon, dessen grelle Flutscheinwerfer oben auf dem Hügel durch die Bäume gleißten. June fuhr am Hotel vorbei zum dunklen Bahnhof eine Meile die Straße hinunter. Sie brachte den Piece-Arrow vor den Bänken zum Stehen und schaltete den Motor aus, hatte aber immer noch das Gefühl, weiterzufahren. Es war kalt geworden.

Im dunklen Wagen hörte sie ein Rascheln. Sie wusste schon, was Tucker vorhatte, und kam ihm entgegen. Da war sein Mund, so wunderbar, wie sie es erwartet hatte, sanft schmiegten seine Lippen sich an ihre. Sie hatten das beide schon erlebt, mit anderen Menschen, so dass sie nur ein kleines bisschen unsicher waren, weil sie es noch nie miteinander erlebt hatten. Aber die Unsicherheit verflog schnell; ein schöner Kuss löscht die Zweifel aus. Aus dieser Nähe nahm sie seinen angenehmen, männlichen Geruch wahr, diesen Arbeiterduft nach Erde, Kaffee, Metall, den man immer in Eau-de-Colognes einzufangen versucht, und sein Duft gefiel ihr ebenso gut, wie ihn anzusehen. Sie berührte sein Haar, seinen Nacken. Seine Hände lagen ehrfürchtig auf ihrem Hals, ihrem Brustbein, glitten neugierig unter den Rand ihres BHs. Sie waren sich so nahe, wie es der Vordersitz zuließ; alles Weitere würde mehr Planung, mehr logisches Denken, mehr Hingabe erfordern. June dachte daran, während er an ihrem Ohrläppchen knabberte. Das junge Wasser strömte immer noch durch sie hindurch und drängte auf Geschwindigkeit, Erkundung, Staunen. Sie schob die Hand unter sein Jackett, prüfte, ob sie selbst Verlangen empfand, und fand es in Hülle und Fülle. Es schien so lange her, seit sie etwas auf so köstliche, umfassende, unkomplizierte Weise gewollt hatte.

»Warte!«, sagte Tucker.

Er meinte nicht *warte*. Er meinte *Stopp, hör auf.*

Sie hörten auf. Rutschten auf ihre Sitze zurück. Als June sich die Hand auf den Hals legte, spürte sie unter ihrer Handfläche, wie ihr Herz raste. Ihre Augen hatten sich an das schwache Licht gewöhnt, und sie sah, wie sich Tuckers Brustkorb hob und senkte. Absurd, dass sie gedacht hatte, es sei kalt geworden. Ihr ganzer Körper war von Hitze durchflutet.

Nach einer Pause sagte er: »Kurz bevor ich ins Hotel kam, hat mir mein SAC ein Entlassungsgesuch überreicht. Unten stand mein Name. Ich habe es nicht verfasst.«

June zermarterte sich den Kopf nach einer Antwort, aber ihr fiel keine ein. Sein Geständnis beschrieb eine Welt, von der sie gehört und gelesen hatte, die sie aber nicht aus eigener Erfahrung kannte. Eine Situation, in die man als Mann geriet. Eine Situation, in die man als FBI-Agent geriet. Psychospielchen und Händeschütteln, Gehorsam und Unterwerfung. Dies war unvorstellbar weit vom Avalon entfernt, das Gegenteil von Luxus.

»Warum?«, fragte sie.

Ein leises monotones Geräusch. Er strich mit dem Mittelfinger immer wieder über das Armaturenbrett, von links nach rechts, von links nach rechts, von links nach rechts, von links nach rechts, um die Spannung abzuleiten, die sich zwischen ihnen aufgebaut hatte. »Nach Pearl Harbor gab es neue Hintergrundüberprüfungen, und meine fiel negativ aus. Wenn ich mich hier als erfolgreich erweise, wollen sie ein Auge zudrücken, ich bin ja schon seit zehn Jahren dabei. Länger als die meisten. Das ist eine Möglichkeit, es wiedergutzumachen. Was ich getan habe.«

June war sich nicht sicher, ob Wiedergutmachung so funktionierte. Es fühlte sich eher wie Erpressung an, aber sie verstand, was er ihr eigentlich sagen wollte. Er wollte ihr erklären, warum dieser

Einsatz so wichtig für ihn war. Er wollte ihr erklären, dass er einmal jemand anderes gewesen war. Er wollte ihr erklären, dass er alles tun würde, um beim FBI zu bleiben. Er wollte ihr erklären, dass er deshalb nicht auf dem Rücksitz mit ihr schlafen und etwas tun würde, das sie beide später vielleicht bereuen könnten.

Er gab ihr die Chance zu warten. Aufzuhören. Und er hatte ja recht. Natürlich hatte er recht. Das Avalon lag gleich dort oben auf dem Hügel. Wie hatte sie sich das vorgestellt? Dort oben würde sie sich wieder in die Hoteldirektorin verwandeln, und er sich in Special Agent Tucker Rye Minnick. Sie beabsichtigte nicht, von hier wegzugehen. Er hatte nicht vor zu bleiben. Was hatten sie hier bloß angefangen?

»Zehn Jahre sind eine lange Zeit«, sagte June vorsichtig, ruhig, denn sie spürte das Süßwasser unter ihrem Herzen rauschen und musste ja gleich ins Hotel zurück, es würde ihr wie stets aufmerksam lauschen. »Dein ganzes Leben.«

Er war ihr fast lächerlich dankbar. »Ja. Genau.«

»Fühlt sich bestimmt nicht gut an, eines Vergehens bezichtigt zu werden«, fuhr sie fort. »Nicht, wenn man so lange Zeit versucht hat, das Richtige zu tun.«

»Genau.«

»Und du hast so viele Jahre in diese Sache investiert, es ist das, was du bist.«

»Genau.«

Sie würde das Lily House in Ordnung bringen. Sie würde dort endlich einziehen. Sie würde nicht länger warten, ob man sie stattdessen in die Wohnung der Familie Gilfoyle bitten werde. Sie hatte neue Regeln für das Hotel aufgestellt, jetzt, wo Mr. Francis tot war, Regeln, mit denen sie leben konnte. Es war an der Zeit, mit dem Herumtrödeln aufzuhören und dankbar für das zu sein, was sie hatte. Sie hatte Mr. Francis geraten, daran zu denken, was das Hotel brauchte, nicht daran, was er sich wünschte. Sie musste darüber nachdenken, in was sie zehn Jahre ihres Lebens investiert hatte.

»Ist das die FBI-Sache, die du mit mir besprechen wolltest?«, fragte sie.

Tucker zögerte, bewegte wortlos die Lippen.

»Die Dienstmädchenuniformen«, sagte er dann, »es war Sebastian Hepp, der sie den Journalisten beschafft hat.« Und bevor sie über seine Worte nachdenken oder überlegen konnte, warum er ihr das erzählte, fügte er hinzu »Ich könnte ihn verhaften. Weil er den Nazis zugearbeitet hat.«

Die Wärme wurde zu einem Feuerstrom. »Was zum Teufel …!«

»Ich habe es noch nicht getan.«

»Noch nicht! Sebastian? Weißt du, was das für die Grotte bedeuten würde? Und für ihn selbst? Für welches Verbrechen? Für das Verbrechen der Freundlichkeit. Für das Verbrechen der Güte in dieser Welt. Er hätte sich so oder so verhalten können, hat sich aber für das Mitleid entschieden. Für das …«

»June«, unterbrach er sie, und trotz allem, was er gerade gesagt hatte, durchzuckte sie eine Spannung, als sie ihn ihren Namen sagen hörte. June, nicht Hoss, aber das spielte keine Rolle, denn er gehörte zum FBI und sie zum Avalon. »June, hör auf. Genau darum geht es doch hier. Deshalb wollte ich dich treffen. Ich wollte hören, was du zu sagen hast.«

Jetzt war ihr kalt, kalt bis ins Mark, und sie presste die Finger im Schoß zusammen, um sie zu wärmen. Tucker öffnete die Beifahrertür. Der Geruch von Holzrauch und feuchter Erde drang herein.

»Was soll das?«

»Ich habe gehört, was Sie zu sagen hatten«, erwiderte er. »Jetzt gehe ich zu Fuß zurück. Gute Nacht, Miss Hudson.«

Als sie sich an diesem Abend, ziemlich spät, bettfertig machte, wollte sie sich in der Küche ein Glas Süßwasser holen, ängstlich beobachtet von den Dackeln. Doch dann wich sie zum ersten Mal zurück, ohne den Wasserhahn berührt zu haben.

Was sie jetzt fühlte, wollte sie nicht in der Nähe des Wassers empfinden.

Kapitel 21

Hannelore hatte ziemliche Angst vor Sandy, was natürlich hieß, dass sie sich nicht von ihm fernhalten konnte. Es war ein bisschen so wie mit dem Berglöwenbrunnen auf ihrem Balkon. Sie wollte nicht in seiner Nähe sein, falls er sich bewegte. Sie wollte ihm aber auch nicht den Rücken zuwenden, falls er sich bewegte. Und tief in ihrem Innern konnte sie eigentlich gar nicht sagen, ob es große Angst oder große Faszination war.

Citizen drängte sich immer wieder an Sandy, um gestreichelt zu werden. Ein Hund hätte doch sicherlich gespürt, wenn es einen Grund gegeben hätte, vor Sandy Gilfoyle Angst zu haben?

Wenn Hannelore nicht beim Schulunterricht war, der im dritten Zwischengeschoss stattfand (14400 Sekunden) oder zur Klavierstunde bei Frau Hof (3600 Sekunden) oder beim Essen im Magnolia Room (2750 Sekunden) oder auf der Suche nach Schnecken, suchte sie im ganzen Hotel nach Sandy. Er bewegte sich natürlich nicht selbstständig, sondern gelangte nur von einem Ort zum anderen, wenn seine Betreuerin, Stella, ihn in seinem hölzernen Rollstuhl schob. Manchmal ging Stella mit ihm spazieren und plapperte fürchterlich kindisch auf ihn ein, fast so, als wäre er ein junges Hündchen.

Manchmal, an schönen Tagen (die es jetzt immer häufiger gab), las Stella ihm auf einer der Veranden oder Balkone etwas vor. Sie las ganz langsam, und nach Hannelores Ansicht alberne Bücher, zum Beispiel mehr als einmal Mr. Poppers Pinguine.

Die meisten Leute schienen sich gar nicht für Sandy zu interessieren. Die Angestellten blickten nur kurz hin, wenn er in einen Raum geschoben wurde, doch im Gegensatz zu Hannelore, die ihn im Lauf der Zeit immer faszinierender fand, beachteten sie ihn immer weniger. Die Diplomaten schenkten ihm zwar etwas mehr Aufmerksamkeit, taten aber meist demonstrativ so, als würden sie ihn nicht einmal bemerken. Wenn Stella ihn durch belebte Säle schob, wandten sie höflich den Blick ab. Abgesehen von Stella war June Hudson der einzige Mensch, der sich regelmäßig um ihn kümmerte, die Frau, von der Hannelore jetzt wusste, dass sie das gesamte Hotel leitete.

June Hudson nickte Sandy jedes Mal zu, wenn sie im Korridor an ihm und Stella vorbeiging, obwohl er ihr Nicken nie erwiderte. Und mindestens einmal am Tag sprach sie mit ihm, manchmal zwanzig Minuten lang, manchmal nur eine Minute.

Ansonsten aber ließ man ihn meist in Ruhe. Oft schob Stella den Rollstuhl ans Fenster, klopfte Sandy auf die Schulter, wünschte ihm noch einen schönen Tag und ging.

Das waren die besten Zeiten.

Denn dann konnte Hannelore um Sandy herumschleichen und ihn in aller Ruhe studieren. Zuerst kam sie ihm nicht zu nahe. Sie versteckte sich hinter Sesseln, drückte sich an die Wand oder hockte sich in eine Kaminöffnung und starrte von hinten auf sein verstrubbeltes Haar. Doch im Lauf der Zeit wurde sie so mutig, dass sie sich vor ihn hinstellte. Auge in Auge. Sein Gesicht war in vager Verzweiflung erstarrt. Wenn er blinzelte, was ganz langsam und nicht sehr oft geschah, lief sie erschrocken davon und kam erst nach einer Weile zurück.

Irgendetwas stimmte ganz und gar nicht mit ihm. Wie war er nur in diesen Zustand geraten? Hatte ihn eine böse Hexe verzaubert? War er krank? Konnte das jedem passieren? War das auch dem Berglöwen passiert? Konnte es sein, dass auch sie, Hannelore, eines Tages aufwachte und selbst in einem Rollstuhl festsaß?

Es war entsetzlich, aber sie konnte sich einfach nicht von ihm fernhalten.

Heute hatte Hannelore Sandy Gilfoyle in der Porträtgalerie ganz für sich allein.

Die Galerie war für Kinder ein sehr langweiliger Raum, weil sie nur vier Dinge enthielt: Sofas, Topfpflanzen, Spiegel und an den dunkelblauen Wänden Dutzende von Bildern. Aber Stella fand offenbar die Aussicht schön, jedenfalls gurrte sie Sandy Gilfoyle so etwas ins Ohr, bevor sie ihn am Fenster abstellte, ihm auf die Schulter klopfte und stehen ließ. Es war ein weiterer gnadenlos grauer Tag, frühlingshaft und doch nicht richtig Frühling, und der nicht endende Regen färbte die durchnässte Landschaft tiefgrün, violett und schwarz.

Hannelore kauerte hinter einem der Sofas und starrte Sandy Gilfoyle an. In einem der Spiegel, die seitlich von ihm hingen, sah sie sein Gesicht.

Jetzt pochte ihr Herz schon ziemlich heftig.

Sie erschrak, als sich Schritte näherten. Doch ihre Angst legte sich schnell, als sie hörte, dass sich Leute auf Deutsch unterhielten.

»… so einfach ist das nicht«, sagte der eine. »Oh, da ist ja schon jemand.«

»Nur der Sohn«, erwiderte der andere, und Hannelore erkannte die Stimme ihres Vaters. Die drei Männer wurden im Spiegel sichtbar. Hannelore wich zurück, um nicht gesehen zu werden. Es waren Lothar Liebe, Dr. Otto und ihr Vater. Die beiden letzteren hielten einen Drink in der Hand, der schlanke, dunkle Lothar Liebe eine Zigarette.

»Sollen wir uns ein anderes Zimmer suchen?«

Dr. Otto deutete auf Citizen, der seine Pfoten auf Sandys Knie stemmte; der junge Mann regte sich nicht, und schließlich gab der Terrier auf. »Neulich im Säulengang habe ich gesehen, wie dieser farbige Agent Kaffee auf ihn geschüttet hat. Er hat nicht mal mit der Wimper gezuckt! Er vegetiert nur noch vor sich hin. Gönn ihm doch die Aussicht.«

Sie setzten sich auf die ächzenden, knarrenden Sofas und führten ihre Unterhaltung fort, die fürchterlich langweilig war. Nach einer Weile kam Personal und brachte Getränke und kleine Erfrischungen. Als die Teller klirrend auf den Tischen abgestellt wurden, knurrte zu Hannelores Entsetzen ihr Magen, was aber zu ihrer Erleichterung von den Schritten des Personals überdeckt wurde.

Als die Angestellten die Galerie verlassen hatten, meinte Dr. Otto: »Ich hätte nie für möglich gehalten, dass ich mich einmal dermaßen langweilen würde. Wir sind jetzt schon so lange hier, dass ich glatt zum Alkoholiker und wieder trocken hätte werden können. Ich fühle mich wie dieser Mann dort.« Er musste wohl auf eines der Porträts gedeutet haben, die Hannelore von ihrem Versteck aus nicht sehen konnte. »Habe jede Nacht mit einer anderen Frau geschlafen. Und ich glaube, jetzt bin ich mit allen durch; ich werde wohl wieder von vorn anfangen müssen.«

»Mach doch bei den Männern weiter«, schlug Friedrich vor.

Alle lachten; Hannelores Wangen brannten wie Feuer. Sandy starrte aus dem Fenster. Erst jetzt bemerkte Hannelore drei lebende Schnecken unter dem Sofa, die langsam hintereinander krochen und die Fühler schwenkten.

Lothar Liebe rauchte hektisch und sagte: »Die Verhandlungen sind so gut wie abgeschlossen. Lieselotte Berger kommt mit uns, es gibt also nichts mehr zu besprechen.«

»Woher weißt du das?«, fragte Dr. Otto.

»Woher weiß Lothar überhaupt etwas?«, antwortete Hannelores Vater. »Da hakt man besser nicht nach. Lothar, wie gefährlich wird die Überfahrt nach Portugal?«

»Wir sollten als neutrales Diplomatenschiff gekennzeichnet sein, also wären wir so sicher wie im Moment irgend möglich«, sagte Lothar. »Wie gut könnt ihr schwimmen?«

Das erinnerte die Männer an einen früheren Einsatz, und sie schwelgten in Erinnerungen, während Hannelores Beine sich in der Hockstellung verkrampften. Sie warf einen Blick in den Spiegel. Sandy Gilfoyle starrte immer noch geistesabwesend in den Regen hinaus. Citizen hat keine Angst vor ihm, dachte sie wieder. Sie hätte gern geglaubt, dass der Terrier ein geheimes Wissen über Gut und Böse besaß, wusste aber auch, dass er sich am Vortag übergeben hatte, nachdem er aus dem Papierkorb Müll gefressen hatte.

»Wie geht es Sabine?«, fragte Lothar jetzt. »Macht sie sich immer noch Sorgen um Hannelore?«

Hannelore wurde so starr wie Sandy. Niemand antwortete. Hatte sie sich die Frage nur eingebildet? Oder die Antwort verpasst? Die Stille fühlte sich schwer und glibberig wie Pudding an.

»Ich glaube, sie hat einfach nur die Situation missverstanden«, erwiderte Friedrich. Seine Stimme klang seltsam gepresst. »Hannelore kann einfach nicht gut mit Veränderungen umgehen, und Sabine würde ihr das, wenn irgend möglich, gerne ersparen.«

»Von ihren Eltern getrennt zu werden, wäre ja sicher die allergrößte Veränderung, die man Hannelore antun könnte«, meinte Lothar. »Komm, lass dich nicht von deiner Frau ins Bockshorn jagen. Ich habe mich erkundigt. Man hält sie für eine gute Kandidatin für eine Sterilisation und möglicherweise eine milde Therapie. Ihr braucht euch also keine Sorgen zu machen.«

Hannelore kauerte dicht am Boden. Das Gespräch fühlte sich genauso an, wie wenn die Kinder, die auf ihrer Hassliste standen, sie mit ihrem wirren Geplapper umringten.

»Friedrich«, sagte Lothar, da ihr Vater nicht antwortete.

Dr. Otto meldete sich zu Wort. »Friedrich, das ist ein Teil ihres Lebens, den sie später wahrscheinlich nicht einmal vermissen wird.«

»Eben«, meinte Lothar. »Bitte verlange nicht von mir, dass ich meine Loyalität noch weiter aufteile.«

»Natürlich will ich dir das Leben nicht schwer machen, einem kinderlosen, ledigen Schuft mit dem tückischen Herzen eines Wiesels«, schnauzte ihr Vater ihn an und klang dabei so anders als sonst, dass Hannelore seine Stimme fast nicht erkannt hätte.

»Komm, Friedrich. Schau mir ins Gesicht, stoß mit mir an. Wir lassen uns doch von diesem Streit nicht entzweien.«

Die Gläser klirrten gegeneinander. »Es tut mir leid.«

»Ich weiß, dass es dir leid tut. Jetzt sag mir, was ihr Lied bedeutet.«

»Scheibenkleister, Lothar! Das ist für Deutschland.«

Lothar klang jetzt etwas fröhlicher. »Sie *geht* also zurück nach Deutschland.«

Ihr Vater hingegen klang kein bisschen fröhlich. »Lothar, ich schlage dich gleich.«

»Davon träume ich schon seit Jahren«, bemerkte Dr. Otto und lockerte die Stimmung damit auf.

Sie sprachen wieder über Politik, aber Hannelore achtete nicht mehr auf ihre Worte. Sie dachte an die Rückkehr nach Deutschland. Sie dachte daran, wie ihre Mutter sie am Handgelenk gepackt hatte. Sie dachte an *Sterilisation.*

Gläser klirrten aneinander, und die Männer standen auf. Lachend gingen sie aus der Galerie und ließen ihre Zigaretten in den Aschenbechern zurück. Hannelore hatte gar nicht bemerkt, wie laut sie geredet hatten, aber jetzt war es in der Porträtgalerie so still, dass sie draußen den Regen fallen hörte.

Jetzt gab es nur noch sie und Sandy Gilfoyle.

Sie wartete noch einen Moment (65 Sekunden), um ganz sicher zu sein, dann stand sie auf. Sie beobachtete Sandys Hinterkopf und sein gespiegeltes Gesicht, während sie rückwärts aus dem Zimmer schlich. Sie tastete sich am Sofa entlang und schaffte es bis zur Tür, die die Männer hinter sich geschlossen hatten. Ohne den Blick von Sandy zu wenden, tastete sie nach dem Türknauf. Jenseits der Tür befand sich der Flur, und sie war in Sicherheit.

Doch statt den Knauf zu umschließen, griff sie in Nässe.

Sie hatte ihre Hände in den Tierkopfbrunnen neben der Tür getaucht. Die Wucht der Empfindung ließ ihre Ohren klingeln. Plötzlich war alles in ihr, alles, was im Hotel gesprochen wurde, alles auf einmal; sie spürte die Position jeder einzelnen Schnecke im ganzen Gebäude und auf dem Gelände, sogar an einem Ort, den sie nicht kannte, aber ganz klar vor sich sah: eine heiße und eine kalte Quelle, eine Armlänge voneinander entfernt, und der Streifen zwischen ihnen war mit grünem, grünem, grünem Moos bedeckt, auf dem viele schöne bunte Schnecken krochen.

Sterilisation, dachte sie wieder.

Das Wasser erfüllte sie mit einer Empfindung. Aber dieses Mal war es nicht Freude oder Ruhe.

Es war das Bedürfnis wegzulaufen.

Hannelore zauderte. Und plötzlich wurde sie von einer Bewegung abgelenkt. Sie sah es wie in Zeitlupe: Draußen vor dem Fenster stürzte etwas Dunkles von irgendwo oben nach irgendwo unten. Dieses Etwas war groß. Zuerst dachte Hannelore, ein Teil des Dachs sei heruntergebrochen. Dann dachte sie, es sei ein Kleidungsstück. Dann, nein, erkannte sie, dass es aus Fleisch und Knochen bestand und sich bewegte. Ein Tier.

Und dann erkannte sie, dass es eine Frau war.

Eine Frau fiel am Fenster vorbei.

Einen klaren Moment lang sah Hannelore ihr Gesicht. Ihre Augen waren blau.

Und dann begann Hannelore zu schreien, weil Sandy Gilfoyle den Kopf umwandte.

Kapitel 22

»Ist sie tot?«

»Um Himmels willen«, stöhnte Pennybacker. Er vergrub sein Gesicht in den Händen. »Um Himmels willen. Wie konnte das nur passieren?«

»Mr. Pennybacker«, sagte June. »Ist sie tot?«

Der Mann vom State Department saß zusammengesunken in einem der tiefen weichgepolsterten Ledersessel in der Isley-Bibliothek, der kleinsten und gemütlichsten Bibliothek des Hotels. Hinter seiner zerknitterten Gestalt standen die Regale mit Sandys Sprachlernbüchern, seinen zahllosen Lexika, Lehrbüchern, Texten in Originalsprache, kommentierten Ausgaben, Büchern, könyveket, books, hon, knigi, libri. Die Armlehne des Sessels, in dem er saß, wies immer noch einen hässlichen dunklen Fleck auf, wo Sandy mal versehentlich beim Verfassen einer Randbemerkung auf dem Leder weitergeschrieben und den Fleck dann durch Reiben nur noch vergrößert hatte.

»Ich habe ja nicht geahnt, dass so etwas passieren könnte, sonst hätte ich … ach, ich weiß nicht, was ich getan hätte«, seufzte Pennybacker. »Nein, sie ist nicht tot. Jedenfalls noch nicht. Sie hat sich ein Bein und das Schlüsselbein gebrochen und noch irgendetwas, an das ich mich gerade nicht erinnere, aber soweit ich weiß, war sie bei Bewusstsein. Die Ärzte konnten gar nicht fassen, dass sie diesen Sturz aus solcher Höhe überlebt hat. Wissen Sie genau, aus welchem Stockwerk sie gesprungen ist?«

»Aus dem vierten«, erwiderte June.

Von dem Balkon, den sich ihr Zimmer mit der Suite der Wolfs teilte, ins Gebüsch vor dem Teesalon. Die gleiche Entfernung, die die morsche Balkonsprosse gefallen war. So weit war Lieselotte Berger, die achtundzwanzigjährige deutsche Journalistin mit den Narben im Gesicht, an diesem Tag in die Tiefe gestürzt.

»Sie hatte gerade erfahren, dass sie doch nach Deutschland zurückkehren muss«, sagte Pennybacker. »Nein, so würde es ein Feigling formulieren. Ich hatte ihr gerade gesagt, dass sie zurückkehren muss. Dass das State Department ihrer Bitte, hier zu bleiben, nicht nachkommen kann. Und dann ging sie rauf und …«

Es war noch alles zu neu, um es ganz zu überblicken, aber June musste an die Situation kürzlich in der Garage denken: Lieselotte Berger, die in einer schmuddeligen Dienstmädchenuniform mit zerzaustem Haar auf dem Boden gekauert hatte. Drei Narren in gestohlenen Kleidern. Der Ire, der sämtliche Todesarten aufgezählt hatte, die sie in Deutschland womöglich erwarteten.

»Ist es wegen Hannelore?«, fragte June.

»Nein, nein, Miss Hudson. Hannelore ist ein weiteres Problem für meine Teufelsarithmetik, ja, aber das hier hat nichts mit ihr zu tun. Es ist mir nicht gelungen, die Amerikaner davon zu überzeugen, Miss Berger hierzubehalten. Die sehen das so: Sie hat ein Jahr lang demoralisierende kleine Artikel mit beschönigenden Fakten veröffentlicht. Sie behauptet zwar, sie sei erpresst worden, doch dafür gibt es keine Beweise. Und ohne diese Beweise bleibt da nur eine junge Frau, die bereit ist, Fakten über Amerikas Kriegsmaschinerie an die deutsche Presse zu senden, deren bösartige Motive ja wohl außer Zweifel stehen.«

Er hielt inne, als sich die Tür öffnete. Herein kamen Sandy Gilfoyle in seinem Rollstuhl, geschoben von Tucker, begleitet von Hugh Calloway. Die Narben in Sandys Gesicht erinnerten June an Lieselotte

Bergers symmetrisch zernarbtes Gesicht. Einen Moment lang kam es ihr im hellen Frühlingslicht so vor, als begegne Sandy endlich ihrem Blick, und ihr Herz schlug höher, aber im selben Moment wurde ihr klar, dass das nur Wunschdenken gewesen war.

June und Tucker tauschten einen Blick, um professionelle Neutralität bemüht. Wie traurig, dass sie ihn hier im unerbittlichen Licht des nächsten Tages sah, ohne ihre Intimität zu bereuen, ganz im Gegenteil. Der mit ihm verbrachte Tag hatte alles gelöscht, was ihr an seinen Gesichtszügen nicht gefallen hatte. Sie sehnte sich nicht nur nach ihm; sie sehnte sich nach der Person, zu der sie wurde, wenn sie mit ihm zusammen war. Alle früheren Sehnsüchte erschienen ihr naiv. Verkürzt. Nur eine Reaktion.

Warte, hatte er gesagt. *Stopp.*

Als Hugh die Tür geschlossen hatte, fuhr Pennybacker, an June gewandt, fort: »Ich hielt sie weniger für eine abgebrühte Agentin Nazi-Deutschlands, als vielmehr für eine junge Frau, die zu einem denkbar falschen Zeitpunkt ein paar fatal falsche Entscheidungen getroffen hat. Ihr Pech ist, dass sie für die Vereinigten Staaten ein nützliches Faustpfand darstellt. Ein amerikanischer Zivilist, der zusammen mit unseren Diplomaten in Deutschland inhaftiert ist, müsste dort ausharren, wenn sie hierbleibt, und natürlich ist das State Department um seine Sicherheit wesentlich besorgter als um die Sicherheit Miss Bergers.«

Diese teuflischen Zahlenspiele. Lieselotte im Tausch gegen diesen amerikanischen Bürger. Sebastian für Tuckers Karriere. All die Male, die June hier in der Isley-Bibliothek gesessen und Sandy mit ihr die richtige Aussprache geübt hatte, ohne zu ahnen, was die Zukunft barg: Sandy stumm an den Rollstuhl gefesselt, während sie diesen Bericht über das Unglück erhielt, das in ihrem Hotel schwelte.

»Agent Minnick, wissen Sie etwas Neues über ihren Zustand?«, fragte Pennybacker.

»Sie liegt im Krankenhaus in Malden, begleitet von einem Trupp Grenzschutzbeamter«, antwortete Tucker. »Sie haben beschlossen, sie nicht nach Charleston zu verlegen. Von unserer Seite ist die Durchsuchung der Suite abgeschlossen. Und obwohl wir kein falsches Spiel vermuten, wäre es meiner Ansicht nach besser, wenn die Wolfs, die sich ja den Balkon mit Miss Berger teilen, in ein anderes Zimmer verlegt werden könnten.«

»Wir können sie in einem anderen Stockwerk unterbringen«, meinte June. Sie würde doch wieder ins Avalon IV zurückkehren müssen. Zwar hatte sie die Reaktion des Wassers auf Lieselottes Unglück noch nicht geprüft, aber die war nicht schwer zu erahnen. Welches Glücksgefühl konnte sie, June, dem entgegensetzen? Vielleicht sollte sie dem Wasser ihren Spaziergang durch die Hauptstraße von Casto Springs geben. Eigentlich hätte sie dieses Gefühl gerne für sich behalten, aber immerhin hatte hier gerade eine Frau versucht, sich umzubringen.

Die meisten Leute spüren nicht, wenn das Wasser umschlägt, hatte Mr. Francis gesagt. *Das unterscheidet uns von ihnen. Wir beide spüren es. Und das bedeutet, wir können es aufhalten. Wir können es uns für immer gewogen halten. Weißt du, June, in der Zeit vor dir hat es sich ein wenig einsam angefühlt, der Einzige zu sein.*

»Bitte lassen Sie uns wissen, wo Sie die Wolfs unterbringen, damit wir alles genau dokumentieren können«, sagte Tucker. Es war übertrieben formell, übertrieben korrekt. Als Tucker ihr erneut einen Blick zuwarf, sah June, dass Hugh diesen Blickwechsel interessiert verfolgte.

»Das FBI und seine Memos!«, klagte Pennybacker. »Agent Minnick, warum schieben Sie Mr. Gilfoyle nicht ans Fenster? Sie haben ihn so abgestellt, dass er auf das Regal starrt, was ihn sicher zu Tode langweilt.«

Obwohl dies eine freundliche Geste war, hörte June sich sagen: »Aber es sind ja seine Bücher.«

»Ach, wirklich!« Pennybacker erhob sich, um neben Sandy zu stehen, neigte höflich den Kopf und studierte die Buchrücken. Hellhörig wie immer, merkte er, dass ihm ein Fehler unterlaufen war. »Hat er denn all diese Sprachen gelesen?«

»Liest er all diese Sprachen«, korrigierte ihn June. Ihre Wangen wurden warm. Es gab zwar keinen Grund, sich jetzt erneut wegen Sandy aufzuregen, aber trotzdem.

Als einer der Dackel ihre Hand anstupste, sprudelten die Worte nur so aus ihr heraus. »Er *spricht* diese Sprachen auch. Er wollte immer alles verstehen. Jeden. Er wollte die wahre Bedeutung der Worte verstehen, die beabsichtigte Bedeutung. Wir haben hier so viele Menschen aus der ganzen Welt zu Gast. Er fand es ziemlich absurd, dass sie ihre Gedanken in unsere Sprache übersetzen sollten. Wenn er mit den Leuten sprach, sollten sie ganz bei sich sein und ihn übersetzen lassen.«

Als sie es laut aussprach, wurde ihr klar, dass dies nur eine weitere Form von Luxus war. Obwohl Sandy so oft mit Mr. Francis aneinandergeraten war, hatten die beiden doch diesen gemeinsamen Kern. Als June Sandy vor fast einem Jahr zum letzten Mal persönlich getroffen hatte, hatten sie nicht über seinen Vater gesprochen. Er war allein gekommen, nicht um das Avalon, sondern um sie zu sehen. Sie hatten in einem fort geplaudert, in der Küche ihrer Kellerwohnung, in der Kantine, in ihrem Büro, im Vorbereitungsbereich der Grotte. Sandy wusste, was der Job mit sich brachte; er passte sich ihrer knappen Freizeit an. Sie hatten über Robert Prager gesprochen, über den Krieg, und warum es kein bisschen edel war, sich zu opfern um des Opfers willen. Aber sie hatten auch über alberne Dinge gesprochen, sich lustige Geschichten erzählt, aus ihrem Leben als Hoteldirektorin und aus seinem Leben als Übersetzer und Ausbilder bei der Marine. Mr. Francis' Tod hatte da noch weit in der Zukunft gelegen – es war also noch viel Zeit für Versöhnung gewesen –, und so war es nicht nötig gewesen, alte Argumente darüber wiederzukäuen, ob Mr. Francis' Definition von Gastfreundschaft rückständig war oder nicht. Auch das Wiederaufflammen ihrer Affäre mit Gilfoyle lag in der Zukunft, so dass Sandy nicht zu sagen brauchte: *Mannomann, du weißt doch, wie er ist. Warum tust du dir das an?* Sie hatten einfach bis tief in die Nacht weitergeplaudert, über Gott und die Welt, und dann hatte Sandy sie auf die Wange geküsst und sich aufgemacht, in der Welt Gutes zu tun. June hatte alle Gilfoyles ins Herz geschlossen, Sandy aber am tiefsten. Was für ein komischer Gedanke.

Wie enttäuscht und verärgert Mr. Francis am Ende über ihn gewesen war.

Sandy hört das Wasser, Mr. Francis.

Ich weiß. Er hört es, aber er weigert sich, zuzuhören.

Die Sprache des Süßwassers war die einzige, die Sandy nie gelernt hatte.

»Sehr beeindruckend«, sagte Pennybacker, und es klang ernst gemeint. »Hatte er denn vor, seine Sprachkenntnisse hier im Hotel anzuwenden?«

»Nein«, erwiderte June. Sie hätte noch so viel sagen können – sagen *wollen* –, aber jetzt hatte sie sich wieder unter Kontrolle. Sie spürte, wie Tucker sie ansah. Sie erwiderte seinen Blick nicht. Sie konnte die Fassade gerade noch aufrechterhalten. Hätte sie ihn jetzt angesehen, wäre sie June gewesen, nicht Hoss. »Er wollte mehr tun in der Welt.«

Was machst du hier eigentlich, June?, hatte Sandy sie gefragt. *Was tun all diese Angestellten hier?*

Wir machen ein paar Leute sehr, sehr glücklich, hatte sie geantwortet.

Genügt das in diesen Zeiten?

Es hatte genügt.

Hugh warf freundlich ein: »Er hat wirklich viel getan.«

Unglaublich, dachte June bei sich, dass jemand wie Toad jeden Tag mit diesem Gefühl verbrachte, dass sie jeden Morgen zur Arbeit kam und die Zimmer putzte, nach Pearl Harbor, nachdem ihr Sohn gefallen und ihr Mann in den Krieg gezogen war. Unglaublich, dass der Krieg sie nicht mit Leib und Seele vereinnahmt hatte, in einer Welt, in der ein deutsches U-Boot soeben zwei Dutzend Männer ertränkt hatte, in Sichtweite der Küste von Massachusetts. In einer Welt, in der Pennybacker gerade verhandelte, um Hannelore Wolf vor der Euthanasie zu bewahren, in der Sandy nur noch stumm all diese Bücher anstarrte, die er ihr immer vorgelesen hatte, in der Journalisten murmelten, es sei doch bekannt, was man sich über Francis Gilfoyle erzählte. In der Tucker Rye Minnick seinen und sie ihren Geschäften nachging.

Trotz allem: Kopf hoch! Trotz allem: Kopf hoch!

Einen Moment lang hatte June das Gefühl, alles hier zu hassen. Alles an diesem Job, alles an diesem Hotel. Sie erinnerte sich an das süße, freie Wasser unter der Kirche in Casto Springs, und einen Moment lang packte sie das heulende Elend, ein so heftiger Neid, dass sie sich fragte, wie lange das wohl schon in ihr gegärt haben musste, unausgesprochen, uneingestanden.

»Hertha«, sagte June. »Ich möchte Hertha finden.«

Pennybacker fragte: »Wer ist Hertha? Warum kommt mir der Name so bekannt vor?«

»Erich von Limburg-Stirum, der Pilot. Seine Verlobte.«

»Ach so, ja, ja, tut mir leid. Ich bin mit den Gedanken nicht ganz bei der Sache. Ich hatte dem State Department schon von seiner Situation berichtet. Aber sie haben sie nicht gefunden; eine Frau in einem Land voller Frauen.«

»Das glaube ich jetzt nicht«, widersprach June. »Nicht mit dem FBI im Haus. Ihr habt doch Akten über alles und jeden. Wenn das Priorität hätte, wäre Hertha längst hier. Das State Department, das FBI, ihr habt doch jede Menge Leute für die Suche –«

»Gemach, gemach, Miss Hudson«, unterbrach Pennybacker sie, »warum diese Dringlichkeit? Hat das etwas mit Miss Berger zu tun? Ist Herrn von Limburg-Stirum etwas zugestoßen?«

June Hudson war etwas zugestoßen, und es war höchste Zeit, dass diese Diplomaten ihr Hotel verließen; sie mussten sich so schnell wie möglich vom Süßwasser entfernen, und zwar so weit wie möglich. Diplomaten, Grenzschutzbeamte und Tucker Rye Minnick. Sie spürte, wie ihr das Avalon entglitt.

»Hertha ist Deutsche«, sagte June. »Das hat Erich mir gesagt. Deutsche Staatsbürgerin. Erich sagt, sie hat zuletzt in New York gelebt. Ich habe Kontakte in die Hotels dort. Wir könnten sie finden. Wenn sie zustimmt, mit ihm zurückzugehen, wäre Ihre jämmerliche Rechnung beglichen, nicht wahr? Und für Hannelore würde gesorgt? Hertha wäre eine weitere Deutsche, die zurückkehrt, also könnte eine andere Deutsche bleiben: Hannelore. Dann hätten wir's doch, ja?«

Pennybacker starrte sie lange an, als hätte sie in einer ihm fremden Sprache gesprochen, dann meinte er: »Das wärc cinc schr gutc Lösung. Ja, ich glaube, dann könnte es sehr schnell gehen. Es wäre schön, jemanden auf diese Weise glücklich zu machen.«

Es hatte eine Zeit gegeben, in der man jeden Gast im Avalon glücklich machte.

Schon zum Gehen gewandt, hielt June noch einmal inne. »Warten Sie … wie war das mit den Schweizern? Es ist schon ewig her, aber Sie wollten mir doch etwas über die beiden erzählen.«

»Ach, das«, erwiderte Pennybacker. »Ich bin zu dem Schluss gelangt, dass es mir nicht zusteht, darüber zu sprechen.«

Es hatte eine Zeit gegeben, in der sie ihn gedrängt hätte; eine Zeit, in der ihr die Details hinter dieser vagen Antwort enorm wichtig erschienen wären. Sie hätte der Aufklärung dieser kleinen Unzufriedenheit einen ganzen Arbeitstag und jede Menge Personal gewidmet, um das Problem zu lösen. Heute jedoch fühlte sie sich so erschöpft, als wäre sie gerade erst aus dem Avalon IV herausgekrochen.

Sie wollte nicht zurück ins Avalon IV. Sie würde nicht dorthin zurückgehen. An diesen Ort.

»Machen wir uns an die Arbeit«, sagte Pennybacker. »Ich denke, wir haben Ihre Gastfreundschaft schon viel zu lange beansprucht.«

Teil 4

Draußen

Bestellung Zimmer 411, 01. 04. 1942:

New York Times

Vogue

Britannia and Eve

Modes & Travaux

2 Zitronen

2 Croissants

Rattenfänger, Nevil Shute

Der japanische Feind, Hugh Byas

Der Mond ging unter, John Steinbeck

Kapitel 23

Genau wie June erwartet hatte, dauerte es mit den vereinten Kräften von State Department, FBI und Junes Kontakten nur ein paar Tage, um Hertha aufzuspüren. Sie arbeitete als Sekretärin und lebte mit einer Gruppe anderer Sekretärinnen in Glendale in Queens. June hatte zwar ein bisschen Sorge, Hertha könne sich vernünftigerweise weigern, mit ihrem Verlobten in Kriegszeiten nach Deutschland zurückzukehren, aber diese Sorge wurde rasch zerstreut. So wie Erich im Hotel geschmachtet hatte, hatte Hertha in New York geschmachtet, voller Angst, er könne sie sitzengelassen haben.

»Das State Department ist hochzufrieden«, teilte Pennybacker June mit. »Vor allem, weil die beiden schnellstens heiraten wollen. So ist alles sehr ordentlich geregelt.«

»Wunderbar«, erwiderte June. Pennybacker hatte vergessen, ein Memo umzuwenden, als sie den Glass Room betrat, und sie sah die Meldung, dass Lieselotte Berger voraussichtlich überleben würde, in Amerika aber immer noch nicht willkommen war.

»Dann kehrt sie als Ehefrau zurück. Wie geht es übrigens *Ihrer* Frau?«

»Komisch, dass Sie fragen«, meinte Pennybacker. Er wollte einen der Dackel streicheln, der ihm aber auswich. »Auf den ersten Brief habe ich nicht geantwortet, aber sie hat mir trotzdem einen weiteren geschickt.«

»Nicht zu fassen.«

»Ich fand ihn weniger befriedigend als den letzten. Er bestand hauptsächlich aus einer Auflistung konkreter Fälle, in denen ich ihre Erwartungen enttäuscht habe. Sehr detailliert. Sie hat schon immer über ein ausgezeichnetes Gedächtnis verfügt. Wenn ich den Brief charakterisieren sollte, liefe er wohl auf das unerquickliche Porträt eines unsportlichen Karrieremenschen hinaus.«

»Auf keinen Fall antworten. Warten Sie auf den dritten Brief«, riet June. »Den werden Sie sich einrahmen.«

Hertha traf im Hotel ein, flankiert von einer ganzen Schar Grenzschutzbeamter. Kaum hatte sie Nachricht von ihrem Piloten erhalten, hatte sie alles stehen und liegen gelassen. Der junge Erich, piekfein gekleidet, kam ihr in der Lobby entgegen, und eine nicht unbedeutende Zahl von Mitgliedern der Delegation, aber auch von Hotelangestellten (einschließlich Fortéscue) hingen über dem Balkon, um das Wiedersehen der beiden mitzuverfolgen. Und da waren ja auch noch Tucker, Hugh und Pony, die Herthas Taschen nach Abhörgeräten und Bomben durchsuchten und was in Kriegszeiten sonst noch zu einer Mitgift gehören mochte.

»Erich«, sagte Hertha und nahm ihren Hut ab. »Erkennst du mich denn noch?«

Erich von Limburg-Stirum strahlte wie die Sonne, seine Wangen glühten.

»Ich werde doch nicht vergessen haben, wie der Himmel aussieht!«, schwärmte er.

»Gentlemen«, bemerkte Basil Pemberton mit sonorer Stimme hinter der Rezeption, »so soll es sein!«

Über die Hochzeit wurde schon lebhaft diskutiert; jetzt, da Pennybackers Geiselarithmetik aufzugehen schien, stand die Rückführung doch sicher unmittelbar bevor. Wer wusste schon, welches Schicksal einen exzellenten Piloten ereilen würde, sobald er deutschen Boden betrat? Verlobte hatten keine Rechte, Ehefrauen schon. June erfuhr, dass Erichs und Herthas Trauung als kurze, nüchterne Zeremonie geplant war: Grenzschützer würden das vorfreudige Paar die Auffahrt hinab zum Rathaus von Constancy eskortieren und sie nach der standesamtlichen Trauung ins Hotel zurückgeleiten, nicht ohne sie vorher rasch durchsucht zu haben, einfach um sicherzustellen, dass man ihnen während der Trauung keine illegalen Nachrichten zugespielt hatte.

June ging zu 411 und bat sie, ein bisschen zu zaubern.

»Ich würde lieber *Ihre* Hochzeit planen«, meinte 411 zu June. »Mit Narzissen und Maiglöckchen. Hinter Ihnen ein zweistöckiges Spalier, mit Blüten und Efeu umrankt. Nur Harfen und Flöten; Sie wären eine Bergprinzessin; die Männer würden Tränen der Reue vergießen, weil sie nicht als Erste um Ihre Hand angehalten haben.«

June saß an den Türpfosten von 411 gelehnt, wie schon so oft zuvor, lauschte, wie das Süßwasser in die Brunnen rann, und dachte daran, wie Lieselotte Berger nur ein paar Zimmer weiter aus dem Fenster gesprungen war. Sie dachte daran, wie sich der Cembalist an jenem Morgen in der Lobby ans Klavier gesetzt und eine leichte, heitere Melodie gespielt hatte; und June war klar gewesen, dass zumindest er sich nun glücklich fühlte, was bedeutete, dass dies bei seiner Ankunft noch nicht der Fall gewesen war. Er hatte übers ganze Gesicht gestrahlt.

»Ich werde niemals heiraten«, sagte June.

»Ich finde es so langweilig, wenn Sie so sind«, bemerkte 411.

»Ich finde es langweilig, wenn *Sie* so sind.«

»Ich bin immer so. Wann verschwinden diese Diplomaten endlich, damit ich wieder etwas Richtiges zu tun habe?«

June hätte fast gesagt: *Es herrscht Krieg, welche Art von Veranstaltungen sind da überhaupt noch möglich?* Doch dann wurde ihr klar, dass 411 ihr nicht geglaubt hätte. Während der Depression waren Menschen auf den Straßen gestorben, während June vom Geld der Gilfoyles neue Nachttischlampen für die Suiten angeschafft hatte. Es war ihr so wichtig erschienen, ein Leuchtfeuer des Glücks zu sein und in diesen freudlosen Zeiten zu beweisen, dass es noch das Schöne gab. Und tatsächlich fand June auch heute noch, dass das damals wichtig gewesen war. Unter den heutigen Umständen allerdings schien es ihr nicht mehr wichtig.

»Haben Sie sich je gefragt, was aus dem Hotel geworden wäre, wenn Sandy doch bereit gewesen wäre, es zu übernehmen?«, fragte June.

»Sandy ist der Langweiler der Familie«, antwortete 411. »Also wäre vermutlich ein Feldflugplatz oder ein Milchviehbetrieb daraus geworden.«

»Nein, so ist er nicht.«

»Wussten Sie, dass er einmal an meine Tür geklopft hat? Er sagte damals durch die Tür: ›Ich will nur mal sehen, was für eine Art von Frau Sie sind.‹«

»Und was für eine Art von Frau sind Sie?«

»Die Art von Frau, die einfach nicht aufgemacht hat. Hören Sie, wie lange soll das hier noch so weitergehen?«

Einige Stunden zuvor hatte June beobachtet, wie Sabine in der Einkaufspassage leise mit Hannelore sprach, während das Mädchen mit seinem Eulenblick die anderen Kundinnen beäugte. Wie schrecklich, dass das glücklichste Ende, das sie hier im Avalon für diese Familie arrangieren konnte, unweigerlich die Trennung von Eltern und Tochter bedeutete. June sprach zwar immer ganz ruhig über ihre eigene Verlassenheit als Kind, aber tief in ihrem Inneren wusste sie: Wenn man Unglück erfolgreich überwand, hieß das nicht, dass es einen nicht doch fürs Leben prägte. War sie dadurch nicht irgendwie unbeweglich geworden? All die Jahre hatte sie gedacht, sie sei zufrieden, aber jetzt merkte sie, dass sie selbstzufrieden war, das war absolut nicht das Gleiche. Und jetzt, wo sie den Unterschied gespürt hatte, konnte sie sich gar nicht mehr daran erinnern, wann sie das letzte Mal wirklich glücklich gewesen war. Strahlend.

»Gütiger Himmel«, seufzte 411, da June nicht geantwortet hatte. »Gehen Sie und kommen Sie erst wieder, wenn Sie etwas amüsanter sind.«

Der Hochzeitstag von Erich und Hertha war ein sehr schöner Tag. Entlang der Auffahrt bis in den noch kahlen Wald hinein blühten die Narzissen, nach denen 411 sich gesehnt hatte. Die Karawane machte sich auf den Weg nach Constancy: zwei Cadillacs des Hotels, einer mit Erich und der einen Hälfte des Streichquartetts, der andere mit Hertha und der anderen Hälfte des Streichquartetts, eskortiert von zwei schwarzen FBI-Limousinen. Der dritte Cadillac, der mit Blumen geschmückt war, blieb im Hintergrund, als hübsche Überraschung nach der standesamtlichen Trauung.

Alles lief wie geplant, und als das Paar der blumengeschmückten Limousine entstieg, hatte June den Eindruck, die beiden wirkten glücklich und würden lange zusammenbleiben. Zu Streicherklängen von Händel schritten sie einen von uniformierten Angestellten gesäumten Pfad entlang, den Dutzende bunter Seidenbänder schmückten. Kurz bevor die Füße des Paars die Bänder berührten, rissen die Bediensteten die Seidenbänder rasch vom Weg und ließen sie hinter dem Brautpaar herflattern. Dies ergab einen Effekt, als bewegten sich die beiden durch einen wogenden Wellentunnel zum Hotel – 411 hatte zu zaubern versprochen und ihr Versprechen gehalten.

Drinnen sagte Erich in seinem schicken, vom Hotelschneider geänderten Anzug zu June: »Ich bin Ihnen sehr dankbar.«

»Herzlichen Dank für alles, Miss Hudson«, ergänzte Hertha. »Ich möchte Ihnen dieses kleine Kärtchen von mir schenken.«

June öffnete es und las: *Das Avalon ist der beste Beweis dafür, dass es sich noch lohnt, für diese Welt zu kämpfen. Umarmungen und Küsse, Herr und Frau von Limburg-Stirum.*

Mit kindlicher Hand war darauf ein wackliges Papierflugzeug gezeichnet.

Das Kärtchen würde zu den anderen in die Schublade wandern.

Erich zählte an den Fingern drei nette Dinge auf, die er seiner Gastgeberin sagen wollte. »Die Fahrt hinunter verlief reibungslos; alle kamen pünktlich; der Papierkram war unkompliziert.«

Hinter ihnen betraten Pony und Hugh den Raum. Die beiden Agenten sahen etwas erschöpft aus, aber Hughs Stimme klang aufrichtig herzlich, als er zu Hertha sagte: »Sie haben da einen guten, treuen Mann bekommen, Frau von Limburg-Stirum.«

»Wir müssen es wissen«, fügte Pony hinzu. »Er wird ja seit Wochen von uns überwacht.«

So etwas gilt im Avalon jetzt wohl als Romantik, dachte June.

Nun, da sich das Paar wieder auf dem Gelände des Hotels befand, wurde der Empfang auf die restlichen Diplomaten ausgeweitet. 411 hatte darauf bestanden, dass auf der Wiese neben dem Kinderspielhaus gefeiert würde. Das Spielhaus war ein phantasievoller Zierbau, so groß wie die meisten Häuser in Constancy, es sah albern-cartoonhaft aus, fast wie ein Puppenhaus. Die Wände leuchteten buttergelb, die Decken lavendelblau, die Böden waren mit einem Flickwerk aus Fliesen bedeckt, die Motive aus *Alice im Wunderland* zeigten. Hebel, Räder und Knöpfe ragten aus den Wänden; betätigte man sie, offenbarten sich Geheimfächer oder Wände voller Spielzeugschubladen, oder es entfaltete sich vom Dachboden im zweiten Stock eine Rutsche ins Freie. Sogar die Gestaltung des Gartens bot den Kindern allerlei Wunderbares: Zu Tieren und Puscheln getrimmte Büsche, Blumen in Pflanzgefäßen, die von geschnitzten Faunen getragen wurden, ein Süßwasserbrunnen, der sich auf bunt leuchtende Kacheln ergoss und bei warmem Wetter zum Plantschen einlud.

Die gesamte Nordwand des Spielhauses ließ sich wie ein Buchdeckel herunterklappen und gab eine Bühne frei, auf der das Kammerorchester des Avalon spielte. Dort konnten die Gäste auch an den vertrackten Spielen teilnehmen, die sich 411 für die Festgäste ausgedacht hatte, zum Beispiel eine Schnitzeljagd, bei der man die zweiten Vornamen möglichst vieler Leute erraten musste; 411 dachte sich gerne derlei Partytricks aus, um damit echte Gespräche in Gang zu bringen.

Alle Gäste waren maskiert.

Vor allem dieser Aspekt verriet die Handschrift von 411. Die kleinsten Kinder durften lustige, gruselige, charmante, unschuldige Papiermasken basteln, die jeder neue Gast bekam, wobei Hotelangestellte beim Umbinden halfen. Natürlich löschten die Masken die Identität ihrer Träger nicht vollständig aus, aber auf jeden Fall hatten alle das Gefühl, etwas versteckt zu sein. Das Gesicht war verborgen, und so konnte man tanzen, während Lieselotte Berger sich von ihrem Sturz erholte und der Krieg tobte.

Die Kinder schenkten June eine Maske mit einem kindlichen Brüllgesicht. *Ja,* dachte June, *gut so.* Normalerweise hätte das Personal sie sofort aus den Augenwinkeln wahrgenommen. Sie hätte immer wieder *Hoss* gehört, ständig hätte irgendwer die Hand ausgestreckt und mit den Fingerspitzen gegen ihre Fingerspitzen getippt. So aber schafften sie und die Dackel den ganzen Weg bis zum Spielhaus, ohne dass auch nur irgendwer irgendwas geflüstert hätte. Im Hauptraum, wo die Kinder kichernd mit den schönen Dingen spielten, kam ein bunt maskierter Mann auf sie zu. Die Maske grinste schief verzerrt, in Grün, Blau und Violett, und eine Stimme sagte: »Direktorin Hudson?«

June spürte ihren heißen Atem hinter der eigenen Maske. »Agent Tucker.«

Ohne noch etwas zu sagen, drehte sie sich um; Tucker folgte ihr.

Sie führte ihn in einen leeren, warmen, gelben Flur, wo sie sich hinkniete, um an der Bodenleiste gegen eine leicht erhabene geschnitzte Schnecke zu drücken. Eine Tapetentür sprang auf, gerade breit genug, um sie einzulassen. Dahinter befanden sich, fast so steil wie eine Leiter, schmale, hohe Stufen, mit Sternen, Blumen, Weinranken und Sonnen bemalt.

»Bleibt hier«, sagte sie zu den Dackeln. »Hier habt ihr keinen Platz.«

June und Tucker drehten sich seitlich und kletterten hinauf, wobei sie sich jeweils an der nächsten Stufe abstützten, und erreichten schließlich einen winzigen Raum mit Fenstern auf allen vier Seiten und Wänden voller bunt bemalter kleiner Schublädchen. Früher war auch der Boden bemalt gewesen, jetzt sah man größtenteils nur noch das blanke Holz.

»Weißt du, wo wir sind?«, fragte June.

»Die Kuppel?«, riet Tucker. »Unter der Wetterfahne. Was ist in diesen Schubladen?«

Sie zog eine auf und zeigte ihm den Inhalt: einen kleinen geschnitzten Bären, der Galoschen trug. Sie öffnete eine andere: eine Hexe mit Besen. Eine weitere: ein Frosch mit Krone. Spielsachen. Totems. Skurrilitäten im Taschenformat.

Tucker zog eine Schublade auf: ein Dackel in einer karierten Weste. June zog eine andere auf: ein grimmig blickender Ritter.

Mehrere Minuten lang herrschte Stille, bis auf das leise Scharren der sich öffnenden und schließenden Schubladen.

Dann sagte Tucker: »Ich habe die Mine geflutet. *Das* kam bei der Hintergrundüberprüfung heraus.«

June nahm ihre Maske ab. Er seine nicht. Sie spürte, wie er ihr Gesicht studierte, während sein eigenes hinter dem schiefen Grinsen verborgen lag. All ihre Jahre im Avalon hatten sie nicht auf diesen Moment vorbereitet, also tat sie einfach das, was sie schon vor ihrer Zeit im Hotel getan hätte: Sie hörte zu.

Leise erzählte Tucker die Geschichte:

Tucker ist sechzehn.

Sein Vater arbeitet in den Minen. Es ist eine ganz typische Geschichte. Anfangs lebt die Familie in einem Bergtal, zieht dann aber in die Firmensiedlung um, weil die Minenleitung ihre Arbeiter im Blick behalten möchte – und vor allem deshalb, weil es dort keine Gärten gibt, denn Arbeiter, die sich im Bergtal bequem selbst versorgen können, kehren nicht in die Minen zurück. Die Haut seines Vaters bleibt dunkel von der Kohle, egal, wie sehr er sich schrubbt. Das gilt auch für die Böden und Fensterbänke ihrer Siedlungshütte. Von den Freunden seines Vaters und den Ehemännern seiner Schwestern lernt Tucker, auf wie viele verschiedene Arten Menschen im Bergwerk sterben können: Explosionen, Gaslecks, Wasserlecks, Tunneleinstürze, Staublunge. Die Bergleute haben Namen für die verschiedenen Arten tödlicher Gase. Böse Wetter. Schlagwetter. Grubengas. Nachschwaden. Bei Unfällen sterben ein, zwei, vierzig, sechzig Bergleute auf einmal, manchmal sofort, manchmal erst, nachdem sie tagelang eingeschlossen gewesen waren.

Es gibt auch kleinere Verletzungen. Zerquetschte Hände, zerquetschte Füße. Bergwerksbesitzer, die heimlich das Gewicht der Loren reduzieren, um weniger zahlen zu müssen. Nach einem tödlichen Unfall droht den Witwen sofort die Zwangsräumung, ebenso Bergleuten, die man gewerkschaftlichen Engagements verdächtigt. Korruption, Einschüchterung, alltägliche Brutalität. Ein Gefühl der Entbehrlichkeit, der Unausweichlichkeit.

Es gibt immer mehr Männer, die bereit sind, unter Tage zu gehen.

Wo war ich stehengeblieben? Im Spielhaus, im Jetzt, hatte sich Tucker in seiner eigenen Vergangenheit verloren.

Du warst sechzehn, soufflierte June sanft.

Ich war sechzehn.

Mit den wilden Zwanzigern beginnen die Minenkriege. Tausende von Männern, darunter Tuckers Vater, erheben sich gegen die korrupte Privatdetektei Baldwin-Felts und die örtliche Polizei – so viele, dass die Regierung das Militär schickt, mit Luftunterstützung. Aber hier ist Tuckers Geschichte noch nicht zu Ende. Vielleicht wäre es sauberer gewesen, wenn Tuckers Vater in der Schlacht von Matewan oder in der Schlacht am Blair Mountain gefallen wäre. Aber es werden eine Million Schuss gewechselt, die geballte Macht der US-Regierung zwingt zehntausend Bergleute wieder in die Minen zurück, und die Gewerkschaften lösen sich auf. Auch Tuckers Vater geht wie alle anderen zurück an die Arbeit. Einen Monat später stürzt ein Stollen ein, und er wird an einem Ort getötet, an dem es keinen Ruhm zu ernten gibt. Die Ungerechtigkeit schnürt Tucker die Luft ab. Blair Mountain hätte zu einer Veränderung führen sollen. Als die Menschen sahen, was falsch und was richtig war, hätten sie sich für das Richtige entscheiden müssen.

Wo war ich stehengeblieben?

Du warst sechzehn.

Ich war sechzehn.

In der Woche nach dem Tod seines Vaters findet Tucker keinen Schlaf. Nach dem Stolleneinsturz hat das Süßwasser umzuschlagen begonnen und flüstert ihm nun einen Gedanken ein, den er nicht mehr loswird. Und zwar folgenden: Tucker kann die Mine fluten. Er weiß, dass das wahrscheinlich seinen eigenen Tod bedeuten wird. Aber er kann es nicht verdrängen. Mit gebrochenem Herzen, durch die himmelschreiende Ungerechtigkeit fast in den Wahnsinn getrieben, denkt er unaufhörlich darüber nach. Er will nicht sterben, aber andererseits denkt er, na, wenn schon? In Blair Mountain waren hunderte Menschen gestorben. Und alles nur dafür, dass sein Vater zurückkommt und wieder zur Arbeit geht, wie früher, und dabei umkommt, wie er es vorausgesehen hat. Wenn Tucker die Mine flutet, nimmt er den Bergbaufirmen etwas weg, das ihnen wichtig ist.

Er würde zur Symbolfigur werden wie Sid Hatfield. Es ist eine furchtbare Idee. Es ist eine unbezwingbare Idee. Sie fühlt sich falsch an, aber es hat sich sowieso schon immer alles falsch angefühlt.

In einer Vollmondnacht steht er auf, um es zu tun. Er will, dass die Bergbaufirma bezahlt. Er will, dass die Leute das Richtige tun. Und eigentlich will er, dass es jemand anderes für ihn tut. Aber da ist keiner. In der Mine kratzt er sich selber wund, um sich anzustacheln, sich in blinde Wut hineinzusteigern. Er spürt, wie sich der Kohlenstaub in den Wunden festsetzt, aber er glaubt nicht, dass es darauf jetzt noch groß ankommt. Seiner Mutter hatte er einen Zettel auf dem Küchentisch hinterlassen: *Weine nicht um mich, Mutter, ich tue das für sie, ich habe ein gutes Leben gehabt.*

Tucker trägt die Ausrüstung seines Vaters, als er in die Mine hinabsteigt. Er war schon einmal unter Tage; damals hatte er einen Blick in seine eigene Zukunft geworfen. Die vertraute Ausrüstung seines Vaters wappnet ihn gegen die Dunkelheit, eine Weile fühlt er sich ziemlich mächtig, während er auf die Stelle zusteuert, wo er den Sprengsatz zünden muss. Er ist ein einsamer Held, er wird in der Stadt unten bejubelt werden, er tut das, wovor andere Angst hatten. Doch als er das Ende des Stollens erreicht, laufen ihm stumme Tränen übers Gesicht, und sie versiegen auch nicht, als er die Wand prüft, um sicher zu sein, dass es die ist, die dem Fluss am nächsten liegt, und auch nicht, als er den Sprengstoff anbringt. Und auch nicht, als er rennt und ihm plötzlich fürchterlich bewusst wird, dass er erstens nicht überleben wird, und dass das hier zweitens ein Fehler ist, ein schrecklicher Fehler, denn er wollte doch gar nicht sterben, er wollte doch nur seinen Vater zurück.

Tucker erinnert sich an die herabstürzenden Felsen, die Druckwelle, die ihn umwirft, die erlöschende Laterne. Er erinnert sich daran, dass er es noch zur Leiter schafft, dann aber von der Flut erfasst wird. Er erinnert sich daran, wie sich die Luft in Wasser verwandelt.

Am nächsten Morgen, noch vor der Dämmerung, findet man Tucker weit, weit flussabwärts, zwischen den Felsen und den Schnecken und den Ruinen von Casto Springs. Die Mine ist zerstört. Das Süßwasser ist umgeschlagen, also ist auch Casto Springs zerstört, die Häuser durchtränkt mit Tuckers hässlichen Gefühlen, der Boden mit Schnecken übersät. Alle, die konnten, sind geflohen, und der Rest wird bald folgen und den Ort verlassen. Aber noch hat das Bergbauunternehmen nicht entdeckt, dass es alles verloren hat. Noch wurde Tucker nicht verhaftet, vor Gericht gestellt, für schuldig befunden, noch hat er nicht sein ganzes restliches Leben lang für diese Nacht bezahlt, aber all dies wird kommen. Er ist nicht gut im Lügen; tatsächlich hat er es bisher nur eine einziges Mal geschafft, zu lügen.

Was war denn das für eine Lüge?

Das erzähle ich dir gleich. Wo war ich stehengeblieben?

Man hatte dich gerade gefunden. Du warst sechzehn.

Ich war sechzehn.

Die Sache war die: Den jungen Tucker hatten die Erwachsenen schon immer gemocht. Ein Junge, wie dafür geschaffen, die Herzen derer zu brechen, die nicht so idealistisch sein konnten wie er. Und an diesem Morgen bricht er sie, als den älteren Männern klar wird, wer er ist und was er getan hat. Und als es dann den Ehefrauen, Schwestern und Müttern klar wird – da dauert es nicht lange, bis alle gemeinsam einen Plan geschmiedet haben. Er hat doch einen Cousin, Tucker Rye Minnick, der ein paar Jahre zuvor im Bergtal gestorben ist. Wer wusste schon von seinem Tod? Niemand. Aus dem Bergtal dringt nichts nach draußen. Und vom Alter her würde es gut passen. Es gab also wirklich keinen Grund, dass dieser tapfere, dumme Junge, der eben seinen Vater verloren hatte, jetzt auch noch seine Zukunft verlor, wo er doch gerade versucht hatte, das Richtige zu tun. Eine Handvoll Dollar aus dem Verkauf des Grundstücks, das dem berühmten Golden-Delicious-Apfelbaum am nächsten liegt, finanziert seine Flucht aus dem Bundesstaat, und damit ist die Verwandlung abgeschlossen.

Er hatte die Minen als Richard Monrow Minnick betreten. Er verließ sie als Tucker Rye Minnick. Richard Monrow Minnick starb im Kampf gegen die Ungerechtigkeit.

Tucker Rye Minnick lebte für den Kampf gegen die Ungerechtigkeit.

»Wo war ich stehengeblieben?«, fragte Tucker benommen.

Draußen wechselte das Kammerorchester zu einem Stück von Saint-Saëns.

Von hier aus konnte June den griesgrämigen Schweizer Dirigenten sehen, der beim Orchester stand, seine Miene hinter einem weinenden roten Gesicht verborgen, die Fingerknöchel an die Papierlippen gepresst. Der Cembalist neben ihm trug eine bange grüne Maske, auf die ein buschiger Bart gezeichnet war. Seine Finger streiften die Hand des Dirigenten.

June nahm Tuckers Maske ab. »So.«

Sofort kamen sie wieder zusammen. Es spielte keine Rolle, dass er gesagt hatte, er werde alles tun, um beim FBI zu bleiben; es spielte keine Rolle, dass sie dachte, sie hätte sich für das Hotel entschieden. Der Kuss im Auto – es war, als wäre seitdem überhaupt keine Zeit vergangen; stattdessen war der Kuss nur ein Vorspiel für diesen Moment gewesen. Sie konnten alles überspringen und direkt zu dem hier übergehen: Ihr Hemd lag auf dem Boden, seine Krawatte hing an einem Schubladenknauf, seine Dienstwaffe lag auf dem Boden neben der Treppe. Sie befreite ihn von seinen Hosenträgern, zerrte sein Hemd aus dem Hosenbund und ließ ihre Hände auf seiner Wirbelsäule, seinen Schulterblättern verweilen; ohne ihn mit Gilfoyle zu vergleichen, war ihr doch bewusst, worin er sich von ihm unterschied. Gilfoyle, sanft und erfahren, trickreich wie ein Zauberer. Tucker, muskulös und geradlinig, präzise wie ein Ingenieur. Sie presste ihre Wange an seinen Hals, neben seine Kohletätowierung, und er presste seine Wange in ihr Haar; so viel Nähe, so viel Hingabe.

Tucker war mit der Hand über ihren Bauch und zwischen ihre Beine geglitten, und jetzt kam sie ihm keuchend entgegen. Die Zeit dehnte sich und zog sich zusammen, June blieb in jeder Sekunde, es war warm, während ihr Farben vor den Augen explodierten und sie gleichzeitig ungeduldig vorwärtsdrängte. Sie presste die Hand auf die Vorderseite seiner Hose, und er stieß einfach nur einen Laut aus.

Sie erstarrten.

Da war etwas …

Er blinzelte, sie blinzelte, aber keiner von beiden sah den anderen wirklich an.

Sie lauschten angespannt, konzentriert.

Der Lärm draußen hatte eine andere Klangfarbe angenommen. Durchs Fenster beobachteten June und Tucker ein Fahrzeug, das die geschwungene Auffahrt entlang an den Festlichkeiten vorbeifuhr. Erkennbar, selbst auf diese Entfernung und in diesem Zustand: eine endlos lange Sportlimousine, Cremeweiß und Chrom, ein eleganter, wunderschöner Auburn.

Edgar Gilfoyle war zurückgekehrt.

Kapitel 24

Als Edgar Gilfoyle June das erste Mal seine Liebe erklärte, waren sie beide im Lily House gewesen.

Edgar Gilfoyle: Spielgefährte, Playboy. Nachdem sie Sandy aus dem Brunnen gezogen hatte, wurde June zunächst zum Abendessen bei den Gilfoyles eingeladen, dann zu Brettspielen in die Wohnung, zum Unterricht mit den anderen Geschwistern, dann nahm man sie mit zu Theaterstücken, Filmen und in den Urlaub, als eine der ihren. Wie sehr June sie alle liebte. Die übrigen liebte sie als Familie; Edgar liebte sie anders, immer schon, selbst damals schon. Im Avalon III küsste Edgar sie zum ersten Mal, nachdem er sie monatelang mit erst zufälligen, dann absichtlichen Berührungen im Korridor, unterm Tisch, im Swimmingpool verrückt gemacht hatte. Dann küsste sie ihn im Gewächshaus, und er küsste sie im Dienstaufzug auf der Fahrt hinunter zur Grotte. Sie spielten mit dem Rest der Familie Karten, die Knie unterm Tisch aneinandergepresst, und warteten darauf, dass die Nacht hereinbrach und alle zu Bett gingen, damit sie sich im Turm treffen konnten, einem abgelegenen Raum, der die Wohnung um ein Stockwerk erweiterte. Sie verbrachten jeden Moment zusammen, wobei er las, sie ihre Notizen studierte oder ihn beim Krocket oder Winnet schlug. *Ich denke die ganze Zeit an dich.*

Dann ging er fort, ins Internat, und June wurde völlig von ihrer Ausbildung bei Mr. Francis vereinnahmt, doch wenn Edgar in den Ferien zurückkam, war es, als wäre keine Zeit vergangen. Der einzige Unterschied zu früher bestand darin, dass sein Mund und seine Hände immer geschickter und routinierter wurden. *Wo hast du das gelernt?*, flüsterte June ihm zu, und er flüsterte zurück, *Was glaubst du, was sie uns Jungs in der Schule beibringen?*

Edgar Gilfoyle: Spielgefährte, Playboy. June hatte genau gesehen, wozu er sich entwickelte: zu einem gut aussehenden, selbstbewussten, leidenschaftlichen, begehrten jungen Mann. Im Gegensatz zu dem, was in den Zeitungen stand, hakte er Beziehungen aber nicht herzlos ab. Er empfand jede Beziehung ganz intensiv; im letzten Schuljahr hörte June alles darüber, in kumpelhaft vertrauten wöchentlichen Briefen und Anrufen. Er umwarb, eroberte, liebte und verlor Menschen schneller als jeder andere Mensch, den June kannte. Er erlitt allwöchentlich neuen Kummer, neue Versuchungen und Liebesqualen, und die Diana Goelets, die Mary Rockefellers, die Irma Goldbergs, Eugenie Vanderbilts waren alles Ernstfälle.

Leider hatte June, als sie jünger war, geglaubt, wenn Edgar seiner Dianas, Marys, Irmas, Eugenies irgendwann überdrüssig wäre – und das würde doch sicher so kommen, denn sie kannten ihn nicht, June aber kannte ihn wohl –, würde er ins Avalon zurückkehren und mit einem Seufzer der Erleichterung feststellen, dass sie noch da war.

Zweiter Stock des Lily House, zu Hause in den Ferien. Ein Sommergewitter rumpelte auf der anderen Seite der Berge, hatte das Avalon aber noch nicht erreicht. Mr. Francis hatte soeben das Wasser in Balance gebracht, und alles fühlte sich ganz frisch und neu an. Zu diesem Zeitpunkt war June Personalchefin und gerade in ihre Kellerwohnung gezogen. Mr. Francis lag nach dem Aufenthalt im Avalon IV irgendwo in einem dunklen Zimmer und erholte sich von der Anstrengung, die es bedeutete, Sorgen und Nöte eines ganzen Hotels in sich aufzunehmen, und Madeline schickte June und Gilfoyle ins Lily House, um neue Vorhänge aufzuhängen, weil der Besuch einer Tante bevorstand. June hätte problemlos zwei Dienstmädchen darum bitten können, um ihren eigenen freien Tag zu genießen, aber sie nahm die Aufgabe an, um Madeline ihren Freiraum zu geben.

Gilfoyle legte eine Schallplatte auf, während sie einen Stuhl ans Fenster schleppte, um zu den Gardinenstangen hinaufzureichen. June, die Arme nach oben gereckt, spürte Gilfoyles Hände auf ihrem nun entblößten Rücken und ließ sich von ihm herunterheben. Kate Smith sang innig im Hintergrund (*»I've waited long in vain for you, dear«*), während June und Edgar in langsamen Kreisen durchs Zimmer tanzten, über die neuen Vorhänge hinweg, die vergessen auf dem Fußboden lagen. Er flüsterte ihr behutsam ins Ohr, probierte es aus: »Ich liebe dich, June.«

Sie hatte ihn damals nur angelächelt, denn sie zweifelte nicht daran.

Ach, das bittersüße Geschenk des Lily House! Sie würde es allein bewohnen müssen. Und es war doch so viel größer als eine Limousine.

»Ich wusste nicht, dass du kommst«, sagte June. »Es ist gar nichts für dich vorbereitet.«

Wenn sich Mitglieder der Familie Gilfoyle im Avalon aufhielten, brauchten sie üblicherweise ein Riesenaufgebot an Personal, das nur für sie zuständig war. Eine der zerfledderten Kladden im Büro listete das gesamte Protokoll für Mahlzeiten, Reinigung, Wäsche, Freizeit sowie die persönlichen Wünsche der einzelnen Familienmitglieder auf (June war es peinlich, dass sie einst eine fiktive Liste ihrer eigenen Wünsche erstellt hatte, aber sie hatte diese Seite längst herausgerissen und weggeworfen).

(Bett vorwärmen
Geißblattpuder im Badezimmer
Gelbe Rosen auf dem Tisch
Briefpapier im Wohnzimmer)

»Oh, das macht nichts«, sagte Gilfoyle. »Wir müssen reden, June, später, wir müssen reden.«

June und nicht Miss Hudson, und alle in der Lobby starrten die beiden an, einige noch hinter Masken versteckt. June stand wie angewurzelt.

»Wann?«

Gilfoyle sah auf seine Armbanduhr – gewiss ging sie nicht richtig, seine Uhren gingen nie richtig – und dann auf die Uhr hinter der Rezeption. Er schien zu merken, dass das Personal ihn beobachtete, denn er runzelte die Stirn. »Heute Abend, Miss Hudson.«

Zwischen jetzt und heute Abend lag Pennybacker, der sie in seine Suite rufen ließ, mehrere luftige, blaugrüne Zimmer mit Blick nach Westen auf die Berge. Ein einzelner gewundener Reitweg führte auf dieser Seite des Anwesens über die Felder und in die Wälder; folgte man ihm lange genug, kam man nach Casto Springs. Die Suite selbst war in die Art von Chaos versunken, die nur bei einem Langzeitgast zu beobachten ist. Nicht gefaltete Socken waren das geringste von Pennybackers Problemen. Er saß am Schreibtisch, einen Stift in der geballten Faust, mit zerknittertem Hemd und ungekämmtem Haar.

June trat ein und beäugte das Frühstückstablett am Fußende des Bettes; ein zerknülltes Blatt Papier lag halb ins getrocknete Ei getaucht. »Mr. Pennybacker, ich bin sicher, die Grotte würde Ihnen sehr gerne etwas Warmes zu essen zubereiten.«

Er wedelte June nur mit der Hand zu, sie solle die Tür schließen, dann sagte er: »Sie hatten recht mit dem dritten Brief. Sie wirbt um mich. Meine Frau. Mrs. Pennybacker.«

»Na dann, herzlichen Glückwunsch.«

»Ihnen auch«, sagte er. Angesichts ihrer verwirrten Miene fügte er verlegen hinzu: »Ich dachte, Mr. Gilfoyle sei hierhergeeilt, um Ihnen die Neuigkeiten mitzuteilen. Der Zug steht fest. Morgen um Mitternacht. Es ist geschafft.«

June war sich so sicher gewesen, dass es um Sebastians Verhaftung gehen würde, dass sie Pennybacker gar nicht gleich verstand. Sie merkte, dass sie seine Aussage in einzelne Worte zerlegen musste. Zug. Morgen. Mitternacht. Geschafft.

Zug.

Morgen.

Mitternacht.

Geschafft.

»Ich weiß«, sagte er. »Nach so langer Zeit. Ich kann es ja selbst kaum fassen. Aber jetzt ist endlich alles in Ordnung, vor allem dank Ihnen. Ohne Hertha, wer weiß, wie lange das noch so weitergegangen wäre.«

June fragte sich, wie Sabine die Nachricht aufnehmen würde. Oder vielleicht hatte Pennybacker es ihr schon gesagt. Im Übrigen hatte sie Sabine Wolf nicht bei der Hochzeitsfeier gesehen, nur das allgegenwärtige Trio, Friedrich, Dr. Kirsch und Lothar Liebe, die die deutsche Delegation im Auge behielten. »Und wie wird das nun gehen, wenn Hannelore allein zurückbleibt?«

Pennybacker legte langsam den Stift weg.

Er brauchte nichts zu sagen. Die unausgesprochenen Worte brüllten ihr entgegen.

»Nein!«, sagte June: »Nein, ich weigere mich, das zu akzeptieren. Warum nicht?«

Er wich ihrem Blick aus.

»Ihr Burschen seid hier eingefallen«, rief June, »und habt mir fast mein Hotel ruiniert! Die Sommersaison kann ich vergessen! Die Einberufungen haben mein Personal ausgedünnt, und ich hatte nicht mal eine Woche Vorlauf, um zu wissen, wann ich neue Leute einstellen kann. Ihr habt gerade meinen Oberkellner verhaftet. Und das alles zum Discount-Tarif, was bedeutet, dass wir euch für das Privileg, hier bei uns Leute unterzubringen, die sich über meine Mitarbeiter lustig machen, wenn sie ihnen Kaffee servieren, auch noch bezahlen.

Alles, was ich von Ihnen verlange, ist, diese eine Sache möglich zu machen: dass ein einziges Mädchen hierbleibt! Ich habe Ihnen Hertha gegeben. Das sind Sie mir schuldig.«

Er war verlegen. »Das State Department will sie einfach nicht hierbehalten.«

»Nein«, wiederholte June. »Ich weiß, dass Sie über bürokratische Macht verfügen. Ich weiß, wie Macht riecht. Und Sie riechen danach.«

»Miss Hudson, Hannelore hat hier keinen Vormund«, erwiderte Pennybacker. »Die Wolfs sind nicht vermögend genug, um finanzielle Mittel für ihre Betreuung aufzubringen. Und an ihren Eltern kommt man nun mal nicht vorbei – wollen Sie Hannelores Akte sehen? Das ist es, womit ich zu kämpfen habe.«

Er erhob sich von seinem Schreibtisch, wühlte in einem Haufen Papieren, die komplett seine offenen Koffer bedeckte, und warf June einige davon in den Schoß. Eines war ein Zeitungsartikel, den Friedrich Wolf zur Verteidigung der NSDAP geschrieben hatte. Dann war da eine Einladung zu einer Party zu Ehren von Hitlers Geburtstag, organisiert von Sabine Wolf im vergangenen April. Hier eine Erklärung der Gattin eines Senators, Friedrich Wolf habe Hitlers Meinung erörtert, deutsche Geschäftsleute, die Mitleid mit Juden empfänden, hätten kein Gewissen. Dort ein Foto von Sabine Wolf während eines Staatsbesuchs in Deutschland, wo sie an einer Parteiveranstaltung teilnahm. Hier eine Liste ihrer engsten Freunde und Familienmitglieder in Deutschland und rechts neben deren Namen ihre verschiedenen Positionen innerhalb der Nazi-Partei. Ein hektisches Gesellschaftsleben mit zahllosen Terminen; June hatte das schon einmal gesehen. Allerdings mit einem entscheidenden Unterschied: Das soziale Netz der Gilfoyles bestand aus altem Geldadel und Leuten mit großem Einfluss.

Das Netz der Wolfs bestand aus lauter Nazis.

Hannelores ungewöhnliche Persönlichkeit hatte das Leben ihrer Eltern nicht verändert, sondern nur komplizierter gemacht.

June dachte daran, dass Sabine nie darum gebeten hatte, gemeinsam mit ihrer Tochter zurückzubleiben.

In Junes Ohren zischte es, Wasser rauschte durch Höhlen. Sie hatte Sabine auf der Bank am Winnet-Gelände getröstet. Ihr Dinge versprochen wie anderen Gästen auch, ohne zu fragen, ob Sabine es verdient hatte. Wer waren die Morgans außerhalb des Hotels? Wer war Sabine Wolf? Das hatte keine Rolle zu spielen.

Aber es spielte eben doch eine Rolle. Sie konnte sich nicht vorstellen, dass es in Zukunft jemals wieder keine Rolle spielen würde.

Pennybacker klang müde. »Sie werden verstehen, dass das State Department wenig Mitgefühl mit der kleinen Hannelore Wolf hat.«

Nein, June verstand das nicht. Was war June in diesem Alter gewesen? Ein stummes halb verwaistes Zimmermädchen in einem Hotel, keine Bergdörflerin mehr, aber auch noch keine Gilfoyle ehrenhalber. Hannelore hatte ihr ganzes Leben noch vor sich, ungeachtet ihrer Herkunft.

»Aber Hannelore ist doch noch ein Kind«, sagte June.

»Genau deshalb habe ich ja auch mein Bestes gegeben.«

»Und Sie können nachts schlafen?«

»Schlafen! Ich arbeite gegen diese mörderische Herrin, die Zeit.« Pennybacker warf ihr einen Brief zu, der neben ihren Füßen auf den Teppich segelte, und sie dachte an jenen lang zurückliegenden Tag im Ballsaal, als Erich, Paul und Sebastian Papierflugzeuge gebastelt hatten, die in Junes Brunnen gelandet waren. Erich, der in Kürze Amerikaner vom Himmel schießen würde; Sebastian, der in Kürze vor Gericht gestellt würde, weil er einer Deutschen zur Flucht aus dem Hotel verholfen hatte. Pennybacker fuhr fort: »Ich kann Ihnen unterm Siegel höchster Verschwiegenheit mitteilen, dass sich in jenem deutschen Hotel tatsächlich amerikanische Spione befinden, und wenn sie entdeckt werden, bringt man sie um. Die Zeit arbeitet gegen mich. Miss Hudson, was steht in dem Brief?«

Mit einem sehr flauen Gefühl im Magen legte June den Brief auf den Schreibtisch zurück. »Dass die Amerikaner verhungern.«

»Die diplomatische Reziprozität ist ein Schwindel, sei es durch einen Mangel an Prinzipien oder durch ein fehlendes Angebot. Die Amerikaner in Bad Nauheim verlieren seit Dezember immer mehr Gewicht. Die Amerikaner in Japan sind ... der Gedanke ist unerträglich. Verstehen Sie, wir müssen diese Leute zurückholen. Das Schicksal dieses merkwürdigen Mädchens geht mir sehr nahe, und ich würde sogar so weit gehen, sie bei mir aufzunehmen, wenn es nur um die Frage ihrer Unterbringung ginge, aber die Diplomaten in diesem Hotel sind nur ein kleiner Teil eines größeren Räderwerks: Ein Zug holt sie ab; ein Hotel in Jersey City wartet auf sie; das Schiff, das sie dort an Bord nimmt, ist nur mit viel Glück deutschen U-Boot-Rudeln entronnen, eine genau dokumentierte und zeitlich festgelegte Route für ihre sichere Überfahrt zurück nach Europa wurde einem Meer voller Verbrecher mitgeteilt, die sich bereit erklären, ihre Schandtaten vorübergehend einzustellen; spiegelbildlich zu dieser ganzen Inszenierung warten auf der anderen Seite des Ozeans ganze Hotels voll gefährdeter Amerikaner. Wenn irgendetwas davon schiefgeht, wer weiß, wie lange es dauern wird, bis all diese Umstände noch einmal genau so zusammentreffen. Ich habe stets versucht – und versuche es weiterhin –, so viele Leben wie möglich zu retten.«

June war sich bewusst, dass dieses Gespräch für sie für immer mit diesem Raum verknüpft bleiben würde. Nie wieder würde sie diese Suite betreten können, ohne sich an den Brief zu erinnern, in dem festgehalten wurde, wie viel Gewicht die amerikanischen Diplomaten und ihre Familien verloren hatten, während sie auf den Abschluss der Verhandlungen warteten. Es gab unzählige Zimmer in ihrem Hotel, die nun dauerhaft mit dem Krieg verknüpft waren.

Und das Spielhaus war untrennbar mit Tucker verbunden. Was sollte sie nur mit Tucker machen? Ein Tag. Für all das blieb ihr nur noch ein einziger Tag.

»Miss Hudson«, sagte Pennybacker mitfühlend. »Es ist nicht alles schlecht. Ich habe das State Department davon überzeugt, dass der Selbstmordversuch Lieselotte Bergers die Reaktion einer unschuldigen Frau war, und dank Hertha sind die Zahlen aufgegangen. Ihr haben Sie ein Leben in Amerika geschenkt. Das haben Sie großartig gemacht. Es ist nicht Ihre Schuld, dass der Krieg die Hölle ist, und in der Hölle muss man eben leider Kompromisse eingehen.«

Zug.

Morgen.

Mitternacht.

Geschafft.

»Und Sebastian?«, fragte sie. »Sebastian Hepp?«

»Mr. Hepp wird im Zug mit bis nach Washington fahren«, erwiderte Pennybacker. »Miss Hudson, wir können nur weiterhin unser Bestes tun.«

Was hatte Sabine Wolf vor vielen Wochen gesagt? *Es gibt absolut nichts, was Sie tun können, Miss Hudson.*

Jetzt äußerte Pennybacker genau das Gleiche in Bezug auf sich selbst.

June hob das Frühstückstablett vom Bett, wie damals als Zimmermädchen, und sagte: »Ich lasse Ihnen von der Grotte eine anständige Mahlzeit raufbringen.«

Die Nachricht von der bevorstehenden Ankunft des Zugs verbreitete sich im Hotel so, wie es bei offenen Geheimnissen üblich war: Die Angestellten im Officebereich informierten das Personal im Servicebereich, und so erreichte die Nachricht auch die Gäste, und der Klatsch trieb üppige, grelle Blüten.

June musste unbedingt mit Tucker reden.

Aber zuerst stand eine Besprechung mit ihren Ladenbesitzern auf dem Plan, die wissen wollten, ob die strikten Beschränkungen für einige Waren weiterhin galten, wo den Gästen doch nur noch ein letzter Tag zum Einkaufen blieb. Dann musste sie sich mit Griff treffen, um den Personaleinsatz für den konkreten Abfahrtstag zu koordinieren; der Zug sollte um Mitternacht abfahren, um Journalisten und Schaulustigen, aber auch dem Tagespersonal auszuweichen. Das Budget des State Departments erlaubte keine zusätzliche Bezahlung; als Lohn bekamen die Kofferträger stattdessen einen zusätzlichen freien Tag. Dann folgte ein Treffen mit Friedrich Wolf und Takeo Nishimura; die Diplomaten wollten, dass in den Stunden vor der Abreise reichlich Alkohol floss, und waren bereit, dafür aufzukommen. June verhielt sich so professionell wie möglich und versicherte ihnen, dass sie sich mit der Grotte absprechen würde. Dann sprach sie mit Fortéscue, um die letzten Bestellungen für Mahlzeiten und Proviant zu koordinieren, dann mit den Schweizern, die sicherstellen wollten, dass einige wichtige Postsendungen bezüglich des Verkaufs von Vermögenswerten noch vor der Abreise der Diplomaten auf den Weg gebracht wurden.

Der Abend schien immer weiter weg, aber als sie draußen an einem der Wachtürme Tuckers Silhouette erblickte, dachte sie, dass sie vielleicht noch einmal zu ihm gelangen konnte, ohne vom Personal gesehen zu werden, wenn sie den Personalaufzug benutzte, in dem angeblich Mr. Francis spukte.

Aber sie kam nicht weit. Im dritten Stock öffneten sich vorzeitig die Türen; dort herrschte Tumult. Dienstmädchen standen in einem Knäuel im Korridor zusammen und riefen aufgeregt durcheinander.

Mattie Howard hatte den Aufzug gerufen; ihr Finger schwebte noch über dem Knopf. Als sie June sah, glitt ein Ausdruck der Erleichterung über ihr Gesicht.

»Wollen Sie rauf oder runter, Hoss?«, fragte sie.

Ganz offensichtlich war die einzig richtige Antwort *raus*. June trat in den Korridor.

Im Zentrum der Aufmerksamkeit stand ein Dienstmädchen, das von manchen Carol Drei genannt wurde, weil sie schon die dritte Carol war, die June als Hausdame eingestellt hatte. Carol lag auf den Knien, die Stirn auf den Teppich gepresst. Es war eine große, aufrichtige, sehr intime Gebärde. Die anderen Zimmermädchen pressten die Hände vor den Mund, umschlangen sich selbst mit den Armen, klammerten sich aneinander – banalere, alltäglichere Gesten des Schocks und des Kummers.

Stumm reichten sie June ein Päckchen.

Es handelte sich um ein Bündel von etwa vierzig zerknitterten, zusammengeschnürten Briefumschlägen.

In der linken Ecke des obersten Briefs sah June Carols Namen in mädchenhafter Schrift. Adressiert war der Brief an Carols Ehemann, mit dem sie im Jahr zuvor getraut worden war, in einem stillen Gottesdienst, dem June beigewohnt hatte. Es war sehr schön gewesen. Carol und ihr Mann hatten zu jenem Zeitpunkt bereits ein gemeinsames Kind gehabt, das gerade laufen lernte und ihnen den Ring brachte, obwohl es mehrfach stolperte. June hatte die schlichte Einladung irgendwo in einer Schublade liegen.

Jetzt hielt sie das Briefbündel in der Hand. Über der handschriftlichen Empfänger- und Absenderadresse befand sich in Blockbuchstaben ein Stempelaufdruck:

ZURÜCK AN ABSENDER

VERSTORBEN

Der nächste Umschlag sah genauso aus. Und der übernächste. Langsam begriff June, was sie da vor sich hatte und warum Carol in dieser stumm flehenden Gebärde auf den Knien lag.

Wie viele Monate lang hatte sie einer Leiche geschrieben? Wieso war das offizielle Telegramm mit der Todesnachricht nicht vor diesem Briefbündel hier eingetroffen?

June stand mehrere Sekunden lang da und betrachtete nur die Briefe, den fetten Stempelaufdruck, die weinenden Dienstmädchen und erwiderte Matties wissenden traurigen Blick. Es gab nichts zu tun, aber das reichte nicht.

Also machte June einen Plan, wie immer, obwohl er kaum etwas ändern würde.

Sie sagte: »Mattie, geh zu Toad und kümmere dich um Carols Beurlaubung. Wilma, Joan, bringt sie sicher nach Hause. Mädchen, wascht eure Gesichter und geht zurück an die Arbeit, wir reden später darüber.«

Dann sank June neben Carol auf die Knie, nahm ihren Kopf in beide Hände und wandte ihr Gesicht sanft vom Boden ab.

Carols Augen waren trocken, tot und leer; sie sah aus, als wäre sie gerade aus dem Avalon IV zurückgekehrt. June strich der jungen Frau wie einem kleinen Mädchen das Haar aus der Stirn und sagte: »Das tut weh. Und es wird lange Zeit weh tun. Aber Sie müssen jetzt tapfer sein und nach Hause gehen und für Ihren kleinen Jungen da sein.«

Um sie herum waren die alltäglichen Geräusche des Hotels zu hören. Das entfernte Dröhnen eines Staubsaugers. Das Klirren der Tabletts des Zimmerservice. Fröhliches Stimmengemurmel auf den anderen Etagen, die der Tod noch nicht berührt hatte.

Carol stand auf und starrte auf den Flur, als würde sie ihn nicht wiedererkennen. June wusste, wie sie sich fühlte.

Die Aufzugstüren öffneten sich. June und die übrigen Dienstmädchen blickten auf die Stelle, an der Mr. Francis gestorben war.

Mattie flüsterte: »Hoss, das Wasser …«

»Überlassen Sie das Wasser mir«, erwiderte June.

Edgar Gilfoyle. Spielgefährte, Playboy. Jetzt war es endlich Abend, und June saß wieder mit Gilfoyle zusammen, diesmal in der großen Hotelbar. Außer ihnen war niemand in der Bar, bis auf Tucker, der, obwohl Gilfoyle sich beim Eintreten demonstrativ räusperte, nicht reagierte. Er saß am Ende der Bar, blätterte in Dokumenten und trank ein Sodawasser, mit einer Limette am Glasrand. June hatte gedacht, er sei um diese Zeit im Trillium House, aber vielleicht hatte auch er versucht, einen Moment zu finden, um mit ihr zu sprechen. Jetzt schien er so in seine Papiere vertieft, als wäre er ganz allein hier.

Gilfoyle wählte eine abgelegene Sitzecke für sich und June. Er war ein attraktives Klischee hier in der Bar, die ihm gehörte, den Arm lässig über die Rücklehne der Lederbank drapiert, das Haar zerwuschelt, das Profil markant wie von einem Bildhauer gemeißelt. Der Liebling der Klatschspalten, Edgar Gilfoyle, flotter Wagen, flottes Leben, ein Mann, der Nerzüberziehstiefel kaufte.

Im Nu erschien ein tadellos gekleideter Kellner am Tisch und servierte ihnen ihre Drinks – einen Peter-Dawson-Scotch für June, einen Sidecar für Gilfoyle.

»Wie können die sich nach all der Zeit noch daran erinnern?«, wunderte sich Gilfoyle.

Sie erinnerten sich deshalb, weil hinter der Theke, wie auch in fast allen anderen Abteilungen des Hotels, ein Zettel klebte, auf dem *Familie Gilfoyle* stand und auf dem deren Vorlieben aufgelistet waren, aber June erwiderte: »Magie.«

»Erzähl mir etwas, das nur du mir erzählen kannst. Erzähl mir eine Gutenachtgeschichte über die Finanzen. Eine Geschichte, die von Rationierung handelt, von der Sommersaison. Wie geht es uns so?«

»Willst du das wirklich hören?«

Wahrscheinlich tat er nur so, als ob es ihn interessierte, aber June gab ihm dieselben Informationen, die sie am Ende des Quartals den Abteilungsleitungen gab, dieselben Informationen, die sie mit der Buchhaltung und der Veranstaltungskoordination besprochen hatte und mit allen, die sonst noch mit daran beteiligt waren, das Zirkuszelt aufzuschlagen, das die finanzielle Landschaft des Avalon darstellte. Gilfoyle hörte zu, schwenkte seinen Drink und zündete sich eine Zigarette an.

Schließlich sagte er: »Weißt du was? Mich hat neulich eine Frau angespuckt.«

Also hatten ihn die Finanzen wirklich nicht interessiert.

»Das kann nicht so überraschend gewesen sein, wie du es darstellst«, sagte June.

»Ich kam gerade aus dem New Yorker Büro und ging die Straße entlang, und sie kam direkt auf mich zu und spuckte mich an. Nein, stopp, mach jetzt keinen Witz darüber. Sie sagte zu mir: ›Schämen Sie sich nicht?‹, weil ich keine Uniform trug. Außerhalb des Avalon trägt schließlich jeder Uniform, der einigermaßen geradeaus gehen kann. ›Schämen Sie sich nicht?‹, fragte sie und meinte damit, dass die anderen kämpften und ich nicht.«

»Und du hast dich geschämt.«

»Ja.«

Sie stellte es sich vor. Die Frau, die sich ihm mit erhobener Stimme näherte. Gilfoyles Kinn, das bei dieser Demütigung zuckte, seine alte Gewohnheit. Es war ein unschönes Bild, das zu den vielen unschönen Bildern dieses Tages hinzukam, aber June sprach einfach weiter. Er wollte getröstet werden, also tröstete sie ihn. »Hast du dich da denn zum ersten Mal geschämt?«

»Du bist nicht witzig.« Unter dem Tisch berührte sein Bein ihres. Erinnerungen flammten in ihr auf. Er hatte sie vor dem Personal June genannt, nicht Miss Hudson. Sie saßen hier zusammen an der Hotelbar, wo jeder sie sehen konnte. June bildete sich nicht ein, dass sich irgendetwas geändert hatte.

»Das meinst auch nur du. Ich hab gehört, du hast mit dieser Goelet Schluss gemacht.«

»Gott. Ja. Diana. Wie schade. Aber es steht alles zum Besten, weil du …« Er brach ab. Mit der Zigarette winkte er dem Kellner, der ihm einen weiteren Drink brachte. »Das schmeckt nach Nostalgie«, sagte Gilfoyle. »Erinnerst du dich an die schreckliche Feier zum Vierten Juli bei den Palmers?«

»Ich erinnere mich, dass du dich übergeben hast.«

»Das tut mir leid, ich weiß, dass du diese Schuhe mochtest.«

Dieses dahinplätschernde Geplauder war so vertraut, so ungezwungen. Aber es ließ zu viel Raum für Junes Gedanken. Die wanderten zu Hannelore, zu Carol, zu Sebastian, zu Tucker hinter seiner Maske. Sie fragte: »Was wolltest du vorhin sagen? Nach Diana. Du sagtest ›Weil du‹. Erzähl's mir aber nicht, wenn es langweilig oder widerwärtig ist.«

Er lachte. »Typisch June Hudson. Ich vergesse immer, wie hundertprozentig du June Hudson bist.«

»Ich vergesse das nie. Das ist mein Geheimnis.«

»Dann werde ich auch mal versuchen, etwas mehr wie June Hudson zu sein«, sagte er. »Ich habe gerade darüber nachgedacht, wie das alles hier weitergehen soll. Vater hat mir vom Lily House erzählt, und ich dachte, vielleicht ist diese ganze Sache … vielleicht ist es einfacher, wenn wir … es ist alles wegen Sandy, weißt du. Er hat mich dazu gebracht, jeden meiner Schritte zu überdenken. Das wollte ich vorhin sagen. So scheußlich, sein Zustand. Dass das passieren musste.«

Im Augenwinkel nahm June eine Bewegung wahr; Tucker an der Bar bewegte den Kopf. Er blickte immer noch auf seine Papiere, das

Kinn auf die Schulter gepresst, aber sie kannte diese Haltung; er lauschte.

»Als diese Frau mich angespuckt hat, habe ich an Sandy gedacht«, sagte Gilfoyle jetzt. »Er hat sich freiwillig gemeldet. Vielleicht wäre er inzwischen sowieso eingezogen worden, aber das spielt keine Rolle, wichtig ist, dass er sich freiwillig gemeldet hat. Er war immer so ein guter Mensch. Warum war er nicht einfach eine kleine Ratte? Dann könnten wir jetzt alle sagen: ›Geschieht ihm recht‹ und andere lieblose Gedanken haben.«

»Stattdessen sind wir die kleinen Ratten«, meinte June.

»Du nicht. Aber ich«, sagte Gilfoyle. »Quält es dich, über ihn zu reden?«

June blinzelte. Noch weinte sie nicht, aber sie war sich nicht sicher, was passieren würde, wenn sie weiter über ihn sprachen. Ja, es quälte sie. Der pflichtbewusste Sandy, der ihr angeboten hatte, dazubleiben, wenn sie ihn darum bitten würde. Diese ganzen Vorgänge hier, die jetzt zu einem Ende fanden. Ihre Stammgäste, bald wieder da. Die Limousine, das Lily House. Sabine, die recht damit hatte, dass Hannelore gar keine Zeit bleiben würde, sich besser in der Welt zurechtzufinden. Lieselotte Berger, die lieber sterben wollte, als nach Deutschland zurückzukehren. Carols und Erich von Limburg-Stirums vergebliche Hochzeiten. Der Cembalist, der die Hand des Dirigenten berührte, am letzten Tag. Gilfoyles Satz *Ich habe gerade darüber nachgedacht, wie das alles hier weitergehen soll.* Sie wusste, was er damit meinte. Nach all der Zeit. Und doch … sie blinzelte erneut. Dieser verdammte Whiskey!

»Ah, Junebug«, sagte Gilfoyle. Er nahm ihre Hand in seine Hände. Sie roch den Limettenduft seines Cocktails und sein würziges Dunhill Eau de Cologne. In dieser Nähe entfaltete sich seine physische Anziehungskraft; er hatte schon immer geschickte Hände gehabt. »Ich vermisse ihn auch«, sagte er. »Ich frage mich ständig, was ich für ihn tun kann. Wie ist er nur in diese Lage geraten? Wie fühlt er sich jetzt? Leidet er? Wenn ich doch nur …«

Ein lautes Scharren übertönte den Rest des Satzes. Beide blickten auf und sahen, dass Tucker seinen Barhocker beim Aufstehen aggressiv zurückgeschoben hatte. Er stützte sich mit der Handfläche auf die Theke wie ein Betrunkener, obwohl er nur Sodawasser getrunken hatte.

Als er sich ihrem Tisch näherte, sah Tucker etwas anders aus als sonst – die schummrig-dramatische Beleuchtung tauchte ihn halb in Schatten, halb in ein höllisches Neonrot. Er wirkte kantiger, jünger und weniger selbstsicher. Sein Körper erinnerte sich daran, dass er hier geboren worden war; das Süßwasser erinnerte sich an ihn.

»Mr. Gilfoyle«, sagte er knapp, »ich muss Sie sprechen.«

»Es ist gleich drei Uhr morgens, Agent«, sagte Gilfoyle. »Ich suche Sie morgen auf.«

Jeder andere in diesem Hotel hätte Edgar Gilfoyle nachgegeben, aber Tucker stand einfach da, breitbeinig, mit verschränkten Armen, wie ein Boxer. June hätte diese Silhouette in jeder Beleuchtung erkannt. Tucker starrte auf Gilfoyles Hände, die Junes Hand umschlossen hielten.

»Merken Sie denn nicht, was hier vorgeht?«, fragte Gilfoyle.

In Tuckers Tonfall knirschte heißer Kohlenstaub. »Sie können froh sein, dass ich so lange dazu gebraucht habe.«

Gilfoyle ließ Junes Hand los. »Was soll das heißen?«

»Fordern Sie mich nicht heraus, Mr. Gilfoyle, nicht um diese Uhrzeit, es war ein sehr langer Tag«, fuhr Tucker ihn an. Er wandte sich June zu. »Miss Hudson –«

June blickte zu ihm auf. Ihr tat alles weh, sie fühlte sich wie zerschlagen und kam sich so klein vor wie ein Cocktailschirmchen. Gilfoyle, Spielgefährte, Playboy, hatte den Rest seines Drinks ausgetrunken, war aufgestanden und neben Tucker getreten, um zu gehen. Gilfoyle hatte gesagt, er müsse mit June sprechen, aber hatte er auch gesagt, worum es gehen würde? Nein. Sie spürte die Umrisse des Unausgesprochenen direkt neben dem, was gesagt worden war. Tuckers Hand um ihre Hand, ihr Gesicht an seine Kohletätowierung gepresst, während die Tage bis zur Ankunft des Zugs vergingen. Sie wünschte sich, sie wünschte sich, sie wünschte sich … würde das jemals enden, dieses Wünschen, dies Nie-Bekommen, diese nie schrumpfende Kluft zwischen Verlangen und Wirklichkeit. Verdammter Whiskey; sie spürte, dass ihre Augen wieder brannten.

»Miss Hudson«, sagte Tucker, »Sie haben ihn bald wieder.«

Kapitel 25

Tucker versuchte, seine Wut abzuschütteln, als er das vorgespielte Treffen mit Gilfoyle verließ; vergeblich. Er versuchte, sie durch rasches Gehen loszuwerden; vergeblich. Er spürte, wie sie durch ihn hindurchströmte, so wie das Wasser unter dem Hotel und durch das Hotel hindurchfloss, und jedes Mal, wenn sich die Wut abzukühlen begann, kochte ein Satz aus dem belauschten Gespräch in ihm hoch. Wie konnte Edgar Gilfoyle es wagen, sich auf seinen Bruder Sandy zu berufen.

Im Untergeschoss, auf dem Weg zur Grotte, entdeckte Tucker Pony und eine Telefonistin, die sich die Zeit vertrieben. Zuvor hatte er neben seinen aktuellen Notizen jenes letzte Telegramm aus Washington auf seinem Schreibtisch entdeckt; Pony hatte offenbar beschlossen, eine hochkarätige Verhaftung könnte seinen eigenen wackligen Status beim FBI stabilisieren. Im Grunde konnte Tucker ihm keinen Vorwurf machen. Pony war im Recht. Und obwohl er im Kopf Junes Frage hörte, ob die Arbeit darunter leide, schritt Tucker den Flur entlang, an den Küchenangestellten vorbei, die Karten spielten und den Service für den nächsten Tag vorbereiteten. Wortlos packte Tucker Pony am Kragen, zerrte ihn hinter der Telefonistin hervor – die sich als Ulcie Crites entpuppte, ausgerechnet Ulcie Crites! – und zog ihn am Schlafittchen zurück in den Flur, während sich in den Räumen mit den offenen Türen die Köpfe in ihre Richtung wandten.

Pony zeigte ihm sein Gebiss. »Hallöchen, Minnick.«

»Wir beide unterhalten uns jetzt mal über das angemessene Benehmen eines FBI-Agenten«, sagte Tucker.

»Das FBI hat Frau Crites an ihrem letzten Arbeitstag getröstet«, entgegnete Pony.

June hatte Ulcie also doch gefeuert?

Tucker löste seinen Griff mit so viel Schwung, dass der blonde Kopf des anderen Agenten gegen die Wand knallte.

»Reißen Sie sich zusammen, Harris, oder ich schicke Hoover einen so flammenden Bericht, dass er ihn in kalten Nächten seiner Geliebten vorlesen kann!«

Pony wartete, bis Tucker in sicherer Entfernung war, dann sagte er: »Geht klar, Opa.«

Tucker drehte sich um.

Seine Faust.

Ponys Kinn.

Der blitzschnelle Hieb überraschte sie beide. Aber Pony reagierte rasch und schlug lässig und leicht zurück. Er hatte es durch die Academy geschafft, genau wie Tucker. Und jetzt war die Situation ausgeglichen, sie hatten beide den Rahmen abgesteckt. Ein paar Minuten lang schubsten, knufften und boxten sie einander durch den Flur, hektisch schnaufend; ihre Schuhe scharrten auf Teppich und Holz, Fäuste und Schädel knallten gegen Türpfosten und Wände, bis Pony schließlich Tucker mit seinem Absolventenring die Wange aufschlitzte und Tucker ihm einen Volltreffer aufs Ohr sowie einen saftigen Tritt verpasste. Pony ging zu Boden, stöhnte erbost und hielt sich den Oberschenkel wie der Sterbende Gallier.

Der Zwischenfall hatte Tucker nicht im mindesten abgekühlt. Er ließ Pony liegen und lief ziellos durch den Flur zurück, bis er Hughs Stimme hörte: »Tuck, langsam, Tuck. Kommen Sie doch mal einen Moment hier rein.«

Tucker betrat den Arbeitsraum neben der Grotte. Von irgendwoher erklang Virginia Bruces klagende Stimme mit Cole Porters »I've Got You Under My Skin«. *Don't you know, little fool,* sang sie, *you never can win?*

»Schlafwandeln Sie, Agent Minnick?«

Ein halbes Dutzend Küchenangestellte jeder Hautfarbe, jeden Alters und Geschlechts, wässerten getrocknete Apfelscheiben, um damit Kuchen zu belegen; Hugh saß rauchend an einem kleinen Tisch und legte eine Patience. Bevor Tucker wusste, wie ihm geschah, hatte man ihm einen Hocker hingestellt und eine Tasse Kaffee serviert, neben der ein paar Apfelschnitze lagen. Einen Moment später reichte man ihm einen Brocken Eis in einem Waschlappen, den er gegen seine zerschnittene Wange presste.

»Aquarellmaler.«

»Schäfer.«

»Xylophonbauer.«

Es dauerte eine Weile, bis Tucker begriff, dass sie über ihn redeten; sie versuchten zu erraten, was er gemacht hatte, bevor er zum FBI gegangen war.

»Rodeo-Cowboy.«

»Thunfischfänger.«

»Danke für den Kaffee«, sagte Tucker. »Was ist das da auf dem Tisch?«

Es waren Golden-Delicious-Äpfel vom letzten Jahr, die man gleich nach der Ernte zerteilt und auf Fenstergittern, Truck-Ladeflächen und dem Drahtgeflecht von Hühnerställen zum Trocknen ausgelegt hatte, mit Tüchern bedeckt, um das Ungeziefer fernzuhalten. Jetzt wurde das Dörrobst gekocht, eingeweicht, gezuckert und in köstliche Kuchen verwandelt.

»Der Golden Delicious ist ein Apfel aus West Virginia«, erklärte ein drahtiger Mann mit Brandnarben auf dem Handrücken.

»Der Acker, auf dem der Ursprungsbaum wächst, ist die teuerste Fläche im ganzen Bundesstaat«, konterte Tucker.

Sie grinsten. Sie freuten sich. Einerseits war er einer von ihnen, andererseits aber auch nicht. Das machte es so schön, mit ihm zu spielen. Zwei Frauen verließen die Reihe, um zu tanzen, und während sie sich zum Rumba durch den Raum bewegten, hielt die eine hinter dem Rücken ihrer Partnerin immer noch ein Sieb in der Hand. Hugh und Tucker hatten ihre Ruhe; die Grotte war ein Ort, an dem keine Fragen gestellt wurden.

»Du siehst aus, als hätte dir jemand deine Lebensmittelkarte geklaut«, sagte Hugh zu ihm. »Ist da eben auf dem Flur Agent Harris' Schädel auf den Boden geknallt?«

Tucker tat es bereits leid. Ulcie Crites! Das war doch Strafe genug.

Hugh fragte: »Worum geht es hier eigentlich? Die Frau?«

Tucker stützte den Kopf in die Hände und starrte im dämmerigen Licht auf die Apfelschnitze, die zwischen seinen Ellbogen lagen. Was er dachte, aber nicht aussprechen konnte:

Sie ist mit ihm zusammen.

»Wenn sie es wert ist, dass du dich quälst, spielt das keine Rolle. Sie wird kommen«, meinte Hugh. »Und wenn nicht, kann sie dir sowieso egal sein. Da fällt mir etwas ein. Du solltest dir mal den Brief anschauen, der heute in der Post war. Los, hol ihn mal aus meinem Jackett da drüben. Ja, mir macht es Spaß, dich rumzukommandieren; ich denke, das nächste Mal sollte ich dein SAC sein.«

Tucker nahm den Umschlag aus Hughs Jackett. »Der ist ja von PennyBAAAAACK.«

Hugh zog die Augenbrauen hoch. »Er weiß doch, dass wir alles lesen. Er hätte das nicht mit der normalen Post schicken müssen. Offenbar wollte er, dass wir es sehen.«

Der Brief war so sauber getippt wie alle Mitteilungen des State Departments.

Grüß dich Linda,
nach einigem Nachdenken ist mir klargeworden, dass du recht hattest mit dem, was du sagtest, als du gegangen bist. Wir passen einfach nicht mehr zusammen. Richie wird den Papierkram für uns erledigen.
Gruß, Benny

Tucker empfand widerwillige Bewunderung für den phlegmatischen Agenten. Pennybacker hatte über zwei Ozeane hinweg äußerst komplexe Verhandlungen erfolgreich zu Ende geführt, ohne je seine enervierende Ruhe zu verlieren, während im Hintergrund Verhandlungen, die nur für ihn persönlich von Bedeutung waren, allmählich scheiterten. Hugh hat recht, dachte Tucker. Es schien tatsächlich so, als wäre dieser Brief absichtlich durch die FBI-Kontrolle geschickt worden, damit sie ihn lasen. Die FBI-Männer hatten nicht gefragt, und so hatte Pennybacker nicht geantwortet, aber hier war eine Wahrheit über ihn, eine Wahrheit, die er ertrug.

»Ich werde allerdings nicht für dich arbeiten, Calloway«, sagte Tucker, als er den Brief wieder zusammenfaltete. »Ich werde nie wieder für jemanden arbeiten.«

In diesem Moment wurde ihm die traurige, wunderbare Wahrheit seiner Worte bewusst. Obwohl ihm klar war, dass er haarscharf daran war, seine Laufbahn beim FBI fortsetzen zu können, war es ihm gleichgültig. Egal, was er bis zur Ankunft des Zugs, der die Diplomaten abholte, noch erreichte, er würde kündigen.

»Agent Minnick, Hoovers treuester Soldat?«, fragte Hugh. »Ich glaub, ich höre nicht richtig.«

»Ich tauge nicht mehr für diesen Job. Dieser Ort …«

Tucker wusste nicht, wie er den Satz beenden sollte. »Ich gebe Pony das Kündigungsschreiben mit.« Zehn Jahre. Zehn Jahre seines

Lebens. Eigentlich mehr, denn hatte er nicht schon während seiner gesamten Schulzeit zum FBI gewollt? Seit dem Moment, als er West Virginia zu Fuß verlassen und gedacht hatte *Ich werde das in Ordnung bringen*, wobei ›das‹ einfach alles umfasste. Hunderte schlaflose miese Nächte an miesen Orten, mit schlechtem Essen zu schlechten Zeiten, in einer Hand das Richtige wägend, in der anderen Hand das Falsche, bis es unmöglich wurde, irgendeine Situation ohne dieses innere Urteil zu betrachten. Die lebenslange Prägung durch diesen Job – und keine so rechte Vorstellung, was danach kommen würde. Aber die Entscheidung war gefallen.

»Steckst du es dir in den BH, damit er es findet?«, fragte Hugh.

Als Tucker hilflos lachte, stellte jemand eine der frisch gebackenen Apfeltartes vor ihn hin. Vier Geburtstagskerzen brannten darauf. Tucker blickte auf und sah, dass das Küchenteam sein Geständnis mit anerkennender Begeisterung aufgenommen hatte. Gesichter, die er wiedererkannte, aus den Befragungen und vom gemeinsamen Umräumen der Tische. Ihm am nächsten stand René Durand, der ihm in der ersten Woche die Tür vor der Nase zugeschlagen hatte.

»Herzlichen Glückwunsch, G-Man«, sagte Durand. »Willkommen in der wirklichen Welt.«

Es hatte mehrere Monate gedauert, aber jetzt hatte das Avalon doch noch einen Weg gefunden, ihm einen Moment des Luxus zu bescheren.

Kapitel 26

Nachdem Gilfoyle mit Tucker gegangen war, machte June sich auf den Weg in den vierten Stock.

Obwohl alle Türen geschlossen waren, herrschte dennoch überall noch Leben; alle Gäste waren hellwach und sprachen über die bevorstehende Abreise. Auch wenn June die Gespräche nicht hören konnte, konnte sie sie spüren. Jeder spürt den Unterschied zwischen einem schlafenden und einem wachen Hotel.

June befand sich auf dem Weg zu 411.

Auch die Gilfoyles hatten einmal eine ganze Weile im vierten Stock gewohnt, allerdings vor Junes Zeit, als Mr. Francis noch viel jünger war und die jetzige Familienwohnung noch als Präsidentensuite genutzt wurde, deren Zimmer wesentlich luxuriöser ausgestattet waren als der Rest des Hotels. Während er in der Wohnung im vierten Stock lebte, hatte Mr. Francis seine Kinder großgezogen, seine erste Frau beerdigt und seine zweite geheiratet. Er sprach kaum über die Vergangenheit, aber einmal hatte er gesagt: Ich wollte gar nicht so lange bleiben, und June war nicht klar gewesen, ob er das liebevoll oder wehmütig meinte. Sie hatte nicht nachgehakt.

Jetzt blieb sie vor seiner alten Tür stehen. Ein dunkler Fleck schien sich darunter auszubreiten; schwer zu sagen, ob es nur eine Täuschung war. June drückte einen Zeh in den Teppich. Er war feucht. Sie hob den Blick zur Zimmernummer.

Die ehemalige Suite der Wolfs.

Die ehemalige Suite von Mr. Francis.

Überlassen Sie das Wasser mir.

June zückte ihren Ring mit den Generalschlüsseln, machte die Tür auf und betrat den Raum, bevor sie leise einatmend die Tür hinter sich schloss.

In der Suite stank es nach Schwefel und Blut. Ein träger, seichter Wasserstrom zog sich glitzernd vom Wohnzimmer bis zu einer der geschlossenen Schlafzimmertüren. Die Tapete war wellig vor Nässe, Wasser drang unter dem Spiegel hervor und tropfte aus einer Steckdose. Das Licht hatte Mühe, die dunstige Luft zu durchdringen. June hörte ein Murmeln und Glucksen, wie aus dem Nichts und doch überall, das Geräusch eines unsichtbaren Bachs, der über Felsen plätschert.

Das Wasser schlug um.

So viele Jahre lang hatte sie es in Schach gehalten, endlose Stunden im engen Schacht des Avalon IV zugebracht, im Wasser, das die gleiche Temperatur wie ihr regloser Körper hatte; jeden schrecklichen Impuls, der in einem der Gäste aufgeflammt war, hatte sie in sich aufgenommen und gleichzeitig zugelassen, dass das Wasser alle positiven Empfindungen aus ihr heraussaugte. Und es hatte sich gelohnt, wenn sie später sah, wie die Freude wieder zunahm, auf dem Winnet-Gelände, im Speisesaal, oder als die Gedichtblätter durch den Ballsaal wirbelten. Zeitschriften hatten über den Erfolg ihrer Bemühungen berichtet, man hatte auf Konferenzen darüber gesprochen, sie las ihren Erfolg an den einflussreichen Gästen ab, die gekommen waren, um sich ein Weilchen in ihrem, Junes, Bewusstsein zu sonnen, ohne zu merken, dass es ausschließlich auf Junes Verdienst zurückging, wenn sie sagten: Ah, dieser Ort, dieser Ort!

June drückte die Badezimmertür auf. Gestank drang heraus; auf ihrer Haut ein feuchter Film. Die Badewanne stand voll, obwohl der Hahn nicht lief, trübes Wasser war durch den Abfluss nach oben gestiegen und füllte die Wanne bis zum Überlaufen. Die stinkende Pfütze im Badezimmer reichte beinahe bis zu Junes Füßen.

Sie fragte sich, wie Mr. Francis dieses heruntergekommene Hotel damals überhaupt entdeckt hatte. Wohin war er unterwegs gewesen, als er hier vorbeikam, mitten in den Bergen, und seine Hand über ein Becken klaren Wassers hielt? Warum war er hier geblieben?

Und dann dachte June an das Gefühl, als sie die Hand in das Wasser von Casto Springs getaucht hatte. Sie wäre auch geblieben.

Sie entfernte sich vom Badezimmer und folgte dem Rinnsal bis zur geschlossenen Schlafzimmertür. Drinnen brodelte Hitze. Das Wasser hier dampfte. June roch heiße Erde, feuchten Stein, es roch nach grüner Vegetation, nach Wachstum, nach dem Wasser, das gerade seine Reise an die Oberfläche geschafft hatte, nachdem es von einem verborgenen, wogenden Kern überhitzt worden war. Junes Füße patschten durch die Pfütze, als sie die Balkontür aufstieß. Hier herrschte noch dichterer Dampf. Die Flutlichter dort unten durchbohrten die Dampfwolke mit gleißenden Strahlen. Ein gemeißelter Berglöwe spie brüllend Süßwasser ins Brunnenbecken.

Sie wusste, dass sie wieder ins Avalon IV musste. Wenn nicht heute Abend, dann morgen Abend, sobald die Diplomaten abgereist waren. Sonst würde es keine Sommersaison geben, keine Herbstsaison. Das Avalon würde keine unveränderliche Insel mehr sein, auf der nur die herrliche Gegenwart zählte, Tag für Tag. Es würde weder das Hotel noch sie als Direktorin geben.

Oben, unten, drinnen, draußen. Wie schön war das Bewusstsein gewesen, dass sie, mit dem Wasser im Rücken, verstanden wurde. Nicht nur verstanden, sondern geliebt. Sie hatte es dem Avalon IV nicht übelgenommen, dass es seinen Tribut forderte. Aber jetzt fiel es ihr schwer, nicht an das ganze Ausmaß zu denken: die Freude, der Luxus, die Kosten. June war der Geist des Avalon, das Süßwasser sein wundervoll pochendes Herz. Aber wenn sie fehlte – dann war das Avalon ein riesiges, hässliches Tier, und das Süßwasser verlieh den Gedanken mehr Macht, als June allein es je gekonnt hätte.

Sandy hatte sich dem Hotel verweigert.

Mr. Francis hatte es gehütet, bis er eine Nachfolgerin gefunden hatte.

Und jetzt gab es niemanden mehr, außer June selbst.

Sie spreizte die Hand über dem aufgewühlten Wasser des Beckens, berührte es aber nicht. Hatte das Wasser Lieselotte Berger gelauscht, als sie von diesem Balkon sprang? Oder hatte Lieselotte ihrerseits dem Wasser gelauscht? Schwer zu sagen, hier im Avalon. Das Wasser war ein Abbild der Gäste; die Gäste waren ein Abbild des Wassers; hin und her, wie zwei einander zugewandte Spiegel.

Das Wasser drängte ihr entgegen.

Lauf weg.

»Lassen Sie mich rein«, sagte June.

Die Tür öffnete sich nur einen winzigen Spalt. Ein grünes Auge leuchtete auf.

»Frau Direktorin, sind Sie etwa betrunken?«

»411, lassen Sie mich rein!« 411 hatte die Tür nie ganz geöffnet, nicht einmal in jener schrecklichen Nacht vor zehn Jahren, und June hatte sie nie wirklich darum gebeten. Aber heute Abend legte June ihre Handfläche gegen die angelehnte Tür und drückte dagegen.

»Wie abscheulich, meine Liebe«, sagte 411. »Tun Sie das nie in der Öffentlichkeit, wo ein Mann Sie sehen könnte!«

June hatte gar nicht bemerkt, dass sie weinte. Sie sagte: »Ich muss mit Ihnen reden. Richtig mit Ihnen reden.«

411 öffnete die Tür.

June stolperte ins Zimmer.

Seit zehn, fünfzehn, zwanzig Jahren hatte außer Toad niemand mehr Zimmer 411 betreten. Der Zimmerservice stellte das Essen vor die Tür, das Reinigungspersonal nahm Abfall und schmutziges Geschirr mit, das davor deponiert wurde. Die Laufburschen hinterließen diverse Bestellungen vor der Tür; hin und wieder standen dort Kisten mit ausrangierten Sachen.

Falls sich 411 jemals langweilte, einsam oder krank war, bemerkte man vom Hotelflur aus nichts davon.

Alles wurde von Mr. Francis bezahlt, diskret, selbstverständlich, und selbst nach seinem Tod ermöglichte es 411 ein Treuhandfonds, auf Dauer hier zu leben. Falls Madeline davon wusste, ließ sie es sich nicht anmerken.

Jetzt stand June in ihrem Zimmer und schaute sich verblüfft um. Sie war sich nicht sicher, was sie erwartet hatte, fest stand nur, dass das Zimmer ihren Erwartungen vollständig widersprach. Sie hatte sich Regale vorgestellt, die sich unter einem Sammelsurium von Dingen bogen – Zeugnissen eines geschrumpften Lebens, das durch eine Affäre zum Stillstand gekommen, in seinem Verlauf für immer verändert worden war.

Aber so verhielt es sich ganz und gar nicht.

Der Raum war wunderschön.

Jeder Quadratzentimeter wirkte sorgfältig gestaltet. Kunstgegenstände und Kuriositäten schmückten die Wohnzimmerwand in präzisen Abständen wie in einem Museum. Ordentliche Bücherstapel bildeten ein perfektes Rechteck unter einem Arbeitstisch, auf dem drei Schneiderbüsten standen, die jeweils herrlich wilde Blusen trugen, zwei davon noch mit Sicherheitsnadeln geheftet. Eine Schneiderpuppe in der Ecke, die einen schicken Zylinder, ein schönes Kleid und eine Herrenweste trug, hielt die Arme so positioniert, dass man ein aufgeschlagenes Buch darauf ablegen konnte. Hier eine Lampe mit handbesticktem Schirm, dort eine halb fertige Skizze einiger Winnet-Spieler; hier ein Grammophon, dort eine Zeitschrift neben einem Sortiment duftender Cremes und Masken. Ein mit Chiffonresten durchflochtenes Spalier umrahmte die Balkontür.

Kein Hinweis darauf, dass dies nicht genau das Leben war, das 411 sich wünschte.

Und auch sie selbst, eine attraktive, reife Frau unbestimmten Alters, wirkte keineswegs vernachlässigt. Ihr schulterlanges, dunkles, von grauen Strähnen durchwirktes Haar war zeitlos gelockt, ein dichter Pony verdeckte die Stirnfalten. Sie hatte nicht damit rechnen können, dass Besuch kam, und doch war sie geschminkt, als habe sie gerade ausgehen wollen.

Mit ihrer brennenden Zigarette wies sie auf den Stuhl am Arbeitstisch. »Setzen Sie sich hin und trocknen Sie ihr Gesicht ab. Sie stinken nach Fegefeuer und sehen aus wie die Hölle. Ich nehme an, es ist so wie beim letzten Mal, nicht wahr?«

Sie sagte »letztes Mal«, als ob sie zwischen damals und heute nie mehr miteinander gesprochen hätten.

Auf dem Beistelltisch stand eine Schachtel mit Taschentüchern; June trocknete ihre Tränen. »Hier geht es nicht um Gilfoyle.«

Kaum hatte sie es gesagt, wurde ihr zu ihrer Überraschung klar, dass es stimmte.

411 drückte ihre Zigarette aus und schenkte zwei Drinks ein. Sie leerte beide Gläser, füllte nach kurzem Zögern eines nach und reichte es June. Es war seltsam, 411 in persona zu sehen, denn sie kam June vertraut vor, als habe sie sie schon oft gesehen; wie sie da stand, eine Hand auf der Hüfte, und June diesen glitzernden Blick zuwarf; dieser Blick hatte genau die gleiche Wirkung wie das grüne Auge, das man durch den Türspalt sah.

»Worum geht es dann?«, fragte 411.

Ja, worum ging es dann?

»Das Avalon und ich«, erwiderte June.

»Das Avalon und mich.« 411 trat auf ihren Balkon. Wie oft hatte June diese Silhouette schon von der anderen Seite aus gesehen. »Schon seltsam, dass Sie nicht längst gegangen sind, stimmt's?«

Diese Bemerkung sollte June treffen, und das tat sie. June setzte zum Gegenangriff an: »*Sie* sind nicht gegangen. Sie haben Ihr ganzes Leben damit verbracht, auf Mr. Francis zu warten!«

411 fuhr herum. »Ach, das glauben Sie also?«

»Das weiß ich! Sie haben es mir doch selbst gesagt! Sie haben Ihr halbes Leben lang darauf gewartet, dass er Madeline für Sie verlässt!«

Das Lachen. Hier im Zimmer klang es definitiv anders. Vom Flur aus glich es Buttercreme. In Wirklichkeit aber war es Arsen, Essig und Wodka, alles auf warmherzigste Art und Weise serviert. »Es wäre ein schwarzer Tag gewesen«, sagte 411, »wenn dieser Mann jemals wieder diese Räume betreten hätte, Frau Direktorin. Wissen Sie, warum ich bleibe? Sehen Sie sich um. Ich habe mein halbes Leben lang im besten Hotel Amerikas gelebt, auf fremde Kosten, wodurch ich alle finanziellen Mittel, die ich erworben und geerbt habe, zu meinem Vergnügen nutzen konnte. Was für ein wunderbares Leben. Ich liebe das Avalon.« Die Betonung sprach Bände.

»Und ich?«, fragte June.

»Ihnen macht es nur Angst zu sehen, was Sie ohne das Avalon wären.«

Da June den Drink, den ihr 411 in die Hand gedrückt hatte, immer noch nicht angerührt hatte, griff 411 danach und leerte ihn mit eleganter Routine.

»Eine Opossumzüchterin«, fauchte June.

411 lachte schallend. Sie amüsierte sich köstlich.

»Und wenn meine Entscheidung falsch ist? Für mich entscheidet niemand außer mir selbst.«

»Reden wir immer noch über das Hotel und Sie?«

Nein. Sie sprach jetzt über Hannelore, obwohl sie 411 nichts davon erzählen wollte. June spielte mit dem Gedanken, sich in die dünne Luft internationalen Rechts einzumischen und wollte niemanden hineinziehen, wenn es sich irgendwie vermeiden ließ. June hatte in ihrem Leben schon viele Pläne gemacht, und jetzt plante sie etwas Neues: die Sache mit Hannelore selbst in die Hand zu nehmen. Und, noch wichtiger, sie überlegte, was wäre, falls sie die Sache mit Hannelore nicht selbst in die Hand nahm. Falls sie das Hotel nur wie gewohnt – Kopf hoch! – weiterbetreiben würde, während das Mädchen in aller Stille nach Deutschland zurückreiste. Dann würde June den Rest ihres Lebens in dem Bewusstsein verbringen müssen, dass sie Hannelore für ein paar Monate unter ihrem Dach gehabt hatte, in ihrem Hotel, mit der ganzen Macht des Süßwassers hinter sich, ohne etwas zu unternehmen. Wollte sie wirklich alles für einen einzigen Menschen opfern?

War das nicht Luxus?

»Im Grunde sollte ich tun, was ich will, und Sie einfach hängen lassen, Sie blöde Kuh!«, sagte June, woraufhin 411 schnaubend ihren Rauchring in zwei Hälften zerriss. »Ich meine es ernst«, fuhr June fort. »Ich rede davon, dass ich diesen Ort vielleicht verlieren werde, und darüber, wer ich hier bin. Sie müssten sich eine neue Gesprächspartnerin suchen, mit der Sie sich durch die Tür unterhalten können. Toad vielleicht.«

Dieses Thema interessierte 411 überhaupt nicht. Gelangweilt meinte sie:

»Sie müssen sich überlegen, wer Sie sind. Alles, was Sie im Moment tun, ist, dass Sie ein wunderbares Drehbuch für die High Society umsetzen und sich vormachen, Sie würden eines Tages dazugehören. Wie lange wollen Sie noch hoffen? Noch mal zehn Jahre? Zwanzig?«

»Sagt die mit Diamanten behängte Frau.«

»Schätzchen, verstehen Sie nicht, was ich meine? Ich gehöre auch nicht zur Gesellschaft, ich bin nur reich. Was sagen Sie immer so gern?«

Reichtum ist kein Luxus.

411 winkte ab und erinnerte June ganz plötzlich an Tucker. »Sie wollen doch nur, dass ich die Entscheidung, die Sie schon getroffen haben, mittrage. Frank hatte durchaus auch ein Faible fürs Theater. Wissen Sie, was ich für meine beste Idee hier im Avalon halte? Die Glasschnecken. Die haben damals, als er das Haus gekauft hat, sämtliche Teppiche bedeckt – echte, lebende Schnecken. Man musste sie jeden Tag aus den Brunnenbecken schaufeln. Alle fanden sie scheußlich. Grotesk. Auch als das ganze Gebäude gründlich gereinigt worden war, fand man sie noch. Ich riet Frank, schöne Glasschnecken für die Gäste produzieren zu lassen und ihnen zu sagen, dass die Schnecken für dieses Hotel etwas ganz Besonderes seien. Und plötzlich wurde es zum Ereignis, eine lebende Schnecke zu finden. Die Verheißung des Hotels erfüllte sich. Wie wunderbar! Die Schneckensituation hatte sich nicht verändert. Mein Trick führte nur dazu, dass die Schnecken jetzt ein bisschen beliebter wurden. Wenn Sie meine Meinung hören wollen: Gehen Sie, Frau Direktorin, und tun Sie, was Sie sich vorgenommen haben. Und sagen Sie Ihren Jungs, sie sollen mir neue Bücher bringen, ich habe keine mehr.«

Und schon stand June wieder draußen im Flur. Die Tür war zu, als wäre sie nie offen gewesen, und nur der schwache Geruch von Brandy an ihren Fingerspitzen wies darauf hin, dass das hier gerade wirklich passiert war.

Kapitel 27

Der Tag, an dem sich das Hotel für immer veränderte, begann wie jeder andere auch. Anderswo wurden Amerikaner gebeten, ihre leeren Zahnpastatuben abzugeben, wenn sie neue kaufen wollten, die Philippinen waren an Japan gefallen, und Toads Mann hatte gerade geschrieben, dass er noch am Leben sei; im Avalon stand das Orchester bereit, das Küchenteam war in Hochform, und die Gäste räumten ihre Schubladen aus.

June erwachte vor dem Morgengrauen in der Souterrainwohnung des kleinen Personal-Cottage, das den heißen Quellen am nächsten lag. Sie stand auf und verscheuchte die drei Hunde (zwei Langhaar- und einen Rauhhaardackel), die vom Bett rutschten und ihr in höflichem Abstand folgten. Sie duckte sich unter der quer durch den Raum gespannten Wäscheleine hindurch, nahm Hemd und Unterwäsche ab und hängte ihre Steppdecke darüber, damit sie auslüften konnte.

Im Licht der Nachttischlampe warf sie sich in ihre übliche Montur: taillenhohe weite Hosen, ein Hemd mit ordentlich hochgekrempelten Ärmeln, eine zierliche Armbanduhr, einen Hauch Lippenstift. Sie trug einen dunklen Bob, den sie sich jetzt mit etwas Pomade elegant hinters Ohr strich.

Nachdem sie in ihre Mary Janes mit den niedrigen Absätzen geschlüpft war, ging June in die kleine Küche und holte sich am Hahn ein Glas Süßwasser. Sie stellte es auf die Arbeitsfläche und betrachtete es.

Das Wasser sah nicht anders aus als vorher.

June goss das nicht ausgetrunkene Wasser in den Dackelnapf, fütterte den Hunden ein paar Fleischreste aus dem Kühlschrank und machte sich an die Arbeit.

Arbeit, Arbeit. In achtzehn Stunden sollte der Zug eintreffen, der die Diplomaten abholen würde. Immer weiter nach Norden, bis Jersey City, wo sie ein paar Nächte in (weit weniger glamourösen) Hotels verbringen und dann ein Schiff für eintausend Passagiere nach Portugal besteigen würden. Junes grau gebundene Kladden enthielten Listen mit allen zu erledigenden Aufgaben, all die hektischen letzten Tätigkeiten vor der Abreise. Jede Delegation würde ihre hektischen letzten Einkäufe verpackt haben wollen; man musste noch einmal zum Friseur; man wollte das beschlagnahmte Gepäck zurück. Die Rezeption hatte bereits begonnen, inoffiziell Gäste auszuchecken, die nichts mehr auf ihre Rechnung setzen wollten – Einkäufe, Getränke oder Zimmerservice. Die Küche organisierte die letzten Mahlzeiten, in der Hoffnung, alle verderblichen Waren zu verbrauchen, denn man konnte noch keine neuen Gäste buchen, bis feststand, dass der Zug auch wirklich pünktlich kam. Spare in der Zeit, so hast du in der Not; die Marmeladengläser wurden eingekocht, um die letzten Zuckerreste herauszulösen. In der Auffahrt herrschte hektische Betriebsamkeit, weil ständig Lastwagen abfuhren, die Gepäck und Proviant zur bewachten Bahnstation hinunterbrachten.

Das Hotelgelände leuchtete in bunt schillernden Frühlingsfarben. Es ging nichts über den Anblick des Steingebäudes, das sich aus dem tiefgrünen Rasen erhob, während die ganze Auffahrt entlang weiße und gelbe Blüten explodierten. Das Avalon. Das Avalon.

Sie hatte es so sehr geliebt.

Bevor sie ins Büro ging, schaute sie im Lagerraum im ersten Stock vorbei, wo Sebastian Hepp festgehalten wurde; es war der einzige

Raum, den man von außen abschließen konnte. Als Hugh ihr öffnete, saß Sebastian auf einer Liege vor Regalen voller Gemüsekonserven, erhob sich aber, um sie zu begrüßen. Obwohl er so jung aussah, widerstand sie dem Impuls, ihn zu umarmen; sonst hätte es ausgesehen, als halte sie seine Lage für hoffnungslos. Stattdessen reichte sie ihm den Papierflieger, den sie aus einem Kaufauftrag gefaltet hatte, und sagte: »Ich habe Dennis Hinkman mit Ihrem Fall betraut. Er ist der einzige Anwalt, den Mr. Francis je gelten ließ.«

»Danke.«

»Sebastian, ich –«

Aber er sagte höchst ritterlich: »Heute gibt's zu viel zu tun, als dass ich Ihre Zeit auch nur eine Minute länger beanspruchen möchte, Hoss.«

Er hatte zwar recht, aber dennoch machte sie auf dem Weg ins Büro erneut halt, als sie Sabine Wolf am Rand des Frühstücksraums stehen sah, von wo aus sie die anderen Gäste beobachtete, die sich aufgeregt murmelnd über die Rückführung unterhielten. Sie wirkte sehr zerbrechlich.

Gast.

Nazi.

Frau.

Mutter.

Als June leicht ihren Ellbogen berührte, schrak sie zusammen. »Mrs. Wolf, wegen unseres Gesprächs neulich …«

Sabines Blick huschte zu den Gästen; zweifellos saß hier irgendwo auch Lothar Liebe.

»Ich weiß, es ist der letzte Tag, aber ich denke immer noch über die Speisekarte nach«, meinte June. »Ich nehme an, Sie sind nach wie vor nicht zufrieden damit.«

Sabine nickte heftig. June nickte kurz zurück und ging weiter.

Jetzt musste sie definitiv entscheiden, ob sie wegen Hannelore etwas unternehmen wollte.

Ihr lief die Zeit davon.

»Es hieß, du seist hier«, meinte Gilfoyle. Wie er Junes chaotisches Büro betrat in seinem hellen doppelreihigen Jackett, mit der maßgeschneiderten Hose und dem sorgfältig frisierten Haar, unterschied er sich himmelweit von ihren Angestellten. Als er seine langen Finger gegen die Schreibtischkante presste und ihre Papiere überflog, als ob er eine Ahnung davon hätte, was sie bedeuten, spürte June einen Anflug von Unsicherheit. Ihr Herz schlug schon den ganzen Tag doppelt so schnell wie sonst und schien sich nicht beruhigen zu wollen. »Ich muss mit dir reden«, sagte er.

»Das wird warten müssen, Ed.«

Wie oft hatte Mr. Francis das Gleiche gesagt. Er schaffe es nicht pünktlich zum Abendessen, er könne leider nicht ins Avalon II kommen, er könne ihre Frage nicht beantworten: Frag Madeline, Kind, bitte entschuldige, ich bin seit vier Uhr morgens auf den Beinen. Er gehörte dem Avalon. Und June jetzt auch.

»Es kann aber nicht warten.«

Sie sah zu ihm auf. Er trommelte jetzt leicht mit den Fingern gegen die Schreibtischkante und ließ seinen Blick durchs Büro schweifen, betrachtete all ihre Arbeitsutensilien, als sähe er sie zum ersten Mal. Sie spürte, dass er nervös war.

Plötzlich wurde auch sie nervös. Die Worte sprudelten nur so aus ihr heraus. »Schau dir doch mal diesen Schreibtisch an. Soll ich das alles liegen lassen? Soll ich die Besprechung mit der Buchhaltung verschieben? Meinen Rundgang durch die Grotte? Die Gäste brauchen jetzt meine ganze Aufmerksamkeit. Möchtest du, dass …«

Er unterbrach sie aufgewühlt: »June, ich will, dass du mich heiratest.«

Auf ihrem Schreibtisch befanden sich zwölf Proformarechnungen. Ein Glas Süßwasser, zu einem Drittel gefüllt. Eine Glasschnecke, deren Fühler neugierig auf die Wand mit den Schlüsselanhängern zeigten. Zwei Stifte. Nein, drei. Eine falsch abgeheftete Gästeliste, die darauf wartete, richtig abgelegt zu werden. Ein in drei Teile zerbrochener Keks, den die Dackel zur Belohnung bekommen sollten. Ein viertel Sandwich, dass sie von einem Teetablett genommen hatte.

»Hast du gehört, was ich gesagt habe?«

Sie schob eine der Rechnungen über die andere und wieder zurück, dann sah sie zu ihm auf. Er hielt die rechte Faust in der linken Hand und drehte beide Hände gegeneinander, so jungenhaft unsicher, wie er es immer geblieben war.

June beobachtete sich selbst von oben, so wie damals als kleines Mädchen. In sicherer Entfernung, verwirrt von den Gefühlen, die sie nicht mit sich selbst in Einklang bringen konnte. Die Frau am Schreibtisch saß aufrecht auf ihrem Bürostuhl. Ihr Handballen war mit Tinte beschmiert; da, wo ihr Handgelenk zu lange auf dem Rand der Schreibunterlage geruht hatte, sah sie eine kleine Kerbe. Ihr Haar war frisch gewaschen und hinter die Ohren gekämmt. Sie hatte den Geruch des Wassers auswaschen müssen. Hinter der geschlossenen Tür im vierten Stock geriet das Zimmer immer mehr in Auflösung. So wie sie selbst.

»Ich wollte es dir schon einmal sagen«, sagte er, »zu einem Zeitpunkt, der passender gewesen wäre.«

Die Hotelbar. Er hatte es versucht. Ja. Das war ihr klargewesen. Vielleicht nicht genau, was er sagen wollte, vielleicht nicht genau das hier, aber sie hatte erahnt, was unausgesprochen geblieben war. Deshalb war sie noch so lange in der Nische sitzen geblieben, nachdem Gilfoyle nicht zurückgekehrt war, und hatte überlegt, ob sie rüber zu seiner Wohnung gehen, ob sie anklopfen und sagen sollte: Sprich den Satz zu Ende.

Stattdessen war sie in den vierten Stock gegangen. Sie war noch nicht bereit gewesen, den vollständigen Satz zu hören, und wie sich zeigte, war sie es auch jetzt nicht.

»Ich kann das jetzt nicht. Sag es mir später, wenn sie weg sind, wenn ich hören kann, was du mir zu sagen versuchst.«

»Ich versuche dir zu sagen, dass du meine Frau werden sollst!«, rief Gilfoyle. Seine Stimme dröhnte so laut, dass man ihn sicher an der Rezeption gehört hatte. In der Lobby. Im Ballsaal. Auf dem Rasen. In der Stadt. In der Hauptstadt und jenseits des Ozeans, auf den Schlachtfeldern, in Bad Nauheim, wo die Amerikaner darauf warteten, nach Hause zu dürfen. »June, das ist so typisch für dich! Hör auf, lass jetzt mal die Papiere in Ruhe! Du hast gehört, was ich gesagt habe, du weißt, was ich sagen will. So warst du schon immer, schon als Kind. Sei einfach mal hier. Vergiss das alte Haus, vergiss deine alte Wohnung, komm in den Nordflügel, bringen wir's hinter uns. War es nicht immer schon so gedacht?«

In Junes Ohren zischte es wieder, das Süßwasser strömte ihr durch den Kopf. Sie dachte an die New-York-Reise. Die einzige New-York-Reise, die von Bedeutung war und jemals von Bedeutung sein würde. Das war die Geschichte:

Drei Wochen lang Sightseeing, Tanzen, Treffen mit anderen Gästen aus der Welt der Gilfoyles, während sie die ganze Zeit im Soria wohnten, einem Hotel, das einem von Mr. Francis' Freunden gehörte. Das Avalon bekam mit Rücksicht auf die Gäste eine Auszeit, dort wurden jetzt all die mit Lärm verbundenen Reparaturarbeiten durchgeführt, die man niemandem zumuten konnte. Die Mädchen in New York trugen Perlen, teure Kleider.

Auch für June hatte man neue Sachen anfertigen lassen, darunter ein aufreizendes rückenfreies Kleid, das sie gleichermaßen schockierte und entzückte. Wo sollte sie das bloß tragen? Überall. Zu Drinks. Auf Cocktailpartys. Zum Tanzen, oh, das Tanzen. Während

Carrie und Madeline tagsüber Tees und andere gesellschaftliche Veranstaltungen besuchten, führte Mr. Francis June durch sämtliche Hotels und stellte sie diesem und jenem Direktor vor. June durfte hinter die Kulissen schauen, die Küchen besichtigen, die Ersten Hausdamen befragen, Frachtlisten lesen und liebenswürdigen Vorträgen von Chefbuchhaltern lauschen.

Nachts ging June auf Partys. Immer war ihr Tisch von jungen Männern umlagert, die gesellschaftlich weit über ihr standen und mit ihr tanzen wollten, aber ihr Blick war nur auf Gilfoyle gerichtet.

Als er eines Abends, sie waren seit zwei Wochen in New York, mal wieder mit einer Debütantin tanzte, entschuldigte sich June und verließ den Ballsaal. Sie schlenderte durch die Korridore und fragte sich zur großen Küche im Unterschoss durch, in die Eingeweide des Hotels. In ihrem hautengen Kleid beobachtete sie vom Rand des Geschehens aus die brodelnde Großküche, lernte die Abläufe kennen, hörte zu, wie der Chefkoch wütend seine Untergebenen anschrie, beobachtete, was funktionierte und was nicht. Irgendwann kehrte allmählich Ruhe ein, der Küchenchef gab ihr einen Kuss auf die Wange und nannte sie einen Engel, und June blieb allein in der dämmrigen Küche zurück. Dort fand Gilfoyle sie.

Sanft zog er sie vom Arbeitstisch herunter, auf dem sie saß. Wortlos begannen sie zu tanzen, ihre Körper schmiegten sich eng aneinander. June hatte noch niemanden so sehr geliebt wie Edgar Gilfoyle, während sie neben leeren Suppentöpfen und aufgetürmten Zwiebeln dahinschwebten. Ihr war, als könnte sie jetzt sterben.

Mr. Francis wartete in der Suite auf sie, er war wütend – June hatte ihn bis dahin noch nie so erlebt. Er zerrte Edgar ins Zimmer, und obwohl die Tür geschlossen war, konnte sie das Gespräch deutlich mithören.

Mit June wird nicht herumgespielt, fuhr er Edgar an. *Sie ist nicht irgendein Küchenmädchen, das man sich einfach nimmt und dann wegwirft.*

Ich spiele nicht mit ihr, hatte Gilfoyle erwidert.

Wenn wir zurückkommen, wird June die Leitung des Hotels übernehmen, ist dir das klar? Sie wird für immer ein Teil des Hotels sein. Sie ist die Person, der ich vertrauen kann. Spiel nicht mit ihr!

Ich habe doch gerade gesagt, dass ich das nicht tue!

Ich dachte, ich hätte dich zur Ehrlichkeit erzogen. Ich schäme mich für dich, meinte Mr. Francis. *Von jetzt an behandelst du sie mit dem Respekt, den ihre Position verlangt, und befummelst irgendein Elevator-Girl, wenn du dich nicht beherrschen kannst.*

Langsam hatte sich in Junes Kopf eine Erkenntnis herausgeschält: Sie war keine Küchenhilfe, aber auch keine Gilfoyle. Sie war zu gut, um weggeworfen zu werden, aber nicht gut genug, um Edgars Frau zu werden. Mr. Francis konnte ihre Beziehung mit dem Familienerben nur als unverbindliche Tändelei betrachten. Sie war nicht wie Carrie; in New York ging es nicht darum, sie in die Gesellschaft einzuführen; June sollte Hoteldirektorin werden, damit die Gilfoyles endlich frei waren; dies war ihre letzte Mahlzeit vor der Hinrichtung, ihre Henkersmahlzeit.

June erinnerte sich nicht daran, wie sie überhaupt aus dem Hotel oder in den Bus gelangt war, obwohl sie es sich inzwischen, da sie selbst ein sehr gutes Hotel leitete, durchaus vorstellen konnte. Als sie in die Lobby gestolpert kam, hatten sich der Portier oder eine Rezeptionistin um sie gekümmert, sie hatten sich ihre Geschichte angehört und – da sie Portier oder Rezeptionistin waren und nicht Gilfoyle hießen – tiefes Mitgefühl empfunden. Man hatte einen Bus organisiert. Da sie in ihrem hautengen schwarzen Kleid vermutlich kein Geld dabeigehabt hatte, hatte man ihr welches gegeben. Mit Sicherheit hatte sie ihr den Mantel beschafft, sie besaß das mottenzerfressene Ding, das ihr damals irgend jemand übergeworfen hatte, heute noch.

Sie fuhr nach Hause. Das einzige Zuhause, das sie kannte – ins

Avalon. Sie nahm drei Busse und war fast einen ganzen Tag unterwegs, stolpernd vor Erschöpfung und Liebeskummer, in ihrem rückenfreien Kleid und dem Matrosenmantel. Gott beschützt die Törichten, dachte sie. Als sie mitten in der Nacht ankam, war das Hotel ruhig und fast leer. Die meisten schliefen sich einfach einmal aus, weil es kaum Gäste gab, die betreut werden mussten.

Oder doch, einen Gast gab es noch.

June irrte durch die Korridore des Hotels, das sie einmal leiten sollte, und schluchzte wie sie es noch nie in ihrem Leben getan hatte. So stieß sie auf eine einen Spaltbreit geöffnete Tür im vierten Stock. Das grüne Auge der Bewohnerin beobachtete sie, als June am Türrahmen hinabglitt, um auf dem Boden hockend weiterzuweinen.

Es war diese Frau in Zimmer 411, die die ganze Nacht mit June aufgeblieben war und sich mit ihr durch den Türspalt hindurch unterhalten hatte.

»*Mit June wird nicht herumgespielt*«, sagte June jetzt in ihrem Büro zu Gilfoyle. »New York. Weißt du noch?«

Gilfoyle starrte sie stirnrunzelnd an. »Oh. Das war eine schreckliche Nacht.«

Aber für ihn war sie nicht schrecklich genug gewesen, um sie zu verteidigen. Nicht schrecklich genug, um sie zu heiraten und sie als June Gilfoyle an seiner Seite zu haben. Nur schrecklich genug, um sich in die Arme von Mary, Irma, Eugenie, Diana zu flüchten, in endlose öffentliche Beziehungen, die Junes Herz so vernarbt hatten, dass sie kaum noch etwas empfunden hatte, bis es fast zu spät war.

Mit hochgezogenen Augenbrauen tauchte in der Tür hinter Gilfoyle Griff Clemons auf, der die Situation mit einem Blick erfasste. June starrte ihn so lange benommen an, bis Gilfoyle den Kopf wandte.

»Was wollen *Sie* denn jetzt?«, fragte Gilfoyle.

Griff Clemons log, er war aalglatt. »Wir brauchen Hoss.«

Der Anflug von Zuneigung, den June für Griff Clemons empfand, der ihr die Möglichkeit gab, zu entkommen und sich zu sortieren, verwandelte sich sofort in Ärger, als Gilfoyle ihn anfuhr: »Kümmern Sie sich einfach selber drum. Raus jetzt. Sofort. Und machen Sie die Tür hinter sich zu.«

Kaum hatte sich die Tür geschlossen, sagte June: »So spreche ich nicht mit meinem Personal.«

»Du treibst mich in den Wahnsinn, June«, erwiderte Gilfoyle. »Ja oder nein. Sag einfach ja.«

June erinnerte sich, wie sie ihre Hand in das helle, wilde Wasser unter der Kirche getaucht hatte. Sie erinnerte sich an ihren Handabdruck auf der Tür des Lily House. Sie erinnerte sich an Gilfoyles Daumen, der sich in ihre Handfläche drückte. Sie hatte ihn so sehr geliebt.

Sie sagte: »Nein.«

Ein absolutes Nein. Ein unumstößliches, felsenfestes Nein.

Gilfoyles Kinn ruckte, genau wie früher, dann sackte er gegen die Tür, als hätte June ihn erschossen. »Du musst.«

Ihr kam es vor, als hätte man ihr selbst durchs Herz geschossen. Leise sagte sie: »Ich muss gar nichts, Ed.«

»Du verstehst das nicht, du bist kein Mann«, antwortete er. »Du weißt nicht, wie sie mich anstarren. Alle Männer sind in Uniform. Wo ich gehe und stehe. Egal, wo ich wohne. Überall kursiert das Gerücht, ich hätte mich von der Wehrpflicht freigekauft. Es ist – ich kann es nicht ertragen.«

June brach das Herz. Nicht ihretwegen. Sondern für die Junes, die sie in den letzten zwanzig Jahren gewesen war, all die jüngeren Junes, die sich etwas straffer aufgerichtet hatten, wenn es hieß, Mr. Gilfoyle sei am Telefon. Armes Ding. Armes, dummes Ding.

»Du willst mich heiraten, um dir die Schande zu ersparen?«, fragte sie.

»Ja – nein. Wenn ich verheiratet bin, verstummen die Gerüchte, ja; wenn ich schon verheiratet gewesen wäre, hätte man mich nicht einziehen können. Aber ich will nicht irgendwen heiraten. Ich will dich heiraten. Passen wir nicht hervorragend zusammen? Konnten wir nicht schon immer gut miteinander? Du willst doch dieses Hotel? Nicht nur das Lily House. Heirate mich, und du heiratest das Hotel. Es wird so bleiben, wie es war, beinahe. Ich werde mich nicht in deine Arbeit einmischen.« Den Rest hat er nicht ausgesprochen, aber sie hatte ihn trotzdem verstanden: *Und du wirst dich dafür nicht in mein Leben außerhalb des Hotels einmischen.*

»Wir sagen den Leuten einfach, dass wir meinen Vater nicht verärgern wollten, aber schon ewig verheiratet seien. Wir seien wahnsinnig verliebt. Das ist die Lösung für alles.«

Er meinte das vollkommen ernst. Sie merkte, dass die letzten Monate die Hölle für ihn gewesen waren. Das Avalon hatte ihn gelehrt, dass man alle Probleme mit genügend Geld und menschlicher Arbeitskraft aus der Welt schaffen konnte, aber da hatte sich das Avalon geirrt. Armer, jämmerlicher Edgar Gilfoyle, der immer wieder vor einer Welt zurückschreckte, die von Konflikten geprägt war.

Mit müder Stimme sagte June: »Ich verstehe schon, was du meinst. Dann würde das Gerücht verstummen, dass du dich aus der Einberufung herausgekauft hast.«

»Und die Gerüchte, dass du nur aufs Geld aus bist, verstummen auch«, stimmte Gilfoyle zu.

June brauchte einen Moment. Sie nahm einen der Stifte in die Hand, zeichnete mit kräftigen Strichen ein dunkles Quadrat auf die Schreibunterlage und setzte den Stift wieder ab.

Als sie sprach, klang ihre Stimme ruhig. »Es ist nur so: Ich werde dich nicht heiraten.«

»June.«

»Zunächst mal liebe ich dich nicht …«

»Natürlich liebst du mich …«

»Und außerdem gibt es da jemand anderen.«

Jetzt war es Gilfoyle, der einen Moment brauchte. Er verschränkte die Arme vor der Brust, nahm sie wieder auseinander, zerwühlte sich das Haar, strich es wieder glatt. Dann sagte er: »Ich glaub's einfach nicht.«

June dachte an ihre Begegnung mit Tucker im Spielhaus, an ihren Spaziergang auf der Hauptstraße von Casto Springs. Tucker sah den Unterschied zwischen Hoss und June. Im Gegensatz zu allen anderen, bevorzugte er June. Jetzt, da sie wusste, dass das möglich war, hatte Gilfoyle keine Chance mehr.

»Ich habe dich so sehr geliebt, Ed«, sagte sie. »Ich war verrückt nach dir. Hättest du mich vor all den Jahren in New York gefragt …«

Er senkte den Blick. Sie sah, wie er wieder und wieder die Angel nach Erinnerungen auswarf, Erinnerungen an falsche Entscheidungen, die in der Tiefe lauerten. Mr. Francis hatte June einmal erklärt: *Man sagt, die Jugend sei an die Jungen verschwendet. Warum hassen wir die Dummheiten, die uns klug gemacht haben?* Jetzt warf auch June die Angel nach Entscheidungen aus, die sie bereute, aber sie förderte nichts zutage. Hatte nicht jede Entscheidung, jeder Herzschmerz und jeder Sieg sie zu diesem Moment hingeführt? Diesen Moment, in dem June erkannte, dass sie ihre Entscheidung bereits getroffen hatte.

Sie sah, wie Gilfoyle schluckte.

»Noch ist Zeit«, meinte er.

Mit sanftem Mitleid erwiderte June: »Und mach die Tür hinter dir zu.«

Kapitel 28

Hannelore hatte in ihrem Leben noch nie so viele Hakenkreuze gesehen. Sie waren in Vorhänge eingestickt. Auf Tischtücher gemalt. Man hatte die Früchte in den Obstschalen entsprechend angeordnet. Die Tische im Speisesaal waren in Form eines Hakenkreuzes gestellt. Die Silberbestecke, eingewickelt in Servietten, lagen hakenkreuzförmig auf dem Tisch. Am schockierendsten jedoch war ein frisch gemaltes, noch feuchtes Symbol mitten auf dem Boden des Ballsaals. Es sah aus, als hätte man es in aller Eile und Heimlichkeit hingeschmiert; die Arme waren unterschiedlich lang und teils zerfasert, als hätte jemand die Flucht ergriffen, bevor er ihm im zweiten Anstrich Form geben konnte. Alle sprachen über das Symbol auf dem Boden, während die Musik spielte und der Wein in Strömen floss. Das Hakenkreuz am Boden wurde in einem Atemzug mit ganz bestimmten Deko-Objekten genannt, die die Angestellten an diesem Morgen auf sämtliche Tische gestellt hatten: rustikale Kerzenständer aus Holz und Metall. Sie sahen ziemlich seltsam aus, und es waren Streichhölzer mit roten, weißen und blauen Köpfen dabei, die in eigens dafür vorgesehenen Löchern am oberen Rand des Sockels steckten.

Auf jeden Kerzenhalter war folgende Inschrift gedruckt:

NUR BEI BLACKOUT!
Speziell angefertigt für John Willy, *Hotel Monthly*, Chicago, Ill
In Erinnerung an Pearl Harbor, So. 07. Dez, 1941
Kaufen Sie Verteidigungsbriefmarken

Das auf den Boden gemalte Hakenkreuz, so verstand es Hannelore, war wohl irgendwie die Strafe dafür, dass diese Kerzen auf den Tischen standen. Beides waren Kriegshandlungen in einer Schlacht, von der bis heute, am letzten Tag, niemand gesprochen hatte. Auch jetzt war es nicht ausgesprochen worden, konnte aber auch nicht mehr geleugnet werden.

Hannelore kam es vor, als sollte irgendjemand für irgendetwas bestraft werden – entweder das Personal für die offenbar schockierenden Kerzen, oder die Deutschen für das definitiv schockierende Hakenkreuz – aber das Hotel flirrte in einem seltsamen Zwischenzustand, der die Frage unbeantwortet ließ. Die Diplomaten waren da, aber auch schon fast nicht mehr da. Ein Zug befand sich genau in diesem Moment auf dem Weg zu ihnen, und obwohl sie noch nicht alles gepackt hatten, hatten sie zum letzten Mal auf ihren Kopfkissen geruht. Es gab keinen Unterricht mehr für die Kinder, keine Treffen mehr mit den Schweizern. Keine Gespräche mehr mit den Kellnern über das morgige Frühstück, keine Fragen mehr an die Ladenbesitzer, welche Waren wohl am Ende der Woche reinkommen könnten. Die Tafel, auf der sonst immer die Filme im Kinosaal angekündigt wurden, war leer.

Die Angestellten sahen also das Hakenkreuz auf dem Boden, berieten sich hastig flüsternd, ohne Aufsehen zu erregen, und verschwanden dann leise. Ja, husch, husch, sagte einer der Konsuln. Jetzt können sie uns nichts mehr anhaben. Später jedoch beobachtete Hannelore einen Bediensteten, der in einen der deutschen Koffer im Flur urinierte. Obwohl er das Kind bemerkte, blieb er stehen und zuckte nicht zurück. Er wandte sich nur ein wenig ab, um sein Glied zu verbergen. Als er fertig war, knöpfte er seinen Hosenschlitz zu, schloss den Koffer, drehte sich dann zu Hannelore um und warf ihr einen ätzenden Blick zu. Sie starrte ihn nur an.

Er ging ohne ein Wort.

Die Atmosphäre im Hotel hatte sich verändert. Die Brunnen, an denen Hannelore vorbeikam, vibrierten von mürrischer, knisternder Energie. Die Diplomaten schienen sich damit zu synchronisieren. Die Luft schimmerte. Hannelore roch das Süßwasser mit jedem Atemzug. *Lauf weg.* Sie konnte nicht weglaufen. Wo sollte sie hin? Sie fuhr nach Deutschland zurück.

Sterilisation.

Auf dem Flur sah Hannelore Erich von Limburg-Stirum und jemanden, der mit dem Rücken zu ihr stand, er sah aus wie der freundliche Kellner, die beiden unterhielten sich auf Deutsch. Sonst hatte der Pilot sie immer freundlich angesehen, aber heute schien er sie gar nicht zu bemerken; er starrte ins Leere, hörte angestrengt zu, sagte dann: Wir sollten uns gegenseitig etwas versprechen …

Unruhig huschte Hannelore umher, bis sie in der Bar auf ihren Vater und Lothar traf, die leise miteinander sprachen. Das Licht war gedämpft, und alles war grün-blau gestrichen, es sah aus, als befände man sich unter Wasser. Schwer zu sagen, ob die Bar einfach noch nicht für den Abend geöffnet hatte oder bis zur Abfahrt der Hotelgäste geschlossen bleiben würde. Die beiden Männer waren ganz allein, nur Citizen saß zu ihren Füßen; man sah weder den Barkeeper noch Gäste in den Nischen.

Obwohl, ganz allein waren sie nicht. Beim Eintreten sah Hannelore Sandy Gilfoyle in seinem Rollstuhl, den Blick auf die leere, holzgetäfelte Wand gerichtet – da hatte Stella ihn wohl an einem besonders langweiligen Ort zurückgelassen, aber auch sie war wohl irgendwie aus dem Lot geraten. Ein paar Stunden früher hatte ihr ein

Hotelangestellter ein Buch in die Hand gedrückt und sie in einen der stillen Aufenthaltsräume geführt.

Jetzt streckte Hannelores Vater seiner Tochter die Hand entgegen und sagte: »Sing das Lied für uns, Liebchen, bevor deine Mutter kommt. Zeig mir, wie gut du es kannst.«

Sie hatte eigentlich gar keine Lust zu singen, warf Sandy einen misstrauischen Blick zu und begann: »H 1 6 89 L / R Y W 1 2 / Q U 49 –«

Während sie sang, hörte sie ihren Vater mit Lothar sprechen. »Genügt dir das? Ich bin der Einzige, der es entschlüsseln kann, und sie ist die Einzige, die die gesamte Liste hat, nun, wo es die Dokumente nicht mehr gibt.«

»Warum erzählst du mir das?«, fragte Lothar.

»Für den Fall, dass man mich nach unserer Ankunft verschwinden lässt«, erwiderte ihr Vater.

Normalerweise hätten die beiden in Hannelores Gegenwart nie so gesprochen, aber offenbar dachten sie, sie höre beim Singen nicht zu. Konnte sie nicht sogar bis in die Tausenden zählen und gleichzeitig ein Gespräch verfolgen? Es war gar kein Problem für sie, ihnen zu lauschen.

»Warum sollte man dich verschwinden lassen?«

»Warum verschwinden Menschen, Lothar?«

Lothar lachte, aber es war kein amüsiertes Lachen. Hannelore kannte den Unterschied.

Lauf weg.

»Sind das die richtige Zeit und der richtige Ort dafür?« Sabines Stimme schnitt durch die rauchige Luft der Bar. »Hannelore, hör auf zu singen!«

Ihre Mutter trug ihr liebstes Reisekostüm. Sie hatte Hannelore einmal erklärt, dass es auf einer langen Reise wichtig sei, nicht nur bequem, sondern auch angemessen gekleidet zu sein, wie für einen gesellschaftlichen Anlass. Die Leute behandelten einen so, wie man es von ihnen erwarte, hatte sie gemeint, und durch die Kleidung könne man diese Erwartung zum Ausdruck bringen.

Sabines Hände jedoch waren nicht reisefertig. Hannelore sah, dass sie zitterten.

»Sie holen dein Gewehr aus dem Keller. Sieh zu, dass mit unserem Gepäck alles in Ordnung ist«, sagte Sabine zu Friedrich.

Nach einem solchen Befehl hätte Lothar Friedrich sonst bestimmt gehänselt, doch heute erhoben sich die Männer widerspruchslos und verließen die Bar. Sabine ging vor Hannelore in die Hocke und nahm ihr Gesicht in beide Hände. Hannelore war sich bewusst, dass diese Geste Nähe bedeutete, also hielt sie ganz still, auch wenn sie sich nicht wohlfühlte. Die Stille in der Bar betonte das laute Murmeln des Wassers; der helle Schimmer des rotgoldenen Haars ihrer Mutter vertiefte das Dunkel der Holzvertäfelung um sie herum. Hannelore sah ihrer Mutter in die Augen und zählte die Sekunden, bis Sabine sie endlich seufzend losließ.

»Mrs. Wolf, kann ich Sie einen Moment sprechen?«

Es war der Mann vom State Department, Benjamin Pennybacker. Als Citizen auf ihn zulief, beugte er sich gedankenverloren nach unten, um die Ohren des Hundes zu kraulen.

»Hat Miss Hudson Sie geschickt?«

»Wie? Nein, nein, eigentlich nicht«, erwiderte Pennybacker. »Es geht um …«

Ein vielsagendes Schweigen zog sich in die Länge, das Hannelore noch nicht zu deuten wusste. Die Mienen der beiden Erwachsenen verrieten nichts, auch wenn sie sie noch so scharf beobachtete.

»Setz dich an diesen Tisch hier, Hannelore«, sagte Sabine. Sie rollte eine Serviette aus und legte sie vor Hannelore hin, damit sie so tun konnte, als würde sie malen. »Steh nicht auf, bis ich es erlaube.«

Dann zog sie sich mit Pennybacker in die Tiefe der Bar zurück. Dort flüsterten die beiden, und doch hörte Hannelore jedes Wort.

»Jetzt ist es an der Zeit, Mrs. Wolf, mir zu sagen, ob es irgendetwas gibt, das mir helfen könnte, Ihnen zu helfen«, sagte Pennybacker. »Wenn es etwas gibt, das Sie der US-Regierung über die Arbeit Ihres Mannes mitteilen wollen, könnte es sein, dass man bereit ist, Sie und Ihre Tochter hierzubehalten.«

Sabines Stimme klang kühl. »Ich glaube, Sie haben meine Absichten völlig missverstanden. Ich strebe keine Amnestie an. Ich möchte mein Kind schützen, nicht meinen Mann verraten. Ist es überhaupt angemessen, dass das State Department mit einem Mitglied einer diplomatischen Delegation so ein Gespräch führt?«

Jetzt wirkte ihre Mutter wie damals am ersten Tag, als sie vorgetreten war, um die aufgebrachten Ungarn zu beschwichtigen. Sabine Wolf, Diplomatengattin, die deutsche Ideale vertrat. Dieser Tag schien schon sehr lange her zu sein, damals hatte Hannelore zwar nicht immer gewusst, wie viel Zeit bis zum nächsten Umzug vergehen würde, dass der nächste Umzug aber kommen würde, das wusste sie sicher, sie zogen von Posten zu Posten, von Land zu Land, um für den Rest der Welt deutsch zu sein. Jetzt hingegen wusste sie nicht, was die Zukunft bringen würde.

»Natürlich wollte ich damit nicht andeuten, dass Ihr Mann irgendetwas, äh, Unerwünschtes tut. Ich habe lediglich nach kreativen Lösungen gesucht. Sie verstehen, dass mir die Hände gebunden sind. Aber ich habe eben … ich habe letzte Nacht nicht geschlafen, Mrs. Wolf. Ich habe kein Auge zugetan, sondern über Hannelore nachgedacht. Wenn ich sie so anschaue, dann sehe ich …«

»Hannelore ist ein ganz besonderes Kind«, unterbrach ihn Sabine.

»Ich weiß«, sagte er eilig. »Genau das wollte ich gerade sagen. Wirklich ganz außergewöhnlich, wenn man sieht, wie sie einen Raum beobachtet, wie sie alles in sich aufnimmt und katalogisiert. Ich habe gesehen, wie sie an ihren Listen arbeitet, ein wirklich erstaunliches Kind. Ich bin sicher, dass sie einmal eine interessante Frau werden wird.«

Natürlich hatte Hannelore auch Benjamin Pennybacker beobachtet, so wie sie jeden im Hotel beobachtet hatte. Sie sah vor sich, wie er frühstückte, die Finger klebrig von Sirup oder Gelee, so dass er die Seiten des Aktenordners oder Buchs, in dem er gerade las, immer vorsichtig mit einem Stift wendete. Sie erinnerte sich an seine Unbeholfenheit im Flur, wo die anderen Bundesagenten sich entspannt unterhielten, während er die Worte immer falsch platzierte. Sie sah, wie seine Hand sanft, unbewusst, auf Citizens Kopf ruhte, während er mit ihrer Mutter sprach.

Ihre Mutter schwieg einen Moment und sagte dann mit veränderter Stimme: »Kann sie nicht einfach bei Ihnen bleiben, nur für ein paar Monate?«

Sie trug ihm das so beiläufig an, als wäre Hannelore ein Gepäckstück. *Könnten Sie das bitte hinter der Rezeption aufbewahren, bis wir zurückkommen?*

Hannelore zeichnete die Form seines zerknitterten Mundes auf ihrer Serviette nach.

»Genau mit dieser Frage habe ich mich herumgequält«, entgegnete er. »Ich kann sie nicht hierbehalten, wo ich doch ausdrücklich angewiesen bin, sie in diesen Zug zu setzen. Es wäre eine Kriegshandlung. Ich kann weiter dranbleiben, wenn Sie weg sind, und hoffen, dass ich Erfolg habe, bevor Sie New Jersey verlassen, aber ich … ich hätte Sie nicht nach Ihrem Mann gefragt, wenn ich eine andere Möglichkeit sähe.«

Aus den Tiefen des Hotels hörte man für einen kurzen Moment so etwas wie feindselige Stimmen, die dann wieder verstummten. Laute der Zwietracht. Hannelore hatte nicht bemerkt, wie ungewohnt solche Geräusche für sie geworden waren; im Avalon hatte es das für sehr lange Zeit nicht gegeben. Jetzt begriff Hannelore, dass alles zu einem Ende kommen würde. Sie fertigte eine unsichtbare Zeichnung von sich selbst an, wie sie an einem der Hotelfenster stand.

Wasser ergoss sich über die Fensterbank. Ihre Hand zitterte wie die ihrer Mutter.

»Sie verlangen also von mir, einen dieser beiden Menschen aufzugeben«, sagte Sabine.

»Nein«, erwiderte Pennybacker ernst. »Ich fürchte, das verlangt Ihr Land von Ihnen.«

Kapitel 29

Tuckers Schritte waren schwerer als sonst, als er vom Hotel zu den Hütten am Waldrand hinunterging, nicht weil ihm das Herz schwer war – obwohl das zugegebenermaßen stimmte –, sondern wegen der physischen Last, die er trug. Auf der einen Schulter trug er seinen Aktenkoffer mit der Schreibmaschine und den Papieren, über der anderen Schulter hing eine Tasche mit Aufzeichnungen und Ponys Anrufprotokollen. Der Himmel wölbte sich hoch und blau über ihm, bis hinauf zu Gottes lachendem Antlitz. Vögel zwitscherten atemlos. Es war Frühling, und überall um Tucker herum herrschte fröhliche Betriebsamkeit. Die Hotelangestellten mähten die Winnet-Felder, jäteten die Beete, setzten neue einjährige Pflanzen aus dem Gewächshaus ein und verpassten pollenbestäubten Fenstersimsen einen neuen Anstrich. Noch waren die Diplomaten nicht aufgebrochen, aber es dauerte nicht mehr lange, und das Avalon musste für neue Gäste bereitstehen. Einige der Bediensteten winkten Tucker zu. Einige grüßten ihn sogar mit dieser seltsam fliegenden Handbewegung, mit der sie June begrüßten und die auch für June stand, wenn von ihr gesprochen wurde.

Er war müde, wach, erwartungsvoll, verunsichert; so verwirrt hatte er sich seit seinem ersten Posten nach der Academy nicht mehr gefühlt. Vor langer Zeit. In Iowa. Sein SAC hatte Tucker sechzig, siebzig, achtzig Stunden pro Woche schuften lassen, um einen Schweinedieb aufzuspüren. Ein bizarr klingender Auftrag, aber tatsächlich eine blutige Sache, ein Viehdiebstahl, bei dem es um viel Geld ging und bei dem man hunderte Schweine bei Nacht und Nebel über Staatsgrenzen schaffte. Das bisschen Ruhm, dass da abfiel, kassierte der SAC Des Moines, während Tucker zäh und verbissen den Rest erledigte: blutgetränkte Späne von Bodenbrettern kratzte und für die Laboruntersuchung in eigens gebaute Kisten gab, Aussagen von Nachbarn protokollierte, im Graben lag und observierte, während ein paar Countys weiter Tornados tobten. Sein SAC grunzte Befehle: *Minnick, aufstehen. Minnick, jetzt. Minnick, tippen Sie die Aussagen ab. Minnick, setzen Sie sich. Bleiben Sie hier, bis die zurückkommen. Minnick, da sind ja meine Arschhaare länger als Ihr Memo, strengen Sie sich an.*

Es war so lange her.

»Hugh, sind Sie da?«, rief Tucker, als er das Trillium House betrat und seine Tasche auf die Liege fallen ließ, die sich an die Flurwand schmiegte. In einem anderen Raum lief bereits eine seiner Tonbandaufnahmen; ein krächzendes deutsches Gespräch, leises Gemurmel.

Als er in das dämmrige Wohnzimmer trat, traf er auf Sandy Gilfoyle, in seinem Rollstuhl vor dem erloschenen Kamin geparkt, während das deutsche Gemurmel den Raum um ihn herum erfüllte.

Hinter sich hörte Tucker die Haustür aufgehen und dann, nachträglich, ein Klopfen.

»Hätten Sie eine Minute?«, fragte June Hudson.

Er sah sie in der Tür stehen und dachte an die Berge am Horizont; hatte er sie erblickt, gab es keinen Grund mehr, woanders hinzusehen. Es gab nur eine einzige Frage, auf die Tucker sich eine Antwort wünschte, aber wie das seit jeher zwischen Männern und Frauen ist, konnte er alles fragen, nur das nicht. »Was machen die Diplomaten?«

Er wusste von Edgar Gilfoyles Heiratsantrag. Auch wenn er seine Überwachungsgeräte abgebaut hatte, besaßen die Wände des Hotels doch Augen und Ohren. Das ganze Hotel wusste es. Auch wenn ihm klar war, dass das Küchenteam, die Gärtner, die Pförtner und Toads

Zimmermädchen alle hinter ihm standen, nicht hinter Gilfoyle, schenkte ihm das nicht den geringsten Trost.

Denn am Ende entschied Junes Herz und das, was ihr diese Familie bedeutete. Tucker war nur ein Mann. Gilfoyle stand für ein ganzes Leben.

»Die haben den Boden des Ballsaals mit einem Hakenkreuz beschmiert. Einer der Italiener hat einen japanischen Konsul angespuckt. Breznay hat den Zimmermädchen einen hasserfüllten Brief hinterlassen. Haben Sie erledigt, was nötig war?«, fragte sie. »Um Ihre Position zu halten.«

Das klang unerträglich höflich. Tucker stapelte ein Bündel Papiere und stieß die Kanten glatt. Das eigentliche Packen würde weit mehr Arbeit bedeuten, aber es war wichtig, jetzt geschäftig und gelassen zu wirken. »Ich weiß, dass Sie es schon erfahren haben«, erwiderte er.

»Ja«, gab sie zu, »von Durand, gerade eben. Ist das in Ordnung? Kommst du damit klar?«

Eine schlichte Frage, endlich. Er lächelte.

Sie schaute ihn an, als suche sie die Komplikation in diesem Geständnis, aber hier, am helllichten Tag, gab es keine. Die einzige Komplikation war sie.

»Ich muss mit dir reden«, sagte June. Sie warf einen Blick auf Sandy. »Ich glaube, wir reden besser allein.«

Sie traten nach draußen, während im Hintergrund weiter murmelnd die Tonbandaufnahme lief. Die Veranda war nur eine Plattform ohne Geländer, nur ein Vorwand, um hier draußen zu trinken und auf die Berge zu blicken. Der Hausmeister hatte keine Stühle herausgestellt, also saßen Tucker und June am Rand der Betonplatte und ließen die Beine ins Unkraut baumeln. Spottdrosseln zwitscherten einander zu; weit entfernt ertönte im Wald der bellende Warnruf eines Rehbocks. June starrte zu den Bergen hinauf, er starrte sie an.

»Ich weiß nicht, ob er etwas mitbekommt«, sagte June, »aber falls doch, möchte ich nicht, dass er in diese Sache verwickelt wird. Ich will verhindern, dass Hannelore in diesen Zug steigt.«

Damit hatte er nun überhaupt nicht gerechnet. »June.«

»Ich weiß, und belehr mich nicht über Dinge, die mir schon klar sind. Ich weiß, womit ich leben kann und womit nicht, und damit kann ich nicht leben. Ich denke, wenn ich es schaffe, dass der Zug ohne sie abfährt und ihre Eltern erst in New Jersey Alarm schlagen, ist schon alles in vollem Gang. Man wird nach ihr suchen, wird aber denken, dass sie verlorengegangen ist und wird diese ganze Maschinerie nicht für ein kleines Mädchen stoppen. Wir verhindern also einfach, dass sie in den Zug steigt, und die anderen gehen auf das Schiff.«

»Und dann?«

»Selbst wenn sie wieder auftaucht, dauert es Monate, bis Pennybackers Handlanger all den Papierkram erledigt haben, um sie zurückzuschicken.«

Es war eine brillante, eine schreckliche Idee. Eine überzeugende, abwegige Idee, wie sie einem das Süßwasser an einem heiteren Tag zuflüsterte. »Wie willst du sie heute unbemerkt wegbringen?«

»Das Wasser.«

Er spürte ein Kribbeln, Erinnerung und Vorahnung zugleich, direkt unter seinem Bauchnabel.

June spreizte die Finger, als wäre die Luft Süßwasser und sie könne darin lesen. »Hast du denn immer noch Angst davor, nach all dem?«

Casto Springs. Poison Point. Er erinnerte sich, wie er im Dunkeln gelegen hatte, in dem Bewusstsein, dass das Süßwasser auf seine heimliche Weise unterm Felsen dahinfloss, so sehr daran interessiert, wie er sich fühlte. Jetzt wusste er, dass das Gift in ihm gewesen war, nicht im Wasser. Das Süßwasser hätte ihn fürchten müssen, nicht umgekehrt. Was hatte das Wasser getan, bevor die Menschen kamen? Es hatte an den Schnee vom letzten Jahr gedacht. »Angst ist nicht das richtige Wort.«

»Was ist denn das richtige Wort?«

Er sah sie von der Seite an, ihren nachdenklichen Mund, ihre klugen Augen. Er konnte es nicht mehr ertragen. »June, was bin ich für dich?«

Der Windhauch ließ sie sanft mit den Wimpern flattern. »Was willst du denn für mich sein?«

Die erste Nacht, in der er Tucker Rye Minnick und nicht Richard Monrow Minnick war, hatte ewig gedauert. Er hatte sich eine Übernachtung dafür verdient, dass er den Stier eines Siedlers aufgespürt hatte. Auf einer Decke am Boden der Vorratskammer zusammengerollt hatte er gehört, wie der Mann seine Frau leise, aber mit harter Stimme beschimpfte, und er hatte daran gedacht, dass er Mutter und Schwestern immer noch zu Fuß erreichen, immer noch zurückkehren und sich der Gerechtigkeit stellen konnte, statt alles zurückzulassen. Er dachte an das Gefängnis und an den Galgen. Er dachte an seinen Vater. Es begegnete ihm die kalte, deprimierende Erkenntnis, dass er nie wieder glücklich sein würde.

Aber am nächsten Morgen schien die Sonne, die Straße vor ihm führte bergab ins Tal und die Straße hinter ihm hoch auf den Berg, und es kam ihm vor, als hätte er ein völlig neues Leben begonnen. Tucker Rye Minnick. Was auch immer geschah, es würde etwas sein, das er sich nie hätte träumen lassen.

Und jetzt fühlte er genau das wieder.

»Alles«, antwortete er. »Ich will der sein, der dich zum Lächeln bringt, wenn wir zueinander nach Hause kommen, und der dir Ruhe und Sicherheit schenkt, und ich will der sein, nach dem du dich sehnst, wenn ich weg bin, und ich will, dass du glücklich bist, wenn wir miteinander schlafen, und ich will dich zum Weinen bringen, wenn ich sterbe, und ich will auch alles andere dazwischen sein und mit dir gemeinsam die Welt erleben, und wenn es hier sein muss, dann bin ich angekommen.«

Worte kamen Tucker sonst nicht leicht über die Lippen, aber diesmal brach ein Strom von Gefühlen an die Oberfläche und versiegte erst, als es keine Worte mehr gab. Er wollte, dass sie es wusste. Er wollte, dass sie es mit jeder Faser ihres Seins wusste und dass kein Raum für Zweifel blieb.

June flüsterte: »Dann sollst du das für mich sein.«

Es wird viel über den ersten Kuss geschrieben, aber nicht genug über den dritten oder vierten. Es wird nicht genug über das dritte oder vierte Mal gesprochen, wenn ein Mann die Hand einer Frau nimmt. Es wird nicht genug über das dritte oder vierte Mal gesprochen, wenn eine Frau einen Mann strahlend anlächelt. June und Tucker küssten sich, FBI und Hotel, obwohl das nur noch für ein paar Stunden galt, und der Kuss war schöner als alle anderen, gerade weil es nicht der erste war. Dann zog Tucker sie ins Haus. Sie ließ sich ziehen, und er wusste, dass sie dachte und sich wünschte, er werde sie in eins der Zimmer führen. Auch er sehnte sich danach. Aber damit musste er noch warten.

Stattdessen führte er sie ins Wohnzimmer. Das aufgenommene deutsche Gespräch hatte sich ein wenig erhitzt. Sandy saß immer noch vor dem Kamin, neben ihm stapelten sich Notizen, und wenn June genau hingesehen hätte, hätte sie wohl die Handschrift erkannt. Tucker zog die Vorhänge der Fenster zu, die auf den Rasen zeigten. Vor eins der Fenster, das keinen Vorhang hatte, schob er einen Schrank, um die Sicht von außen zu versperren. Er kehrte an Sandys Seite zurück. Der jüngste Gilfoyle saß regungslos da und starrte ins Leere, mit seinem attraktiven, zerschrammten Gesicht.

Als er Sandy zum ersten Mal begegnet war, hatte Tucker gedacht *ein typischer Gilfoyle*, aber inzwischen war ihm klar, dass Sandy sehr wenig mit dem Rest der Familie gemein hatte. Er glich viel eher June. Machte ja auch Sinn, wenn man es erst einmal wusste.

Jetzt sagte Tucker zu ihm: »Zwanzig Reiter.«

In dem halbdunklen Raum dehnte sich das Schweigen.

Dann wandte Sandy sich um, auf einen Ellbogen gestützt, und sagte: »April, April, June.«

Kapitel 30

Sandy Gilfoyle stand auf. Er sprach. June beobachtete, wie er sich erhob; wie von außen beobachtete sie, dass er die Arme um sie legte. Er war der junge Mann, zu dem sie den kleinen Jungen erzogen hatte, und sie war die Frau, zu der sie sich aus einem eigenartigen kleinen Waisenmädchen entwickelt hatte. Sein staubiges, zerzaustes Haar schmiegte sich an ihren glatten dunklen Bob. Er sah aus wie ein aus dem Krieg zurückgekehrter Sohn. Sie sah aus, als hätte man sie vor ein Rätsel gestellt, dessen Lösung noch in weiter Ferne lag.

Sandy hielt sie lachend im Arm, während sie stammelte: »Ich hab doch mit dir gesprochen, und du hast nicht mit der Wimper gezuckt. Stella hat dir den Witz über den Pharisäer erzählt, und du hast dich nicht bewegt! Du hast nie was gegessen! Du hast nur stundenlang aus dem Fenster geschaut!« June präsentierte einen Beweis nach dem anderen dafür, dass das, was sich hier direkt vor ihren Augen abspielte, eigentlich gar nicht wahr sein konnte. »Agent Calloway hat *heißen Kaffee* auf dir verschüttet, das hat man mir erzählt, und du hast dich nicht bewegt!«

»Das war notwendig«, sagte Tucker. »Das musste vor den Deutschen geschehen, damit sie ihm seinen Zustand abkauften.«

»War nicht leicht«, gab Sandy zu. »Vor allem, weil ich ja wusste, was kommen würde. Schlimm war es auch, wenn es mich irgendwo juckte. Und als diese Frau vom Balkon fiel …«

June platzte fast vor Glück; ihr Herz explodierte; die Freude strömte durch ihren Körper, sie spürte sie in allen Adern kribbeln, in Armen und Beinen. Das bedeutet es also, wenn man vor Freude tanzt, dachte sie.

Sandy ging es *gut*, Sandy war okay, Sandy war klug und pflichtbewusst und ganz der Alte. Sandy war unversehrt. Der Krieg hatte diesen wunderbaren Menschen nicht zerstört. Er stand hier, fröhlich und galant, und ach, sie hätte in dieser Hütte vor Freude über die Möbel springen können, vom Sofa über den Tisch bis zum Kaminsims!

Er war jetzt einen Schritt zurückgetreten, aber sie musste ihn erneut umarmen, drückte sich fest an seine Brust, der gute, alte, sehnige Sandy, nicht mehr der kleine Junge, den sie einst gerettet hatte, aber ihr in der Umarmung immer noch genauso vertraut.

»Der Trainingsunfall war natürlich echt«, bemerkte Tucker. »Als ich hörte, dass er zur Genesung nach Hause kommen sollte, erkannte ich meine Chance.«

Die abrasierten Haare oberhalb von Sandys Ohr waren längst nachgewachsen, aber eine Gesichtshälfte war immer noch mit Schrammen übersät, von denen er eine jetzt leicht berührte. »Ich hatte mich bereits freiwillig für spezielle Aufgaben gemeldet«, sagte er, »irgendetwas, wo ich meine Sprachkenntnisse einsetzen konnte. Ich hatte schon gehört, dass Ed versuchte, die Diplomaten ins Hotel zu bringen und dass er mich erwähnt hatte. Deshalb war ich sofort dabei, June, als Agent Minnick fragte, ob ich zu etwas ganz Verrücktem bereit sei.«

Plötzlich war June klar, was das bedeutete. Die Nacht in der Bar, Gilfoyle's Hände auf ihrer Hand. Kein Wunder, dass Tucker ausgerastet war. »Ed weiß also Bescheid.«

Sandy schnipste sie mit Daumen und Zeigefinger gegen das Ohr, so wie früher als Kind. »Natürlich. Schließlich war er derjenige, der Minnick von meinem Unfall erzählt hat. Er war von Anfang an eingeweiht.«

Sie hielt Tuckers Blick stand. Er zuckte mit der Schulter. Es gab nichts zu sagen.

»Jemanden im Rollstuhl beachtet man nicht«, fuhr Sandy jetzt fort, »und zumindest bei mir hat es gestimmt. Du glaubst nicht, was die Leute in meiner Gegenwart so alles reden.«

Tucker nahm den Hörer ab und sprach ein paar leise Worte hinein, June ließ sich auf das schäbige Sofa fallen und gegen die Lehne sinken. Es spielte keine Rolle, dass Gilfoyle eine Ratte war. Die Sonne schien, Sandy ging es gut, und Tucker wollte alles für sie sein. Das Wasser musste Hannelore vor der Rückkehr nach Deutschland bewahren, und June wusste, dass sie es dazu bringen würde, wenn sie sich nur genug darauf konzentrierte. Glück und Schrecken mischten sich in ihr und lagen näher beieinander, als sie es je vermutet hätte. Wäre sie Cembalistin gewesen, hätte sie sich an das Klavier in der Lobby gesetzt, um auch dieses Gefühl herauszulassen.

»Minnick, Minnick«, sagte Sandy. Die Vertrautheit, die da mitschwang, überzeugte June mehr als alles andere davon, wie eng die beiden Männer zusammengearbeitet hatten. »Hören Sie mal. Ich war eigentlich hergekommen, um Ihnen das zu sagen – darf sie das mithören? Gut – ich kenne jetzt den Code.«

Tucker war sofort hellwach. Nur mit Mühe brachte er die Geduld auf, June zu erklären, dass Friedrich Wolf seiner Tochter Hannelore einen gesungenen Code beigebracht hatte, in der Hoffnung, dass ihr das in Deutschland das Leben retten könnte. Er und Sandy hatten wochenlang gerätselt, wie der Code lauten könnte.

»Wie haben Sie das herausgefunden?«, fragte er Sandy.

»Er hat es Lothar Liebe heute morgen in der Bar erzählt. Er macht sich langsam Sorgen, was ihnen zustoßen könnte, jetzt, wo es ernst wird. Es handelt sich um eine Liste von Personen in deutschen Diplomatenkreisen, die gegen die Nazis sind.«

»Zwei Fliegen mit einer Klappe«, meinte Tucker. »Das lässt Hannelore wertvoll erscheinen und beweist gleichzeitig Friedrichs Loyalität. War Lothar Liebe beeindruckt?«

»Ach, ich glaube eher, dass er etwas enttäuscht war. Ich glaube, er hatte Wolf so etwas nicht zugetraut. Das ist ja ziemlich gnadenlos.«

Sandy kratzte sich am Kopf. »Ich bin mir nicht sicher, ob ihre Freundschaft Nazideutschland überleben wird. Ah, was für ein Glück, sich kratzen zu dürfen, wenn es juckt! Wie wird das erst, wenn ich mich tagsüber bewegen darf? Ich gebe Wolfs Plan keine Chance. Dass er seiner Tochter diesen Code eintrichtern konnte, beweist den Nazis doch nur, was für ein sonderbares Kind sie ist. Sie wird einen Wutanfall bekommen, während sie es aus ihr herauspressen, und das wäre schlimmer, als wenn er gar nichts unternommen hätte. Oder wenn es noch tragischer kommt, finden die Nazis eine Verwendung für sie, und sie verbringt die nächsten Jahre damit, in irgendwelchen Einsatzzentralen Codes zu singen. Warum glaubt Wolf denn, dass das funktioniert?«

»Verzweiflung«, meinte Tucker. »Aber es fällt schwer, Mitleid mit ihm zu haben, wo er doch bereit ist, andere Menschen dafür in den Tod zu schicken. Ich habe keine Bedenken, ihm seine Tochter wegzunehmen.«

Grausam. Schonungslos. June hatte über die nationalsozialistische Einstellung der Wolfs natürlich in deren Akte gelesen, aber das – die Bereitschaft, ahnungslose Mitarbeiterinnen und Mitarbeiter im Tausch gegen Hannelore zu verraten – war eine noch persönlichere und perfidere Form von Gewalt, als sie sich je hätte vorstellen können. Ja, Hannelore war ihre Tochter, aber die Menschen, die Friedrich denunzieren würde, waren auch Söhne oder Töchter. Friedrich Wolf war bereit, andere Menschen als Faustpfand zu benutzen, so wie Lieselotte Berger, Hertha und Sebastian Faustpfänder waren.

»Ah, Mr. Clemons«, sagte Sandy. »Nehmen Sie sich einen Stuhl; heute ist der Tag der Offenbarung.«

Griff Clemons, Junes vertrauenswürdiger Personalchef, betrat die Hütte. Als er Junes schockierte Miene sah, rieb er sich entschuldigend das kranke Auge; es überraschte ihn offensichtlich nicht, Sandy in diesem wachen, heiteren Zustand zu sehen. Tucker erklärte June kurz, dass Sandy sich am Tag nach seiner Ankunft am Ohr gekratzt hatte, weil er nicht merkte, dass Clemons in der Nähe war; deshalb musste der wachsame und misstrauische Personalchef sofort in den Plan eingebunden werden.

»Es ist mir schwergefallen, Sie im Unklaren zu lassen, Hoss«, sagte Griff.

Irgendwie verlangte die Situation nach einem Händedruck. June und ihr Mitarbeiter schüttelten sich die Hand, als sähen sie sich nach langer Trennung wieder, und dann ging es zur Sache.

»June hat die Absicht, Hannelore nicht in diesen Zug steigen zu lassen«, sagte Tucker.

Sandy betrachtete sie mit unverhohlener Bewunderung. Griff machte: »Pffffff«, ein Geräusch, das normalerweise bedeutete, dass June um etwas gebeten hatte, das weit außerhalb des Budgets lag. Ja, es war gut, dass Tucker ihn hinzugezogen hatte; Griff musste darüber informiert werden, dass June den bevorstehenden Tumult absichtlich verursachte, sonst hätte er alles getan, ihn zu beenden. Einen Moment lang schwiegen die Männer, und June wusste, dass sie jetzt das Gleiche überlegten, was ihr selbst schon seit gestern Abend durch den Kopf ging. Alle Räume voller Menschen. Die Grenzschutzbeamten, die darauf warteten, die Diplomaten zum Zug zu eskortieren. Die Passagierlisten des State Department, die genau abgeglichen werden mussten. June musste Hannelore wegbringen, ohne dass es jemand bemerkte, und falls es doch jemand mitbekam, musste man das Ganze so leicht erklären können, dass es sich nicht zu einem internationalen Zwischenfall auswuchs und June nach einem langen Gerichtsprozess ihre Sünden abbüßen müsste.

Hannelore musste so lange versteckt bleiben, bis in New Jersey das Schiff ablegte.

»Außerdem«, sagte Tucker, »ist da noch Sebastian Hepp.«

»Minnick, nein«, unterbrach ihn Sandy. »Das geht zu weit. Er sitzt hinter Schloss und Riegel.«

»Das Wasser wird alle ablenken«, meinte June. »Wenn niemand merkt, was wir mit Hannelore machen, reicht das auch noch für Sebastian.«

»Die werden wissen, dass Sie die Tür geöffnet haben«, sagte Griff zu Tucker. »Sie oder Calloway. Soll er das auf sich nehmen? Hoss, was geschieht mit dem Mädchen, nachdem Sie es rausgeholt haben?«

»Ich übernehme das«, unterbrach Sandy. »June schafft sie aus dem Hotel und übergibt sie mir. Mich beachtet ja keiner. Alle denken, dass mein Zustand unveränderlich ist. Niemand wird vermuten, dass ich es war, der Hannelore am helllichten Tag weggebracht hat. Ich verstecke sie, bis das Schiff abgelegt hat, und dann bringe ich sie zu Pennybacker. In der Bar heute sagte er mir, dass er sie nehmen würde. Ich tue das aber nur unter einer Bedingung.«

June konnte sich nicht erinnern, dass Sandy jemals etwas von ihr verlangt hatte.

»Du gehst hier weg«, sagte Sandy zu ihr. »Du bringst in den nächsten Tagen deine Angelegenheiten hier in Ordnung, damit niemand auf die Idee kommt, du hättest auch nur das Geringste mit der Sache zu tun, und dann entfernst du dich so weit wie möglich vom Avalon IV.«

»Das wäre das Ende des Hotels«, entgegnete June. »Wenn ich gehe, ist es vorbei.«

Er antwortete nicht. Er wusste, dass das stimmte.

Wie bitter es am Ende gewesen war. Mr. Francis hatte irgendwann seine Versuche aufgegeben, einem jungen Mann, der nichts damit anzufangen wusste, den Sinn und Zweck des Luxus nahezubringen; und Sandy seinerseits hatte es längst aufgegeben, einem älteren Mann zu erklären, dass diese Welt des Luxus, in der er noch lebte, schon längst tot war.

Und mittendrin stand natürlich Edgar, der nie auch nur das geringste Interesse gezeigt hatte, das Hotel zu leiten. Carrie war damals schon verheiratet und hatte kein Interesse, sich auch noch an das Hotel zu fesseln. Und Madeline – nun, sie weigerte sich, über das Wasser auch nur zu sprechen. Wer blieb da noch übrig?

»June«, sagte Sandy ernst, »ich bin jedes Mal fast gestorben, wenn du da drin warst.«

Er meinte das Avalon IV.

Er hatte ja selbst einmal stundenlang in dem engen Wasserloch gesteckt. Er wusste, wovon er sprach.

»Ich habe ihm nie verziehen, dass er dich dazu überredet hat, Direktorin zu werden«, sagte Sandy.

Zehn Jahre ihres Lebens, in denen sie jedem Menschen, der hierherkam, ganz bewusst Freude bereitet hatte. In denen sie bei jedem dieser Menschen Spuren hinterlassen hatte. In denen sie die High Society so genau kennenlernte, dass Sachiko Nishimura, die ihre Dialektfärbung nicht einordnen konnte, sie für eine Gilfoyle gehalten hatte. Zehn Jahre, während derer sie das Leben Hunderter von Angestellter verändert hatte, von denen einige nirgendwo sonst überlebt hätten, genau wie June selbst. Sie hatte dem Avalon IV so viel von sich gegeben und war bereit, jetzt damit aufzuhören, aber das änderte nichts an all dem Guten, das bis zu diesem Augenblick entstanden war.

Sie bereute diese zehn Jahre nicht. Aber sie war bereit zu gehen.

Sie blickte Griff in die Augen. Schließlich war auch sein Leben mit dem Avalon verknüpft, und wer wusste schon, was danach kam. Sie waren beide auf diesem Berg hier so weit nach oben gelangt, wie es nur möglich war, und keiner von ihnen hätte es ohne den anderen geschafft.

»Irgendwann muss sich immer alles ändern, Hoss«, meinte Griff.

Es war ganz still im Raum. Da die Hütte über eine eigene Regenwasserzisterne verfügte, gab es kein Süßwasser, das Junes Empfindungen belauschen konnte. Aber das würde sich bald ändern.

Draußen hörte man die Rufe der Dienstmänner, die mit der Herkulesaufgabe begannen, das Gepäck der Diplomaten in Lastwagen zu verfrachten. Es war fast geschafft.

Kapitel 31

Der Zug traf um Mitternacht ein, und die Japaner sangen. Es war eine fröhliche, martialische Melodie im Takt ihrer Schritte, als sie zum letzten Mal die herrschaftlichen Treppen der Lobby hinuntermarschierten. So fröhlich hatte man diese Delegation noch nie erlebt. Das Personal und die anderen Gäste hielten inne, um zu beobachten, wie sogar die schläfrigen Kinder mit einstimmten. Worum ging es in dem Lied? Niemand wusste es, bis sich Sachiko Nishimura lange genug von der Gruppe löste, um June ins Ohr zu flüstern: »Jenseits der Wolken der Morgendämmerung / erhebt sich der Gipfel des Fuji / in ewiger Schönheit / der ganze Stolz Japans!«

Die Übersetzung war ein Abschiedsgeschenk: das Geschenk des Verstehens, nur für June.

June verbeugte sich vor Sachiko, wie sie es bei den anderen Japanerinnen beobachtet hatte.

Sachiko, überrascht, verbeugte sich ebenfalls.

Der Zug war fast eine Stunde früher eingetroffen, und die Grenzschutzbeamten sowie eine Handvoll Polizisten hatten bereits mit den eskortierten Fahrten begonnen, von denen Dutzende nötig sein würden, um das ganze Gepäck zum Bahnhof zu bringen. Danach würde man Frauen und Kinder auf demselben Weg hinuntertransportieren. Und schließlich würden die Männer zu Fuß folgen. Im Grunde war es der gleiche Ablauf wie bei der Ankunft, nur eben umgekehrt.

Die Grenzschutzbeamten würden am nächsten Morgen ihre Wachtürme abreißen und das Holz ebenfalls mit Lastwagen abtransportieren. Tucker, Hugh und Pony würden das letzte Aufnahmegerät in den Wagen packen und sensibles Beweismaterial, in Taschen verstaut, für Washington versiegeln. Dann würde der Großputz beginnen und eine Inventur der Vorratsräume; die Bestelllisten würden auf Junes Schreibtisch landen. Sämtliche Anrufe würden von der Telefonzentrale direkt weitergeleitet, ohne dass Agenten mithörten, und man würde die ersten Buchungen für die Sommersaison bestätigen.

So sah es der Plan der Regierung vor.

Junes Plan sah anders aus.

Sie beobachtete, wie die italienische Delegation die breite, elegante Treppe herabkam, wobei einige ihrer Mitglieder innehielten und den Angestellten Trinkgeld gaben. Viele nickten June zu oder hoben grüßend die Hand, darunter auch der Mann, der sein Zimmer in Brand gesetzt hatte.

Es folgten die Journalisten, mit Ausnahme Lieselotte Bergers, die man morgens in ein Krankenhaus in Charleston überführt hatte. Nach ihrer Genesung würde sie in Amerika bleiben und frei über ihre Zukunft entscheiden dürfen. Die beiden anderen Journalisten gingen wortlos an June vorbei. Das Hotel war ein Gefängnis für sie gewesen, und June nur eine Wärterin.

In einer der Türen erschien Tucker; June stellte sich neben ihn. War Sandy an seinem Platz? Tucker nickte.

Wortlos sahen sie zu, wie die deutsche Delegation auf dem Balkon der zweiten Etage auftauchte. Friedrich Wolf, Lothar direkt neben sich, hielt auf der Treppe eine Ansprache auf Deutsch. June hatte keine Ahnung, worum es darin ging; sie sah nur, dass Erich von Limburg-Stirum, der die Hand seiner Frau hielt, zuweilen den Blick senkte, und dass Friedrich Wolf und Lothar Liebe am Ende beide den rechten Arm schräg nach oben reckten, was den Angestellten in der Lobby den Atem stocken ließ.

Es folgte drückende Stille.

Im Avalon galt zwar, dass die Phantasie von Luxus unter allen Umständen aufrechtzuerhalten war, aber diese Geste zerriss den Schleier dieser Illusion für alle Zeiten.

Tuckers Aufmerksamkeit fokussierte sich; June folgte seinem Blick. Sabine und Hannelore Wolf waren erst spät zur Delegation gestoßen. Man sah, dass Sabine geweint hatte; keine noch so beherrschte Haltung konnte es verbergen. Hannelore hingegen blickte sich mit klaren Augen um, so ausdruckslos wie damals June, als ihre eigene Mutter sie in Constancy zurückgelassen hatte.

»Darf ich Sie alle um Ihre Aufmerksamkeit bitten?«, bat Basil Pemberton mit sonorer Stimme von der Eingangstür aus. »Sie sind ziemlich viele, und es gibt nur wenige Autos, also bitte ich um Geduld, während wir Sie alle zum Bahnhof hinunterbringen, vielen Dank! Bitte lassen Sie es uns wissen, wenn wir Ihnen die Wartezeit irgendwie angenehmer gestalten können.«

Das war es. Vor einigen Monaten hatte June zu Benjamin Pennybacker *Nein* gesagt. Da hatte sie noch nicht einmal gewusst, was er von ihr verlangte, nur, dass das State Department Zwist und Disharmonie in ihr Hotel bringen würde. Zehn Jahre lang hatte sie jede wache Minute ihres Tages darauf verwendet, hier im Haus den Frieden zu bewahren. Sie hatte zu diesem Thema so viel Wissen und Erfahrung gesammelt, dass andere Hoteliers anfragten, was ihr Geheimnis sei. June war das Avalon. Das Avalon war June. Würde irgendeine andere Frau so viel Macht aufgeben? Würde irgendeine andere Frau ihre eigene Schöpfung zerstören?

Doch June hatte ihre Entscheidung gefällt. Jetzt musste sie nur noch umgesetzt werden.

Sie ließ sich von der Menschenmenge langsam auf Sabine zuschieben, unausweichlich, wie die Flut, die das Ufer erreicht. »Mrs. Wolf, ich habe versprochen, Ihnen zu helfen. Wollen Sie noch?«

Sabine starrte sie an. Schockiert. Erschüttert. Wo war die goldhaarige Königin, die damals im Avalon eingetroffen war? Keine Spur mehr von ihr. So hatte einmal auch Junes Mutter ausgesehen, als sie ihre Tochter in Constancy zurückließ. Glasige Augen, die bedeuteten, dass sie außerstande war, noch mehr Kummer zu ertragen; sie war am Ende ihrer Kraft. Sabine schien Junes Worte nicht einmal mehr zu hören, obwohl die beiden Frauen direkt nebeneinander standen.

»Schnell«, drängte June. »Ich muss es jetzt wissen.«

Ja oder nein?, hatte Gilfoyle gefragt.

»Ja«, sagte Sabine.

Der Geruch des Frühlings drang in die Lobby, als die Menschen durch die weit geöffneten Eingangstüren strömten. Die Bäume entlang der zerstörten Straße von Casto Springs sahen jetzt gewiss bezaubernd aus. War es auch in Deutschland so warm? Drang der Duft von Blumen und frisch gemähtem Gras auch in das Hotel in Bad Nauheim, wo die Amerikaner ihrerseits zum Zug eilten? Oder herrschte dort der ekelerregende, aasige Geruch nach Maschinen und Verwesung, in der unveränderlichen Saison des Krieges?

Sabine nahm die Hand ihrer Tochter. Hannelore starrte auf ihre ineinandergeschlungenen Finger. June wusste, dass das Mädchen diese Geste jetzt analysierte, sie auf alle möglichen Bedeutungen hin sezierte, dass sie zu begreifen versuchte, was von ihr erwartet wurde, und versuchen wollte, es ihrer Mutter recht zu machen.

»Es war einmal ein kleines Mädchen«, flüsterte Sabine, »das hieß Hannelore und reiste mit dem Zug in ein Zauberland. Vor langer Zeit hatten ihre Mutter und ihr Vater einen Pakt mit einem bösen König geschlossen, und so mussten sie für ein Jahr und einen Tag in ihre alte Heimat zurückkehren, damit der Fluch aufgelöst werden konnte. Diese Abmachung hatten sie lange vor Hannelores Geburt getroffen. Es war nicht ihre Schuld. Die Königin hatte Hannelore sehr lieb und –« Sabine brach ab und legte Hannelores Hand in die von June. »Sei jetzt brav«, sagte sie.

Hannelore wich nicht zurück. Ihre Hand lag schwer in Junes Hand. Ihr eulenhaftes Stirnrunzeln vertiefte sich, als Sabine sich dem Rest der deutschen Delegation anschloss und ihr Blick sich zusehends aufhellte. Hannelore begann zu zittern, aber sie blieb gehorsam bei June, bis Sabine nicht mehr mitansehen konnte, wie ihre Tochter die Lage allmählich begriff, und sich abwandte.

Da maunzte Hannelore leise, wie ein Kätzchen.

Junes Mutter hatte sich damals nicht von ihr verabschiedet. Sie hatte June nur gesagt, sie solle warten, während sie betteln ging, und war dann nie mehr zurückgekommen. June hatte einen ganzen Tag gebraucht, um zu begreifen.

»Es tut mir leid«, sagte June jetzt zu Hannelore. Auf der anderen Seite der Lobby sah sie Tucker und Calloway, die Lothar Liebe und Friedrich Wolf in ein Gespräch über das konfiszierte Gewehr verwickelt hatten. Dort, wo es zur Bar ging, führte Griff die beiden Dackel von June und den Hund der Wolfs durch den Flur. »Später wirst du es verstehen.«

Widerspruchslos ließ sich das kleine Mädchen von June durch die versammelten Diplomaten zu dem schönen Süßwasserbrunnen in der Lobby führen, den Cyrus Edwin Dallin, bekannt für seine lebensechten Reiterstatuen, für das Hotel gestaltet hatte. Aus den Mäulern von drei Pferden, deren Mähnen an Meereswellen erinnerten, floss Süßwasser in das darunterliegende Becken. Schnecken krochen die Pferdehälse hinauf in die Nüstern hinein.

Aus dieser Nähe wurden die Frühlingsdüfte vom Gestank des Wassers überlagert. Es war der Gestank des Grußes mit dem nach oben gereckten Arm. Es war der Gestank des hingeschmierten Hakenkreuzes. Es war der Gestank der Namensliste der Kollegen, die denunziert werden sollten.

Der Gestank des Krieges.

Hannelore wimmerte.

Auf der anderen Seite der Lobby legte Griff die Hand auf die Klinke, bereit, die Tür aufzustoßen.

»Es ist okay zu schreien«, sagte June und tauchte ihre und Hannelores Hand in das Wasser.

June erinnerte sich an ihren allerletzten Wutanfall. Er kam beschämend spät, lange, nachdem ihre Mutter sie in Constancy allein zurückgelassen, lange, nachdem sie als Zimmermädchen im Avalon angefangen hatte. Sie war wütend. Nur über eine Kleinigkeit: Man gab ihr die Schuld an einem Engpass bei den Wäschevorräten. Aber June wusste, dass sie keine Handtücher verlegt hatte. Sie war immer sehr gewissenhaft – sie konnte gar nicht anders, selbst wenn sie gewollt hätte. Während die anderen Zimmermädchen sie drängten, ihren angeblichen Fehler einzugestehen, schlugen Scham und Wut immer höhere Wellen in ihr. Obwohl die Mädchen weiter auf sie einredeten, lief sie einfach weg, den Flur entlang bis zur Abstellkammer. Sie ging hinein und schloss die Tür, um die fernen Stimmen auszusperren. Im Dunkeln überzog ein Hitzeschleier aus Wut ihr Gesicht. Sie spürte, wie sich ihr zitternder Körper aufs Schreien vorbereitete.

Sie rollte sich auf dem Boden zu einer Kugel zusammen, die Hände zu Fäusten geballt. Der Holzboden drückte hart gegen ihre Wange. Alles roch nach dem Avalon: Bodenpolitur. Lavendelsäckchen. Holzrauch. Frisches Brot. Das Süßwasser. Es flüsterte durch die Rohrleitungen und beschwichtigte sie. *Beruhige dich.*

Und sie beruhigte sich.

In dieser kleinen Stille war sie imstande, klar zu denken. Sie überlegte, wer sonst noch alles die Wäsche verloren haben könnte. Angesengte Geschirrtücher wurden weggeworfen, nicht in den Wäschekorb gelegt. Tellerwäscher stopften manchmal versehentlich mit ihren Jacken auch Küchenwäsche in die Spinde. Faule Zimmermädchen legten Geschirrtücher zusammengerollt hinter den Kissen ungenutzter Sitzecken ab, um sie später wieder zu holen. Klempner bündelten sie zu Schwämmen und legten sie unter hartnäckig tropfende Lecks. Kellner sammelten während der Mahlzeiten herabgefallene Servietten ein und vergaßen am Ende der Schicht, sie abzugeben.

Dies würde sie den anderen Zimmermädchen einfach erklären, dachte sie. Sie würde die Wäsche wiederfinden; sie brauchte sich nicht zu verteidigen. Es würde nicht noch einmal passieren.

Der Wutanfall hatte sich einfach in nichts aufgelöst.

Es war nicht so, dass in diesem Moment alles einen Sinn ergab, aber es bestand immerhin die Möglichkeit, dass es das tat. Die Welt funktionierte nach einem System, und sie brauchte nur zu lauschen. Nur zu beobachten. Und dann zu handeln.

Es war das erste Mal in ihrem Leben gewesen, dass sie sich nicht mehr machtlos fühlte.

Das erste Geschenk des Süßwassers an sie.

Das Wasser im Brunnen der Lobby war heiß und fühlte sich widerwärtig an. Unglück schlug sich in ihre Haut. Hannelore begann zu jammern. Es gurgelte in den Wänden.

Am anderen Ende des Raums nahm Griff Clemons Blickkontakt mit ihr auf. Auch das Personal an der Rezeption nahm Blickkontakt mit ihr auf. Und das Personal auf der Treppe, in den Fluren, das den Diplomaten die Türen offenhielt. Und die Angestellten, die den Kopf aus dem Speisesaal steckten, sich aus der Küche drängten, sich weiter oben über die Balkonbrüstungen lehnten. So vieles von dem, was in einem Hotel vor sich geht, musste unausgesprochen bleiben.

Ein Blick von einem Ende des Flurs zum anderen, eine unmerkliche Handbewegung von einem Balkon aus, die stille Erwartung dessen, was der andere brauchte, damit die Arbeit am Luxus still vonstattengehen konnte.

Jetzt richteten sich alle Blicke auf Hoss. Voll Vertrauen, so wie sie ihr immer vertraut hatten. Sie wusste nicht, was Griff ihnen gesagt hatte – irgendetwas hatte er ihnen ganz sicher gesagt –, aber sie wusste, was sie ihnen selber gesagt hatte:

Überlasst das Wasser mir.

Gemeinsam hatten sie etwas Wunderbares geschaffen, aber der Preis dafür war zu hoch geworden. Sie wusste nicht, was das Avalon danach sein würde, aber sie wusste, es würde nie mehr so sein wie jetzt.

June sah ihre geliebten Angestellten an, und ihre Miene sagte: *Ich danke euch!*

Junes Herz sagte dem Wasser: *Sei frei.*

Der Brunnen unter ihrer Hand spritzte Wasser auf die Bodenfliesen.

Wasserperlen glitzerten an der Gipsdecke hoch über ihr. Wasser rann hinter den Wandgemälden hervor und sickerte aus den Brunnenbecken zu beiden Seiten der Eingangstür, während die Diplomaten zurückwichen. In den Fluren, in der Grotte, in den Zimmern platzten Rohre, Wannen ächzten und spien Wasser aus den Abflüssen. Die Wände weinten Wasser. Woher kam das alles? Es waren Unmengen. Obwohl sich das Hotel auf einem hohen Berg befand, standen die ungebetenen Gäste plötzlich bis zu den Knöcheln im Wasser.

Von oben ertönte ein lautes Krachen. Das war nicht 411, die Möbel aus dem Fenster warf, vielmehr passierte irgendetwas Gewaltvolles in der früheren Suite der Wolfs – der alten Suite Francis Gilfoyles.

Oh, dieser Gestank!

So lange schon war der metallische, schweflige Geruch des Süßwassers ein Synonym für das Avalon gewesen. Doch jetzt strömten alle anderen Gerüche des Hotels aus den Brunnen. Schuhpolitur und neues Leder. Frisch gewaschene Laken und eben eingeseifte Teppiche. Kaffee am Morgen und Bourbon am Abend. Jahrzehnte menschlicher Aktivität, die in das Wasser gesickert waren und ihm alles beigebracht hatte, was es wusste.

Erst hörte man nur verwirrtes Gemurmel, dann hallten Schreie durch die Lobby. Es war unumgänglich, die Menschen so schnell wie möglich aus dem Gebäude zu bringen. FBI-Agenten und Hoteldiener, Grenzschutzbeamte und Polizisten mischten sich in die Menge, chaotisch flohen die Leute nach draußen. Es lief alles nach Plan. Und wie sehr June Pläne liebte.

Das Wasser war jetzt überall. Als Tucker aus der Lobby kam, drängte das Wasser ihn zurück und strudelte um seine Beine. Es strömte über die Treppe, die wenige Augenblicke zuvor die Nazis heruntergekommen waren. Tucker fuhr zurück, um einem Kronleuchter auszuweichen, der von der durchnässten Decke stürzte. Der Leuchter landete mit gedämpftem Platschen mitten in der Halle und sah aus wie ein halb versunkenes Schiffswrack. Das Licht flackerte. Einen Moment lang überlegte Tucker, ob er den Weg, den er gekommen war zurückgehen sollte, zurück zu den aufgeregten Stimmen.

Da wurde es dunkel.

Wieder fand Tucker sich in einem Tunnel, der sich mit Süßwasser füllte. Als er die Hand ausstreckte, um sich zu orientieren, berührte er die völlig durchweichte Tapete. Dahinter rauschte das Wasser in der Wand. Ich bin kein kleiner Junge mehr, dachte er. Und dieses Wasser stank nicht nach Traurigkeit und Blut. Es hörte auf June Hudson, und sie ließ all die Freude, Liebe und Leidenschaft in das Wasser hineinströmen, die sie für diesen Ort empfunden hatte.

Tucker merkte, dass er keine Angst hatte.

Also schob er sich weiter, so rasch es in dem dämmerigen Licht möglich war. Er wollte in den Vorratsraum im ersten Stock, wo Sebastian Hepp eingesperrt war. Hugh war draußen im Freien mit vielen Zeugen; ihn würde man nicht für Sebastians Flucht verantwortlich machen. Tucker selber wollte die Schuld auch nicht auf sich nehmen, aber vor allem wollte er verhindern, dass Sebastian Hepp auf dem elektrischen Stuhl landete, nur Ponys Beförderung zuliebe. Tucker hatte zwar die Schlüssel zum Vorratsraum nicht, aber egal, er würde die Tür eintreten, die gab bestimmt nach, dieses Hotel war ja nicht als Gefängnis gebaut worden.

Doch gerade als er den Fuß hob, um zuzutreten, hörte er ein ohrenbetäubendes Brausen. Dieses Geräusch hatte er schon einmal gehört, vor vielen Jahren. Es war das Geräusch eines riesigen gesichtslosen Monsters, dessen Bewusstsein einem Spiegel glich. Das Süßwasser raste im dunkeln Flur auf ihn zu. Tucker hatte gerade noch Zeit, tief Luft zu holen, bevor –

Das Wasser traf die Wand neben ihm mit der Wucht einer Explosion.

Tucker wurde umgerissen. Gegenstände prallten gegen seinen Körper, und Tucker schmeckte *Glück*, und dann war das Wasser verschwunden, ebenso rasch wie es gekommen war. Das Brausen entfernte sich, während die Wassermassen ihr Zerstörungswerk weiter unten fortsetzten. Tucker war außer Atem und bis auf die Knochen durchnässt, wusste aber nicht, ob er überhaupt je in Gefahr gewesen war, denn das Süßwasser, er vergaß es auch jetzt nicht, hörte auf June Hudson, und er wusste ja, wie sie zu ihm stand.

Er hatte immer noch keine Angst.

»Agent Minnick!«, rief Sebastian Hepp erschrocken. Der Wasserschwall hatte die Tür aus den Angeln gerissen.

»Hier, nehmen Sie das«, sagte Tucker und drückte Sebastian ein paar durchnässte Banknoten in die Hand. »Ändern Sie Ihren Namen! Verschwinden Sie!«

»Der Rechtsanwalt –«

»Das *Recht* möchte Sie lieber heute als morgen tot sehen.« Sebastian steckte das Geld in die Tasche. Seine Augen waren vor Überraschung weit aufgerissen. Wow!

Jetzt grollte das Wasser im nahe gelegenen Aufzugsschacht. Das Geräusch klang furchterregend. Die Angst und Verwirrung der Delegationen würden sich bald Junes Kontrolle entziehen. Jetzt ging alles zu Ende.

Als Tucker wieder in der Lobby war, fehlte von Sebastian Hepp jede Spur.

»Hörst du, was das Wasser sagt?«, flüsterte June Hannelore zu.

Lauf weg.

Das Mädchen sah sich in der Lobby um; sie waren als Letzte übrig. Hannelore stand aufrecht, sah jetzt aber irgendwie ungezähmt aus. Wild. Anders. *Sie sieht aus,* dachte June, *wie das Wasser, das unter der Kirche in Casto Springs hindurchfließt.* Wasser konnte schließlich nicht nur *eines* sein; es konnte Regen sein, Schnee, Eis und Flüsse. Hannelore hatte ihr ganzes Leben vor sich. June hatte ihr ganzes Leben vor sich.

Schließlich, als das Wasser in Kaskaden die Treppe herabgestürzt kam, duftend nach Blumen, Früchten und zart gewürzter Vanille, nach einem Hotel, das aus allen Nähten weinte, führte June Hannelore fort.

Epilog

Es war die Woche des 30. April. Henri Giraud, der französische General, war gerade aus der Festung Königstein geflohen; die Hollywood Victory Caravan, darunter Bing Crosby, Spencer Tracy und Groucho Marx hatte im Rahmen ihrer Tournee gerade das Weiße Haus besucht; die niederländischen Juden hatten den Befehl erhalten, den Stern zu tragen. Und Benjamin Pennybacker vom US-State Department beobachtete durchs Fenster seines Hauses in Virginia, wie Sandy Gilfoyle sein Auto am hellen Randstein parkte.

Als Pennybacker in Hausschuhen nach draußen kam, zog Hannelore Wolf gerade ihr Köfferchen aus dem Kofferraum. Pennybacker sah, wie sie es sorgfältig auf dem Bordstein abstellte, um dann zum Auto zurückzukehren und einen Stapel ihrer Listen vom Beifahrersitz zu holen. Als Sandy ihr zuwinkte, offenbar um sich einen Moment ungestört mit Pennybacker unterhalten zu können, kehrte sie noch einmal zum Wagen zurück, um den Schlüssel aus dem Zündschloss zu ziehen. Sie setzte sich eine Weile auf den Fahrersitz, während Sandy Pennybacker einen zweiten Koffer reichte. Der jüngste Gilfoyle und das Mädchen hatten offensichtlich eine Abmachung getroffen.

»Man hat doch überall nach dem Kind gesucht«, sagte Pennybacker leise.

»Nicht überall«, bemerkte Sandy.

Die Vorstadtvögel stießen freudige Schreie aus. Langsam wanderte die Sonne über den Himmel. Pennybacker hatte gedacht – gehofft –, dass die Alliierten im Fall der verschwundenen kleinen Wolf irgendwie getrickst hatten, aber die Überraschung, die er empfand, als er sie jetzt leibhaftig vor sich sah, verriet ihm, dass er nicht wirklich daran geglaubt hatte. Er hatte gedacht, ihr Schicksal sei eben eine weitere Tragödie in einer Situation voller Tragödien. Doch, das musste er zugeben, im Rückblick ergab es Sinn. Während der Katastrophe im Hotel war June verschwunden gewesen; ihre Mitarbeiter machten allen weis, dass sie irgendwohin geeilt war, um den Schaden zu begrenzen. Der Zeitpunkt von Sandys Verschwinden war schwieriger zu bestimmen gewesen, denn niemand hatte den Mann im Rollstuhl beachtet. War er nach der Überschwemmung verschwunden? Oder war er da schon weggewesen? Da er nicht zu den Internierten gehörte, hatte Pennybacker ihn nicht so genau im Auge behalten. Hannelores Fehlen war allen schmerzhaft in Jersey City bewusst geworden, obwohl man sich nicht erklären konnte, wo sie abhanden gekommen war. Ihr Name stand auf der Liste der Zugpassagiere; ihre Mutter behauptete steif und fest, dass sie mit eingestiegen sei. Während der Reise hatte es keinen einzigen Halt gegeben.

Es war damals ein hektischer Tag gewesen. Seiner phlegmatischen Ausstrahlung zum Trotz war Pennybacker sehr gut in seinem Job. Er hatte noch nie einen Menschen verloren. Sie durchsuchten den Zug, obwohl er schon weitergefahren war; sie durchsuchten das Avalon mit seinen blockierten Fluren und den sich ablösenden Tapeten. Schließlich, als die internationalen Spannungen wuchsen, schickten sie den Rest der Diplomaten über den Ozean.

Fall abgeschlossen. Vorerst.

»Hören Sie«, sagte Sandy, »Hannelore hat den Kopf voller Codes. Eine Liste von Leuten im deutschen diplomatischen Corps, die mit Amerika sympathisieren. Nützlich? Keine Ahnung. Aber sie singt es

Ihnen vor, wenn Sie ihr ein Thunfischsandwich machen. Das isst sie nämlich für ihr Leben gern. Aber ziemlich trocken. Bloß nicht zu viel Mayo, sonst kriegen sie nichts aus ihr raus.«

Pennybacker lag etwas auf der Zunge, wie: *Wie kommen Sie eigentlich darauf, dass ich das Kind bei mir aufnehme?*, aber auch das hatte er sich zusammengereimt; Sandy war in der Bar gewesen, als er mit Sabine Wolf gesprochen hatte. Was für eine Woche lag jetzt vor ihm. Es war natürlich zu spät, sie auf das Schiff zu bringen – dafür hatte Sandy gesorgt –, aber sie schwebte immer noch in Gefahr. Er würde sie weiterhin in bürokratische Prozesse verpacken müssen, bis sie irgendwann, wie der Sohn des Botschafters, von den Mächtigen vergessen wurde.

»June meint, dass wird Ihnen guttun«, sagte Sandy grinsend. Pennybacker hatte June gar nicht im Verdacht gehabt, auch wenn seine Anrufe im Avalon jetzt immer von Griff Clemons oder Basil Pemberton entgegengenommen wurden: *Wir bedauern außerordentlich, aber Miss Hudson ist gerade nicht zu sprechen.*

Er hatte nur gedacht, dass sie, wie ihre Dackel, jetzt einfach nichts mehr von ihm wissen wollte. Und war es denn ein Wunder? Schließlich hatte er die Mission geleitet, die ihr schönes Hotel in die Knie gezwungen hatte.

Nicht einmal Tucker Minnick hatte er im Verdacht gehabt, da dessen Entlassungsschreiben ja schon verfasst gewesen war, bevor er im Avalon eingetroffen war.

»Muss ich befürchten, dass demnächst auch noch dieser Kellner bei mir aufkreuzt?«, fragte Pennybacker.

»Oh, darüber weiß ich nichts«, erwiderte Sandy.

Pennybacker trug immer noch Hausschuhe. Es waren nicht genug Lebensmittel im Haus. Er hatte kein Talent, allein zu leben. Er würde einkaufen müssen. Er würde das Gästebett vorbereiten müssen. Er würde den ganzen Vorgang neu aufrollen müssen. Er würde nicht mehr ausschlafen können. Er würde also morgens Frühstück machen und mittags Thunfischsandwiches mit wenig Mayonnaise.

Und irgendwie spürte Pennybacker, hier in diesem Vorort von Washington, D. C., die ganze Zeit June Hudsons leichte Berührung.

»Haben Sie gehört, dass das State Department das Avalon kaufen will?«, fragte Pennybacker. Die Überschwemmung hat zwar schwere Schäden angerichtet, aber der Regierung waren ein paar schimmlige Wände oder verfaulte Treppen egal; umso preiswerter würde man das Gebäude kriegen.

»Ich habe neulich das vorläufige Angebot gesehen.«

»Woher sollte ich etwas über die Machenschaften des State Department wissen?«, fragte Sandy.

Pennybacker warf ihm einen Blick zu. Er war schon lange beim Staat beschäftigt; der jüngste Gilfoyle hatte offensichtlich entweder Freunde in Geheimdienstkreisen oder sich dort selber eingenistet. »Was denken Sie?«

»Kriegslazarett«, meinte Sandy und gab die Verstellung auf. »Ich glaube, das wäre eine gute Verwendung für die alte Fregatte. Ich hoffe, Ed ist einverstanden. Er wollte das Hotel ja sowieso nie führen. Das Ende einer Ära.«

Hannelore kletterte aus dem Auto, wartete, bis der Terrier ihrer Mutter heraussprang, und schloss die Tür. Sie ließ die Leine fallen und beschirmte ihre Augen mit der Hand, um die schmucke, gepflegte Straße zu betrachten. Es war ein typisch amerikanischer Vorort, für den sich die Pennybackers Jahre zuvor wegen seines nichtssagenden Charmes entschieden hatten, und er war definitiv anders als alle Orte, an denen Hannelore je gewohnt hatte.

»Wo stecken die beiden denn?«, fragte Pennybacker. »Im Hotel heißt es, June Hudson sei verschwunden. Und für ihn gilt das auch, das weiß ich. Mir liegt seine Akte vor.«

Sandy lächelte sonnig. Er sah immer noch gut aus, trotz seiner

Schrapnellnarben. Er glich, fand Pennybacker, ein bisschen June Hudson, obwohl sie nicht blutsverwandt waren. »Glauben Sie etwa, die beiden hätten mir erzählt, was sie vorhaben?«

»Ja.«

»Ich stelle mir das so vor«, meinte Sandy. »Die Grotte hat ihnen vermutlich einen Picknickkorb gepackt, denn June liebt Picknicks. Die Dackel wollten sie wahrscheinlich zurücklassen, aber da die nicht begeistert waren, durften sie auf den Rücksitz. Ich wette, Toad hat ein paar Tränen vergossen. Dann sind sie mit Junes Limousine bis nach Charlotte gefahren und haben den Wagen dort meistbietend verscherbelt. Dann werden sie jemandem, der sowieso kein Benzin mehr hatte, sein Auto abgekauft haben. Dann sind sie vermutlich eine ganze Weile über Land gefahren und haben Händchen gehalten. Florida ist schön um diese Jahreszeit. Pensacola, Miami, weiße Strände.«

»Glauben Sie, er wird eingezogen?«

»Vielleicht«, sagte Sandy. »Man hat schon mal eine Kugel aus ihm rausgeholt. Er ist zäh.«

»Und was hat sie vor, was meinen Sie?«

»Großes«, erwiderte Sandy. »Drunter macht sie's nicht.«

Der Terrier der Wolfs zockelte zu Pennybacker hinüber und schleifte seine Leine hinter sich her. Pennybacker streichelte ihn. »Und was haben *Sie* jetzt vor?«

Sandy drohte scherzhaft mit dem Finger. »Machen Sie's gut, Mr. Pennybacker.«

Benjamin Pennybacker blieb in seiner hellen Einfahrt stehen, als Sandy Gilfoyle wegfuhr, reglos, bis das Geräusch des Motors ganz verklungen war. Dann wandte er sich Hannelore Wolf zu, die neben ihm stand. Sie blickte zu ihm auf. Sie weinte nicht, obwohl sie traurig war, aber er verstand das; er hatte auch nicht geweint, als er mal traurig war. Er musste Menschen nicht ins Gesicht sehen, um Bescheid zu wissen.

In diesem Moment beschäftigte ihn nur der Gedanke, wie er mit ihr über die nächsten paar Wochen kommen sollte. Später würde er über sich selber lachen. Ein paar Wochen! Sie waren alle ziemlich naiv gewesen, zu Beginn des Krieges. Es war eine andere Zeit gewesen.

»Tja, Kleine«, sagte er. »Sieht so aus, als müssten wir beide das jetzt allein hinkriegen.«

Bestellung Zimmer 411, 13. 05. 1942:

New York Times

2 Zitronen

2 Croissants

1 Ticket, Constancy-Charlottesville-Washington-New York, Hinfahrt

Glanz und Gloria, Bradda Field

Das Böse unter der Sonne, Agatha Christie

Eric Parnell
U. S. State Department
Washington, D. C.

31. Januar 1962

Lieber Mr. Parnell,

vielen Dank für die Geschichte. Sie sagten, das würde mir helfen, meinen Vater zu verstehen, aber es hat mir auch geholfen, Hannelore zu verstehen. Mein Vater hat nie darüber gesprochen, wie es dazu kam, dass er sie adoptiert hat, und sie selbst ist, wie Sie vielleicht schon bemerkt haben, mehr an den Geheimnissen anderer Leute interessiert als an ihren eigenen. Jetzt weiß ich, warum sie ihn alljährlich im Januar anruft, um ihm ein Burns-Lied vorzutragen.

Ich bete, dass Sie mit den Wundern recht haben mögen. Papa war immer ein Optimist. Vielleicht erinnern sich die Heilquellen bis heute an ihn.

Mit dankbaren Grüßen,
Jillian Pennybacker

Anmerkungen der Autorin

Was soll mit den Diplomaten geschehen? Dies war in den Tagen nach Pearl Harbor eine sehr reale Frage. Im Lauf des Krieges wurden in mehreren Hotels diplomatische Delegationen der Achsenmächte untergebracht: im Greenbrier Hotel in West Virginia, im Grove Park Inn in North Carolina, im Hershey Hotel in Pennsylvania, im TriangleT Ranch in Arizona sowie im Homestead Hotel und im Ingleside Hotel in Virginia.

Obwohl June und das Avalon fiktiv sind, ist vieles von dem, was June erlebt, real. Ein deutscher Botschafter hat tatsächlich einen Deal mit dem Außenministerium geschlossen, um das Leben seines Sohns zu retten – sein Sohn verbrachte dann ein langes, gutes Leben in Amerika, und seine psychiatrische Diagnose stellte sich als Fehldiagnose heraus. Und es gab wirklich eine Journalistin, die aus dem Fenster sprang, um nicht nach Deutschland zurückkehren zu müssen – eine von vielen ausländischen Personen, die in das weitgespannte Netz des Außenministeriums geraten waren. Das FBI ermöglichte, zwischen den endlosen, zermürbenden Stunden der Überwachung, tatsächlich eilige Hochzeiten. Und die Japaner verlangten tatsächlich, den Speisesaal wie die aufgehende Sonne zu gestalten – und verachteten die deutsche Delegation so tief, dass sie getrennt werden mussten. Als Romanautorin muss ich normalerweise die Realität dramatisieren. In *Grand Hotel Avalon* war das Gegenteil nötig. Es gab so viele übertrieben und skurril wirkende Begebenheiten, dass ich unmöglich alle verwenden konnte. Wenn man bedenkt, dass ein italienischer Diplomat, der in seinem Schuh geheime Dokumente in Brand setzte, es nur zu einem Satz im fertigen Manuskript gebracht hat!

Ich habe auch versucht, die Freuden und Herausforderungen zu schildern, die die Führung eines Luxushotels in den 1940er Jahren mit sich brachte. Die Speisekarten, die Anzahl der Mitarbeiter und die Dienstleistungen des Avalon wurden durch viele Hotels jener Zeit inspiriert, die alle den Druck der Lebensmittelrationierung und die Geißel der Einberufung zu spüren bekamen. Zwar wäre June, eine Frau, als Direktorin eines Grand Hotels wie dem Avalon ungewöhnlich gewesen, aber Ausgaben des *Hotel Monthly* aus jener Zeit lässt sich entnehmen, dass es eine Handvoll von Frauen gab, die in ganz Amerika kleinere Hotels leiteten. June stand unwissentlich am Rand einer stillen Revolution, weil die kriegsbedingte Rekrutierung der Männer Frauen in Rekordzahlen in die Arbeitswelt drängte.

Im wirklichen Leben überlebten einige der Hotels den Krieg, andere nicht. Das Greenbrier wurde zu einem Kriegslazarett. Das Ingleside Hotel ging bankrott. Keines dieser Hotels war mehr dasselbe; und auch wenn der Krieg sie nicht völlig verändert hatte, hatte er doch die Amerikaner komplett verändert.

Dank

Viele Menschen haben mir während der fünfjährigen Arbeit an diesem Roman geholfen, doch mein ganz besonderer Dank gilt:

- meinem Agenten, Richard Pine, und meiner Lektorin, Andrea Schulz, die mich so hingebungsvoll unterstützt haben, wie ich es mir für dieses Projekt nur erhoffen konnte. Sie haben dieser Idee zur Entfaltung verholfen, ohne ihre Geduld und Klugheit wäre mir das nicht möglich gewesen.
- Ich danke den vielen Menschen, die mich bei der Recherche unterstützt haben: Rick Armstrong von der Bath County Historical Society; Kenna Jenkins von den Greenbrier Hotel Archives; Kayla Gross, die mir bei der Fernleihe geholfen hat; Harvey Solomon, Autor eines der wichtigsten Werke über die Hotelinternierungen; Bill Quain (ein Zauberer und Hotelier); Niklaus Leuenberger (ein Hotelier und Geschichtenerzähler); und Bruce O'Brien, der mich mit seiner Leidenschaft für kritische historische Forschung angesteckt hat.
- Vielen Dank an die Trobaughs, die mich schon im Jahr 2019 durch das Hershey Hotel geführt haben.
- Und an BeePee, die zu einem bestimmten Zeitpunkt ziemlich sicher gewesen sein muss, dass auch sie für immer im Avalon festsitzen würde.
- Danke auch an Brenna, Vanitha, Coleman, Dad für die frühe Begutachtung unschöner Entwürfe; eine undankbare Rolle.

- Ich danke Victoria und William und Emy: dafür, dass sie meine zunehmend immaterielle Gestalt ertragen, Überraschungsmahlzeiten gekocht und mich gezwungen haben, ab und zu in eine echte Version meiner selbst zu schlüpfen.
- Edward, na ja. Du weißt ja, wie es ist.

Leseempfehlungen

Um das Avalon so lebensecht wie möglich zu gestalten, habe ich vier Jahre damit verbracht, in Primär- und Sekundärdokumenten zu schwelgen – habe die Greenbrier-Archive besucht, Memoiren gelesen, Branchenmagazine aus der damaligen Zeit ausgegraben, Hoteliers interviewt, über Zeitungsartikeln und FBI-Akten gebrütet, und ich muss gestehen, dass mir dieses Geschichtsstudium riesig Spaß gemacht hat.

Ich erspare Ihnen trockene Lektüre und sage stattdessen: Wenn Sie mehr über die Geschichte hinter den Wassern des Avalon herausfinden möchten, sind dies leicht zugängliche Ausgangspunkte.

Was die Diplomaten betrifft:

Axis Diplomats in American Custody: The Housing of Enemy Representatives and Their Exchange for American Counterparts, 1941–1945 von Landon Alfriend Dunn und Timothy J. Ryan

Und noch leichter zugänglich:

Such Splendid Prisons: Diplomatic Detainment in America during World War II von Harvey Solomon

Unterhaltsames Hotel-Memoir:

Do not disturb von Frank Case

Und über das FBI:

FBI Man: A Personal History von Louis Cochran

Die Perspektive der Internierten:

Bridge to the Sun: A Memoir of Love and War von Gwen Terasaki

Und schließlich mündliche Überlieferungen von der Heimatfront:

Americans Remember the Home Front: An Oral Narrative of the World War II Years in America von Roy Hoopes